상상의 언어와 질서

상상의 언어와 질서

박 명 용

푸른사상

책머리에

　시는 상상과 언어의 산물이다.

　시에서, 확장된 상상을 통하여 새롭게 탄생된 구체적 언어의 질서 있는 전개는 곧 신비로운 세계와 낯선 세계, 그리고 사물에 대하여 새로운 의미까지 낳게 해준다. 이런 점에서 창조적 원리로 작용하는 상상의 세계와 이미지의 양태, 그것들의 자리 놓임 등은 누구에게나 진지한 사고를 유발시킨다. 따라서 시인마다 지니고 있는 다양한 개성이나 특징을 탐구해 보는 것은 의미 있는 작업이라고 생각한다. 시가 대상에 대한 시인 자신의 의지와 선언, 그리고 약속의 표현이며 우주적 질서의 확인이라는 점에서 보면 더욱 그러하다.

　특히, 시가 이러한 정신적 지평 위에서 이루어져야 하는 까닭은, 현대 사회의 물질만능주의와 이기주의의 만연이 인간의 영혼과 아름다운 삶의 가치를 훼손시키고 있음에서이다. 또한, 고뇌와 사유를 요구하지 않는 대중매체의 범람은, 인간 삶에 있어 가장 중요한 상상과 언어를 무가치하게 만들어 인간 상실의 문제까지 제기한다는 점에서도 그렇다. 시는 결국 세상을 깊이 탐구하여 인간의 삶을 향상시키기 위한 일련의 정신적 노력이라는 점에서 그 숭고성이 있다. 그래서 시는 그 오랜 기간 동안 인간의 삶 속에서 고뇌하면서 탄생되어 왔고 또 영원히 사라질 수 없는 정신적 재산이 되고 있는 것이 아닌가.

여기에 실린 글들은 어떠한 체계에 따른 것이 아니고 몇 년간 여러 지면에 발표한 것들이기 때문에 어떤 것은 학술논문의 형식을 갖춘 것도 있고 또 어떤 것은 해설이나 논평도 있다. 1부는 '다시 들여다보기' 차원에서 쓴 것이고, 2부는 현역 시인들의 시인론과 작품 해설 또는 논평이며, 3부는 논문과 세미나 발표문 등을 보완한 것이다. 마지막으로 4부는 대전시문학의 과거와 현재를 총체적으로 조명한 것이다.

　이 책에는 논리 정립이나 언어구사에 있어 미비한 글들이 적지 않다. 이런 점은 다음 기회에 좀더 진지하게 다루겠다는 다짐으로 변명하고자 한다.

　끝으로 이 책을 쾌히 펴내 준 푸른사상사에 깊은 감사를 표한다.

2001년 5월
저 자

차례

제1장 상상의 언어와 질서

김소월론

― 자연관을 중심으로

김소월(金素月 ; 1902~1934)은 전래의 정한(情恨)의 세계를 새로운 리듬으로 표현해 낸 민요조의 시인이다. 그는 시조와 창(唱) 속에 갇혀 있던 한국어를 해방시켜 새로운 세계를 보여주고자 했다. 당시의 시대상과 민족의 보편적 정서로 볼 수 있는 이별, 슬픔, 한의 정조를 시의 제재로 택했던 그는 율격 파괴와 민족어의 발굴이라는 업적을 남겼다.[1]

지금까지 그의 시에 대한 연구는 한용운과 더불어 풍성하게 이루어져 약 4백여 편의 연구물이 있다. 본고에서는 시 사상을 자연관에 연계시켜 그 실체를 파악해 보고자 한다.

우리 시에 있어서 2·30년대에 구축된 자연관은 주로 만해와 소월, 또는 영랑과 석정, 나아가서 미당과 청록파 등을 통하여 다양한 모습을 보게 된다. 가령 만해에게서 드러나고 있는 공(空)의 미학에 바탕을 둔 다분히 불교적인 자연관, 영랑의 지극한 심미적 자연, 미당의 불교와 향토성이 복합된 샤머니즘적 자연, 청록파의 융합된 자연에의 극치 등 한결같이 독특한 개별성을 지닌 채 시 문학사를 장식하고 있다.[2]

소월은 전통성에 입각한 정한적 자연을 추구하고 있다. 그는 소박하고 순진무구한 전원의 세계를 동경하였는데 이러한 희망은 좌절과 시련, 그리고 원망과 자책의 갈등으로 변전하면서 깊은 애상감과 한의 근원을 만들고 있다.[3] 특히 그는 자연의 대상을 그 자체로 노래하는 데에 그치지 않고 시적 화자의 심정과 결부시켜 형상화한다. 이렇게 볼 때 자연의 대상이 정한의 세계와 어떠한 형태이건 밀접한 관계에 놓이지 않을 수 없게 된다.

소월 시의 특징 중의 하나는 자연을 재창조하여 뛰어난 미학적 감각을 드러낸다는 점이다. 이는 시의 내용을 제대로 전달하고 시적 감흥을 불러일으키는 데 간과해서는 안 될 부분이다. 그는 이러한 형식적인 미적 감각을 가지고 다른 시적 기능 ― 시의 외연적 부분보다 내포된 의미를 중시하고 강조한다. 먼저 시적 화자가 님을 간절하게 사모하는 마음을 비단안개라는 대상을 통해 승화시킨 작품을 보자.

>   눈들이 비단안개에 둘리울 때,
>   그 때는 차마 잊지 못할 때러라.
>   만나서 울던 때도 그런 날이오.
>   그리워 미친 날도 그런 때러라.
>
>   눈들이 비단안개에 둘리울 때,
>   그 때는 홀목숨은 못 살 때러라.
>   눈 풀리는 가지에 당치맞귀로
>   젊은 계집 목매고 달릴 때러라.
>
>   눈들이 비단안개에 둘리울 때,
>   그 때는 종달새 솟을 때러라.

들에랴, 바다에랴, 하늘에서랴,
아지 못할 무엇에 취할 때러라.

눈들이 비단안개에 둘리울 때,
그 때는 차마 잊지 못할 때러라.
첫사랑 있던 때도 그런 날이오.
영이별 있던 날도 그런 때러라.
　　　　　— 「비단안개」 전문

　이 시에서 독자에게 곱고 아름다운 이미지를 주는 시어는 '비단안
개'이다. 비단안개는 비단같이 가볍게 널리 펼쳐진 안개, 즉 곡무(穀霧)
를 일컫는다. 소월은 비단안개 자체만으로도 미적 이미지를 표출하기
에 충분한데도 '눈들'을 등장시킨다. 이것은 미적 감각을 더 한층 높여
주는 효과를 나타내기 위한 것으로서 보고 싶은 심정을 더욱 절실하
게 부각시키고 있다. 매 연마다 "눈들이 비단안개에 둘리울 때"로 시
작되는 4연의 이 시는 '그 때'의 님과 있었던 일들을 파노라마 형식
으로 풀어낸다. 첫사랑과 이별, 그리고 그리워서 몸부림치던 날도 이
때라고 노래한다. 분위기도 애틋하다. 이런 날에는 서정적 자아도 들,
바다, 하늘 등 알지 못할 그 무엇에 취해 버린다. 이 작품을 통해 소
월이 자연을 대상으로 하여 정한의 세계를 어떻게 승화시키고 있는
지 알 수 있다.

(1)
우리 집 뒷山에는 풀이 푸르고
숲 사이의 시냇물, 모래바닥은
파아란 풀 그림자, 떠서 흘러요.

그리운 우리 님은 어디 계신고,

날마다 피어나는 우리 님 생각.
날마다 뒷山에 홀로 앉아서
날마다 풀을 따서 물에 던져요.
—「풀따기」 일부

(2)
山 위에 올라서서 바라다보면
가로막힌 바다를 마주 건너서
님 계시는 마을이 내 눈 앞으로
꿈 하늘 하늘같이 떠오릅니다

흰모래 모래 비긴 船艙가에는
한가한 뱃노래가 멀리 잦으며
날 저물고 안개는 깊이 덮여서
흩어지는 물꽃뿐 안득입니다.
—「山 위에」 일부

(3)
저기 저 구름을 잡아타면
붉게도 피로 물든 저 구름을,
밤이면 새까만 저 구름을,
잡아타고 내 몸은 저 멀리로
九萬里 긴 하늘을 날아 건너
그대 잠든 품속에 안기렸더니,
애스러라, 그리는 못 한대서,
그대여, 들으라 비가 되어
저 구름이 그대한테로 나리거든,
생각하라, 밤저녁, 내 눈물을.
—「구름」 전문

소월의 시 중에는 (1)과 같이 풀─시내─님, (2)의 산─바다─님으로 이어지는 삼원 구조를 지닌 시도 있다. 전자의 경우, 서정적 자아가 뒷산에 있는 풀을 시냇물에 던진다는 것은 곧 님에게 내 마음을 보내고 싶은 욕망의 표현이다. 풀과 시적 화자는 자아동일시(identity)를 이루고 시냇물은 화자와 님 사이에 교량역할을 해주는 매개체이다. 후자의 경우는 화자가 산 위에서 바라본 바다 건너 마을의 님을 그리워하고 있다. 그러나 여기에서는 앞의 경우와는 달리 '바다'는 나와 님 사이를 가로막는 하나의 장애물이 되고 있다. 또한 (3)에서 보는 바와 같이 '구름-비-님' 구조에서는 구름이 비가 되어 그대에게 내 마음을 전해주길 바라고 있다. 구름이 비로 연계되는 것은 승화의 단계로 볼 수 있고 이는 서정주의 「춘향유문」과 같이 불교의 윤회사상과 연관된다. 그러나 서정적 자아는 구름이 비가 되는 과정보다 빨리 흐르는 구름을 타고 가고 싶다고 묘사하고 있는데, 이는 님을 그리는 마음이 다급하고 간절함에서 비롯된 것으로 볼 수 있다.

이 세 작품은 풀, 바람, 구름을 대상으로 하여 화자가 님을 사모하는 심정을 담아내고 있다. 여기에서 주위에 있는 사물을 통해 연정을 노래하는 자연관을 엿볼 수 있다.

> 해가 山마루에 저물어도
> 내게 두고는 당신 때문에 저뭅니다.
>
> 해가 山마루에 올라와도
> 내게 두고는 당신 때문에 밝은 아침이라고 할 것입니다.
>
> 땅이 꺼져도 하늘이 무너져도
> 내게 두고는 끝까지 모두 다 당신 때문에 있습니다.
>
> 다시는, 나의 이러한 맘뿐은, 때가 되면,
> 그림자같이 당신한테로 가우리다.

오오, 나의 愛人이었던 당신이여.

               ―「해가 산마루에 저물어도」전문

    위 시는 사랑하는 님과의 영원성을 노래한 작품이다. 이 시의 시적 화자는 해가 저물거나 해가 올라와도 당신 때문에 저물고 밝은 아침이 되며 땅이 꺼지고 하늘이 무너져도 당신 때문에 끝까지 남아 있겠노라고 역설한다. 이는 님과 끝까지 함께 하고자 하는 님에 대한 영원한 사랑을 노래한 것이다. 여기에서도 산과 땅, 그리고 해를 등장시켜 영원함을 갈구하고 있다.

    또한 가을을 소재로 한 작품을 보자. 「가을 아침에」에서는 "그대의 가슴속이 가비엽던 날 / 그리운 그 한때는 언제였었노! / 아아 어루만지는 고운 그 소래에, / 미움도 부끄럼도 잊은 소래에, / 끝없이 하염없이 나는 울어라."라고 노래하여 가을 아침에 님을 생각하며 우는 정경을 묘사하였다. 또, 「가을 저녁에」에서도 "물은 희고 길구나, 하늘보다도. / 구름은 붉구나, 해보다도. / 서럽다, 높아 가는 긴 들 끝에 / 나는 떠돌며 울며 생각한다. 그대를."이라고 노래하여 강 마을을 바라보며 그대를 기다리는 서정적 자아의 애틋함을 드러낸다. 또한 "어득한 퍼스렷한 하늘", "바람은 오가다가 울며 만날 때", "냇물도 잎새 아래 얼어붙누나" 등에서 볼 수 있듯 가을의 풍경을 드러내주어 쓸쓸함을 감돌게 한다. 두 작품 모두 서정적 자아가 가을날에 사랑하는 님을 애타게 그리워하면서 눈물을 흘리는 광경을 읊조리고 있는데, 이 또한 자연을 통해 정한을 노래한 것이다.

    다음 시는 앞에서 다룬 정한의 이미지와는 달리 어두운 이미지를 보이고 있다.

희멀끔하여 떠돈다, 하늘 위에,
빛 죽은 半달이 언제 올랐나!
바람은 나온다, 저녁은 칩구나,
흰 물가엔 뚜렷이 해가 드누나.
어두컴컴한 풀 없는 들은
찬 안개 우으로 떠 흐른다.
아 겨울은 깊었다, 내 몸에는,
가슴이 무너져 나려앉는 이 설움아!

가는 님은 가슴엣 사랑까지 없애고 가고
젊음은 늙음으로 바뀌어 든다.
들 가시나무의 밤드는 검은 가지
잎새들만 저녁 빛에 희그무레히 꽃 지듯 한다.
　　　　　　　　　　　　　—「반달」전문

　　위 시는 사그러진 반달을 바라보며 사랑과 청춘도 퇴색해져 가는
자기 자신을 노래한 시이다. 제3연의 "가는 님은 가슴엣 사랑까지 없
애고 가고 / 젊음은 늙음으로 바뀌어 든다."라는 구절에서 이러한 모습
이 선명하게 부각된다. 소월은 '반달'에 대해 남다른 의미를 두고 있
다. 보름달이 젊음으로 충만하고 밝고 환하게 비춰주는 대상이라면 반
달은 빛이 죽어 젊음이 그만큼 사그러진 모습이다. 이 시에서 그 의미
를 연상시키는 시어들을 찾기란 어렵지 않다. 이를테면 '희멀끔', '빛
죽은', '검은 가지' 등이 그것이다. 한편, 이 작품의 분위기는 세기말적
퇴폐주의와 흡사하다. '어두컴컴', '늙음', '희끄무레' 등이 그런 느낌을
주는 요소이다. 여하튼 그는 '반달'이라는 의미로 새로운 세계를 만들
어 냄으로써 시적 역량을 다시 한 번 보여준다.
　　「진달래꽃」은 이별을 사랑으로 승화시킨 작품으로 나를 저버리고
가는 이에 대하여 꽃을 뿌려 산화축전하는 님에 대한 극진한 사랑을

노래한 것이다. 나를 버리고 떠나는 님에게 원망이나 슬픔을 나타내지 않고 오히려 축복한다. 이는 육체와 육체가 결합된 사랑이나 눈앞의 대상에 타오르는 정열적인 감정이 아니라 오히려 그런 것을 모두 체념함으로써 심화되고 확대된 하늘 같은 사랑이다. 이처럼 소월은 그가 살고 있는 자연 속에서 시적 대상을 찾아 정한의 세계, 아픔의 세계를 노래하고 있다.

소월의 초기 자연관은 당대의 현실인식까지도 고려하고 있는 듯하다. 즉 그는 자연을 정한의 세계와 매치시켜 노래할 뿐만 아니라 나아가 자연을 비참한 현실에 연계시켜 안타까움을 드러내고 있다. 그가 정한의 세계에 머무르지 않고 이런 모습으로 나아갈 수 있었던 기저에는 우리의 전통을 중히 여겨 보호하고 살리려는 마음과 잃어버린 조국을 되찾으려는 시인의 적극적 의지가 있었기 때문이다. 그래서 그가 자연을 바라보는 시선은 자못 진지하다.

> 뛰노는 흰 물결이 일고 또 잦는
> 붉은 풀이 자라는 바다는 어디
>
> 고기잡이꾼들이 배 위에 앉아
> 사랑 노래 부르는 바다는 어디
>
> 파랗게 좋이 물든 藍빛 하늘에
> 저녁놀 스러지는 바다는 어디
>
> 곳없이 떠다니는 늙은 물새가
> 떼를 지어 좇니는 바다는 어디
>
> 건너서서 저便은 딴 나라이라
> 가고 싶은 그리운 바다는 어디.
> ――「바다」 전문

「바다」에서 그의 자연관은 그리움으로 나타나 있다. 이 때의 그리움은 식민지 현실을 무엇보다도 깊이 인식한 데서 파생되어 나온 조국에 대한 사랑이다. 그렇기 때문에 서정적 자아는 구속과 억압이 없는 "파랗게 좋이 물든 藍빛 하늘에 / 저녁놀 스러지는 바다"를 그리워하고 있는 것이다. 1연에서는 흰 물결과 붉은 풀이 자라는 자유로운 공간 — 즉 바다를 찾고 있으며, 2연에서는 고기잡이꾼들이 배 위에 앉아 사랑노래를 마음껏 부를 수 있는 공간을 구하고 있다. 3연에서는 오염이 안 된, 일제의 지배가 없는 남빛 하늘에 저녁놀 스러지는 바다를 그리워하고 있다. 4, 5연에서 서정적 자아는 늙은 물새가 자유롭게 노닐 수 있는 그런 바다를 간절히 소망하고 있다.

다음 시도 이와 맥락을 같이한다.

나는 꿈꾸었노라, 동무들과 내가 가지런히
벌가의 하루 일을 다 마치고
夕陽에 마을로 돌아오는 꿈을,
즐거이, 꿈 가운데.

그러나 집 잃은 내 몸이여,
바라건대는 우리에게 우리의 보습 대일 땅이 있었더면!
이처럼 떠돌으랴, 아침에 저물손에
새라새로운 歎息을 얻으면서.

東이랴, 南北이랴,
내 몸은 떠나가니, 볼지어다,
希望의 반짝임은, 별빛이 아득임은,
물결뿐 떠올라라, 가슴에 팔다리에.

그러나 어쩌면 황송한 이 心情을! 날로 나날이 내 앞에는
자칫 가느른 길이 이어 가라. 나는 나아가리라

한 걸음, 또 한 걸음. 보이는 山비탈엔
온 새벽 동무들 저저 혼자…… 山耕을 김매이는.
　— 「바라건대는 우리에게 우리의 보섭 대일 땅이 있었더면」 전문

　나라도 잃고, 땅도 잃은 일제 치하의 상황 속에서 작은 땅이라도 갖고 싶어하는, 다시 말해 나라를 되찾으려는 소망을 보이고 있다. 이 시에서 이러한 욕구, 즉 나라를 되찾으려는 심정은 당시 우리 민족의 소망이었기에 더욱 공감을 획득한다. 일제 강점으로 인해 평범한 농부가 하루의 농사일을 끝마치고 피곤한 몸을 이끌고 집으로 돌아오는 소박한 꿈도, 즐거운 꿈도 산산조각이 나는 현실이다. 그러나 산비탈에 산을 개간하고 김매느라 새벽부터 땀을 흘리는 동무들의 모습은 곧 조국 광복을 위해 묵묵히 일하는 의지의 표상이라고 하겠다.

　1연은 동무들과 나란히 벌판에 있는 논밭 가장자리에서 하루 일을 끝마치고 즐겁게 돌아오는 저녁을 꿈꾸고 있다. 2연은 그러나 우리는 집도 잃고 농사 지을 땅도 없는 현실을 안타깝게 여기면서 만일 농사 지을 땅이 있었더라면 이렇게 허무하게 아침부터 저녁 저물 무렵까지 떠돌지 않아도 될 것이라고 한탄한다. 3연은 동서남북 정처 없이 내 몸은 떠나 다니지만 가슴과 팔다리에 힘이 솟는다. 4연은 황송한 이 심정, 앞으로 계속 내 앞에는 가파른 길, 어렵고 험난한 길이 이어지더라도 나는 줄기차게 독립의 길을 갈 것을 그리고 있다. 이는 일제에 대한 절망과 비분을 굳은 의지로 이겨내야겠다는 각오를 내보인 것이다.

山水甲山 내 왜 왔노 山水甲山이 어디뇨
오고 나니 奇險타 아하 물도 많고 산 첩첩이라 아하하

내 고향을 도로 가자 내 고향을 내 못 가네
山水甲山 멀더라 아하 蜀道之難이 예로구나 아하하

山水甲山이 어디뇨 내가오고 내 못 가네
不歸로다 내 고향 아하 새가 되면 떠가리라 아하하

님 계신 곳 고향을 내 못 가네 내 못 가네
오다가다 야속타 아하 山水甲山이 날 가두었네 아하하

내 고향을 가고지고 오호 山水甲山 날 가두었네
불귀로다 내 몸이야 아하 山水甲山 못 벗어난다 아하하
— 「산수갑산」 전문

　위 시는 고향에 돌아가고 싶은 시적 화자의 마음이 절실하게 담겨
져 있는 작품이다. 화자는 산수갑산을 벗어나고 싶은 욕망이 간절하지
만 고향을 가지 못하는 입장이다. 그래서 그는 새가 되면 날아갈 것임
을 약속한다. 연 끝 부분에 나오는 ‘아하하’는 기쁨을 나타내는 의성어
로 이 시 전반적인 내용과 상치되어 있다. 이런 시적 장치를 이루고
있는 것은 시적 긴장미를 살리기 위한 것이고, 또한 고향에 돌아가지
못하는 현실 속에서 나오는 헛웃음인 것이기도 하다.
　1연에서는 배경인 산수갑산이 나오고 2연에서는 고향에 가지 못함
을 노래하고 있으며 3연에서는 새가 되면 고향으로 갈 것을 약속을 하
고 있으나 현실적으로는 실현가능성이 없다. 4, 5연에서는 산수갑산이
날 가두었다는 내용이다. 2~5연에서는 ‘내 못 가네’를 반복하여 그리
움에 대한 강한 인상을 준다. 그러나 여기에서는 절망이나 비애가 아
니라 ‘山水甲山’을 벗어나고자 하는 굳은 염원의 역설이라 하겠다.

실버드나무의 거무스럿한 머리결인 낡은 가지에
제비의 넓은 깃나래의 紺色치마에
술집의 窓옆에, 보아라, 봄이 앉았지 않는가.

소리도 없이 바람은 불며, 울며, 한숨지어라
아무런 줄도 없이 설고 그리운 새까만 봄밤
보드라운 濕氣는 떠돌며 땅을 덮어라.

— 「봄 밤」 전문

이 시에서 시적 화자는 봄을 통해 비애의 현실을 노래하고 있다. "아무런 줄도 없이 설고 그리운 새까만 봄밤"이라고 한 행에서는 화자의 심적 표정이 교차하고 있다. 힘도 없는 화자가 일제 강점기 아래에서 봄을 맞이해야 하는 서러움을 나타낸 것이기는 하나 추운 겨울을 밀어내고 살며시 얼굴을 내미는 봄을 통해 비애를 희망으로 전환시키려는 계기를 마련하고 있다.

서리맞은 잎들만 쌔울지라도
그 밑이야 강물의 자취 아니랴
잎새 위에 밤마다 우는 달빛이

빨래소래 물소래 仙女의 노래
물 씻이던 돌 위엔 물때뿐이라
물때 묻은 조약돌 마른 갈숲이
이제라도 江물의 터야 아니랴

빨래소래 물소래 仙女의 노래
물 씻이던 돌 위엔 물때뿐이라

— 「마른 강 두덕에서」 전문

위 시를 보면 날이 가물어 돌 위에 물때만 남았을지라도 강의 자취는 남아 있다. 여기에서 화자는 "빨래소래 물소래 선녀(仙女)의 노래"가 들리던 강을 그리워하고 있다. 좀더 유추해 보면 그는 정겨운 노랫소리를 빼앗아간 식민지 현실을 원망하고 있고, 또한 다시 돌아오길 기원하는 소망(조국광복)까지도 담아내고 있다. 이 시는 '물 맑은 강−가뭄−서리맞은 잎과 갈숲이 쌓인 강'의 구조를 지니고 있다. 여기에서 '물 맑은 강'은 일제에 의해 지배받기 이전의 조국현실로서 당시의 평화스러운 강을 의미하고, '가뭄'은 일제가 우리의 조국을 강탈하고 탄압과 횡포를 가함으로써 생긴 우리 민족의 '시련'의 상징이며 '서리맞은 잎'과 '갈숲이 쌓인 강'은 오랜 일본의 강점으로 인해 조국 현실이 점차 황폐화되고 우리의 정서도 메말라 가는 모습을 함축한 것이다.

또한 인간현실과 멀리 떨어진 산에서 피는 꽃을 노래하면서 일제 강점기 아래에 놓여 있는 속세를 떠나 꽃이 되고 싶은 소망을 그린 작품도 있다.

山에는 꽃 피네
꽃이 피네
갈 봄 여름 없이
꽃이 피네

山에
山에
피는 꽃은
저만치 혼자서 피어 있네

山에서 우는 작은 새요
꽃이 좋아
山에서
사노라네

山에는 꽃 지네
꽃이 지네

갈 봄 여름 없이
꽃이 지네
　　　　　— 「산유화」 전문

　이 시는 4연으로 된 자유시로, 1연은 산에는 계절에 따라 쉬임 없이 꽃이 피고 있다는 것이다. "꽃이 피네"가 세 번이나 반복되고 가을이 '갈'로 표현되면서 훌륭한 리듬의 변화와 묘미를 보여준다. 그러나 2연에서의 그 꽃은 자연 속에서 자연을 상대할 뿐 현실과는 단절되어 저만치 혼자 피어 있는 꽃이다. 여기서 중요한 것은 '저만치'라고 하는 시어의 모호성과 애매성으로 인해 시의 의미가 풍부해졌다고 하는 점이다. 3연은 산에서 우는 새는 그 꽃이 좋아 산에서 산다는 것이다. 꽃과 작은 새가 어울림으로써 꽃의 고독이 한층 더 눈물겹도록 고조, 순화되어 있다. 4연은 1연의 '꽃이 피네'가 '꽃이 지네'로 바뀌어 끝을 맺고 있는데 이것은 대자연의 시간의 흐름인 동시에 처음과 끝을 갖는 그 본래의 모습인 것이다.

　이 시를 전체적으로 조망해 볼 때 표면적으로는 단순한 구조와 평범한 뜻을 지니고 있지만 내면적으로는 역설적 의미를 내포하고 있다. 가을, 봄, 여름을 구별 없이 산과 꽃과 새들이 조화를 이룬 자연의 영원한 기쁨을 그리움으로 노래한 듯하면서도, 그러한 자연과 친화할 수 없는 '나와 자연과의 단절'이라는 역설적 의미는 매우 심각한 양상을 지니고 있다. 그것은 곧 '자아와 세계와의 단절'을 의미하기도 하기 때문이다. '산'이라는 세계에 영원히 피고 지는 꽃이 있고 그 꽃을 좋아하는 산새가 그곳에 살고 있다. 기쁨으로 어울려 존재하는 영원한 세계이다. 그런데 유감스럽게도 산에 피는 꽃은 '나'에게서 저만치 떨어져 혼자서 피어 있는 것이다. 이백이나 도연명, 워즈 워드처럼 자연 속으로 완전히 몰입하지 못했던 것이다. 그것을 '청산과의 거리'라고 설명한다 해도 일정한 거리를 두고 외로이 피어 있어 그 꽃과의 단절로 인한 무한한 동경이 인다. 그렇다면 소월은 왜 자연과 단절된 상황 속에서 살아야 했는가? 그것은 조국상실이라는 일제 식민지 시대와 관련을 지어볼 수 있는데 이렇다면 화자는 자연을 즐겁게 노래할 수 있는 입장이 되지 못한다. 그래서 그는 한 발치 떨어져 산과 꽃의 세계를 노래한다. 이렇듯 자아와 자연의 세계가 밀접하게 매치되지 못하고 있는 것은 '일제'라는 매개물이 자연과 화자 사이에 삽입되어 있기 때문이라고 해야 할 것이다.

그는 우리 민족의 특징인 정한과 암담한 조국현실의 비애를 안개, 산, 풀, 구름, 해, 바다, 강 등 여러 자연현상에서 찾아 그것들을 아름다운 언어로 승화시켜 초극하고자 했다. 이것은 어디까지나 강인한 현실인식의 바탕 위에서 생성된 의지의 소산이라고 할 수 있다.

◈ 註

1) 김윤식 · 김현, 『한국문학사』, 민음사, 1973, pp. 143~144.
2) 하현식, 『한국시인론』, 백산출판사, 1990, pp. 380~381.
3) 정한숙, 『현대한국문학사』, 고려대 출판부, 1982, pp. 80~81.

정지용론

1. 문학적 생애

천재 시인으로 일컫는 정지용(鄭芝溶 ; 1902. 5. 15(음)~?)이 탄생 1백주년을 맞이하고 있다. 그의 작품은 해금 후 다양하게 논의되어 그 실체를 규명하는 데 큰 성과를 이루었으나 납북 후의 행적과 사망 시기, 장소 등에 대해서는 아직도 미궁에 빠져있어 안타까운 일이 아닐 수 없다. 이런 측면에서 탄생 1백주년을 맞이하여 그의 작품과 생애를 조망해 보는 것도 의미 있는 일이 될 것이다.

정지용은 충북 옥천군 옥천읍 하계리(구읍) 40번지에서 아버지 영일 정씨(迎日 鄭氏) 태국(泰國)과 어머니 하동 정씨(河東 鄭氏) 미하(美河) 사이에서 4대 독자로 태어났다. 지용은 1914년 4월 4년제인 옥천공립보통학교(현, 죽향초등학교)에 입학하여 1914년 3월 25일 제4회로 졸업하고

1918년 휘문고등보통학교에 입학할 때까지 고향에서 한문을 공부했다. 공립학교 입학 전인 1913년에는 인근인 영동군 심천면 초강리의 송재숙(宋在淑)과 결혼했다.

그의 유년시절은 경제적으로 매우 궁핍했다. 부친 태국은 중국과 만주 등지를 다니면서 익힌 한의학을 바탕으로 고향에서 한약상을 했으나 도둑을 맞고 홍수 피해까지 입어 가계가 기울어졌기 때문이다. 거기에다 아버지의 자포자기는 가정을 더욱 빈곤하게 만들어 공립보통학교 졸업 후에는 곧바로 진학하지 못하고 한학을 공부할 수밖에 없었다. 이 때 문화 류씨(文化 柳氏)인 둘째 부인을 얻었다. 이러한 가정환경은 결국 정지용에게 있어 고독과 고민, 그리고 소외의식 형성에 큰 영향을 미쳤던 것으로 보인다.

휘문고보 수학은 교비생이 되어 무료로 공부하게 되었는데 1학년 때인 1918년 김화산(金華山), 박팔양(朴八陽) 등과 동인지 ≪요람(搖籃)≫를 만들며 시를 습작하기 시작했다. 그의 시 가운데 최초의 작품은 1922년에 쓴 「풍랑몽(風浪夢) I」이며 그의 대표작인 「향수(鄕愁)」는 1923년 3월 11일에 썼으나 공식적으로는 1927년 ≪조선지광(朝鮮之光)≫(64호, 7권 2호, 3월)에 발표되었다. 1923년에는 휘문고보를 졸업하고 이 학교의 주선으로 일본 경도에 있는 동지사대학(同志社大學) 영문과에 유학, 본격적으로 문학수업을 했다. 1929년 이 학교를 졸업할 때까지 「카페·프란스」, 「갑판우」, 「새빩안 기관차」, 「석류」, 「바다 1-5」, 「유리창 1」, 「절정」 등을 발표했다.

1929년 귀국한 그는 휘문고보 교사로 들어갔으며 1930년 3월에는 영랑 김윤식(永郎 金允植)과 용아 박용철(龍亞 朴龍喆)이 계획하고 있던 ≪시문학(詩文學)≫에 가담하여 문학적 기반을 닦았다. 1935년에는 89편을 수록한 첫 시집 『정지용시집』이 ≪시문학≫사에서 출간되었는데 그 반향은 매우 컸던 것으로 보인다. 이양하는 1935년 12월 11일 <조

선일보>에서 찬사를 아끼지 않았다.

> 氏의 詩集을 처음 닑는 사람으로서 누가 몬저 感歎하지 아니하며
> 讚辭를 밧치지 아니하랴, 氏의 아름다운 感覺과 感想 또 가티 아름
> 다운 氏의 말과 마음, 그리고 한편에 「毘盧峰」·「海峽」·「歸路」를
> 쓸수 잇고, 또 한편에 「해바라기 씨」·「산넘어 저쪽」가튼 童謠, 또는
> 「산엣색시 들녁사내」가튼 宗敎詩를 쓸수 잇는 氏의 力量! 우리는 이
> 제 여기 처음 다만 우리 文壇 有史以來의 한 자랑거리가 될 뿐 아니
> 라, 온 世界文壇을 向하야 「우리도 마츰내 詩人을 가젓노라」하고 부
> 르지즐 수 잇슬 만한 詩人을 갓게 되고 또 여기 처음 우리는 우리 朝
> 鮮말의 無限한 可能性을 具體的으로 알게 된 것이다. 엇지 우리 文壇
> 을 爲하야 기쁜 일이 아니며, 또 우리가 참으로 感謝하야여 할 赫赫한
> 功績이라 아니할 수 잇스랴.

김기림도 1936년 1월 ≪조광(朝光)≫에 발표한 「정지용시집을 읽고」
에서 "詩人 芝溶의 出發은 實로 이렇게도 中世紀의 騎士傳처럼 孤獨하
고도 華奢했던 것이다. 그러나 그는 決코 「탕크」를 타고 그 荒蕪地를
侵略하려고 하지는 않았다. 裝甲自動車는커녕 自働自轉車조차 타지 않
았다. 그것들은 그의 물제비처럼 端雅한 感性에 너무 거츨렀던 까닭이
다. 그는 실로 다락 같은 말을 몰아서 周圍의 뭇 荒凉에 輕蔑에 찬 視
線을 던지면서 새로운 시의 地平線으로 향해서 荒野를 突進했든 것이
다(말1·말1·말)."라고 찬사를 보내면서 새로운 시 세계를 이루었다고
시집을 높이 평가했다.

1941년에는 자연의 아름다움을 노래한 시집 『백록담』(33편)이 문장사
에서 간행되었고, 그 후 『지용문학독본(芝溶文學讀本)』(박문출판사, 1948)과
『산문』(동지사, 1949) 등 산문집이 출간되었다. 한편, 그는 1945년 이화여
전 교수로 부임했다가 1946년 <경향신문> 주간으로 옮겼으나 이듬해 다
시 이화여대에 복직했다. 그러나 1950년 6·25 동란시 정치보위부에 구

금되었다가 행방불명되었다.

그는 1950년 7월 제자들과 경기도 고양군 녹번리(현, 서울 녹번동) 집을 나갔다가 행방불명이 되었는데, 4대 국회의원을 역임한 계광순(桂珖淳 ; 90년 사망)은 그의 자서전『나는 이렇게 살았다』에서 "조선문학 가동맹의 자수 권유를 받던 정 시인이 정치보위부에 출두한 뒤 서대문 형무소에 수감됐고 다른 서울의 저명인사들과 함께 평양감옥으로 이 송됐다."며 "50년 9월 유엔군의 평양 폭격 때 나는 탈출했지만 정 시인 은 탈출하지 못해 숨졌을 것"이라고 밝혔다. 그리고 그때의 상황을 1954년 6월 ≪현대공론(現代公論)≫에서 더 구체적으로 밝혔다.

> 우리는 설흔세 명이 모두 한 방에 있게 되었다. 그 중에 기억에
> 있는 사람을 뽑아보면, 옥선진, 경상북도 경찰국장 강수창, 치안국
> 수사과장 박명진, 전보도 연맹 간사장 박우천, 시인 정지용, 국회의
> 원 김상덕, 야담가 신정언, 사무국장 차윤홍, 전 서울방송국장 홍양
> 명 등 제씨였다.

그리고 백철(白鐵)은 계광순의 말을 빌어 또 다른 구체적 상황을 말 했다.

> 그(桂珖淳)가 전하는 말에 의하면 평양감옥에 갇혀 있을 때에 文
> 人으로서 李光洙와 鄭芝溶이 납치되어 가서 거기 수감되어 있었다
> 는 것이다. 桂珖淳은 두 文人에 대한 인물평까지 하였었다. 春園은
> 역시 인물이더라는 것이다.…… 그러나 鄭芝溶에 대해선「春園과 비
> 해서 인물이 적어 뵙니다. 그리고 너무 경박해 보였어요……」하고는
> 글쎄 늘 철창가에 붙어 서서는 지나가는 간수보고「속히 나가서 의
> 용군을 가야할 터인데 이렇게 이 속에만 있으면 어떻게 합니까」하
> 고 호소를 하더라는 것이다.「거기 대하여 간수의 대답이 뭣인지 아
> 세요……」「이젠 의용군 갈 시기도 늦어버렸어요」하더라는 것이다.[1]

이와 같은 진술로 보아 정지용은 납북되어 평양감옥에 있다가 사망했던 것으로 보인다. 따라서 그가 '자진월북'이라는 일부의 주장은 틀린 것 같다.

그러나 북한의 『조선대백과사전』 17권에는 "개성적인 민요풍의 시인으로 8·15 이후 진보적 문학운동을 펼쳐온 鄭시인이 50년 9월 25일 사망했다."고 기재되어 있다. 이 사전에는 그의 사망 원인, 장소 등에 대해선 구체적으로 밝히지 않았다. 그런데 1950년 아버지를 찾아 나선 후 행방불명이 되었다가 북한에 살고 있던 정지용의 셋째 아들인 구인(求寅)은 2000년 제3차 이산가족상봉 신청서에서 남쪽의 아버지와 어머니, 그리고 형 구관(求寬)과 여동생 구원(求苑) 등 가족을 찾는다고 하여 그 역시 아버지의 행방을 모르고 있었던 것이 분명하다. 더구나 2001년 2월 26일 서울에 온 구인은 "아버지는 북한으로 오시던 중 남한(의 정부)의 소요산에서 폭사하셨다."고 북한문학계의 종전 주장을 그대로 말하는 등 정지용의 행방은 그도 역시 제대로 알지 못하고 있음이 드러났다.

지금까지 여러 정황과 증거로 보아 '자진월북'이 아니라, 납북되어 평양감옥에서 사망한 것이 분명한데, 이 경우 정지용과 아들 구인은 같은 북한 땅에 살았으면서도 서로 소식조차 모르고 살았다는 말이 된다.

본고에서는 이러한 생애에서 쓰여진 시의 이미지는 무엇이며 어떻게 변모하였는가를 살펴 그의 정신적 성장과정을 밝혀보고자 한다. 그것은 한 시인의 정신세계가 곧 시적 이미지로 나타나기 때문이다. 바슐라르가 지적한 대로 시적 이미지가 심리적 세계의 원천이어야 한다고 할 때, 원형에 작용하는 변형 자체에서 원초적인 것과 영원적인 정신, 그리고 독창성의 요소를 발견하기 위해서라면 이미지 탐구는 의미 있는 작업이라고 할 수 있다. 따라서 여기에서는 원형 상징을 통해 그의 시의 변모양상을 살펴 그 정신적 가치를 밝혀보고자 한다.

2. 원형 심상의 변화 양상

1) 물과 바다

정지용의 초기 시에는 대부분 물과 바다 등이 중심 이미지가 되고 있다. 물은 인간의 사고 가운데서 가장 큰 가치 부여 작용의 하나[2]다. 이런 점에서 그의 '물'은 먼저 향수와 고독의 원형으로 작용한다.

넓은 벌 동쪽 끝으로
옛 이야기 지줄대는 실개천이 회돌아 나가고
얼룩백이 황소가
해설피 금빛 게으른 울음 우는 곳,

— 그 곳이 참하 꿈엔들 잊힐리야.

— 「향수」 1연

위 시는 그의 대표작의 하나로, 화자가 고향을 그리워하는 내용이다. 그가 그리워하는 '그곳'은 "넓은 벌 동쪽 끝으로" 휘돌아나간 '실개천'이다. 여기에서 지배적 이미지로 제시된 '실개천'의 물은, 생명의 근원으로서의 모태를 상징한다기보다는 순수성에 가치를 부여하도록 작용한 것으로 파악되어야 한다. 바슐라르는 물이 1차원적으로 탄생 등을 상징한다면 물의 2차적 의미는 엄격한 상징으로서이기보다는 물이 보여 주는 유동성의 변용과 관계되고, 특히 시냇물이나 강이 흐르는 곳에서 태어난 사람은 물질에 의해 그의 무의식이 지배된다는 것이다. 「향수」에서의 물질은 시냇물이나 강이 아니라 물줄기가 실처럼 가는 정겨운 실개천이라는 점이다. 그래서 여기에서의 '실개천'은 그가 자라면서 늘 가깝게 지냈던 물질로 그 이미지는 섬세하고 연약하다. 나아가 "옛 이야기 지줄대는 실개천"에서 '지줄대는' 물의 소리도 크게 떠들썩한 소리가 아니라, 순진한 어린아이의 소리라는 점에서 순수성과 관련을 갖는다. 가스똥 바슐라르의 말처럼 '자연'이 어린아이로서 말한 것이다. 따라서 이 시는 객지에서 삶의 어려움을 겪으면서 떠올린 유년의 '실개천'이기 때문에 여기에서 '실개천'은 정겨운 고향에 대한 그리움의 순수한 이미지인 것이다.

이밖에도 '실개천' 정도가 되는 물의 이미지를 통하여 고독을 달랜 작품으로 "鴨川十里ㅅ벌에/ 해는 저물어…… 저물어……// 날이 날마다 님 보내기/ 목이 자졌다……여울 물소리……"(「鴨川」 일부)가 있는가 하면, 넓은 호수의 이미지를 통해서는 "보고 싶은 마음/ 湖水만 하니/ 눈 감을 밖에."(「호수 1」 일부)라고 향수를 나타내고 있다.

한편, 바다는 물에 해당된다. 바다는 모든 생명의 어머니인 동시에 영원의 이미지를 포함한다. 즉 어머니는 생명이 태어난 곳, 궁극적으로 장소를 의미하기도 하는데 정지용의 바다는, 「지는 해」, 「갈매기」 등에서와 같이 불안이나 소외, 그리고 소명의식도 볼 수 있으나 대체적으로 풍요와 기쁨의 생동적 이미지가 주류를 이루고 있다.

砲彈으로 뚫은듯 동그란 船窓으로
눈섶까지 부풀어 오른 水平이 엿보고.

하늘이 함폭 나려앉어
큰악한 암탉처럼 품고 있다.

透明한 魚族이 行列하는 位置에

훗하게 차지한 나의 자리여!

망토 깃에 솟은 귀는 소랏ㅅ 속 같이
소란한 無人島의 角笛을 불고—

海峽午前二時의 고독은 오롯한 圓光을 쓰다.
설어울리 없는 눈물을 少女처럼 짓쟈.

나의 靑春은 나의 祖國!
다음날 港口는 개인 날세여.

航海는 정히 戀愛처럼 沸騰하고
이제 어드메쯤 한밤의 太陽처럼 피여 오른다
———「海峽」 전문

위 시는 모성적 이미지가 핵심이다. "하늘이 함폭 나려앉어 / 큰악한 암탉처럼 품고 있다"에서 생명의 잉태를 볼 수 있으며 "투명한 어족"이란 생명의 실체를 의미한다. 또한 바다의 역동성도 포착된다. '항해'가 "한밤의 태양처럼 피여 오른다"는 이미지의 형상화에서 풍요에 따른 생동성을 발견하게 된다.

고래가 이제 橫斷 한 뒤
海峽이 天幕처럼 퍼덕이오.
———「바다 6」 일부

여기에서도 바다의 이미지가 생동성으로 나타나 있다. 김용직은 "일반적으로 '천막'이라고 하면, 우리는 '비나 해를 가린 것', '막아 주는 것' 등에서 기껏 '안정', '평온' 정도를 생각해 낼 수 있을 것이다. 그것이 다음과 같은 경우에는 상당히 특수한 이미지를 형성해 주고 있음을 알게 된다.……즉, 여기서 천막은 전혀 일반적인 경우의 통념을 뒤엎고 정착이라든가 안정의 반대가 되는 생동하는 것, 싱싱한 느낌을 주는 데 이바지하고 있는 것이다."[3] 즉 바다는 생명의 잉태나 안정의 이미지뿐만 아니라 바다의 왕인 '고래'가 파도를 일으키며 횡단하고, 해협이 천막처럼 크게 흔들린다는 데에서 그 이미지는 매우 생동적이다.

> 오, 오, 오, 오, 오 소리치며 달려가니
> 오, 오, 오, 오, 오 연달어서 몰아 온다.
>
> 긴 밤에 잠 살포시
> 머언 뇌성이 울더니,
>
> 오늘 아침 바다는
> 포도빛으로 부풀어졌다.
>
> 철석, 처얼석, 철석, 처얼석, 철석,
> 제비 날어 들듯 물결 새이새이로 춤을추어.
>
> ―「바다 1」 전문

여기에서도 양성모음이면서 '오'의 반복으로 소리치며 달려가는 파도와 세차게 밀려드는 파도, 그리고 "아침 바다"의 '포도빛'에서 바다의 이미지를 긍정적으로 살려내고 있다. 더구나 '철석'에서 보여주는 파도소리의 의성어는 무엇을 달성하려는 듯한 바다의 이미지를 한층 북돋아 주고 있다. 이러한 이미지는 세계를 지향하려는 밝고 희망찬 '미래'의 의미를 보여준 것이다. 따라서 정지용의 물과 바다의 이미지는 문덕수가 지적한 지하이거나 지옥이 아니라, 지상 또는 상계(上界)의 물이다.[4]라는 말은 정당성을 지닌다.

2) 산

정지용의 후기 시에는 대체적으로 물이나 바다의 이미지에서 한 단계 상승한 '산'이 중심 이미지를 이루고 있다. 산의 이미지는 다양하다. 그것은 산을 구성하는 요소, 즉 높이·질량·형태 등이 환기하는 다양성 때문인데 그것은 정신적 상승의 고양과 초월정신을 나타낸다.

> 伐木丁丁 이랬거니 아람도리 큰솔이 베혀짐즉도 하이 골이 울어 멩아리 소리 쩌르렁 돌아옴즉도 하이 다람쥐도 좃지 않고 뫼ㅅ 새도 울지 않어 깊은산 고요가 차라리 뼈를 저리우는데 눈과 밤이 조히 보담 희고녀! 달도 보름을 기달려 흰 뜻은 한밤 이골을 걸음이란다? 웃절 중이 여섯판에 여섯번 지고 웃고 올라 간뒤 조찰히 늙은 사나히의 남긴 내음새를 줏는다? 시름은 바람도 일지 않는 고요에 심히 흔들리우노니 오오 견듸란다 차고 兀然히 슬픔도 꿈도 없이 長壽山 속 겨울 한밤내—
>
> ——「長壽山 1」 전문

여기에서 우리는 그가 정적, 즉 동양적 자연관을 지향하여 현실의 문제를 초월하고자 함을 알 수 있다. "벌목정정(伐木丁丁) 이랬거니"는 정적감을 살리기 위한 시적 장치로 『시경』에서 원용된 것인데 이것은 단적으로 그의 동양 고전에 대한 정신적 경사를 나타낸다.[5] 벌목하는 소리를 표현함으로써 울창한 장수산의 고요를 더 한층 깊게 한 것이다. 그가 말하는 고요는 "다람쥐도 좃지 않고 뫼ㅅ새도 울지 않어 깊은산 고요가 뼈를 저리우는" 공간이며 "조찰히 늙은 사나히의 남긴 옷 냄새"를 통하여 늙은 수도승의 정신, 즉 무욕과 청정심을 지향하고자 한다. 또한 "시름은 바람도 일지 않는 고요에 심히 흔들"리고 있으나 "오오 견듸란다"에서 알 수 있듯 이는 현실적 고뇌를 초극하고자 하는 정신적 고양인 것이다.

老主人의 腸壁에
無時로 忍冬 삼킨 물이 나린다.

자작나무 덩그럭 불이
도로 피여 붉고,

구석에 그늘지여
무가 순돋아 파릇하고,

흙냄새 훈훈히 김도 사리다가
바깥 風雪소리에 잠착하다

山中에 冊曆도 없이
三冬이 하이얗다.

              — 「忍冬茶」 전문

이 작품에서도 역시 단순히 '인동차(忍冬茶)'를 마시는 늙은 주인이 아니라, 현실적 상황을 극복하고자 하는 염원을 나타내고 있다. '인동 (忍冬)', '풍설(風雪)', '삼동(三冬)'은 모두가 겨울의 이미지인데 이를 강조하기 위해 "무가 순돋아 파릇하고"라든가 "흙냄새 훈훈히 김도 사리" 라는 대조법을 쓰고 있다. 여기에서도 겨울을 견디려는 의지가 보이며 "山中에 冊曆도 없이 / 三冬이 하이얗다"는 '비움'을 상징하고 있어 동양정신의 지향임을 알 수 있다.

   그러면 그의 이와 같은 시 정신은 어디에 근원하고 있는가.

    이러한 괴로움이 日帝 發惡期에 들어 『文章』이 廢刊 當할 무렵에 매우 심하였다. 그 무렵에 나의 詩集 「白鹿潭」이 주제주제 街頭에 나오게 된 것이다. 「白鹿潭」을 내놓은 時節이 내가 精神이나 肉體로

疲弊한 때다. 여러 가지로 남이나 내가 내 自身의 疲弊한 原因을 指摘할 수 있었겠으나, 結局은 環境과 生活 때문에 그렇게 된 것이었다. 그러나 모든 것을 環境과 生活에 責任을 돌리고 돌앉는 것을 나는 姑捨하고 누가 同情하랴. 生活과 環境도 어느 程度로 克服할 수 있을 것이겠는데 親日도 排日도 못한 나는 山水에 숨지 못하고 들에서 호미도 잡지 못하였다. 그래도 버릴 수 없어 詩를 이어온 것인데, 이 以上은 所謂 『國民文學』에 協力하던지 그렇지 않고서는 朝鮮詩를 쓴다는 것만으로도 身邊의 脅威를 當하게 된 것이다.[6]

위 글은 시집 『백록담』이 출간되던 시기의 글로, 그의 말대로 그때가 "정신이나 육체로 피폐한 때"인데 그것은 곧 "환경과 생활 때문에 그렇게 된 것이다". 그것은 당시의 온갖 현실 문제와 관련된다.

그는 이처럼 산의 이미지를 통해 동양정신, 즉 청정이나 무용을 지향했으나 「백록담」이나 「비로봉」 등에 와서는 자연과 융화한다.

(1)
絶頂에 가까울수록 뻑국채 꽃키가 점점 消耗된다. 한마루 오르면 허리가 슬어지고 다시 한마루 우에서 모가지가 없고 나종에는 얼골만 갸옷 내다본다. 花紋처럼 版박힌다. 바람이 차기가 咸鏡道 끝과 맞서는 데서 뻑국채 키는 아조 없어지고도 八月한철엔 흩어진 星辰처럼 爛漫하다. 山그림자 어둑어둑하면 그러지 않어도 뻑국채 꽃밭에서 별들이 켜든다. 제자리에서 별이 옮긴다. 나는 여긔서 기진했다.
— 「白鹿潭」 일부

「백록담」은 9편으로 이루어져 있는데 '백록담'의 이미지는 남한에서 가장 높은 곳으로 더 이상 오를 수 없는 공간으로 최상의 정신적 승화를 나타낸다. 따라서 그가 백록담을 오르면서 '뻑국채 꽃', '백화(白樺)', '말', '소', '풍란(風蘭)', '꾀꼬리', '고사리', '더덕순' 등 다양한 자연을 만난다는 것 — 그것은 이미지와의 융합이며 조화로 해석할 수 있다.

특히 "뻐꾹새 꽃밭에서 별들이 켜든다. 제자리에서 별이 옮긴다. 나는 여긔서 기진했다."를 눈여겨보면 그가 현실을 떠나 자연에 합일되었음을 알 수 있다.

> 漢拏山이 視力範圍안에 들어와 서기는 실상 楸子島에서는 훨씬 이전이 있었겠는데 새벽에 楸子島를 지내놓고 한숨 실컷 자고나서도 날이 새인 후에야 해면 우에 덩그렇게 嬋娥히 허우대는 끔직이도 크게 나타나는 것이 아닙니까? 눈물이 절로 솟도록 반갑지 않으오리까. 한 눈에 情이 들어 몸을 내맡기도록 믿음직스러운 가슴과 팔을 벌리는 山이외다. 洞房花燭에 初夜를 새우울 제 바로 모신님이 수집고 부끄럽고 아직 설어 겨울뿐일러니, 그 님의 얼굴, 그 모습이사 東窓이 아주 희자 솟는 해를 품은 듯 와락 사랑흡에 뵈입는 新婦와 같이 나는 이날 아침에 平生그러던 山을 바로 모시었읍니다.[7)]

위 글은 그가 한라산을 처음 보았을 때의 기록이다. 그것은 "정이 들어 몸을 내맡기도록 믿음직스러운 가슴과 팔을 벌리는 산"이었으며, 그 속에 안기는 '초야'의 "신부와 같이" 되어 "눈물이 절로 솟도록" 반가웠다는 사실은 한라산이 지니고 있는 자연에 융합하고자 하는 의지의 소산이다.

> 한골에서 비를 보고 한골에서 바람을 보다 한골에 그늘 딴골에 양지 따로 따로 갈어 밟다 무지개 해ㅅ살에 빗걸린 골 山벌떼 두름박 지어 위잉 위잉 두르는 골 雜木수풀 누릇 붉읏 어우러진 속에 감초혀 낮잠 듭신 칙범 냄새 가장자리를 돌아 어마 어마 긔여 살어나온 골 上峯에 올라 별보다 깨끗한 돌을 드니 白樺가지 우에 하도 푸른 하늘……포르르 풀매……온산중 紅葉이 수런 수런거린다. 아래ㅅ 절 불켜지 않은 장방에 들어 목침을 달쿠어 발바닥 꼬아리를 슴슴 지지며 그제사 범의 욕을 그놈 저놈 하고 이내 누웠다 바로 머리 맡에 물소리 흘리며 어늬 한곬으로 빠져 나가다가난데없

는 철아닌 진달래 꽃사태를 만나 나는 萬身을 붉히고 서다.

—「진달래」전문

이 시에서는 현실을 떠나 "무지개 해ㅅ살에 빗걸린 골"에서 '산벌
레', '잡목수풀', "칙범냄새 가장자리를 돌아" '상봉(上峯)'에 올라 푸
른 하늘을 본다는 자연친화적 자세가 드러나 있다. 그 자체가 자연
친화적 자세인 것이다. 특히 "진달래 꽃사태를 만나", "만신(萬身)을
붉히고 서다"에서 극히 융화적 모습을 보여 준다. 이는 온갖 산 위
의 자연물의 이미지를 통하여 자기동일화하는 정신적 상승이다.

이와 같은 사실은 다음 글에서 확연하게 증명된다.

> 奔放히 끓는 情炎이 식고 豪華롭고도 焱焱한 부끄럼과 건질 수
> 없는 괴롬으로 繡놓은 靑春의 웃옷을 벗은 뒤에 오는 淸秀하고 孤
> 高하고 幽閉하고 頑强하기 鶴과 같은 老年의 德으로서 어찌 주검과
> 꽃을 슬퍼하겠읍니까. 그러기에 꽃의 아름다움을 실로 볼 수 있기는
> 老境에서일가합니다.[8]

위 글은 노경(老境)과 자연의 정신적 합일을 말한 것인데, 여기에서
노경은 좌절과 무기력을 말하는 것이 아니라 모든 욕망충동의 자아가
극기된 자아의 형성을 말한 것이다.[9] 노년에 이르러서 본 '꽃'은 슬픔
이 아니다. 그것은 '아름다움'이며 '덕(德)'인 것인데 이는 결국 현실을
초월한 자아의 실현인 것이다. 이 정신세계는 동양적 자연주의와 일맥
상통된다. 그러나 정지용의 자연관을 다른 측면에서 본다면 현실상황
에서 도피한 것이라는 지적도 만만찮게 제기되고 있다.

3. 맺음말

　지금까지 정지용의 생애와 시의 이미지 변화양상을 살펴보았다.

　정지용의 행방불명에 대하여 그 동안 많은 의문이 제기되어 왔다. 그것은 해방 후 '조선문학가동맹' 아동문학 분과위원장에 이름이 오르고, 임화 등 좌익계 인사들과 가까이 지낸 인사들이 가입한 '국민보도연맹'에 가입한 경력 때문이다. 이 경력은 그가 '자진 월북'이라는 오해를 불러일으키게 하는 빌미를 제공했으나 여러 증언을 통해 '납북'으로 확인되고 있다. 북한에 살고 있는 정지용의 셋째 아들인 구인이 이산가족 상봉에서 아버지의 행방을 찾았다는 것은 그 역시 같은 북한에 있던 정지용의 행방을 몰랐다는 사실을 새롭게 드러내 준 것이다. 따라서 그의 '납북' 사실과 북한에서의 행적이 좀더 구체적으로 밝혀질 때 그에게 붙여졌던 다소의 오해라도 청산되리라 믿는다.

　정지용 시는 크게 나누어 개천물, 바다, 산 등 자연이 중심 이미지가 되고 있다. 고향의 '실개천'을 통해서는 '향수'를, 타국인 일본의 '실개천'에서는 고독을 달래는 이미지로 나타내는 등 물을 대부분 그리움의 이미지로 드러냈다. 또한 물에 해당되는 바다의 이미지를 통해서는 풍요와 생동성으로 밝은 미래에 대한 염원을 보여주었다.

　정지용의 후기 시는 물과 바다의 이미지보다 상승한 '산'이 중심 이미지를 이루고 있다. "조찰히 늙은 사나히"와 '노주인(老主人)', 그리고 산의 고요, 즉 '비움'을 통해 현실을 초극하고자 하는 동양적 자연관을 보여주었는데, 이러한 이미지의 변모양상은 일제 치하라는 역사적 사실과 밀접한 관계를 맺는다. 또한 산이 포용하고 있는 짐승, 벌레, 꽃, 풀 등 다양한 자연은 대체로 고정적인데, 이러한 이미지를 통해서는 현실을 떠나 그것들에 융합하고 조화하려는 자연친화의 염원을 나타낸다. 정지용의 원형 이미지가 가장 낮은 공간인 '물'과 '바다'에서 '산'으로 한 단계 상승의 변화 양상을 보였다는 것은 새로운 삶의 세계를 위한 정신적 상승이라고 할 수 있다.

◆ 註

1) 백 철, 『문학자서전』, 박문사, 1976, p. 412.
2) 가스똥 바슐라르, 이가림 역 『물과 꿈』, 문학예술사, 1980, p. 24.
3) 김용직, 『한국현대시 연구』, 일지사, 1974, pp. 217~218.
4) 문덕수, 「정지용 시의 특질」, 『정지용』, 새미, 1996, p. 122.
5) 오탁번, 「芝溶詩의 題材」, 『現代文學散藁』, 고대출판부, 1976, p. 117.
6) 정지용, 「조선시의 반성」, 『散文』, 동지사, 1948, pp. 85~86.
7) 정지용, 위의 책, pp. 85~86.
8) 정지용, 「노인과 꽃」, 『白鹿潭』, 동명출판사, 1941, pp.113~114.
9) 문덕수, 앞의 책, p. 121.

조명희론

— 시를 중심으로

1. 머리말

일제치하의 참담한 현실 속에서 자유를 부르짖다가 이국 땅 소련에서 한 맺힌 삶을 마감한 포석 조명희(抱石 趙明熙 ; 1894. 8. 10~1942. 2. 20)는 충북 진천군 진천면 벽암리 수암부락에서 아버지 조병행(趙秉行)과 어머니 연일 정씨(延日 鄭氏) 사이의 4형제 중 막내아들로 태어나 4세 때 아버지가 별세하자 편모슬하에서 성장한다.

조명희는 성장과정에서 맏형인 공희(公熙)의 영향을 받는다. 공희는 한학자로 일제의 침탈에 비분하여 지리산에 들어가 외부와 인연을 끊고 지사적 은둔생활을 했다. 그는 어려서부터 이와 같은 맏형의 영향으로 자연히 조국애와 일제에 대한 저항의식을 키우면서 영웅전기 등을 섭렵한다. 그는 진천 성공회에서 설립한 신명학교를 졸업한 후 서울 중앙고등보통학교에 진학했으나 중퇴하고 북경사관학교에 입학하기 위해 서울을 떠난다. 그러나 평양에서 중형인 강희(康熙)에게 붙잡혀 귀가한 후 1919년 겨울, 친구의 도움을 받아 일본으로 유학, 동경대학 철학과에 입학하여 수학하면서 1921년에는 김우진 등과 「김영일의 사(死)」 등 희곡을 써 공연하는 등 연극운동에 참여했으나 경제난으로 1923년 봄에 귀국한다. 귀국 후 희곡 「파사(婆娑)」 등을 썼으며 1924년 6월에는 시집 『봄잔듸 밧위에』를 간행한다. 그 이듬해인 1925년에는 카프 결성에 가담하고 경향성이 짙은 소설 「땅 속으로」를 비롯하여 시, 소설, 수필 등을 창작했으며 1927년에는 프로소설의 전형으로 꼽히는 「낙동강」을 발표하기에 이른다. 1928년에는 M.L당 사건에 연루되어 소련 연해주로 망명한 후 산문시 「짓밟힌 고려」, 「10월의 노래」 등을 발표하고 소련작가동맹 맹원으로 블라디보스토크에 있는 신문 <선봉>의 문학 편집자, 조선사범대 교수, 소련작가동맹 원동 지부 간사 등으로 활동했으나 1937년 4월 15일 스탈린 정권에 의해 일제 간첩이라는 누명을 쓰고 1938년 5월 11일 총살당함으로써 이국에서 통한의 삶을 마감하였다. 그러나 1956년 7월 20일 극동군 관구 군법회의는 그에 대한 사형언도의 결정을 파기, 무혐의 처리하고 복권시켰다. 그리고 1959년 소련과학원에서는 『조명희 선집』이, 1994년에는 청주 <동양일보>에서 『포석 조명희 전집』이 간행되었다.

그의 문학적 생애는 크게 나누어 3기로 나눌 수 있다. 1기는 동경대학 유학시절, 2기는 1923년 봄 귀국 후로, 3기는 소련 망명기로 구분할 수 있는데 이 기간 동안에 발표된 작품은 시 110여 편, 소설 13여 편, 희곡 3편 등과 시집 1권, 소설집 1권, 희곡집 1권 등이 있다.

본고에서는 그의 유일한 시집인 『봄잔듸 밧위에』에 실린 시와 소련에서 창작한 시를 중심으로 하여 1) 방황과 상실의식 2) 현실비판과 부정의식 3) 자연과 생명의식 4) 소련에서의 투쟁의식 등으로 나누어 살펴보기로 한다.

2. 시 의식

1) 방황과 상실의식

조명희는 시를 동경 유학시절부터 쓰기 시작했으나 작품 발표는 1923년 귀국 후 ≪개벽≫, ≪조선지광≫ 등을 통해서 이루어졌는데 이 무렵에는 '적로(笛蘆)'라는 필명을 사용하기도 했다. 그의 유일한 시집 『봄잔듸 밧위에』는 3부로 나뉘어져 있는데 1부의 '봄잔듸 밧위에'는 「성숙의 축복」 등 '고향에 돌아온 뒤에 쓴 것' 13편, 2부인 '노수애음(蘆水哀音)'에는 「떨어지는 가을」 등 '대개 동경에서 쓴 것' 8편, 3부 '어둠의 춤'에는 「별 밑으로」 등 22편 총 43편의 시가 수록되어 있다.

그러면 시작품을 통하여 시 의식을 살펴보자.

> 저녁 西風궂웁시부는밤
> 들새도보금자리에꿈꿀때에
> 나는누구를차저
> 어두운벌판에터벅어리노.
>
> 그辱되고도쓰린사랑의微光을차지랴고
> 너를만나랴고
> 그흠하고도흠한길을
> 훌훌히달녀지처(病困)왓다.
>
> 夕陽빗탈길위에
> 피뭉친가슴안고쓰러져
> 人生孤獨의悲歌를부르지젓스며

약한풀대(草莖)에도기대랴는 피곤한羊의모양으로
깨여진빗돌 의지하여
상한발만지며울기도하엿섯다
구차히사랑을으드랴고 너를만나랴고.

저녁西風꼿읍시부러오고
뱃장이우는밤
나는누구를차저
어두운벌판에헤매이노.

— 「누구를 차저」 전문

동경 유학시절 초기에 쓰여진 것으로 보이는 이 시에는 가을밤을
배경으로 하여 '나는' '너'를 찾아 방황하고 있는 애상의 정조가 짙게
배어 있다. 암담한 민족의 현실과 동경 생활의 고달픔 속에서 힘없이
방황하고 있는 나그네의 모습이 매우 애상적으로 나타나 있다. "어두
운벌판", "辱되고도쓰린사랑", "흠한길", "夕陽빗탈길" "피뭉친가슴",
"피곤한羊", "깨여진빗돌", "뱃장이우는밤" 등 비극적 이미지는 '누구'
를 찾지 못한 데서 온 현실의식을 강렬하게 나타낸 것이다. 또한 "어
두운벌판에터벅어리노", "훌훌히달녀지처왓다", "어두운벌판에헤매이
노"는 고뇌와 끝없는 방황의식, 그리고 황량함을 뜻하고 있는 것으로
볼 수 있는데 이는 보편적 나그네의 정서가 아니라, 불행한 삶 속에서
의 방황적 감정이다.

성근落木形骸새이
燈불은冷寞의꿈으로빗처
너의언가슴속으로쉬여나오는한숨갓치
地面을숫쳐가는바람에 구르는입
사르르굴러 또사르르

스러져가는세상 외로운者의녁시언가

아아黃金의 面影은자최도읍다
지금은가을이다 찬밤이나
빠이올린의떠는소리로굴러온이마음은
시드른풀속버레의꿈갓다
바람의부닥치는외입소리에도魂이사러지랴든다
                        ―「떠러지는 가을」 전문

　이 시에는 "낙목형해(落木形骸)", "구르는잎", "시드른풀", "바람의부닥치는외잎소리" 등이 가을의 이미지를 드러내고 있는데 여기에서는 「누구를 차저」에서 보인 방황의 애상이 아니라, 소멸이나 상실의식의 극단적 모습을 보여준다. "스러져가는세상", "黃金의 面影은자최도읍다", "魂이사러지랴든다"는 것은 소멸되었거나, 소멸되어 가고 있는 것의 극단적 의식의 표상으로 비극적 '가을'을 노래한 것이다. 그의 이러한 소멸의식은 "落葉의 넋을 좇아 魂을 끊도다"(「고독자(孤獨者)」 일부), "쇠하여 가는 가을이/ 회색 안개의 옷을 입고", "푸른 안개 속으로 사라지리라"(「고독의 가을」 일부)에서 보듯 곳곳에 나타나고 있는데, 이는 시대나 개인이 처한 상황에서의 외로움이나 쓸쓸함을 뛰어넘어 막다른 길에서 나온 심적 고통의 비극적 정서로 보아야 할 것이다. 한편 그의 시에는 1920년대 한국시단이 보여 주었던 감상적 분위기와 관념이 그대로 드러나 있는데 이는 당시의 분위기가 그러했고 문학성 역시 성숙되지 못했기 때문인 것으로 해석되고 있다.

　그는 한시 읽기도 좋아하시었고, 서구라파 작가들 중에서는 발자크, 로망롤랑을 좋아하였다. 때로는 데카당트 바람에 좀 휩쓸린 자기의 초기작품들을 손수 수술대 우에 낱낱이 올려 놓고 자기비판이란 뾰족한 칼로 해부하기를 싫어하시지 않았다. 그 때의 「저기압」이 너무나도 지독하게 자기를 내려 눌렀다고 그는 웃으면서 변명하신 일도 있었다.

이 글은 1959년 5월 7일자 <문학신문>에 조명희의 소련에서의 제 자인 강태수가 쓴 「기억의 한 토막」 중 일부인데, 이는 그의 초기 작품에 대한 자기 비판이라는 점에서 초기 시의 시적 의식과 방법을 알 수 있게 해 준다.

2) 현실비판과 부정의식

그의 또 다른 시 의식은 현실비판을 들 수 있다. 일제 아래에서 살았던 많은 지식인들이 그러했듯 그의 시에는 현실에 대한 비판의식이 강하게 드러나 있다.

세상에서 富를 求하느니
가을의 썩은 落葉을 줏지
그것이 교활의 報酬로 온다더라.

세상에서 名譽를 求하너니
沙漠길 위에 모래塔을 쌋지
그것이 阿詔의 報酬로 온다더라

세상에서 理解를 으드랴느니
눈보라벌판에 홀로 도라가지
그들 돌갓흔 野人압헤 구차히 입을 버리느니.

그러면 孤寂한 동무야
煉獄에 呻吟者야
안어라 너의 가슴을.

冷가슴을 안고 가자가자
저 저문沙漠의 길로 저 별밋흐로.

그 별에게 말을 청하다가
별이 말읍거든
그때 홀로 쓰러지자 홀로 사러지자
　　　　　　　　　　　　— 「별밋흐로」 전문

　위 시를 보면 현실을 강하게 부정하고 있음을 알 수 있다. 세상에
대한 부정이 구체적으로 드러나 있지는 않지만 현실은 '교활'과 '아첨'
이 난무하여 "세상에서 富를 求하느니", "가을의 썩은 落葉을 줏"는 것
이 더 낫고, "名譽를 求하너니" 차라리 "沙漠길 위에 모래塔을" 쌓는
것이 더 낫다는 그의 현실관은 탐욕과 추악함이다. 부와 명예는 정당
하게 이루어져야 함에도 불구하고 교활과 아첨하는 자만이 이룰 수 있
다는 현실을 개탄하면서 이런 세상에서는 이해조차 얻을 수 없으니
"눈보라벌판에 홀로" 돌아가는 것이 현명하다는 것이다. 그래서 세상
을 '연옥(煉獄)'으로 인식하고 스스로를 거기에서 신음하는 고통자로 보
면서 이를 극복하거나 새로운 세상에 대한 소망을 '별'로 "가자가자"
하고 나타낸다. 그러나 결국 이러한 비정의 세상이 끝나지 않을 때는
"홀로 쓰러지자 홀로 사러지자"고 노래하고 있는데 이는 염원의 강렬
한 의지이면서 한편으로는 절망의식의 표출이다.
　이러한 현실비판 의식은 "아아 나는 어디로 갈까 나는 어디로 가 /
現實이란 잿더미[灰堆]를 디디고 서서 / 虛無한 奈落에 魂을 굴리어 /
주려 죽은 갈가마귀의 넋도 길들일 곳이 있지 / 썩은 외가지의 그늘
조차 부딪칠 데 없어라"(「혈면오음(血面嗚音)」 일부)에서처럼 '현실(現
實)'의 모든 것을 '잿더미'와 '나락(奈落)'으로 나타내면서 절망의식을

보이고 있다. 이것은 현실에 대한 부정의 극한 심리의 묘사인 것이다.

> 純實이웁는 이 나라에
> 압픔과 눈물이 어대잇스며
> 눈물이웁는 이 백성에게
> 사랑과 義가 어대잇스랴.
> 主여! 비노니 이 땅에
> 비를 주소서 불비를 주소서!
> 타는 불속에서나
> 純實의 뼈를 차자볼가
> 썩은 잿덤이 위에서나
> 사랑의 씨를 차자볼가.
> ―「불비를 주소서」 전문

　위 시에서도 "이 나라에"는 아픔과 눈물이 없고 "이 백성에게" 사랑
과 의리가 없다는 인식 아래에서 개탄과 비분을 격하게 드러내고 있
다. "이 나라"의 현실은 인간의 본질인 순수와 진실조차 없는 삭막한
환경이다. 그래서 그는 "主여! 비노니 이 땅에 / 비를 주소서 불비를
주소서"라고 분노를 드러내고 있는 것이다. 그러나 이 시에서도 "타는
불속에서나 / 순실(純實)의 뼈를 차자볼가 / 썩은 잿덤이 위에서나 / 사
랑의 씨를 차자볼가."라고 아픔과 눈물, 그리고 사랑과 의리에 대한 소
망을 표출해 내고 있다. 여기에는 '뼈'를 통하여 굳은 결실과 '사랑'을
내세워 인간적 삶을 지향하고자 하는 숭고한 정신이 짙게 배어 있다.
그래서 이 작품 역시 현실의 "이 나라"와 "이 백성에게"는 인간적임과
이념적인 것들이 없다는 비판의식에서 나온 반항 의지를 표현하고 있
는 것이다. 결국 현실의 모순과 암담함에 대하여 적극적으로 대응하고
자 하는 의지가 이들 작품 속에 용해되어 있다고 하겠다.

3) 자연과 생명의식

'노수애음(蘆水哀音)'과 '어둠의 춤'에 실린 시들이 동경 유학시절에 감상주의에 젖어 쓴 것이었다면 1923년 고향에 돌아와 쓴 '봄잔듸 밧위에' 와서는 앞의 시들보다 정서표현 등이 한층 성숙되어 있다. 그 자신도 시집 '서문(序文)'에서 다음과 같이 밝히고 있다.

> 初期作「蘆水哀音」에는 透明치 못하고 거치르나마 흐르는 曲線이 一貫하여 잇고, 그 다음 「어둠의 춤」 가운데에는 굴근 曲線이 긋첫다이엿다하며 点과 角이 거지반 一貫함을 볼수 잇스며(激한 調子로 쓴 詩는 모두 빼엇슴) 또 近作詩 「봄잔듸 밧위에」는 긋첫던 曲線 — 初期와 다른 曲線이 새로풀니여 나감을 볼 수 잇다. 詩가 마음의 歷史 — 끗읍시 구불거린 거문고 줄을 발바가는 靈魂의 발자최인 까닭이다.

위 글에서 볼 수 있는 것처럼 '노수애음'은 투명하지 못하고 '어둠의 춤'은 시의 리듬이 고르지 못하였으나 '봄잔듸 밧위에'의 시는 "마음의 역사"와 "영혼의 발자최"라고 스스로 밝히고 있는 것은 이 즈음에 들어서야 비로소 시가 성숙되었음을 말한 것이다. 이 말은, 시가 삶의 흔적을 따라 흐르는 마음의 발자최라는 뜻으로 해석할 수 있는데 '봄잔듸 밧위에' 부분에 수록된 작품은 대부분 정서가 짙게 풍기고 삶의 흔적이 드러나 있음을 볼 수 있다. 여기에는 주로 자연과 삶의 고뇌와 염원이 표출되어 있다.

> 내가 이 잔듸밧 위에 뛰노닐 적에
> 우리 어머니가 이 모양을 보아주실 수 없을까?
>
> 어린아이가 어머니 젖가슴에 안겨 어리광함같이

내가 이 잔듸밧 위에 짓둥그를적에
우리 어머니가 이 모양을 참으로 보아주실수 없을까?

미칠 듯한 마음을 견듸지 못하여
「엄마! 엄마!」소리를 내었더니
땅이 「우애!」하고 하늘이 「우애!」하옴에
어느 것이 나의 어머니인줄 알 수 없어라.
　　　　　　　　　　　　　　　— 「봄잔듸 밧위에」 전문

　위 시에서는 어머니의 이미지로 나타난 대지를 통하여 생명력의 존
귀를 노래하고 있다. 이 대지의 생명력은 곧 '어머니의 젖가슴'과 '하
늘'로 표상되는데 "어린아이가 어머니 젖가슴에 안겨" 어리광부리는
것처럼 '나'도 "이 잔듸밧 위에"서 뒹군다는 것은 자연, 즉 생명성에
대한 찬미인 것이며 나아가 "땅이 「우애!」하고 하늘이 「우애!」" 한다는
데에서 땅과 하늘의 융화를 알 수 있다. 이 융화는 곧 '봄잔듸'를 생성
하게 한 생명의 원동력으로 작용한다. 그래서 이 시는 어머니를 통한
생명의 존귀함과 '봄잔듸'의 이미지로 생명성의 위대함을 드러낸 것이
라 할 수 있다. 따라서 여기에서는 생명력에 대한 경건함과 건강한 삶
을 구현하고자 하는 정신이 기조를 이루고 있다고 하겠다.

어머니 좀 드러주서요
저 黃昏의 이약이를
숲사이에 어둠이 엿보아들고
개천물소리는 더한층 가느러젓나이다
나무나무들도 다 祈禱를 드릴때입니다.

어머니 좀 드러주서요
손잡고 귀기우려 주서요
저 담아래 밤나무에

아람떠러지는 소리가 들닙니다
「뚝」하고 땅으로 떠러집니다
宇宙가 새 「아달」나앗다고 긔별합니다
燈불을켜가주고 오셔요
새손님마지러 공손히 거러가십시다.
— 「驚異」 전문

　이 시에서도 자연의 생명력에 대한 존귀 의식이 담겨져 있다. 이 시는 가을 황혼 무렵, 밤나무에 아람 떨어지는 소리로 전개되며 어머니에게 생명의 '이야기'와 '소리'를 들어보라는 것이다. 어머니와 우주, 그리고 아들과 아람의 대칭으로 새 생명의 탄생과 우주질서에 대한 찬사를 나타내고 있다. "燈불을켜가주고 오셔요 / 새손님마지러 공손히 거러가십시다."에서 자연현상에 대한 경외심의 극치를 읽을 수 있다. 특히 아람 떨어지는 소리로 '뚝'이라는 의성어를 사용함으로써 시를 감각적으로 이끄는 시적 성숙을 보게 된다.

가을이되엿다. 마을의동무여
저 너른들로 향하야나가자
논틀길을발바가며 노래부르새
모든 이삭들은
다복바복 고개를 숙이어
「땅의 어머니여!
우리는 다시 그대에게로 도라가노라」한다

동무여! 고개 숙여라 기도하자
저 모든 이삭들과 한가지…….
— 「성숙의 축복」 전문

　위 시에는 "땅의 어머니여!"라는 표현에서 볼 수 있는 것처럼 그에게 있어 '어머니'는 '땅'이 되어 그 생명력의 존엄의식을 표상한 것이다. 이 시에서 '동무'에게 "저 너른들로 향하야나가자 / 논틀길을발바가며 노래부르새"라고 권유하고 있다는 것은 새로운 생명의지를 가지고 이상세계로 나아가자는 것을 의미하는 것으로써 그 표현은 경건하다.

또한 이 시에서는 "동무여! 고개 숙여라 기도하자 / 저 모든 이삭들과 한가지……"에서 보듯 종교적 색채를 보인다. 물론 여기에서는 새로운 생명의지를 가지고 이상세계로의 지향을 염원하는 정신으로 표상되지만, 일본에서 귀국하여 쓴 '봄잔듸 밧위에' 속에는 '기도'라는 시어가 여러 곳에 등장한다. "나무나무들도 다기도를 드릴때임니다"(「驚異」 일부), "主여 그대가 만일 영영버릴물건일진대 / 차라리 벼락의 영광(榮光)을 주겟나이가"(「무제」 일부), "울렁거리는 가슴을 안고 기도를 드리나이다"(「感激의 回想에서」 일부), "主여 비노니 이 땅에 / 비를 주소서 불비를 주소서!"(「불비를 주소서」 일부) 등이 그것이다. 이러한 종교의식은 1928년 소련으로 망명하기 전 그가 모친과 가족 14명을 데리고 덕수궁 옆 성공회에서 영세했다는 그의 딸의 언급에서 확인된다.

> 「떼카단니즘을 잡을가? 종교의 신비주의를 잡을가?」 더 한걸음 반항이다. 현실 도피다. 신비의 문을 두드리자. 알 수 없는 어떤 엄숙한 님 앞에 즉 신 앞에 엎드리자. 빌자. 인간의 힘으로는 도저히 어찌할 수 없다. 자기의 힘으로는 도저히 자기를 구원해 낼 수 없다고 생각하였다. 이러한 생각을 끌고 조선으로 나왔었다. 자기의 생각의 걸음은 점점 더 회색 안개 속으로 들어만 가고 있다. 절대 고독의 세계로 혼자 들어가자. 그 광막한 고독의 세계에서 무릎 끓고 눈 감고 앉아 명상하자. 가슴 속에서 물밀려나오는 고독의 한숨소리를 들으며 기도하자. 그 기도의 노래를 읊자. 그러면 나는 「타골」의 경지로 들어갈 수 있다. 「타골」의 시 「기탄자리」를 한해 겨울을 두

고 애송하였다. 「타골」의 심경을 잘 리해하기는 자기만한 사람이 없
으리라는 자부심까지 가졌였다. 그런데 여기서 딴 문제의 꼬트리
가 생기기 시작한다. 그것은 다른 것이 아니다. 가끔가다가 배고픈
고통이 생기는 것이란 말이다. 그럴 때마다 「아, 요것이 다 무엇이
야? 위대한 령혼 앞에 요따위 조그마한 육신의 고통이란 것이 다 무
엇이야?」하였다. 그러나 「요것」이란 것이 꽤 맹랑치가 않다. 갈수록
육신을 치기커녕 령혼이란 놈을 뒤덤벅을 만들어 놓는다. 처자식들
이 굶주림에 운다. 고통의 떡매는 사정없이 두드린다. 「시, 예술이
무엇이냐, 육신보다 강하다던 령혼이 어찌 이 모양인가?」

위 글은 그가 1927년에 쓴 수필 「생활기록의 단편」으로 동경유학
시절에 정신적 방황과 고뇌, 그리고 갈등을 회고한 것이다. 이 글로 보
아 그는 동경생활의 어려움과 정신적 고통을 종교에 의탁하여 해결하
려고 했던 것이 아닌가 싶다. 이 때부터 종교에 관심을 가졌다가 귀국
후에 정식으로 입종한 것으로 판단된다.

지금까지 살펴본 그의 시는 수필에서 보듯 타고르의 영향을 받은
것으로 보인다. 「기탄잘리」의 경건함과 자연의 숭고함 등이 그의 시
속에 깊숙이 깃들여 있음이 바로 그것이다. 이처럼 그는 귀국 후에야
비로소 시의 본질과 세계의 의미를 깨달아 성숙된 시 정신을 발현시켰
다고 할 수 있다.

4) 소련에서의 투쟁의식

소련으로 망명한 후 최초로 쓴 「짓밟힌 고려」는 1929년 10월에 발
표되었다. 이 시는 그가 민족적 참상을 그리던 카프 시절의 사회주의
리얼리즘의 창작방법으로 일제에 대한 비판과 투쟁을 강하게 표현해
낸 것이다.

일본 제국주의 무지한 발이 고려의 땅을 짓밟은 지도 벌써 오래다.

그놈들은 군대와 경찰과 법률과 감옥으로 온 고려의 땅을 얽어 놓았다.

칭칭 얽어 놓았다 — 온 고려 대중의 입을, 눈을, 귀를, 손과 발을.

그리고 그놈들은 공장과 상점과 광산과 토지를 모조리 삼키며 노예와 노예의 떼를 몰아 채찍질 아래에 피와 살을 사정없이 긁어먹는다.

보라! 농촌에는 땅을 잃고 밥을 잃은 무리가 북으로 북으로, 남으로 남으로, 나날이 쫓기어가지 않는가?

뼈품을 팔아도 먹지 못하는 그 사회이다. 도시에는 집도, 밥도 없는 무리가 죽으러 가는 양의 떼같이 이리저리 몰리지 않는가?

그러나 채찍은 오히려 더 그네의 머리 위에 떨어진다 —

순사에게 눈부라린 죄로, 지주에게 소작료 감해달란 죄로, 자본주에게 품값 올려달란 죄로.

그리고 또 일본 제국주의에 반항한 죄로, 프롤레타리아트를 위하여 싸워가며 일한 죄로!

주림과 학대에 시달리어 빼빼마른 그네의 몸뚱이 위에는 모진 채찍이 던지어진다.

어린 「복남」이는 저의 홀어머니가 진고개 일본 부르주아놈에게 종노릇하느라고, 한 도시 안, 가깝기 지척이건만 벌써 보름이나 만나지 못하여 보고 싶어서, 보고 싶어서 울다가 날땅에 쓰러지어 잠들었다.

젊은 「순이」는 산같이 믿던 저의 남편이 품팔이하러 일본간 뒤에 4년이나 소식이 없다고, 「강고꾸베야」에서 죽었는가 보다고, 감독하는 일본놈에게 총살당하였나 보다고, 지금 일본 관리놈 집의 밥솥에 불을 지펴주며 한숨 끝에 눈물짓는다.

아니다. 이것은 아직도 둘째다 —

기운 씩씩하고 일 잘하던 인쇄 직공 공산당원 「성룡」의 늙은 어머니는 어느 날 아침결에 경찰서 문턱에서 매맞아 죽어 나오는 아들의 시체를 부둥켜안고 쓰러졌다 — 그는 지금 꿈에도 자기 아들의 이름을 부르며 운다.

아니다, 또 있다 —

십 년이나 두고 보지 못하던 자기 아들이 정치범 미결감 삼년 동안에 옷 한 벌, 밥 한 그릇 들이지 못하고 마지막으로 얼굴이나 한번 보겠다고 천 리 밖에서 달려와 공판정으로 기어들다가 무지한 간수놈의 발길에 채여 땅에 자빠져 구을러 하늘을 치어다 보며 탄식하는 흰 머리의 노인도 있다.

이거뿐이냐? 아니다.

온 고려 프롤레타리아 동무 — 몇 천의 동무는 그놈들의 악독한 주먹에 죽고 병들고 쇠사슬에 매여 감옥으로 갔다.

그놈들은 이와 같이 우리의 형과 아우를, 아니 온 고려 프롤레타리아트를 박해하려 든다.

고려의 프롤레타리아트! 그들에게는 오직 주림과 죽음이 있을 뿐이다, 주림과 죽음!

그러나 우리는 낙심치 않는다. 우리의 힘을 믿기 때문에 —

우리의 뼈만 남은 주먹에는 원수를 쳐 꺼꾸러뜨리려는 거룩한 싸움의 힘이 숨어 있음을 믿기 때문에.

옳도다, 다만 이 싸움이 있을 뿐이다 —

칼을 칼로 잡고 피를 피로 씻으려는 싸움이 — 힘세인 프롤레타리아트의 새 기대를 높이 세우려는 거룩한 싸움이!

그리고 우리는 또 믿는다 —

주림의 골짜기, 죽음의 산을 넘어 그러나 굳건한 걸음으로 걸어나아가는 온 세계 프롤레타리아트의 상하고 피묻힌 몇 억만의 손과 손들이.

저 — 동쪽 하늘에서 붉은 피로 물들인 태양을 떠받치어 올릴 것을 거룩한 프롤레타리아트의 새날이 올 것을 굳게 믿고 나아간다!

—「짓밟힌 고려」 전문

북한에서 발행되는 『조선문학』 1957년 1월호에도 소개된 바 있는 이 산문시는 내용상 크게 세 단락으로 나눌 수 있다. 첫째 단락은 첫 행부터 "채찍이 던지어진다"까지, 둘째 단락은 "주림과 죽음!"까지, 그리고 셋째 단락은 나머지 부분이다. 첫째 단락에는 일본제국주의 통치 아래에서의 폭압상과 민족의 참상이 그려져 있다. "그놈들은 군대와 경찰과 법률과 감옥으로 온 고려의 땅을 얽어" "고려 대중의 입을, 눈을, 귀를, 손과 발을" 막고 "공장과 상점과 광산과 토지를 모조리 삼키며 노예와 노예의 떼를 몰아 채찍질 아래에 피와 살을 사정없이 긁어 먹는다"는 ── 일제의 폭압과 수탈이 묘사되고 한편으로는 한민족이 노예화되고 있는 비참한 과정이 그려져 있다. 일제의 착취와 학대에 대한 구조적 모순을 강렬하게 비판한 이 단락에는 증오와 분개심이 가득차 있다.

둘째 단락에는 일제의 폭압상이 구체적으로 드러나 있다. 그 내용을 보면, 일본인에게 종노릇하는 홀어머니를 어린 '복남'이가 보름이나 만나지 못하자 보고 싶어 울다가 땅에 쓰러져 잠들었다는 애처로움, 남편이 품팔이하러 일본에 갔으나 소식이 없자 일본 관리집에 식모살이하는 젊은 '순이'가 밥솥에 불을 지피며 눈물짓는 안타까움, 또한 씩씩하고 일 잘하던 '성룡'이가 경찰서에서 매맞아 죽어 나오자 미쳐버린 한 어머니의 비통함, 재판 받는 아들의 얼굴을 한 번 보려다가 간수에게 폭행 당한 노인의 탄식 등이 그려져 있다. 이러한 사연들은 하나의 구체적 사실이라기보다 한민족이 처한 비참한 공동의 현실을 반영한 것이다.

셋째 단락에서는 강력한 투쟁이 표현되어 있다. "원수를 쳐 꺼꾸러뜨리려는 거룩한 싸움"에서 일제를 타도하기 위한 의지를 엿볼 수 있으며 그 힘은 프롤레타리아트에 있음을 말하고 있다. 이 단락의 초점은 '주림의 골짜기'와 '죽음의 산'으로 표상되는 현실을 타도하여 프롤레타리아의 '새날'을 이루자는 염원에 있는데, 이는 그의 철저한 사회주의 리얼리즘 성향의 시적 반영이라 하겠다.

　　봄! 새 나라에 떨쳐오는 봄,

5년 계획 세째 해의 봄,
하늘에도, 땅에도 새봄이 나래를 친다.
새 계획을 물고 나래를 친다.
일어서라 천만의 노력 대중아!
봄과 한 가지 떨쳐 일어서라!

굴뚝의 연기도 구름이 되어 날으거든,
쇠 깎는 소리도 하늘 위에 용솟음쳐 구르거든,
하물며 노력의 용사들이야
힘 오른 팔뚝을 뽐내지 않으랴?
둘러라, 바퀴를! 쳐라, 망치로!
5년 계획을 여기서 넘쳐 하자!
이리하여 우리는
봄과 한 가지 떨치리라.
         * * *
가없는 벌판에 햇빛이 뛰놀고
바람도 거기서 손뼉을 치거든,
하물며 노력의 용사들이야,
힘오른 팔뚝을 뽐내지 않으랴?
잡아라! 뜨락또르채를, 뿌려라! 새 씨앗을
5년의 열매를 여기서 얻자!
이리하여 우리는 봄과 한 가지 떨치리라.
— 「볼셰비크의 봄」 전문

    1931년 9월에 발표된 이 시는 Agi-pro의 전형을 보여준다. '볼셰비키의 봄'을 위한 노동자들의 궐기를 선전선동하고 있는데 여기에서 '볼셰비키의 봄'은 사회주의인 것은 물론이고 "굴뚝의 연기도 구름이 되어 날으거든, / 쇠 깎는 소리도 하늘 위에 용솟음쳐 구르거든, / 하물며 노력의 용사들이야 / 힘 오른 팔뚝을 뽐내지 않으랴? 둘러라, 바퀴를! 쳐라, 망치로!"는 노동사상과 투쟁실천의 고취이다. 이런 것은 노동계

급성의 일환으로 혁명을 달성하기 위한 무기로 사용되고 있는 구호인 것이다. 특히 "힘 오른 팔뚝을 뽐내지 않으랴?"라는 시구는 프로문학을 이 땅에 심었던 김기진의 「백수의 탄식」에 나오는 "희고 흰 팔을 뽐내여 가며"의 발상법과 같다. 김기진이 무기력한 지식인들에 대하여 조소를 나타냈다면, 조명희는 힘있는 노동자들의 투쟁의지를 표상한 것이다. 이러한 사회주의 건설을 위한 선전선동시는 "사회주의 경쟁에는 언제나 첫 자리, / 이번엔들 첫 자리를 남에게 주랴, / 우리는 여자 돌격대이니 / 돌격대답게 일하여 보자! / 붉은 수건 햇빛에 흔들리며 / 검은 팔뚝들이 창날같이 번득인다."(「여자 돌격대」 일부), "건설의 채마전에 우리의 땀으로 된 이 채마전에 / 우리 생명의 텃밭인 이 채마전에 / 해충이거든 밟아 엉깨자! / 잡풀이거든 뽑아 없애자! / 더구나 도야지 — 미운 침략의 도야지 두둥이야"(「맹세하고 나서자」 일부) 등에서도 볼 수 있다.

위에서 살펴본 것처럼 조명희의 소련 망명 후 시에서는 어떤 문학성도 찾아볼 수 없고 1920년대 박종화, 김기진 등 프롤레타리아 작가들이 주창하던 '힘의 예술'만이 있었으며 그것은 결국 선전선동시로 전락하고 말았다.

3. 맺음말

조명희는 한국근대문학에서 프로문학의 선구자적 위치에 있었으나 비운을 살다간 문인이다.

그의 문학은 1920년 근대문학이 한국적 시안에 머물러 있을 때 프로문학으로 문학과 정치 및 사회 등과의 관계를 재인식시키고 세계문학에 대한 시야를 넓혀주었다는 데 큰 의미를 지닌다. 그의 초기 시에

서는 동경 유학시절의 것으로 일제 강점기 현실에서의 방황과 상실의
식이 표출되었다. 이러한 의식 속에서 쓰여진 시는 1920년대 초 한국
시단이 보여주었던 감상주의의 정조와 관념이 그대로 표출되었다. 그
러나 이러한 의식은 곧 현실인식으로 비판과 부정의식을 낳았다. 이는
인간적 삶을 지향하고자 하는 순수의식의 발현인 동시에 현실의 모순
에 대하여 적극적 대응자세를 보인 것이라 할 수 있다. 그의 시는 동
경 유학에서 귀국한 이후에야 비로소 성숙성을 보였는데 여기에는 삶
의 흔적과 자연과의 대비를 통한 인간의 고뇌와 염원이 담겨져 있고,
특히 대지를 통한 인간의 생명력이 생생하게 묘사되는 등 정서가 짙게
배어 있다. 후기 시라고 할 수 있는 소련 망명 이후의 작품은 사회주
의 건설을 위한 강렬한 투쟁의식을 가지고 선전선동시로 일관하였다.
따라서 소련에서의 작품은 극소수에 불과하지만 문학성을 찾기가 어
렵다. 더구나 사회주의 리얼리즘을 창작방법으로 했지만 그 역시 미숙
성을 드러냈다.

　　그럼에도 불구하고 그가 한국근대문학에서 중요한 위치에 있는 것
은 1920년대 초기 민요조 가락과 영탄조에 빠져있던 한국시단에 프로
문학을 통하여 '문학이 현실과의 관계에서 이루어져야 한다'는 인식을
심어주고 세계문학에 대한 시야를 넓혀주며, 그리고 사회주의 리얼리
즘 창작원리에 따른 문학의 세계를 새롭게 보여주었기 때문이다. 또한
소련에서 우리 문학을 한글로 창작하여 그 영역을 확장시키고 그곳에
민족문학의 씨를 뿌린 점 등에서 조명희 문학의 중요한 의미가 있다고
하겠다.

김현승론

1. 머리말

  '고독의 시인'으로 흔히 불리는 다형 김현승(茶兄 金顯承 ; 1913~1975)은 일생을 올곧게 살아오면서 발표작과 미발표작을 합쳐 총 275편[1]의 시 작품을 남겼다.

  전북 출신으로 목사인 아버지 김창국(金昶國)과 어머니 양응도(梁應道) 사이에서 1913년 4월 4일 아버지의 신학(神學) 유학지인 평양에서 6남 매 중 차남으로 출생하였다. 부친이 평양신학교를 마치고 제주도 성내 교회를 거쳐 광주로 오게 되자 그는 광주 숭일학교 초등과를 졸업하고 평양 숭실중학에 진학하기까지 10년간을 광주에서 살았다. 그가 문학을 본격적으로 시작한 시기는 1932년 숭실전문학교 문과에 진학하면서부터인데 이 학교에는 양주동과 이효석이 교수로 있었기 때문이다.

그는, 장시 「쓸쓸한 겨울 저녁이 올 때 당신들은」이 양주동의 소개로 1934년 5월 25일 <동아일보>에 발표됨으로써 문단에 데뷔하였다.

기독교 가정에서 성장한 그는 종교사상을 바탕으로 새로운 신앙 시와 양심의 시를 개척했는데 종교적인 측면에서는 관념의 세계를 신앙적 정면대결 정신으로 극복하였고, 윤리적으로는 인간의 실존적 자아 탐구에 고뇌, 끝내는 신의 절대주의적 경지에까지 이르렀다. 그의 시의 중심 사상이 된 고독은 신을 잃어 버렸기 때문인데 그는 여기에서 절망이나 회의에 빠지지 않고 끊임없는 자아 탐색을 통하여 인간 생명과 진실을 노래, 보편적 진리에 도달한 것이다. 특히 그는, 사상이 없는 시는 무정란이라는 시론까지 전개하며 사상과 시를 하나로 통합시키는 데 성공하였고 종교와 철학의 추상과 관념을 물화(物化)하여 형이상성으로 시를 감각화했다. 투명한 언어의 엄격성, 함축미, 간결한 정제미 등은 그의 시의 특징을 이루고 있다.

본고에서는 이와 같은 기조 위에서 다형의 시를 1기(30년대~8·15 해방까지), 2기(8·15해방부터 60년대 중반까지), 3기(60년대 중반 이후), 4기(70년대) 등으로 나누어 전반적으로 고찰, 시의 본체를 구명하고자 한다.

2. 시 세계

1) 자연과 민족

김현승의 1930년도 초기 시는 일제 식민지 시대와 밀접한 관련이 있다. 자연을 예찬하고 동경하면서도 그 밑바닥에는 민족적 센티멘털리즘이 짙게 깔려 있음을 볼 수 있다.

그 무렵 나의 시에는 자연미(自然美)에 대한 예찬과 동경이 짙게 풍기고 있었다. 이 점 또한 그 당시의 한 경향이었다. 불행한 현실과 고초(苦楚)의 현실에 처한 시인들에게 저들의 국토에서 자유로이 바라볼 수 있는 곳은 거기서는 주권을 행사하지 않는 자연뿐이었다.

<중략>

그러므로, 그 당시 자연을 사랑한다는 것은 흉악한 인간 ― 일인(日人)들과 같은 인간의 때가 묻지 않은, 깨끗하고 아름다운 세계를 지향하는 의미가 포함되어 있었고, 지상에서 빼앗긴 자유를 광대 무변한 천상에서 찾는 의미로 함축되어 있었다.[2]

그의 이와 같은 진술은 30년대가 망국민족이라는 일제하의 암울한 현실이었기 때문에 자연을 통하여 현실을 극복하고자 하는 열망을 로맨티시즘이나 센티멘털리즘으로 나타낸 것이다. 불행한 현실 아래에서 자유롭게 대면할 수 있는 것은 자연뿐이고 그 자연을 통해서 민족의 염원이나 미래의 희망을 노래했던 것이다. 따라서 그에 있어 자연은 단순한 자연이 아니라 현실극복과 밝은 미래를 상징하는 가장 친근한 존재였던 것이다.

해를 쫓아버린 검은 광풍이 눈보라를 날리며 개선행진을 하고 있습니다 그려!

<중략>

너무도 오랫동안 어두운 이 땅,
울분의 덩어리가 수천 수백 강렬히 불타고 있었습니다. 그려!
마침내 비련(悲戀)의 감정을 발끝까지 찍어버리고

금붕어 같은 삶의 기나긴 페이지 위에 검은 먹칠을 하고
하고서, 강하고 튼튼한 역사를 또 다시 쌓아올리고
캄캄하던 동방산(東方山) 마루에 빛나는 해를 불쑥 올리려고
밤의 험로를 천리나 만리를 달려나간 젊은 당신들
　　　　　── 「쓸쓸한 겨울 저녁이 올 때 당신들은」 일부

　그의 첫 작품인 위의 시는 자연의 아름다움을 예찬한 것이 아니
라 암흑시대와 민족적 열망을 암시한 것인데, '검은 광풍'은 일제하
의 참담함을, '해'는 '밝은 미래'를 나타내고 있음을 알 수 있다. 또
한 문덕수의 지적처럼 '해'는 '미래의 역사'를 암시한 것으로도 볼
수 있는데 어쨌든 이 시는, 어둠과 광풍이 부는 이 땅은 눈물로 얼
룩진 패배의 역사를 쌓았으니, 젊은 당신들은 우리의 조국에 빛나
는 미래의 해를 불쑥 올려야 한다는 것을 노래한 것이다.

　　새벽의 보드라운 觸感이 이슬 어린 窓門을 두드린다.
　　아우야 南向을 열어제치라.
　　어젯밤 자리에 누워 헤이던 별은 사라지고
　　鮮明한 물결 위에 아폴로의 이마는 찬란한 半圓을 그렸다.

　　꿈을 꾸는 두 兄弟가 자리에서 일어나 얼싸안고 바라보는 푸른
海岸은 어여쁘구나.
　　배를 쑥 내민 욕심 많은 風船이 지나가고
　　하늘의 젊은 「퓨우리탄」—東方의 새 아기를 보려고 떠난 저 구름
들이
　　바다 건너 푸른 섬에서 黃昏의 喪服을 벗어 버리고 巡禮의 흰 옷
을 훨훨 날리며 푸른 水平線을 넘어올 때
　　어느덧 물새들이 일어나 먼 섬까지 競走를 시작하노라.
　　　　　　　　　　　　　　　　　　　── 「아침」 일부

1934년 <조선중앙일보>에 발표된 이 작품에서도 '새벽', '바다' 등을 통하여 새 시대에 대한 염원을 노래하고 있다. 상실된 조국의 절망의식에서 훌훌 털고 일어나 푸른 바다를 바라보는 '두 형제'에서 우리는 암울한 시대에서 벗어나고자 하는 희망의 얼굴을 떠올릴 수 있다. 이제 "푸른 섬에서" 암흑시대를 상징하는 "황홀의 상복"을 벗어버리고 물새들처럼 자유롭고 평화롭게 이 세상을 날아 보자는 갈구의 의식을 강렬하게 내보인다.

　　새벽은 푸른 바다에 던지는 그물과 같이 가볍고 希望이 가득 찼습니다.
　　밤을 돌려보낸 후 작은 별들과 작별한 슬기로운 바람이
　　지금 산기슭을 기어 나온 작은 안개를 몰고 검은 골짜기마다
　　귀여운 새들의 둥지를 찾아다니고 있습니다.
　　이제 佛敎를 믿는 저 山脈들이 새벽의 정숙한 默禱를 마친 후에
　고 어여쁜 산새들을 푸른 수풀 속에서 내어놓으면
　　이윽고 저 하늘은 산딸기 열매처럼 붉어지겠지요?

　　<중략>

　　白色 유니폼을 입은 峻嶺의 早起體操團인 구름들이 벌써 東方 산마루를 씩씩하게 넘어 옵니다.
　　아마 저렇게 빛나고 기운찬 구름들이 모이면
　　오늘은 그 용감스런 소낙비가 우리의 城色을 다시 찾아오겠지요?
　　시원한 바닷바람을 몰고 들어와 門지방에 흐르고 있는 송진과 같이
　　느긋한 午後의 生存을 掠奪하여 가는 그 용감한 俠盜들 말입니다.
　　　　　　　　　　　　― 「새벽은 당신을 부르고 있습니다」 일부

여기에서도 희망에 찬 조국이 민족의 염원인 '해방'을 애타게 찾고 있는데 '해방'이 '당신'으로 의인화되어 자연의 세계를 누비고 있음을

볼 수 있다. 바람이 산기슭의 작은 안개를 몰고 검은 골짜기의 새들을 찾아다니고 있는 것은 불행한 현실에서 벗어나고자 하는 그의 민족의식인 것이다. 이렇게 자연을 통하여 민족의 희원을 노래한 그의 시 의식은 「어린 새벽은 우리를 찾아온다 합니다」, 「새벽 교실」, 「새벽」 등에서 공통적으로 볼 수 있다.

초기 시에 두드러지게 나타나는 '새벽', '밤', '산하', '땅', '나무', '바람', '들녘', '바다' 등을 통한 자연에 대한 예찬은 결국 시대적 불행을 극복하고 민족의 염원을 상징한 것인데, 특히 그것을 그대로 수용한 것이 아니라 자연미에 기지, 풍자, 유머를 가미하여 나타냈다. 그러나 무엇보다도 중요한 것은 1930년대 많은 시인들이 현실을 떠나 전원적 이상세계만을 낭만적으로 노래했으나 김현승은 일제 암흑시대라는 현실을 외면하지 않고 자연을 통하여 민족의식을 추구하였다는 점이다.

이 당시 그는 신경쇠약으로 고생하면서 광주 숭일학교에서 교편을 잡기도 하였으며 사상범으로 투옥되어 온갖 고난을 겪기도 하였다. 이러한 현실은 그가 1937년 이후 8·15해방까지 시와 결별하도록 만들고 말았다. 이는 일제의 탄압과 제한 속에서 한 시인으로서의 양심의 선언이며 실천[4]이기도 한 것이다.

2) 양심과 기도

김현승은 8·15 해방, 6·25, 4·19를 거치는 동안 발생한 사회부조리와 혼란 속에서 도덕적·윤리적인 문제를 지키기 위해 양심으로 맞서는 의지를 보여준다.

나는 기독교 신교(新敎)의 목사의 집안에서 태어나 어려서부터 천국과 지옥이 있음을 배웠고, 현세보다 내세가 더 소중함을 배웠다. 신이 언제나 인간의 행동을 내려다보고 인간은 그 감시 아래서 언제나 신앙과 양심과 도덕을 지켜야 한다고 꾸준한 가정 교육을 받았다. 나라는 인간의 본질은 아마도 비교적 단순하고 고지식한 데가 있는 것 같다. 나는 나이가 먹은 뒤에도 이 신앙과 양심과 도덕을 곧이곧대로 믿고 지키려고 노력하여 왔다.

그러나, 인간들의 실제적인 현실은 양심과는 너무도 먼 거리에서 양심과는 아무런 관계도 없이 살고 있다. 이른바 선험적인 원리와 경험적인 실전과는 너무도 차이가 심하다. 그 가운데서도 가장 대표적인 분야가 정치다. 나는 불행히도 선진국에선 살아보지 못하였지만 후진국의 정치는 더욱 양심과는 멀다.[5]

위 글에서 볼 수 있듯이 그는 어려서부터 신앙과 양심, 그리고 도덕을 배웠고 이를 지키기 위해 노력하였다. 그러나 현실은 부정과 불의가 난무하여 양심과 도덕과는 거리가 멀자 그는 종교와 윤리의식을 표현하기 시작하였다.

꿈을 아느냐 내게 물으면,
플라타너스,
너의 머리는 어느덧 파아란 하늘에 젖어 있다.
너는 사모할 줄 모르나,
플라타너스,
너는 네게 있는 것으로 그늘을 늘인다.

먼길 올 제,
홀로 되어 외로울 제,
플라타너스,
너는 그 길을 나와 같이 걸었다.

이제 너의 뿌리 깊이
나의 영혼을 불어 놓고 가도 좋으련만,
플라타너스,

나는 너와 함께 신이 아니다!

수고로운 우리의 길이 다하는 어느 날,
플라타너스,
너의 맞아줄 검은 흙이 먼 곳에 따로이 있느냐?
나는 오직 너를 지켜 네 이웃이 되고 싶을 뿐,
그 곳은 아름다운 별과 나의 사랑하는 창이 열린 길이다.
— 「플라타너스」 전문

　　그는 자연을 하나의 인격적인 존재로 보고 동반자적 실체로 인식한
다. 여기에서 그가 기독교 정신의 조화로운 관계에서의 신과 관계하고
있음을 알 수 있다. 플라타너스를 '너'로 지칭하여 동반자적 관계로 인
식하고 있다는 것은 플라타너스가 가지고 있는 싱싱한 푸른 잎, 든든
한 가지 등이 요인이며 그 나무의 실체는 바로 생명성이 있었기 때문
이다. 이러한 의식은 당시의 정치상과 사회상에서 비롯된 것이다.

모든 것은 나의 안에서
물과 피로 육체를 이루어 가도,

너의 밝은 은빛은 모나고 분쇄되지 않아

드디어는 무형하리 만큼 부드러운
나의 꿈과 사랑과 나의 비밀
살에 박힌 파편처럼 쉬지 않고 찌른다.

모든 것은 연소되고 취하여 등불을 향하여도,
너만은 물러나와 호올로 눈물을 맺는 달밤……

너의 차거운 금속성으로
오늘의 무기를 다져가도 좋을,

그것은 가장 동지적이고 격렬한 싸움!
　　　　　　　　　　　　　— 「양심의 금속성」 전문

　1958년에 발표된 이 시에는 먹는 것은 물과 피이고 육체를 이루지만 '너', 즉 '양심'만은 항상 은빛으로 빛나고 부서지지 않는 견고성을 지니고 있다고 양심의 가치를 표현해 내고 있다. "무형하리 만큼 부드러운" '꿈'과 '사랑'과 '비밀'의 마음에 양심의 가책이 "파편처럼 쉬지 않고" 찌르는 것은 그가 끊임없이 일구어내고 있는 종교적 양심에 의한 자기 성찰의 결과라고 볼 수 있다. 이와 같은 것은 "호올로 눈물"을 흘린다는 데에서 분명하게 드러난다. 불변의 양심을 '금속성'에 비유하여 양심의 가치와 기능의 중요성을 강조한 이 시에서 그의 무한한 상상력을 엿볼 수 있다.

　　　넓이와 높이보다
　　　내게 깊이를 주소서
　　　나의 눈물에 該當하는……

　　　산비탈과
　　　먼 집들에 불을 피우시고
　　　가까운 곳에서 나를 徘徊하게 하소서.

　　　나의 空虛을 위하여
　　　오늘은 저 黃金빛 열매를 마저 그 자리를
　　　떠나게 하소서.
　　　당신께서 내게 약속하신 時間이 이르렀습니다.

　　　지금은 汽笛들 해가 지는 먼 곳으로 따라 보내소서.
　　　지금은 비둘기 대신 저 空中으로 산까마귀들을

바람에 날리소서.
많은 眞理들 가운데 偉大한 空虛을 선택하여
나로 하여금 그 뜻을 알게 하소서.

이제 많은 사람들이 새 술을 빚어
깊은 地下室에 묻을 時間이 오면,
나는 저녁 종소리와 같이 호올로 물러가
나는 내가 사랑하는 마른 풀의 향기를 마실 것입니다.
　　　　　　　　　　　　　　　— 「가을의 詩」 전문

　　이 시는 구원의 시이다. 경건한 기도로 가난한 이웃들의 아픔에 희망
의 빛을 주고 가까운 곳에서 그들을 사랑하게 해 달라고 구원을 청한
다. 그리고 가을에는 풍성한 결실 뒤에 빈 가지마다 "위대한 공허"를
주어 고독이 진리를 깨닫게 해 달라고 기도한다. 가을의 '허공'을 통하
여 눈물을 사랑하면서 진리와 빛을 얻고자 하는 깨달음을 알 수 있다.
그리고 비윤리적 현실 앞에서 신과의 관계를 더욱 긴밀하게 추구하고
기원하면서 순수의 양심과 의지를 지키고 회복하고자 기도한다.

가을에는
기도하게 하소서……
낙엽들이 지는 때를 기다려 내게 주신
겸허한 모국어로 나를 채우소서.

가을에는
사랑하게 하소서……
오직 한 사람을 택하게 하소서,
가장 아름다운 열매를 위하여 이 비옥한
시간을 가꾸게 하소서.

가을에는

호올로 있게 하소서……
나의 영혼,
구비치는 바다와
백합의 골짜기를 지나,
마른 나뭇가지 위에 다다른 까마귀같이.
       — 「가을의 기도」 전문

 그의 기도는 신앙적 의식에서 비롯된 모국어와 사랑, 그리고 고독이
다. 절대의존의 신 앞에서 그는 신과 인간이 보다 긴밀한 관계를 형성
하기 위한 반성의 기도를 하면서도 계속 기도하도록 해달라는 고백과
요청을 하는데, 이는 신에 대한 자신의 굳은 의지의 발산인 것이다.
"마른 나뭇가지 위에 다다른 까마귀같이"에서 볼 수 있는 고독의 요청
은 인간의 순수 가치, 즉 경건한 삶의 가치를 추구하기 위한 영혼의
요청으로, 신에 대한 경건성을 엿볼 수 있다. 따라서 이 시는 신과 현
실과의 관계를 끊는 고독이 아니라, 신과의 관계를 더욱 굳게 하기 위
한 티끌하나 없는 순수 기도의 시이며 일종의 영혼시라고 할 수 있다.
이러한 기도의 시는 대부분 '가을'을 소재로 구체화되고 있다.

3) 신과 고독

 김현승의 신에 대한 절대성은 1960년 중반 이후 마침내 유일신은 존
재하지 않는다는 회의를 낳는다. 그는 "시 「제목」을 계기로 하여 나의
시 세계에는 적지 않은 변화가 일어났다. 나는 중기까지 유지하여 오던
단순한 서정의 세계를 떠나, 신과 신앙에 대한 변혁을 내용으로 한 관념
의 세계에 발을 들여놓았다.……정신상의 문제로는 나는 인간으로서 새
로운 고독에 직면해야 하였다."[6]고 말한다. 여기에서 '신과 신앙에 대한
변혁'이란 신에게 구원을 포기했다는 것을 말하는 것이다.

떠날 것인가
남을 것인가,

나아가 화목할 것인가
쫓김을 당할 것인가.

어떻게 할 것인가,
나는 네게로 흐르는가
너를 거슬러 내게로 오르는가.

두 손에 고삐를 잡을 것인가
품안에 안을 것인가.

허물을 지고 말 것인가
허물을 물을 것인가.

<중략>

*波濤*가 될 것인가,
가라앉아 *眞珠*의 눈이 될 것인가.

어떻게 할 것인가,
끝장을 볼 것인가
죽을 때 죽을 것인가.

무덤에 들 것인가
무덤 밖에서 뒹굴 것인가.

— 「제목」 일부

　이처럼 그는 신과의 관계에서 갈등하며 방황하고 있다. 그는 "신은 과연 초월적인 실재자(實在者)인가? 그러나 나는 신이란 인간들의 두뇌의 소산인 추상적인 존재에 지나지 않는다고 점점 확신을 갖게 된다. 인간 생활을 통일하기 위한 절대 진리, 절대의 법칙을 지탱하기 위하여는 초월적인 절대자의 존재가 필요하였기에 만들어낸, 그러므로 절대자의 진리가 지속되고 있던 시대에선 신은 절대자로서 숭배되었지만, 그 절대의 진리와 법칙이 산산조각이 난 현대에선 신은 존재하지 않는 것이 아니라 신이 인간들의 두뇌에서 사라지고 만 것이다. 신이란 두뇌의 소산에 불과하다."[7]고 말하여 전지전능한 절대자로 보았던 신관(神觀)이 변화했음을 알 수 있다. 나아가 그는 신을 회의하게 된 까닭을 "무엇보다 하느님은 유일신(唯一神)이 아닌 것 같다. 만일 유일신이라면 어찌하여 이 세상에는 다른 神을 믿는 유력한 종교가 따로 있겠는가?……기독교의 일원론(一元論)은 악마의 영원한 세력인 지옥을 인정함으로써, 결국은 이원론(二元論)이 되고 만다.……교인(敎人)들의 생활과 마음가짐이 일반 사회인의 그것과 다름이 없다는 사실이다. 특유한 형식을 지키는 면에서만 다를 뿐 실생활면에서는 영중심(靈中心)의 교인들이 육중심(肉中心)의 사회인과 다를 것이 전혀 없다."[8]고 신과 현실을 비판하면서 신과의 단절 의사를 보인다.

모든 것을 신이 해결해 주리라고 믿었으나 그것이 이루어지지 않음으로써 회의하게 되고 드디어 단절에 이르게 된다. 신과의 단절은 김현승 자신을 고독의 시인으로 만든다. 60년대 중반기 이후에 나온 시집 『견고한 고독』과 『절대고독』에서 보이는 '고독'이 그것이며 그것은 그의 시의 중심을 이룬다.

그것은 한 마디로 신을 잃은 고독이다. 내가 지금까지 의지해 왔던 거대한 믿음이 무너졌을 때에 허공에서 느끼는 고독이었다. 그러므로, 나의 고독은 기독교와 밀접한 관련이 있는 고독이면서도 키에르케고르 등의 고독과도 다르다. 키에르케고르는 인간을 고독한 존

재로 규정하였지만, 이 고독을 벗어나기 위하여 팔을 벌리고 그리스
도를 붙잡으려 하였다. 그러므로, 키에르케고르의 고독은 궁극적으
로는 구원에 이르기 위한 수단으로서의 고독이었다. ……그러나, 나
의 고독은 구원에 이르는 고독이 아니라 구원을 잃어버리는, 구원을
포기하는 고독이다. 수단으로서의 고독이 아니라 나의 고독은 순수
한 고독 자체일 뿐이다. 그러므로, 나의 고독이야말로 이 세상에서
가장 진정한 고독이다.[9]

위에서 보듯 그의 고독[10]은 신을 잃어버려 구원을 포기한 고독으로,
순수 그 자체의 고독인 것이다. 즉 그의 고독은 인간 본질의 외로움이
나 허무의식이 아니라, 문학에서는 시 예술 정신이며 윤리면에서는 참
된 양심이 되고자 구원을 포기하는 고독이다. 이는 시집 『절대고독』의
서문에서 "고독을 표현하는 것은 나에게는 가장 즐거운 시예술(詩藝術)
의 활동이며 윤리적 차원에서는 참되고 굳세고자 함이 된다. 고독 속
에서 나의 참된 본질을 알게 되고, 나를 거쳐 일반을 알게 되고, 그럼
으로써 나의 대사회적(對社會的) 임무까지도 깨달아 알게 되므로"라고
말한 데에서도 알 수 있다. 따라서 그의 고독은 신과 인간, 양심과 현
실에서 빚어진 것이기 때문에 절망이 아니다.

> 나는 이제야 내가 생각하던
> 영원의 끝을 만지게 되었다.
>
> 그 끝에서 나는 눈을 비비고
> 비로소 나의 오랜 잠을 깬다.
>
> 내가 만지는 손끝에서
> 영원의 별들은 흩어져 빛을 잃지만,
> 내가 만지는 손끝에서
> 나는 내게로 오히려 더 가까이 다가오는

따뜻한 체온을 새로이 느낀다.
이 체온으로 나는 내게서 끝나는
나의 영원을 외로이 내 가슴에 품어 준다.
그리고 꿈으로 고이 안을 받친
내 언어의 날개들을
내 손끝에서 이제는 티끌처럼 날려보내고 만다.

나는 내게서 끝나는
아름다운 영원을
내 주름잡힌 손으로 어루만지며 어루만지며
더 나아갈 수도 없는 나의 손끝에서
드디어 입을 맞춘다. ― 나의 詩와 함께
　　　　　　　　　　　　　　　―「절대고독」 전문

　이 시는 신의 무한성·영원성은 실재하지 않으며, 그것은 자신의 죽음에서 끝난다는, 이른바 개별적인 자기 고독의 사상을 말한 것이다. 그가 "시「절대고독」에서는 신의 무한성이나 영원성이 실재하지 않음을 비로소 깨달았음을 고백하였고, 그 무한이나 영원을 결국 나 자신의 생명에서 끝나버림을 노래하였다."[11]고 말한 것으로 볼 때 고독은 자기만의 일회성, 즉 영원부정론인 것이다.

　1, 2연은 '영원 부재'의 깨달음이다. 이 깨달음은 '이제야', '비로소'에서 볼 수 있듯 오랜 사유의 결실이며 "영원의 먼 끝을 만지게 되었다"는 것은, 이제야 영원성이 없음을 확인하고 고독의 실체를 알았다는 것이다. "오랜 잠을 깬다"는 것은 깨달음의 경지인 것이다. 3연에서는 빛을 잃은 별이 내게서 멀어지는 것이 아니라 "오히려 더 가까이 다가오는 따뜻한 체온"으로 느끼고 있다. 빛을 잃은 별 때문에 고독하지만 다시 따뜻하게 "내 가슴에 품어 준다"는 데에서 고독을 사랑하는 마음을 읽을 수 있는데 그것은 곧 '나'의 마음인 것이다. 4연에서는 꿈

으로 받쳐진 사치의 '언어'를 미련 없이 날려보냄으로써 그의 고독은 '절대고독'이다. 5연은 고독의 절정이다. 영원은 나의 생명이 끝남으로써 일회성으로 끝나게 되지만, "주름 잡힌 손으로" 고독을 어루만지며 사랑한다. 그가 고독을 인간의 본질적 생명체로 승화시켜 영원으로 통하도록 한 것은 다름 아닌 휴머니즘의 산물이다.

　　　　하물며 몸에 묻은 사랑이나
　　　　짭쫄한 볼의 눈물이야.

　　　　神도 없는 한 세상
　　　　믿음도 떠나.
　　　　내 고독을 純金처럼 지니고 살아 왔기에
　　　　흙 속에 별처럼 묻힌 뒤에도 그 뒤에도
　　　　내 고독은 또한 純金처럼 썩지 않으련가.

　　　　그러나 모르리라.
　　　　흙 속에 별처럼 묻혀 있기 너무도 아득하여
　　　　영원의 머리는 꼬리를 붙잡고
　　　　영원의 꼬리는 또 그 머리를 붙잡으며
　　　　돌면서 돌면서 다시금 태어난다면,

　　　　그제 내 고독은 더욱 굳은 순금이 되어
　　　　누군가의 손에서 千년이고 萬년이고
　　　　은밀한 약속을 지켜 주든지,

　　　　그렇지도 않으면
　　　　안개 낀 밤바다의 寶石이 되어
　　　　뽀야다란 밤고동 소리를 들으며
　　　　어디론가 더욱 먼 곳을 향해 떠나가고 있을지도……
　　　　　　　　　　　　　　　　　　　— 「고독의 純金」 전문

위의 시에서 보듯 그의 고독은 '순금'이다. 신도 없고 믿음도 떠나 이제 남은 것이란 변하지 않는 순금의 고독뿐이기 때문에 천 년이고 만 년이고 그것과 함께 살고자 한다. 그는, "어디론가 더욱 먼 곳을 향해 떠나가고 있을지도" 모를 고독이지만 그것을 떠날 수 없는 존재가 된다. 한편 이 무렵 김현승의 시 의식은 내면세계로 전환된다.

> 민족적 상황이 달라진 터에 1930년대 등의 민족적 센티멘털리즘의 연장은 허용될 리 없었다. 그렇다고 불순한 현실 치중의 시를 쓰기도 싫었으며 내 기질에도 맞지 않았다. 나는 지금까지 내가 등한히 하였던 나의 인간의 세계로 눈길을 돌렸다. 나는 너무도 외계적인 자연에만 치우친 나머지 인간의 내면적인 자연을 몰각하고 있었던 것이다. 그리하여, 나는 자연으로부터 인간으로, 외계로부터 내면의 세계로 관심을 돌렸다. 이런 시기에 얻은 작품으로 나에게는 소홀히 할 수 없는 「눈물」이 있다.[12]

이와 같이 외면세계로부터 내면세계로의 전환은 "불순한 현실 치중의 시를 쓰기도 싫었으며" 자신의 기질에도 맞지 않았을 뿐만 아니라 더 중요한 것은 외면세계의 체험보다 내면세계의 가치가 더욱 소중함을 인식하였기 때문이다.

> 더러는
> 옥토에 떨어지는 작은 생명이고저……
> 흠도 티도,
> 금가지 않은
> 나의 전체는 오직 이뿐!
>
> 더욱 값진 것으로
> 드리라 하올 제,
> 나의 가장 나중에 지닌 것도 오직 이뿐!

아름다운 나무의 꽃의 시듦을 보시고
열매를 맺게 하는 당신은,

나의 웃음을 만드신 후에
새로이 나의 눈물을 지어 주시다.

　　　　　　　　　　　　　—「눈물」 전문

　1967년 12월 ≪현대문학≫에 발표된 이 시는 사랑하는 어린 아들을
잃고 그 슬픔을 눈물로 승화시킨 것으로, 여기에서의 '눈물'은 가장 진
실된 가치의 실체인 것이다. 자신의 상처를 믿음으로 달래며 내향적이
고 정신적인 양심의 옹호와 더불어 심화된 생명의 순결성을 내보인 그
는 이 때부터 내면세계로 의식을 전환한다.

4) 고독의 극복

　그의 고독은 1970년 초반부터 극복 양상을 보여 준다. 이 변화는 다
음 글에서 볼 수 있다.

　　이러한 중에 나는 지금으로부터 3년 전의 어느 겨울에 갑자기 쓰
러지고 말았다. 나의 느낌으로는 죽었던 것이다. 그러나, 며칠 만인
가, 얼마 만에 나는 다시 의식을 회복하고 살아나게 되었다. 죽은 가
운데서 누가 과연 나를 살렸을까? 나는 확신한다! 그분은 나의 하느
님이시다. 나의 부모와 나의 형제를, 나의 온 집안이 모두 믿고 지금
도 믿고 있는 우리의 신인 하느님이 나에게 회개의 마지막 기회를
주시려고 이 어리석은 나를 살려 놓으신 것이다.13)

　신과의 단절에도 불구하고 신과의 관계를 은밀하게 유지해 오던 그
는 위 글에서 볼 수 있는 것처럼 졸도를 계기로 고독을 극복하여 신과

의 관계를 회복한다. 그가 "회개의 마지막 기회"라고 말한 것은 신을 상실하고 부정한 데 따른 회개인데, 그것은 신이 인간에 우선하기 때문이라는 깨달음에서 비롯된 것이다.

당신의 불꽃 속으로
나의 눈송이가
뛰어 듭니다.

당신의 불꽃은
나의 눈송이를
자취도 없이 품어 줍니다.
　　　　　　　 ―「절대신앙」전문

위의 시는 1968년 12월 ≪세대≫에 발표된 것인데, 이 때부터 그는 신 앞에 승복하고자 한다. 이 시에서 '불꽃'과 '눈송이'는 상반된 사물로, '불꽃'은 '신'의 뜨거운 사랑을, '눈송이'는 자신의 신앙심을 말한다. '눈송이'와 '불꽃'이 맞서는 것이 아니라 '눈송이'가 '불꽃' 속으로 뛰어들어 "나의 눈송이를 자취도 없이" 품어준다는 데에서 '나'의 소멸이 종교적 사상으로 승화되고자 하는 의지임을 알 수 있다.

몸 되어 사는 동안
시간을 거스를 아무도 우리에겐 없사오니,
새로운 날의 흐름 속에도
우리에게 주신 사랑과 희망 ― 당신의 은총을
깊이깊이 간직하게 하소서.

육체는 낡아지나 마음으로 새로웁고
시간은 흘러가도 목적으로 새로워지나이다!
목숨의 바다 ― 당신의 넓은 품에 닿아 안기우기까지

오는 해도 줄기줄기 흐르게 하소서.

이 흐름의 노래 속에
빛나는 제목의 큰 북소리 산천에 울려퍼지게 하소서!
　　　　　　　　　　　　　　　—「신년기원」일부

위의 시에서는 신과의 관계를 완전히 회복하고 "당신의 은총"을 갈
구하고 있다. 신에 몰입한 그는 "우리에게 주신 사랑과 희망", "당신의
은총"을 깊이깊이 간직할 수 있도록 염원하고 있는데 이는 자기 탐구
에서 우러나온 믿음의 결과이다. 육체는 낡아지고 시간이 흘러가도 신
의 품에 안길 때까지 믿음이 허물어지지 않도록 해 달라는 기원의 목
소리는 간절하다. 그는 신과의 단절된 관계를 "참된 본질을 알게 하
는" 고독을 통해 화해함으로써 다시 신을 인정한다.

하느님이 지으신 자연 가운데
우리 사람에게 가장 가까운 것은
나무이다.

그 모양이 우리를 꼭 닮았다.
참나무는 든든한 어른들과 같고
앵두나무의 키와 그 빨간 뺨은
소년들과 같다.

우리가 저물녘에 들에 나아가 종소리를
들으며 긴 그림자를 늘이면
나무들도 우리 옆에 서서 그 긴 그림자를
늘인다.

우리가 때때로 멀고 팍팍한 길을

걸어가면
나무들도 그 먼길을 말없이 따라오지만,
우리와 같이 위으로 위으로
머리를 두르는 것은
나무들도 언제부터인가 푸른 하늘을
사랑하기 때문일까?

가을이 되어 내가 팔을 벌려
나의 지난날을 기도로 뉘우치면
나무들도 저들의 빈손들과 팔을 벌려
치운 바람만 찬 서리를 받는다, 받는다.
—「나무」 전문

　　그는 신앙에 의한 휴머니즘으로 자연과의 관계도 회복한다. 생명성을 가지고 있으면서 하늘을 향해 꼿꼿이 서있는 나무의 존재는 종교인에게는 신앙심을, 사상가에게는 굳은 신념으로 나타난다. 따라서 그의 나무는 신과의 화해로 신앙의 대상이 된다. 나무는 세계의 축으로서 생명과 관련되어 하늘, 땅, 지하를 연결하는 우주의 중심에 있다는 관념을 포함하고 있다. 또한 원시인의 종교적인 심성에서 나무는 하나의 힘으로 표상된다. 그 힘은 나무로서만이 아니라 우주론적인 의미를 지니다. 원시 심성에서는 자연과 상징이 분리될 수 없으며 나무는 자신의 실체와 형상에 의하여 종교의식에 영향을 미친다. 그리고 나무는 그 자체로 숭배되는 것이 아니라 항상 나무를 통하여 계시된 것, 나무가 내포하고 의미되는 것에 의해 숭배되는 것이다.[14] 이러한 관점에서 볼 때 김현승의 나무에 대한 지대한 관심은 바로 자신의 종교적인 심상에 의한 것이라고 볼 수 있다. 그의 시에서 반복적으로 등장하는 수목의 의미는 영적인 존재가 숨어 있는 것으로, 하느님의 존재를 받아들이는 무의식적인 표현이라고 할 수 있다.

그는, 이 시에서 시적 자아는 "그 모양이 꼭 우리를 닮아", "참나무는 든든한 어른과 같고" 키 작은 앵두나무는 "소년들과 같다"고 인간과 나무의 모습을 구체화하여 동일하게 인식하고 있다. 이러한 점은 표면적인 것뿐만 아니라 심층적인 내면의 세계까지도 나무를 닮아가려고 하는 의식인 것이다. 이러한 점은 4, 5 연에서도 나무에 유동성을 부여해 우리가 "팍팍한 길을 / 걸어가면 / 나무들도 그 먼길을 말없이" 따라온다. 이러한 것은 신에 대한 믿음 속에서 이루어지기 때문에 그는 곧 나무와 하나되기에 이른다.

그의 신앙은 날이 갈수록 더욱 심화된다.

> 지금 나의 애착과 신념은 결코 시에 있지 않다. 따라서 시에 대한 야심이나 욕심이 전과는 매우 달라졌다. 지금의 나의 심경은 시를 잃더라도 나의 기독교적 구원의 욕망과 신념은 결단코 놓칠 수 없고 변할 수 없다.[15]

그의 신앙심은 "시에 있지 않다". "시를 잃더라도" "기독교적 구원의 욕망과 신념"은 변할 수 없다는 신앙고백과 같은 위 글에서 신에 대한 절대의식을 확인할 수 있다.

> 당신의 핏자국에선
> 꽃이 피어 ─ 사랑의 꽃 피어,
> 따 끝에서 따 끝까지
> 당신의 못자국은 우리를 더욱
> 당신에게 열매 맺게 합니다.
>
> 당신은 지금 무덤 밖
> 온 천하에 계십니다. 두루 계십니다!

당신은 당신의 손으로
로마를 정복하지 않았으나,
당신은 그 손의 피로
로마를 물들게 하셨읍니다

당신은 지금 유대인의 옛수의를 벗고
모든 四月의 棺에서 나오십니다.

모든 나라가
지금 이것을 믿습니다!
증거로는 증거할 수 없는 곳에
모든 나라의 합창은 우렁차게 울려 납니다.
해마다 三月과 四月 사이의
훈훈한 땅들은,
밀알 하나이 썩어서 다시 사는 기적을
우리에게 보여줍니다.
이 파릇한 새 목숨의 筍으로……

— 「復活節에」 전문

  1975년 4월에 발표된 이 시는 그의 생존시 마지막 작품으로, 기독교
정신인 사랑의 충만함을 노래한 것이다. '당신'의 희생으로 이 세상에
는 사랑이 결실을 맺게 됨으로써 '당신'에게 '더욱 얽매이게' 될 수밖
에 없는 믿음과 부활의 기쁨, 그리고 생명의 환희를 나타낸 것이다.
  이와 같이 그의 "견고한 고독"이 극복된 데에는 논리보다는 휴머니
티를 바탕으로 한 성찰과 삶의 체험이 있었기 때문이라고 해야 할 것
이다.

3. 맺음말

지금까지 김현승 시에 대하여 종합적으로 검토하였다. 기독교 가정에서 태어난 그는 신앙정신에 충실하였으나 신에 회의하고 신과의 관계를 단절하고, 고독의 세계로 빠져들었다. 그러나 참다운 자아 발견으로 이를 극복하고 '절대신앙' 앞에 무릎 꿇고 '당신의 은총'에 감사하였다.

제1기에서는 일제하의 어두운 현실에서 망국민족의 회원을 자연을 통하여 제시, 민족적 로맨티시즘과 센티멘털리즘으로 노래했다. 제2기에서는 해방 이후부터 도덕과 윤리의 회복을 위해 양심과 생명을 줄기차게 기도하면서 신을 추구하였다. 제3기에서는 유일신에 대한 부정과 신앙에 대한 회의로 고독에 빠진다. 그러나 여기에서의 고독은 실의와 허무가 아니라, 철저한 자아 탐구인 순수의 '견고한 고독'이다. 마지막으로 제4기에서는 '회개'로 다시 신의 세계로 돌아와 구원의 신념을 갖는다. 그리고 사망하기까지 신에 몰두한다.

김현승은 초기부터 신앙의식을 기본으로 하여 관념어와 종교적 언어로 시를 썼다. 그러나 그가 일생 동안 인간 중심적인 의식을 가지고 시를 썼기 때문에 그것이 꼭 종교시일 수 없다는 결론에 이른다. 더구나 그가 보여준 주지주의와 이미지즘은 한국 시사(詩史)에 큰 성과로 남는다.

◆ 註

1) 허형만, 『시와 역사인식』, 열음사, 1990, p. 191.

2) 김현승, 「굽이쳐 가는 물굽이와 같이」, 『고독과 시』, 지식산업사, 1977, pp. 228~229.

3) 문덕수, 『현실과 휴머니즘 문학』, 성문각, 1985, p. 12.

4) 이운룡, 「지상의 마지막 고독」, 『김현승』, 문학세계사, 1993, pp. 151~152.

5) 김현승, 「나의 고독과 나의 시」, 앞의 책, pp. 201~203.

6) 김현승, 「나의 고독과 나의 시」, 앞의 책, pp. 208~209.

7) 김현승, 위의 글.

8) 김현승, 「나의 문학 백서」, ≪월간문학≫, 1970. 9, p. 187.

9) 김현승, 「나의 고독과 나의 시」, 앞의 책, pp. 209~210.

10) 문덕수는 앞의 책에서, 이미 그의 고독은 제1차적으로 '자연과의 단절', 제2차적으로 '사회 현실과의 단절'에서 비롯되었다고 말하고 있다.

11) 김현승, 「나의 고독과 나의 시」, 앞의 책, pp. 210~211.

12) 김현승, 「굽이쳐 가는 물굽이 같이」, 앞의 책, pp. 235~236.

13) 김현승, 「코피를 끓이면서」, 앞의 책, p. 31.

14) 멀시아 엘리아데, 이은봉 역, 『종교형태론』, 한길사, 1996, pp. 396~397.

15) 김현승, 「나의 생애와 나의 확신」, 앞의 책, p. 166.

이 상론

이상(李箱)은 본명이 김해경(金海卿)으로서 1910년 8월 20일(음) 서울 통의동 할아버지댁에서 아버지 김연창과 어머니 박세창 사이에 장남으로 출생했다. 1924년 보성고보를 졸업하고 조선총독부 건축기수로 일하면서 그림에도 심취했다.

그의 문학활동은 1931년 시 「이상한 가역반응」, 「파편의 경치」를 ≪조선과 건축≫지에 발표하면서부터이다. 1932년에는 단편소설 「지도의 암실」을 '비구(比丘)'란 이름으로 발표하기도 했으며 1934년에는 '구인회 (九人會)'의 동인이 되었다. 이 해 「오감도(烏瞰圖)」를 <중앙일보>에 연재하다가 독자들의 항의로 중단했다. 이후 1936년에 일본으로 건너갔다가 1937년 4월 17일 동경대 부속병원에서 28세로 요절했다.

이상 시에 대해서는 조명해야 할 부분이 상당히 많으나 본고에서는 이상 시의 대표작이라고 할 수 있는 작품에 대하여 분석, 그의 시 의식의 특징을 밝혀보고자 한다.

十三人의兒孩가道路로疾走하오.
(길은막다른골목이適當하오.)

第一의兒孩가무섭다고그리오.
第二의兒孩도무섭다고그리오.
第三의兒孩도무섭다고그리오.
第四의兒孩도무섭다고그리오.
第五의兒孩도무섭다고그리오.
第六의兒孩도무섭다고그리오.
第七의兒孩도무섭다고그리오.
第八의兒孩도무섭다고그리오.
第九의兒孩도무섭다고그리오.
第十의兒孩도무섭다고그리오.

第十一의兒孩가무섭다고그리오.
第十二의兒孩도무섭다고그리오.
第十三의兒孩도무섭다고그리오.
十三人의兒孩는무서운兒孩와무서워하는兒孩와그렇게뿐이모였소.
(다른事情은없는것이차라리나았소.)

그中에一人의兒孩가무서운兒孩라도좋소.
그中에二人의兒孩가무서운兒孩라도좋소.
그中에二人의兒孩가무서워하는兒孩라도좋소.
그中에一人의兒孩가무서워하는兒孩라도좋소.

(길은뚫린골목이라도適當하오.)
十三人의兒孩가道路로疾走하지아니하여도좋소.
　　　　　　　　　―「烏瞰圖 詩 第一號」전문

이상의 연작시 「오감도」는 1934년 7월 24일부터 8월 9일까지 15회에 걸쳐 <조선중앙일보>에 연재하여 크게 물의를 일으킨 바 있는 그의 대표작이다.

이미 알려진 바와 같이 이 작품이 발표되자 문단과 독자반응은 '미친놈의 잠꼬대' '개수작'이라는 비난과 혹평이었다. 그러나 이상 자신은 이러한 여론에 당당하기만 했다.

> 여기저기 아무 데나 얼마든지 있는 날탕패와는 물건이 틀리는 것이오. 나의 궐작(傑作 — 그는 고의로 이렇게 발음하였다)을 읽어봤소? 참 이제야말로 점입가경(漸入佳境)이라, 바야흐로 광채를 발산한 단계에 이르게 됐지? 참, 이제 뭇 유상무상들이 모조리 무색해질 게야.[1]

그는 이렇게 다른 시류의 작품들과의 차별성을 강조하면서 비난과 항의에 "아사하는 한이 있더라도 저는 지금의 자세를 포기하지 않겠습니다."라고 저항했으나 결국 연재가 중단되었던 것만 보아도 이 작품의 반향이 어떠했는가는 능히 짐작이 간다. 이 때의 정황은 다음 글에서 총체적으로 알 수 있다.

> <생략> 그러나 예기하였던 바와 같이, 「오감도」의 평판은 좋지 못하였다. <생략> 신문사에는 매일같이 투서가 들어 왔다. 그들은 「오감도」를 정신이상자의 잠꼬대라 하고 그것을 게재하는 신문사를 욕하였다. 그러나, 일반 독자뿐이 아니라 비난은 오히려 사내(社內)에서도 커서 그것을 물리치고 감연히 나가려는 상허(尙虛)의 태도가 내게는 퍽이나 민망스러웠다. 원래 약 1개월을 두고 연재할 예정이었으나, 그런 까닭으로 하여 이상(李箱)은 나와 상의한 뒤 오직 10수편을 발표하였을 뿐, 단념하여 버리지 않으면 안 되었다.[2]

이렇게 발표 당시부터 물의를 일으켰던 이 작품은 오늘날까지도 많은 연구자들에 의해 다양한 이견을 내놓게 했는데 그 동안 논의의 방향은 대체적으로, 첫째 현실과 관련된 역사주의 관점, 둘째 의식세계에 결부된 심리주의 관점, 셋째 언어와 관련된 문학적 관점 등이었다고 할 수 있다. 그럼에도 불구하고 이 작품에 대한 논의가 다양하게 계속되고 있다는 사실은 작품의 난해성과 애매성 때문일 것이다. 이 말은 어떤 경우이든 작품 속에 논의의 내용이 그만큼 다양하게 내포되어 있다는 의미로 설명될 수 있을 것이다.

모든 문학은 전체로서 이해되어야 한다. 단순한 현실성의 단면의 거울로서 이해되어서는 안 된다. 문학은 어떠한 모방도 아니고 자유로운 창조물이며 이러한 창조물로서 단순한 자신의 내부에 자신의 형태를 지니며 자기 고유의 전체적 세계를 형성[3]한다. 따라서 여기에서는 지금까지의 논의를 고찰하면서 정신적 배경, 동기, 창작 방법 등을 규명하여 「오감도」의 총체적 시정신을 밝혀 보고자 한다.

정신분석에서는 인간이 개성을 형성하는 과정이나, 성장 후의 정신세계가 유아기의 인간 환경, 즉 가정의 정신역동에 연계되는 그 환경 조건을 무엇보다도 중요시한다. 이상의 경우, 유년기에 보모와의 헤어짐, 같이 살게 된 이복 사촌 형제와의 충돌 등 온갖 불행[4]으로 정신외상을 입었고 그 정신적 충격으로 인한 불안은 그의 문학에 어느 정도는 모티프로 작용했음이 여러 논자들에 의해 규명된 바 있다.

이러한 정신적 기조에서 쓰여진 것으로 판단되는 이 시는 당시 우리 나라의 문학경향에 견주어볼 때 파격적인 형태를 보여 당시 일본에서 벌어졌던 모더니즘이나 초현실주의 운동에서 영향을 받은 것으로 보인다. 사상과 형식 등 기성의 시작법을 일체 부정하고 있는 것은 당시 초현실주의를 비롯한 여러 전위적 경향의 작품들이 많이 발표되고 유럽의 이러한 작품들이 번역되기도 했던 시단의 추세 등으로 보면 그 가능성은 충분하다.

나는 낮잠을 자는 뱀을 본다
나는 낮잠을 자는 立木을 본다
나는 낮잠을 자는 縞馬를 본다
나는 낮잠을 자는 乳母를 본다
나는 낮잠을 자는 참새를 본다
나는 地球에서 떨어지는 地球를 본다
— 「어두운 地球 밝은 地球」

이 작품[5]은 1930년 6월 일본의 전위적인 문학지 ≪시와 시론≫에 발표되었던 작품인데 이러한 형태의 시가 많이 발표된 것을 보면 이상을 초현실주의 시인으로 단정할 수는 없으나 유사성을 지닌 시인으로 평가하는 데는 무리가 없을 듯하다.

그러면 「오감도」 제1호를 구체적으로 살펴보자.

이 시에서 가장 논의의 초점이 되고 있는 것은 "烏", "十三人의 兒孩", "道路", "疾走하오", "무섭다", "무서운 兒孩", "무서워하는 兒孩" 등으로 요약된다. 따라서 여기에서는 이 상징들이 무엇을 의미하는가를 밝혀 보는 데 중점을 두고자 한다. 먼저 제목에서 "烏"자를 쓴 것부터가 구구한 해석을 낳는다. '조감(鳥瞰)'이란 높은 곳에서 비스듬히 내려다본다는 뜻이며 '조감도(鳥瞰圖)'란 비스듬히 위에서 내려다본 것처럼 그린 풍경화 그림을 의미한다. 그러나 여기에서 '오감도(烏瞰圖)'로 바꿈으로써 이 작품 전체가 시사하고 있는 '위기' '불안' '절망' 등을 까마귀의 불길한 이미지를 빌어 암시하고자 의도적으로 '烏'자를 썼던 것으로 해석된다. 다시 말해 화자가 새가 아니라 까마귀로 동일시할 때 시의 정신과 맥을 같이하기 때문에 분명히 '烏'자의 오식이 아니라는 점이다.

다음은 이 시에서 가장 문제되고 있는 것이 "十三人의 兒孩"인데 그동안 논자들은 13이라는 숫자에 관련시켜 서구에서의 홍수나, 예수가 제자들과 최후의 만찬을 벌였을 때의 13을 지칭하기도 하고 당시 우리 나라의 13도를 가리켜 '한 아해'가 한 도를 상징함으로써 13인은 전체 한국인이라는 등 다양한 의견을 내놓기도 했는데 이러한 해석은 이 시를 의미론적으로만 파악하려는 태도에서 비롯된 것이다. 그러나 이 시를 분석해 보았을 때 그 숫자는 아무런 의미를 드러내지 않는다. 문제의 13을 의미론적으로 파악하고자 할 때 14, 15, 16…… 또는 그 이상으로 늘릴 수 있으며 또 늘렸다고 해서 그 의미가 어떻게 달라지는가 하는 점에 유의한다거나 당혹스러운 기법 등을 본다면 이 시가 곧 무의미 시와 연계되어 있다는 결론을 얻게 된다. 이러한 해석을 낳게 하는 것은 가령, 처음에는 "막다른골목"이라고 해놓고 뒤에서는 "뚫린골목"이라고 함으로써 '막다른 골목'의 의미존재를 부정하고 있거나 유희적 기교 등에서 증거되고 있기 때문이다. 그래서 13이라는 숫자는 불특정 인류집단에 대한 상징으로 보는 것이 타당하다.[6]

또한 "十三人의兒孩"를 1~13까지 나눈 것도 무의미의 추상적 번호인 것이다. 즉 한 팀의 운동선수에게 부여되는 번호란, '부호'[7]에 불과하다는 점에서 추상적이기 때문이다. 따라서 1~13까지의 병렬은 아무런 뜻이 없고 굳이 풀이한다면 1~13의 아해를 동일성의 상징으로 해석할 수 있을 것이다.

다음 "十三人의兒孩가道路로疾走하오"라는 것은 무슨 의미인가. 여기에서의 도로는, 실제의 공간이건 추상적 부호이건 간에 행동과 감정을 통합시키기 위해 설정된 장소로 보아야 하는데 그것은 어떠한 경우의 질주라도 마땅히 도로가 존재함으로써 이루어지기 때문이다. 이 도로는 시발점도 도달점도 없음으로써 공포와 질주를 위한 단순한 기초적 장소로의 역할을 담당하고 있을 뿐인데 다만 '질주'라는 어휘를 볼 때 그 도로의 형태는 직선임을 알 수 있다. 그리고 "疾走"를 보자. 질주는 걷고 있는 것이 아니라 '빨리 달림'인데 이는 운동경기가 아닌 그 어떤 상황일 때 '위급한 행동'을 기조로 한다. 여기에서의 '급한 행동'은 불안한 환경을 이유로 들 수 있는데 불안이란 외계의 위험을 감지한 데 대한 반응으로서 도주반사와 결부[8]되어 있음으로써 이는 불안과 공포로부터의 탈주 지향으로 해석할 수 있다. 그래서 질주는 암담한 상황을 초극하기 위한 방편으로의 위급한 행동으로 보아야 할 것이다. 그러나 여기에서 주목되는 점은 "막다른골목"이다. 그것은 '막다른 골목'이 더 이상 질주할 수 없는 극심한 불안의 상황을 암시하고 있기 때문이다. 불안이 모든 행위, 심지어 도주의 행위마저 마비시켜 버린다[9]는 데에서 "막다른골목"은 더 이상 질주할 수 없을 때의 강한 불안증세를 암시하고 있는 것이라 할 수 있다.

이러한 상황에서 '무섭다'고 말하고 있는 것은 지극히 당연한데 같은 말을 13번이나 되풀이하는 것은 불안, 긴장 등을 해소시켜 주기 위한 상동증(常同症)의 현상인 동시에 불안이 증폭됨으로써 별다른 뜻이 없는 말을 되풀이하는 음송증(音誦症)에서 그 이유를 찾을 수 있다. 결국 '무섭다'라고 하는 것은 공포의 필연적 심리작용에 의한 것인데 여기에는 "무서운兒孩"와 "무서워하는兒孩"로 구성되어 있다. 이 부분 역시 여러 해석이 있지만 앞뒤 문맥으로 보아 따로 해석할 경우, 의미를 찾을 수 없다. 왜냐하면 13인의 아해 가운데 누가 무서운 아해이고 누가 무서워하는 아해인가가 나타나 있지 않기 때문이다. 더구나 그 중에 1인의 아해가 무서운 아해라도 좋고, 그 중에 2인의 아해가 무서운 아해라도 좋고, 그 중에 2인의 아해가 무서워하는 아해라도 좋고, 그 중에 1인의 아해가 무서워하는 아해라도 좋다는 데 이르면 이들을 나눈다는 자체가 무리일 수밖에 없다. 따라서 이들은 상대방에게 공포감을 주기도 하고 받기도 하는 집단[10]으로 볼 수 있어 13인의 아해는 현재는 물론 미래도 알 수 없는, 똑같이 공포를 느끼고 있는 집단 불안의 표상이라고 할 수 있다.

또한 이 시에서 주목할 점은 역설적 특징이다. 즉 "道路로疾走하오"는 13인의 아해가 질주한다는 긍정형으로 시작하지만 끝에는 "道路로疾走하지아니하여도좋소"라고 명백한 비논리성을 보여준다. 이것은 현실의 불안과 공포가 여전히 존재함으로써 탈출의 기대를 부정하고 있는 것으로 보이나, 사실은 부정 속에 더 큰 기대가 내포되어 있다는 점에서 그 진술은 역설적이다. 이런 대목은 "길은막다른골목이適當하오"와 "길은뚫린골목이라도適當하오"에서도 볼 수 있는데 시가 지니고 있는 언어의 역설은 불안이나 두려움의 상황을 극복하려는 심리작용의 표출이라는 의미에서 매우 긍정적임을 알 수 있다. 이 시기는 광주학생 사건 이후 만주사변, 신간회 해산, 만보산 사건 등이 일어나 일제의 압박이 강화되던 때라는 점에서 이 시가 지니고 있는 불안의 세계를 알 수 있다.

한편 띄어쓰기 철폐의 시도는 당시로 보아 대혁신이라 할 수 있는데 그것은 '의식의 지속'[11] 상태를 유지하기 위한 태도에서 비롯된 것으로 보인다. 초현실주의의 수법이 유머, 신비, 꿈, 광란, 자동기술 등에 있음으로써 그 혁명적인 실험정신은 현실을 뛰어넘어 눈으로 볼 수 없는 새로운 세계를 추구한다. 이상의 시정신이 이 수법을 따랐다고는 단정할 수는 없으나 이것을 염두에 둔 것만큼은 확실하다.

결국 이 시는 앞서 말한 유년기의 정신외상으로 인한 불안과 긴장심리가 암담한 현실에 철저히 부가됨으로써 작품의 주제를 한층 심화시켰다고 할 수 있다. 전체적인 문맥을 보면 식민지 아래에서 초극할 수 없는 삶의 불안과 공포의식 그리고 여기에서 벗어나려는 강렬한 기대심리가 양가치로 나타났다고 할 수 있는데 이는 암울한 시대의 반영으로 해석해도 무방할 것 같다. 어쨌든 「오감도」는 현실의 불안과 공포에서 탈출하고자 하는 정신적 몸부림을 치열하게 보여주었다는 데서 그 가치를 찾을 수 있다.

거울속에는소리가 없소
저렇게까지조용한세상은없을것이오

거울속에도내게귀가있소
내말을못알아듣는딱한귀가두개나있소

거울속의나는왼손잡이오
내握手를받을줄모르는——握手를모르는왼손잡이오

거울때문에나는거울속의나를만져보지를못하는구료마는
거울아니었던들내가어찌거울속의나를만나보기만이라도했겠소

나는지금거울을안가졌소마는거울속에는늘거울속의내가있소
잘은모르지만외로운事業에골몰할께요

거울속의나는참나와는反對요마는
또꽤닮았소
나는거울속의나를근심하고診察할수없으니퍽섭섭하오
—「거울」전문

이 시는 1933년 10월에 ≪카톨릭청년≫지에 발표된 작품으로, 이상 시의 기본 모티프 가운데 하나인 거울을 노래하고 있다.[12] 그리고 이 시는 총 6연으로, 띄어쓰기가 전혀 되어있지 않고 있으며, 전체적으로 '−소' '−오'의 각운으로 인해 음악성이 풍부하고 리듬감이 넘치는 작품이다. 이 시에 나오는 거울은 '거울 밖의 나'와 '거울 속의 자아'를 발견하게 하는 매개물이다. 구체적으로 이 거울을 통해 '거울 밖의 나'는 비순수의 현상적 자아(일상적 자아)이고, '거울 속의 나'는 순수·본질적인 자아(이상적 자아)로 양분된다.[13] 이 두 자아는 "꽤닮"은 부분이 있지만 서로 화해는 제대로 성취되지 않으며, 두 자아의 관계는 반어적 특성을 드러내고 있다.[14] 이러한 면을 작품을 통해 좀더 구체적으로 살펴보자.

1연에서 3연까지는 시적 화자인 '나'가 '거울 속의 나'에 대해 상세하게 묘사하고 있다. 1연에서 거울 속의 공간은 소리가 없는 조용한 세상으로 표상된다. '저렇게까지'와 '참'이라는 부사어가 첨가되어 이 공간은 더욱 고요하다. 이 공간에서는 청각기능을 담당하고 있는 귀가 있어도 무용지물이다.

2연에서는 '거울 속의 나'와 '거울 밖의 나'가 서로 분열·대립되는 양상을 보여준다. 여기에서 화자의 안타까운 심리를 읽을 수 있는데, 그것은 "딱한귀"라고 한 시구에서이다. '거울 밖의 나'가 어떠한 메시지를 전달하려 하나 '거울 속의 나'가 전혀 알아듣지 못하는 데서 파생되는 심리적 양상이다. 인간의 귀가 두 개라는 누구나 아는 사실을 '두 개나'라고 한 데서 화자의 답답함이 증폭됨을 알 수 있다.

3연에서는 화자는 심리적 안정이 어느 정도 회복된 상태에서 '거울 속의 나'를 관찰한다. '거울 속의 나'가 왼손잡이라는 지극히 평범한 사실을 발견해낸다. 그러나 다음 구절에서 "내握手를받을줄모르는—握手를모르는왼손잡이"라고 하여 2연에서처럼 '거울 속의 나'와 교통이 단절되고 있음을 보여준다. 여기에서 주목할 것은 '거울 밖의 나'가 '거울 속의 나'에게 무엇인가를 전달하려는 방법상의 차이가 있다는 점이다. 즉 일상적 자아가 이상적 자아에게 전달하는 방식이 언어에서 몸짓으로 바뀌고 있다는 것이다. 이를 통해 '거울 속의 나'와 교통하고자 하는 욕망이 점점 극대화되고 있음을 인지할 수 있다.

4연에서는 화자의 관심 대상이 전환된다. 거울 속의 세계에서 이 세계를 보여주는 매개물인 '거울'로 전이된 것이다. 4연 1행에서는 '거울 속의 나'와 '거울 밖의 나'가 서로 교통할 수 없는 이유를 '거울' 때문이라고 진술하면서도 4연 2행에서는 '거울'이 없었다면 '거울 속의 나'

와 조우할 수도 없었을 것이라고 하여 대조적인 심리를 보여준다. 여기에서 '거울'은 '거울 밖의 나'와 '거울 속의 나'와의 시각적 만남을 가능케 하지만 끝끝내 그러한 만남을 '만져봄'의 세계로 나아가게 할 수 없는[15] 그러한 매개물이다. 이 연에서 두 자아의 분열 상태를 확연하게 엿볼 수 있다. '거울 속의 나'는 잠재된 자아, 무의식적 욕망을 지닌 자아로서 결코 '거울 밖의 나'와 같이 합일될 수 없다. 그래서 화자는 이상적 자아를 만날 수 있는 '거울'이 존재한다라는 사실만으로 자족한다.

이렇듯 거울을 통해 '거울 속의 나'를 보고 발견한 화자는 5연에서는 '거울'이 부재해도 '거울 속의 나'를 발견하는 단계에까지 나아간다. 그리고 5연 2행에서 화자는 '거울 속의 나'가 "외로운事業"에 골몰할 것이라고 진술하고 있다. 여기에서 '외로운 사업'은 무엇인가. 이는 '홀로 하는' '혼자만의' 사업[16]이나 '왼편으로 된' '일상적 자아와 반대되는' 사업[17]을 의미하기보다 '애초부터 꿈꾸어 온' '일상적 것에서 일탈된' 사업을 의미하는 것으로 여겨진다. 결국 이상적 자아의 욕망은 일상적 자아의 욕망과는 다른, 일탈된 욕망이라 할 수 있다. 그리고 일상적 자아의 욕망은 하나로 고정되지 않고 현실상황에 따라 끊임없이 전이되기에 이상적 자아의 욕망과는 거리가 있고, 그 욕망을 정확히 파악한다는 것이 용이하지 않다. 그래서 화자는 '잘은 모르지만'이란 단서를 붙이고 있다.

6연에서 독해할 수 있는 것은 일상적 자아와 이상적 자아의 반어적 관계이다. 이 두 자아는 서로 반대이면서도 유사한 점이 많다. 반대이면서도 유사하다는 것은 분열된 자아의 대립구도가 점점 변하고 있음을 의미한다. 이는 일상적 자아가 자신이 본래 지녔던 이상적 자아의 순수한 욕망을 발견해야만 가능하다. 그러나 '거울 속의 나'는 이미 '거울 밖의 나'와의 간극이 이미 너무 벌어져 있었기 때문에 그 '거리

좁힘'이 쉽지 않다. 그런 상황에서도 화자는 '거울 속의 나'를 "근심하고診察할수없"다고 반어적으로 진술하면서 이상적 자아의 모습을 통해 본래의 주체적인 모습을 되찾아가려고 시도하지만 역부족이다. 이미 일상적 자아는 식민지 현실 속에서 극도로 무기력해졌고 심하게 망가져 있었기 때문이다. 그래서 화자는 이상적 자아를 만날 수 있는 가능성이 무너졌기에 "퍽섭섭하오"라고 읊조린다. 여기에서 당시 모든 것이 억압된 상황으로 말미암아 파생된 일상적 자아와 이상적 자아와의 치유될 수 없는 극도의 분열상과 그런 상황에서도 끊임없이 이상적 자아를 찾아가려는 일상적 자아의 회귀 본능과 같은 의지를 엿볼 수 있다.

이상의 시 「거울」를 통해 두 자아의 분열상을 확인할 수 있었는데, 이는 다름 아닌 이상 자신의 분열된 모습이기도 하다. 일제의 군국주의가 점점 노골화되던 시기에 이상은 이상적 자아의 욕망을 드러내기 위해 '거울'을 끌어들여 이와 같이 형상화시켰던 것이다. 이러한 행위는 자신의 모습을 반추하려는 역동적 의지의 산물이라 할 수 있다.

◆ 註

1) 문학사상자료연구실 편, 윤태영, 「자신이 健談家라던 李箱」, 『李箱詩全作集』, 갑인출판사, 1978, p. 356.
2) 박태원, 「李箱의 片貌」, ≪朝光≫, 조선일보사, 1937. 6.
   문덕수, 『李箱作品集』, 형설출판사, 1978, p. 207.
3) M. 마렌 그리제바하, 장영태 역, 『문학연구의 방법론』, 홍성사, 1986, p. 45.
4) 김종은, 「李箱의 精神世界」, 『李箱詩全作集』, pp. 309~314.
5) 문덕수, 『현대시의 해석과 감상』, 二友出版社, 1985, p. 188에서 재인용.
6) 이를 문덕수는 '불특정 다수로 구성된 집단의 대유(代喩)'라고 규정하고 있으며, 이봉채는 '인간존재의 삶의 집단'이라고 말하고 있다.
7) 문덕수, 앞의 책, p. 192.

8) 프로이트, 구인서 역, 『精神分析入門』, 동서문화사, 1975, p. 426.

9) 프로이트, 위의 책, p. 427.

10) 문덕수, 앞의 책, p. 195.

11) 송재영, 『문학과 초언어』, 민음사, 1987, p. 71.

12) 여기에 해당되는 작품으로는 「明鏡」, 「烏瞰圖 詩第四號」, 「烏瞰圖 詩題十五號」 등이 있다. 김윤식은 이 작품들이 직접적으로 거울을 대상으로 한 것일 뿐 그의 문학의 본질적 측면은 절대적 세계를 보여 줌에 있는 것이라고 밝힌 바 있다.(김윤식, 『이상연구』, 문학사상사, 1987, p. 94.)

13) 김승희, 「접촉과 부재의 시학」, 서강대학교 석사학위논문, 1981.

14) 이승훈, 『이상시연구』, 고려원, 1987, p. 132.

15) 이승훈, 위의 책, p. 28.

16) 김승희, 앞의 글, pp. 19~20 참조.

17) 이승훈, 앞의 책, p. 29.

제2장 시적 변용과 힘

전통의 현재적 의미

― 김해성론

1.

　김해성(金海星) 시인은 ≪새벽≫(1955)과 ≪자유문학≫(1956)을 통해 등단한 시인이다. 그는 40여 년 동안 무려 20여 권의 시집을 냈다.

　그의 시는 휴머니즘을 바탕으로 한 불교사상과 전통사상을 노래하면서 그 사상을 현대적으로 승화시키고 있다. 초기 시부터 최근에 이르기까지 동일한 시 세계를 견지하고 있다는 것은 시인이 일관된 삶을 지속적으로 지켜온 의지의 반영이라 할 수 있다. 이렇듯 그가 일관되게 시 세계를 견지할 수 있었던 힘은, 아마도 진실한 삶이 무엇인가를 밝히고 이상향의 세계를 잊지 않으려는 의지에서 비롯된 것으로 파악된다. 또 하나의 힘은 어떠한 고정관념에 얽매이지 않고 있다는 것에서 찾을 수 있는데, 그는 일찌감치 사유의 고착화의 척

도라 할 수 있는 '연륜'에 대해 관심을 갖기 시작하고 '연륜'의 축적에 따라 나타나기 쉬운 사유의 고착화에 대해 경계를 했던 것이다. 결국 이러한 요소들이 그를 오늘날 시단에 우뚝 서게 한 것이 아닌가 싶다.

그러면 그가 전생에 걸쳐 그려온 시 세계가 무엇인가를 작품을 통해 살펴보기로 한다.

2.

김해성 시인이 꿈꾸었던 시 세계의 하나는 불교정신이다. 그가 한창 청년기에 불교적 색채를 시로 형상화시킨 것은 그의 성장 환경과 관련이 있다고 할 수 있다. 즉, 사춘기에 그는 6·25 전쟁의 참혹한 광경을 목격하게 되고 이를 통해 트라우마(정신외상)까지 입게 된다. 치유되기 힘든 정신외상을 입은 시인은 전쟁이 다름 아닌 인간의 현실적인 욕망이 불러온 것으로 파악하고 점차 무소유를 추구하는 불교 쪽으로 다가서게 된다.

먼저 그가 세상에 처음으로 발표했던 「산방(山房)」(1955)을 보자.

山房에 겨울이 가고
촛불이 봉오리 피워 오면
봄밤을 새우고 온
애띤 女僧의 설레는 마음…….

永遠이 뚜우뚝 지고
도토리 구르는 소리 속에
念佛소리만 조으는 듯하는데

이른 새벽 山길에
길길이 자란 山草랑
칡넝쿨 찔레순 이슬에 젖어
뻗는 숨소리 산골물까지 닿아라.

깊은 山속을 노루처럼 내가 서성대면
저 산너머 절간의 목탁소리
山, 山, 山
山이 울었다.
                                    ―「山房」 전문

  이 시는 산방에 봄이 오는 풍경을 애틋하게 묘사하고 있다. "봄밤
을 새우고 온 / 애띤 여승(女僧)의 설레는 마음"이라는 첫 연 두 행에
서 우리는 봄이 속세를 떠난 지 얼마 안 된 앳된 여승에게 다가오는
것을 알 수 있다. 불과 스무 살을 갓 넘은 시인이 왜 이처럼 봄을 애
틋하게 읊는 것일까. 이는 인간사에 대한 애착과 번민에서 벗어나고
싶은 욕망에서 비롯된 것으로 여겨진다. 이러한 의식은 다름 아닌
6·25 전쟁으로 인한 비극적 현실에서 찾을 수 있다. 그래서 시인은
속세를 떠난 여승에게서, 그리고 희망적인 메시지를 담고 있는 봄에
서 그 무엇을 찾고 있는 것이다. 이 시에서 '봄'은 단순한 계절적 의
미뿐만 아니라 암울한 현실의 고통과 불안에서 탈피하고 싶은 희망
적인 메시지인 것이다. 결국 시인은 무소유사상[色卽是空]을 추구하는
여승과 새로운 소생을 알리는 봄을 통해 6·25 전쟁에서 느꼈던 심
적 고통과 불안감, 그리고 그러한 것으로 말미암아 생긴 정신외상에
서 벗어나고자 하는 욕망을 드러낸 것이다. 또한 "깊은 山속을 노루
처럼 내가 서성대면 / 저 산너머 절간의 목탁소리 / 山, 山, 山 / 山이

울었다."에서 '나', '목탁소리', '산'이 하나로 동일화되는 모습을 그려 시적 분위기를 한층 고조시킨다. 이처럼 그가 자연과 하나가 되고자 한 것은 전쟁의 비극적 현실에 의해 각인된 정신적 충격에서 벗어나고자 함에 다름 아니다.

이러한 그의 불교적 관심은 차(茶)를 노래한 시에서도 엿볼 수 있다. 옛부터 우리 선조들은 차를 그저 마시는 음료로만 여긴 것이 아니라 그 맛을 음미하는 대상으로 여겨왔다. 그래서 다도(茶道)도 생겨났던 것이 아닌가. 여기에서 시인은 "차 맛을 알게 되면 인생의 맛을 알게 된다"라는 의식을 갖기 시작한 것이다.

설송차, 옥라차 등을 노래한 시에서도 불교적 색채가 분명하게 드러난다.

"차나무에 어린 새순이 돋듯 / 차밭에는 한양 윤회의 신비스런 빛 / 억만년을 감고 돌아감이여"(「茶밭에서」 일부)라고 윤회의 빛을 노래했고, "선방의 늙은 스님네 기침소리 / 고요를 깨고 산을 돌아가면 // 추운 겨울밤 어린 스님은 설송차 끓이는 숯불이 밝다"(「설송차」 일부)라고 하여 설송차를 품격 높게 노래했으며, "대나무 찻잔에 푸름이 한참 돌면 / 다사하고 은은한 불경소리 / 저 아스라한 다연기 속에 머무는데 // 어디서 들리는 소린가 / 고승대덕의 묵언 선방에 / 선과 다가 화합하여 일갈소리여."(「옥라차」 일부)라고 선과 차를 화합시키고 있는데, 여기에는 하나같이 '윤회'와 불타의 '어린 스님'이 등장한다. 이는 시인이 맑고 순수하고 깨끗한 차 향과 맛을 티없이 맑은 '어린 스님'과 동일시한 까닭이다. 화자가 "애띤 여승"을 보고 순수한 마음을 닮고자 했듯이 여기에서도 순수하고 맑은 '어린 스님'을 닮고자 한 것이다.

동양의 얼굴
수정처럼 고운 미소

진흙 밭에서
생생히 피어오른 목숨

청렴을 더럽힐 수 없어
몇 포기 쌓아 올린 꽃망울

은은한 향기 속
오월 바람결은 조촐한데

아직 너의 고향엔
불꽃이 밝지 않아

캄캄한 하늘을 이고도
대낮처럼 연꽃은 밝게 핀다.
— 「蓮꽃」 전문

   이 작품 역시 대낮처럼 밝게 핀 연꽃 같은 세계, 즉 불타에의 지향을 드러낸다. 여기에서 깨끗한 얼굴, 미소, 목숨, 꽃망울, 연꽃 등은 모두가 불타를 지향하고 있는 것이며 마지막 연에서는 "캄캄한 하늘을 이고도 / 대낮처럼 연꽃은 밝게 핀다."라고 세속의 정화를 보여주는 동시에 '캄캄한' 이 시대를 용해시키고자 하는 불타의 메시지를 담아내고 있다.

3.

시인의 이러한 정신외상을 극복하려는 또 하나의 몸짓은 과거의 회상이다. 흔히 과거에 대한 회상은 단순한 추억이 아니라 오늘의 '나'를 일으켜 세워주는 '정신적 힘'으로의 추억인 것이다. 유년시절의 추억은 그것이 어떠한 것이든 정서의 힘으로 내면 깊숙이 자리잡고 있는 잠재된 본성이다. 그래서 인간은 혼돈된 삶이 있을 때마다 이를 끌어내어 새로운 세계를 창조하는 원동력으로 삼고 있다.

> 古家 울타리에랑 지붕이며 터전 언덕길가 '마리아'처럼 素服으로 단장하고 피어나면 아쉬움 겨운 뒤안길에 선 내 누님 같은 모습이여. (3연)

> 오늘도 어느 골 가시네 목이 터져 뿌려 놓은 핏빛 같은 노을 속에 서서 來日의 婚夜를 기다리며 남몰래 흐느껴 울던 내 큰누님의 마음이여. (4연)

> 이제 지새는 달그림자 이슬 밟아, 鐘소리가 어둠을 몰고 간 뒤, 꽃피는 饗宴을 베풀어 놓고 나를 부르는 듯 하늘을 向하여 祈禱를 올리는 내 작은 누님 같은 박꽃이여. (6연)
>
> — 「박꽃」일부

1956년 <자유신문> 당선작인 위 시를 보면 '박꽃'을 하나같이 '누님'으로 비유하고 있는데, 그 '누님'은 여러 형태로 나타나고 있다. 3연에서는 아쉬움에 겨워 뒤안길에 서 있는 우리의 친근하고 부끄럼 잘 타는 누님의 전형적인 모습으로, 4연에서는 결혼을 하루

앞둔 누님의 안타까운 마음으로, 그리고 6연에서는 하늘을 향해 기도하는 작은 누님의 모습으로 각각 형상화하고 있다. 이처럼 그는 박꽃을 소박하면서도 천박해 보이지 않고, 화려하지 않지만 수수했던 누님에 비유하여 고상함과 순수를 지향하고 있는 것이다. 이밖에도 할머니, 어머니, 누님을 끌어들인 작품이 다수 있는데 이는 현실의 모순에서 비롯된 추억인 것이며 그 추억은 바로 유년의 순수함인 것이다.

'강'을 소재로 한 작품들도 이러한 맥락에서 읽을 수 있다. 그가 고향의 젖줄인 '영산강'을 끊임없이 동경하고 그리워하고 있는 것이 바로 그것이다.

> (1)
> 그것 가을 落葉지는 소리도 같고, 아득한 벌판에 비가 내리는 소리도 같고, 죽어간 어매의 마지막 숨결 같아, 나는 오늘도 江가에 서서 江물이 버리고 간 餘韻을 듣고 있음이여.
>
> 億年 흘러갈 江물은 나의 永遠한 希望이여. 어매를 찾아가고 있어, 江물은 바다를 찾아가고 있다.
> ――「江물」일부

> (2)
> 도란도란 情話같은
> 봄 江물 풀리는 소리.
> ――「봄 江에서」일부

> (3)
> 나는, 이제와 그제를
> 한참 되돌아, 돌아보면
>
> 구름처럼 잡히지 않는

        그 긴 세월만 감기고

        이제사, 잃어버린 나를
        강가에서 찾고 있는가.
                              ― 「江가에서」 일부

    (1)에서의 '강물 소리'는 낙엽 지는 소리와 비 내리는 소리, 그리고
죽어간 어매의 마지막 숨결 소리 등으로 복합적이다. 이는 어린 시
절의 단순한 강물 소리가 아니라 희·로·애·락이 담긴 유년 시절
의 살아 있는 현재적 강물 소리인 것이다. 바로 현실에 반응할 수
있는 힘으로의 작용이라는 말이다. 이렇게 고향의 강물 소리는 화자
에 있어 "億年 흘러갈 江물은 나의 希望이여"라는 희망적인 메시지
인 것이다. (2)에서는 강물이 어울려 흘러가는 것을 '정화(情話)'라고
표현하며 봄의 강물 소리를 가족이나 이웃, 나아가 고향사람 모두의
다정한 음성으로 듣고 있는데 '도란도란 情話'에서 화자가 자란 고
향의 정겨운 모습들을 떠올려볼 수 있다. 이 따뜻한 정서는 화자에
있어 언제나 '힘의 노래'가 되고 있다. (3)에서는 '잃어버린 나'의 존
재를 찾고 있다. '잃어버린 나'는 누구이고 '현재의 나'는 누구인가.
여기에서 '현재의 나'는 인간의 육체적, 물질적 욕망대로 살아온 주
체요, '잃어버린 나'는 그와 같은 욕망이 생기기 전에 존재했던 유년
시절의 주체를 말한다. 화자는 '잃어버린 나'를 '강물'에서 찾고 있
다. 화자에 있어 강은 현재를 정화시키거나 유년 시절을 가져다주는
구원의 원천이다. 이러한 유년 시절로의 회귀는 오늘의 어려운 삶에
대한 반응인 것이다.

        찬바람이 窓풍지를 때리면
        달동네, 달동네 아이들은

손을 혹혹 불어 밤이 깊은데
골목마다, 골목길마다
가난한 이야기가 새어나오고
늙은 할매는 지팡이 짚고 서 있다.

지게꾼 날품팔이 아배는
썩은 동태 한 마리도 못 사고
이렇게 빈손으로 판잣집에
어두운 얼굴빛으로 돌아오는데

해가 저무는, 한 해가 저무는
시간의 가냘픈 포개임을 새겨
오늘밤도 가난가족은 라면으로
끼니를 때우는 풍경이 서럽다.
　　　　　　— 「달동네의 情景」 일부

　이 시는 추운 겨울 달동네의 저녁 풍경을 묘사하고 있다. 시적 화자는 날품팔이로서 하루하루의 생계를 잇기 위해 "빈 지게를 지고 시장가에 서성"인다. 일이 없어 "썩은 동태 한 마리도" 사지 못해, "라면으로 / 끼니를 때우는 풍경"은 너무나 안타깝다. 특히 "내사 인생 황혼 길에 서서 / 지게와 판잣집 신세 면치 못하니 / 이 어린 것들이나 잘되면 하는데"라는 시적 화자의 독백에서는 지긋지긋한 가난을 대물림하지 않을까 하는 불안감이 집약되어 있다. 이 시는 20여 년 전에 발표된 작품이지만 IMF를 맞은 오늘날의 현실과 유사하여 많은 공감을 불러일으킨다. 시인은 이 작품을 통해 달동네의 현실과 서민들의 애환을 따뜻한 시선으로 휴머니즘에 입각해 그려내고 있다.

　또한 「현실세태」에서는 "재주는 곰이 넘고 돈은 되놈이 먹는다"

라는 속담처럼 일한 만큼 대가를 받지 못하는 현실을 적나라하게
고발하고 있다. 그에게 있어 현실은 "노동자가 / 비지땀을 흘리고 /
오륙십층 벽돌짐을 지는데 / 무위도식자들 / 자가용차 종로를 메운
다"에서처럼 모순의 장이다. 여기에서 시인의 따뜻한 휴머니즘을
엿볼 수 있다.

4.

시인은 전쟁으로 인한 인간성 상실뿐만 아니라 60년대 이후 근
대화의 물결에 힘입어 이룩한 고도의 경제성장에도 불구하고 대
두된 인간의 소외현상, 즉 기계문명에 의한 비인간화 현상에도 관
심을 갖는다. 그래서 그는 이러한 인간성 회복의 한 방법으로 우
리의 전통 문화 유산에 눈을 돌려 그 의식을 드러낸다. 시인의 이
러한 전통 의식의 추구는 인간이 인간이고자 하는 '본래'를 찾기
위함이다.

그는 옛 임금의 영화와 비원이 서려 있는 '신라 금관'에서부터 선조
들의 얼이 담겨있는 '가야금'과 여인들의 한을 담고 있는 '물동이' 등
에서 그 내적 의미를 찾는다.

> 아, 어디선가.
> 金冠이 울며 地心을 흔드는 소리.
> 천년 전 그 날밤에 반짝이는 별은 지금도 눈떴는데
> 꽃잎처럼 피어나던 신라의 옛 모습은,
> 주렁주렁 매어달린 수술소리 琅琅한 音響으로 하여
> 그때의 興盛한 時節을 이야기 듣는 듯싶어라.

<중략>

　여기 서라벌 하늘 밑에 千年을 변함없이 살아 있어, 땅속 깊이
묻힌 수많은 임금의 悲願이 內在하여 있는 冠. 아아 新羅 터전에,
피맺힌 하늘을 이고 새순이 돋아날 것만 같아, 한 그루 서 있는
설뚜꽃은 언제 핀다냐.

— 「新羅金冠」 일부

　신라의 금관을 노래한 이 시는 금관을 통해 수많은 임금의 머리
위에 씌워져 부귀영화를 누렸던 모습과 주인을 잃고 외로이 놓여
있는 현재를 읊고 있다. 금관의 낭랑한 수술 소리를 통해 천년 전
신라의 흥성 시절을 떠올리면서, '새순'과 '설뚜꽃'을 통해 신라정
신이 되살아나길 기원하고 있다. 이 시는 역사적 사실을 노출시키
지 않고 '금관'을 통해 시적 상상력으로 신라정신을 승화시키고
있다.

　전통 유산에 대한 이러한 시적 상상력은 「가야금」에서도 볼 수 있
다. 여기에서 시적 화자는 가야금의 소리를 "천년전(千年前) 수없이 죽
어간 선조(先祖)들의 소리", "가을 낙엽(落葉)지는 소리", "아득한 벌판에
비가 내리는 소리", "스무 살도 채 못된 아내의 마지막 숨결 거두는
소리" 등으로 전이시키고 있는데 여기에서 다양한 소리들은 하나같
이 밝은 이미지보다는 어두운 이미지를 나타내고 있다. 특히 "스물
살도 채 못된 아내의 마지막 숨결 거두는 소리"에서는 말할 수 없
는 슬픔과 안타까움, 그리고 애절한 느낌마저 불러일으켜 어두운
이미지를 한층 승화시킨다. 왜 시인은 가야금에 대해 이토록 슬픈
어조로 읊조리는 것일까. 그것은 우리 선조들이 만든 가야금이 조
상 대대로 이어져 내려오는 악기임에도 불구하고 언제부턴가 후손
들에게서 외면 당하고 있는 현실의 소리일 것이기 때문이다. 가야

전통의 현재적 의미　111

금은 슬픈 소리만 내는 것이 아니라 몸부림까지 친다. 그것은 "할아 버지와 할머니 몸부림"이요 "人類와 歷史의 몸부림"이다. 이러한 여타의 소리와 몸부림은 이 시대를 살아가는 후손들에게 전통의 소중함과 전통의 현재적 의미를 깨우쳐주기 위한 시니피앙이라 할 수 있다.

(2)
달래어 살아온 할매의 지혜로 하여, 깨어진 물동이 솜털박이 초롱 같은 꿈, 틀의 아픔이, 살은 어매의 心地를 깨고 있다. 가슴 깎인 옛 어른 말씀, 아직도 출렁이어, 달빛 밝은 터전을 맴도는 한얼 서린 물동이가 있다. 梅花꽃 어려 서린, 달빛을 이고, 마을 길을 눈짓도 없이, 바로 걷던 내 할매의 德行이 깃든 물동이에, 파아란 하늘이 내려앉아 있다.

(4)
옥양옥 바랜 마음씨 엮어, 바래다 지친 모시 적삼, 등뒤에 째려 있는 물동이 그늘 ─. 오늘 돌아나온 촌마을 길에 플라스틱 물동이 열을 지어, 어매의 꿈, 틀은, 장광에 앉아 있는 歷史의 證人 ─. 가끔은 간장내음, 된장내음 맡아 심상치 않은 歲月이 간다. 물동이, 흙으로 빚은 물동이 속으로 ─.

(5)
깃을 치는 鶴의 모양처럼, 늙은 어매같은 물동이의 恨, 오늘 밝게 떠오는 달, 빛발 속에 조용히 달이 진다.
　　　　　　　　　　　　　　　　　　　── 「물동이 思戀」 일부

위에서 볼 수 있듯 한국 여인의 숱한 정한을 '물동이'를 통해 그리고 있다. 화자는 물동이에서 우리 선조들의 덕행을 읽으면서 물동이와 오늘의 플라스틱 물동이를 통해 정한을 증언하고 있다.

여기에서 옹기 물동이와 플라스틱 물동이의 존재의미란 무엇인가. 그것은 옹기 물동이에서 느낄 수 있었던 할머니와 어머니의 정한의 있음과 없음이다. 그래서 그는 달을 드러내어 전통에 대한 그리움을 표출하기에 이른다. 이 작품에서도 시인은 물동이라는 문화유산을 통해 조상들의 지혜와 슬기의 소중함, 그리고 어제와 오늘의 모습에서 현재적 의미가 무엇인가를 깨닫게 해주고 있다.

5.

김해성의 시 세계는 대체로 휴머니즘을 바탕으로 한 전통의식과 불교사상이라 할 수 있다. 그의 이러한 휴머니즘을 축으로 시 세계를 펼치게 된 것은 사춘기에 겪은 6·25의 참혹성과 관련이 있다. 전쟁의 폐허상과 잔악상을 목도하였으며, 이로 인해 생긴 정신외상을 극복하기 위한 수단으로 휴머니즘을 찾게 된 것이다.

그의 시를 보면 불교적인 색채를 띤 시들이 많이 있음을 알 수 있다. 이는 그가 이러한 정신외상을 치유하기 위해 불교사상을 갖게 된 것으로 여겨진다. 인간의 현실적 욕망이 부른 전쟁의 상흔을 잊기 위해 그는 이 세상의 모든 존재는 텅빈 것[色卽是空]이라는 불교의식에 심취하고 그것을 통해 삶의 참 의미를 깨달아가고 있다고 할 수 있다.

그리고 시인은 전쟁으로 인한 인간성 상실뿐만 아니라 60년대 이후 근대화의 물결에 힘입어 이룩한 고도의 경제성장에도 불구하고 대두된 기계문명에 의한 폐해 현상에도 관심을 갖는다. 황폐화되고 있는 현실을 회복하기 위한 방법으로 우리의 전통 문화유산에 눈을 돌리기 시작한다. 그래서 그는 우리 선조들의 얼과 혼이 담겨 있는 이러한 전통 문화 유산을 현재적 의미에서 재조명하고 있으며 유년 시절의 '나'를 찾기도 한다.

이상향을 찾아 끊임없이 삶을 탐구하고 대상을 따스한 시선으로 바라보려는 의식에서 비롯된 그의 시 세계는 인간의 정이 점점 메마르고 황폐화되어 가는 현실을 살아가는 우리들에게 인간에 대한 '참사랑'이 무엇인가를 깨우쳐주고 있다.

'비움' 또는 '사랑'의 미학

— 성기조론

1.

성기조(成耆兆) 시인은 1963년 첫 시집 『별이 뜬 대낮』(현대사 간)을 상재한 이후 『근황』, 『흙』, 『사랑을 나누면서』, 『달동네 사랑』 등 여러 권의 시집을 가지고 있다. 그의 시 세계는 그 동안 여러 논자들에 의해 다양하게 조명된 바 있는데 논의를 집약하면 대체적으로 '동양적 자연관을 통해 삶의 모습을 따뜻하게 그린 것'으로 파악하고 있다. 그래서 여기에서는 그의 후기 시라 할 수 있는 시집 『사는 법』(신원문화사, 1996)에 실린 작품을 중심으로 그의 후기 시가 지향하고자 하는 바가 무엇인가를 살펴보고자 한다.

이 시집에서의 시적 사유는 윤리의식을 바탕으로 한 인생관이다. 살아온 날들을 뒤돌아보며 '사는 법'을 조용한 어조로, 또는 강한 비판정신으로 말하고 있는 그의 시정신은 삶에 대한 사랑의 깊이와 넓이가 무엇인가를 새삼 깨닫게 해준다. 그는 '책머리에'서 "어떻게 사는 것이 훌륭한 삶인지 알 수 없지만 열심히 살아왔다고는 말할 수 있다. 그러나 아직도 사는 법에 대해서는 낙제점이란 생각이다."라고 말하고 있으나 바로 그 자체가 사는 것이 무엇이며, 어떻게 살아야만 올바른 삶인가를 인식한 것이며, 나아가 이를 실천하고자 하는 투철한 정신의 소유자임을 우리는 충분히 알 수 있다.

모든 것이 원숙기에 접어든 그에게 있어 시정신은 인간 존재에 대한 사유와 사물에 대한 사랑이라고 할 수 있다. 이러한 의식은 살아온 날들을 통해 인식한 삶의 가장 모범적인 형태의 심리적 반응인 것이다. '사람은 무엇을 느끼고, 무엇을 생각하며, 또 어떻게 행동하는가'를 밝히는 것이 심리학의 접근방법이라면 그가 추구하는 사랑법은 동양적인 관점에서의 '비움'으로 파악된다.

> 흐르는 물살이 하늘의 구름을 잡을 때
> 육십 평생 살아 온 세상일을 후회하면서
> 연필을 깎듯 조심스레 깎아낸다.
> 들뜬 생각과 욕망이란 거품, 가슴 저민 한과 영화도 모두
> 깎여 강물에 떠내려가는데
> 마지막 사랑만은 끝까지 남아 글씨를 쓴다
> 사랑은 목숨이지만 아직 몰랐다고
> 그래서 죽을 때까지 갖고 싶은 욕망이라고
> 지난날 나의 삶은 소리처럼 사라지고
> 끝내 사랑은 까만 글씨로 남아
> 인생을 고쳐 쓰게 했다
> — 「남한강에서」 일부

이 시를 통해 인간이 추구하는 현실적 욕망이 얼마나 헛된 것인지

를 우리는 알 수 있다. 라깡이 인간의 욕망은 계속 미끄러진다고 한 것처럼 결국 인간의 욕망은 한 가지, 한 위치에 머무르지 않고 욕망이 채워지면 또 다시 결핍된 공간으로 이동하게 된다. 그래서 프로이트는 인간의 욕망은 죽음을 통해서나 완전하게 이루어질 수 있다고 말하지 않았던가. 이처럼 인간의 욕망은 끝없는 이동과 미끄러짐을 반복하는 허상인 것이다. 시적 화자는 육십에서 또 하나의 이치를 깨달은 것이다. 어떤 대상에 대한 그의 사랑은 어느 한 곳에 머무르지 않고 그의 시계(視界)에 들어오는 모든 대상을 포착한다. '하늘', '바람', '땅', '소쩍새' 등 국토 전반에 이르기까지 실로 다양하게 펼쳐지는 의식의 흐름은 바로 사랑의 시선으로 집약된다. 이것이 바로 시인이 터득한 사는 법이다.

그러면 시인이 현실적 욕망과의 단절을 통해 터득한 무소유의 사랑을 추구해 가는 과정과 그 궤적을 보자.

2.

『사는 법』을 구성한 것은 사랑에 대한 징후적 언어들이다. 언어들이 단순히 내면 세계의 표상으로 끝나지 않고 현실에 대한 징후적 발언으로 나아가기 때문에 그의 시는 추상적인 차원으로 전락하지 않고 구체성을 획득한다. 그러나 그가 얻은 동양윤리에 입각한 '비움'의 사랑은 그렇게 쉽게 다가온 것만은 아니다. 현실적 욕망에 사로잡힌, 사물의 표상에 집착했던 시기엔 결코 그런 사랑을 보지 못했다. 이 때 주체의 시선은 두 개로 분열된다. 데카르트 이후의 명징한 주체, 사유하는 존재의 절대성은 자기중심적 의식을 끝없이 순화시키는 확정적 세계를 만들어내고, 그 세계로부터 출발하는 명징한 주체, 단일한 시선을 갖고 있는 주체는 일종의 허구인 것이다. 이는 사유에 의해서가 아니라 타자의 호출에 의해 탄생하기 때문이다. 그래서 이 때의 사랑은 무의식적 욕망에서 나오는 참사랑이 아니다.

> 사랑은 내려쏟는 폭포
> 무쇠처럼 단단한
> 세상의 절벽에 걸려 물살이 흩어진다
> 물줄기가 된 사랑은 화살
> 화살은 내 가슴을 떠나도 말 못하는 벙어리
> 답답하다
> 사랑은 수면을 꿰뚫는 달빛이지만
> 끝내, 갈곳을 못 찾는 장님
> 답답하다
>
> ―「고백·1」 일부

여기에서 보면 '사랑'은 "내려쏟는 폭포", "화살", "수면을 꿰뚫는 달빛" 등으로 전이되고 있는데, 이것은 하나같이 빠르게 움직이는 사물들이다. 그러나 진정한 사랑은 빨리 다가오고 빨리 떠나는 그런 사랑이 아니기에 시적 화자는 '답답하다'를 반복한다. 여기에서 화자가 '답답하다'라고 한 것은 아직도 자신이 현실적 욕망이 가득 찬 일상세계를 탈피하지 못하고 있음을 의미한다. 즉, 사랑과 인간 본연의 모습인 무의식적 욕망이 결부되어야만 진정한 사랑을 할 수 있는데, 여기에서는 인간의 내면에까지 그것이 꿰뚫지 못했기 때문에 결국 "갈곳을 못 찾는 장님" 심정과 동일한 선상에 정박하고 있는 것이다. 그러기에 이때 시인에게 있어서의 사랑은 "잡힐 듯 오는 것 같았는데 / 바람에 밀려 / 안개에 밀려 보이지 않는"(「소쩍새·21」 일부) 것처럼 불투명하기만 하다.

그러나 시인은 사랑찾기를 포기하지 않고 기존의 수동적인 단계에서 능동적인 단계로 전환한다. 시인이 사랑의 실체를 직접 찾아 나선 것이다. 일생을 살아오는 동안 타자에 의해 억압되었던 자신의 무의식적 욕망을 되찾기 위한 몸부림으로서 사랑을 찾고자 하는 것이다.

> 볼을 대보자
> 우리 사랑하자
>
> 말할 수 없구나
> 가슴 뛴다
>
> 피가 멎는다, 보이는 건 네 얼굴뿐
> 우리 사랑하자
> —「고백·2」전문

이와 같이 서정적 자아는 가슴이 뛰고 피가 멎는 설레는 마음으로 "볼을 대보"고 "우리 서로 사랑하자"고 고백한다. 그러나 그 사랑은 모든 것을 터놓은 열린 가슴이 아니라 닫혀 있어 소통되지 못한다.

그래서 시인은 "눈 내리는 차령 휴게소를 지나 / 마곡사 가는 길은 하늘로 뚫렸다 / 껍질을 벗듯 / 허물을 벗고 달려가자, 사랑하는 사람아"(「겨울마곡사」일부)라고 하여 사랑하는 대상을 향해 막연하게 구애하는 행동양식에서 '무소유'에 대한 불교의 가르침에 따른 구애방식으로 나아가 탈출구를 마련하고자 한다.

이러한 폐쇄적이고 부동적인 시인에게 열린 마음으로 나아가게 하는 또 하나의 매개물은 '바람'이다. 이 바람은 시인에게 "숨통을 터주고 / 가슴을 열어 / 사랑을 하라"(「소쩍새·22」일부)고 당부하고 또한 "어디서 불어오는지 분명찮은데 / 등을 밀어 나를 떠나게 한다"(「바람·

1」 일부)라고 하여 닫힌 공간에서 열린 공간으로 이동하고 있음을 볼
수 있다. 이렇게 열린 가슴으로 보는 사물은 남다르다. 이전에 하찮게
보아 넘겼던 모든 사물들까지 새롭게 보이는 것이다.

> 마흔쯤, 쉰쯤 먹은 과부가
> 주책없이 분바르고 화장한 해사한 얼굴
> 강렬한 향기가 미워 바람까지 불면
> 뚝뚝 땅에 떨어져 너절하게 통곡한다
> — 「목련꽃 · 2」 전문

　서정주의 「국화 옆에서」와 유사한 분위기를 자아낸다. '국화'나 '목
련꽃' 모두 원숙기에 접어든 한 여인으로 비유한 것에서 말이다. 서정
주의 시가 한 여인의 고통과 시련을 감내하는 장면을 연상시키고 있다
면 이 시는 삶에 지친 한 여인의 외로움을 표출시키고 있다 할 수 있
다. 여기에서는 '목련꽃'을 '과부'로 비유한 것 자체가 새로운 변신인
것이며 한 차원 높은 시상을 느낄 수 있다. 이와 같이 열린 마음으로,
사랑의 시선으로 모든 사물을 치밀하게 관찰하여 구체적으로 형상화
하고 있는 그는 현실의 징후적 차원에까지 시선을 돌려 표출하기에 이
른다.

3.

　주체의 단일한 시선이 아닌 두 개로 분열된 시선, 즉 현실적 욕망에
사로잡혀 바라본 시선과 무의식적 욕망에 의한 시선을 간파한 시인은
결국 진정한 사랑은 후자에 의한 사랑이라는 것을 깨닫는다. 그에게 사
랑은 "어느새 눈앞에 다가와 / 꽃이 되었다."(「사랑」 일부)

이 때의 사랑은 온전히 주체와 대상만이 있는 사랑이다. 여기에서 사랑의 주체는 분열되기 이전의 주체이다. 유년시절에 느꼈던 따뜻함과 평온함을 지닌 그런 주체이다. 그러나 시인이 마음을 비우고, 무의식적 욕망의 주체를 인식하기에 이르렀지만 아직도 현실은 욕망으로 가득 찬 공간이기 때문에 그는 현실에서 눈길을 떼지 못한다. 즉, 자신이 사랑하는 대상이 훼손되고 있다는 것을 인식한 그는 "사랑하기에 때린다"고 안타까운 마음의 일단을 역설적으로 표현해 내고 있다. 그는 이러한 비판의식을 자신의 심층 레벨에 존재한 현실적 욕망의 자리에 놓고 있는 것이다.

> 비오는 밤에 우는 사연은 세상 때문이다
> 속이고 속고, 짜고 통돌림하고
> 번지르르한 말로 꼬시면
> 안 넘어가는 장사 없는 세상, 멀쩡한 세상 때문이다
>
> 농사꾼은 농사 버리고 노동자는 일 버리고
> 학생은 공부 버리고 주부는 부엌 버리고
> 공무원은 올바른 판단 버리고 정치가는 정치 버리고
> 경제인은 순리로 돈 버리는 일, 모두 버리고
> 버리고, 버리고
> 한탕에 떼돈 버는 일에만 매달려
> 큰손이 횡행하는 세상
>
> 그 세상이 보기 싫어 비가와도
> 소쩍 소쩍 운다, 소쩍새야
> ― 「소쩍새·20」 전문

여기에서는 자신이 모든 것을 직접 관찰하는 주체가 되는 것이 아니라 '소쩍새'라는 사물을 등장시키고 있는데, 이는 시적 화자와 '소쩍새'의 동일시인 셈이다. 그렇다면 시인은 왜 많은 새 중 '소쩍새'를 등

장시켰을까. 소쩍새는 밤이 깊으면 깊을수록 굶어 죽은 어미로 살아나 서글프게 우는 새이기 때문에, 시인은 이 소쩍새를 통해 삶의 인위적 실상과 서민들, 특히 실향민들의 애환을 그려내고 있는 것이다. 소쩍새는 타자에 의해 억압된 주체의 은유적 표상이기도 하다. 또한 이 매개물은 타자 앞이나 자기의 정체가 정확히 드러나는 밝은 곳에서는 행하지 못하는 피지배계급의 내면세계를 암묵적으로 반영하고 있는 사물이다. 따라서 이 시는 정도를 잃어버린 세상을 개탄하는 우리 시대의 불행한 자화상이라 할 수 있다. 각자 맡은 바 임무를 다할 때 살맛나는 세상이 될 터인데, 이 시에서 드러나듯 현실은 그렇지 못하다. 그래서 시적 화자는 현대산업사회의 가장 큰 병폐 중 하나인 한탕주의, 황금만능주의를 심도있게 비판하고 있다. 소쩍새가 "그 세상이 보기싫어 비가와도" 서럽게 우는 장면은 더욱 처연한 느낌까지 준다. 이처럼 소쩍새는 부패와 비리로 찌든 사회상을 폭로하고 신랄하게 비판하는 양심의 새이며 사랑의 새인 것이다.

시인은 또한 국민을 외면하고 당리당략만 좇는 정치적 상황에 대해서도 다산(茶山)을 패러디화하여 일침을 가한다.

> 답답하다고 가슴치는 다산의
> 부릅뜬 두 눈이 빨갛게 충혈되어
> 동백꽃으로 변했다
> 울 안 가득한 대나무에서
> 서늘하게 일어나는 대바람 소리가
> 다산의 말씀으로 되살아나
> 동암 툇마루에서 들려왔다
> 애절양(哀絶陽)의 슬픈 가락이
> 귓가에 들리는데, 목민심서(牧民心書)를 읽는
> 벼슬아치는 한 사람도 없다
> ─「다산초당(茶山草堂)에서」일부

시인은 다산을 떠올리며 당시의 벼슬아치와 현 정치인들의 행위가 그다지 차이가 없음을 안타까워한다. 다산은, 시 「애절양(哀絕陽)」을 쓰게 된 동기를 "한 백성이 아이를 낳은 지 사흘 만에 군보(軍保)에 등록되고 이정이 빼앗아가니, 그 사람이 칼을 뽑아 자기의 생식기를 베면서 하는 말이 내가 이것 때문에 곤액을 당한다고 말하였다. 그 아내가 생식기를 관가에 가지고 가니 피가 아직 뚝뚝 떨어지는데 울며 하소연하였으나 문지기가 막아 버렸다"는 얘기에서 찾았는데, 시인은 이를 현실상황에 비유하여 개탄하고 있는 것이다. 이러한 의식에는 현실의 부정적인 면이 크게 작용했기 때문이리라.

화자의 이러한 현실적 부정은 정치뿐만이 아니라 자연 현상으로까지 확대된다. 가령, 아래 시에서 볼 수 있는 것처럼 고향 현실과 무의식적 욕망의 언저리에 남아 있는 유년시절의 이상이 상호충돌하고 있는 것은 바로 자연에 대한 현실적 훼손이 컸음을 의미한다.

> 활 모양의 방파제가
> 올망쫄망 통통배를 안고
> 가파른 뒷산을 깎아
> 몇 채의 아파트가 섰다
> 오징어, 우럭, 도다리가 한물가는 냄새
> 코끝에서 바람에 날려 서해로 들어간다
>
> 기름냄새, 쓰레기가 밀려든 바닷물은
> 파아란 빛을 잃고 파도를 붙잡다 통곡한다
> 돈벌이에 이악스런 사람들은 팔 걷고 덤비는데
> 돈 쓸 사람들은 슬금슬금 눈치만 본다
> ― 「대천항에서」 일부

화자의 고향과 다름없는 대천항의 모습이다. 이름난 항구에서부터 자그마한 항구에 이르기까지 통통배의 기름과 생활하수, 그리고 일부 몰지각한 사람들의 쓰레기 투기에 바다는 몸살을 앓고 있다. 이제 바다도 자정능력의 한계가 온 것이다. 환경오염은 단순히 생태계 파손에 그치는 것이 아니라 인간상실의 문제에까지 영향을 미친다. 따라서 화자는 환경오염의 후유증을 안타까워하고 있는데 이러한 것들 역시 애정을 기저로 하고 있음은 물론이다.

> 밤하늘의 별은 찌든 공기 때문에 밤톨만해졌고
> 썩은 물에서 발버둥치는 우리들은 숨이 가쁘다
>
> 흙을 뒤져 먹는 농투사니
> 밭고랑에서 논다랭이에서 손잡고 품앗이하던
> 인심은 대처로 달아나고
> 악다구니 주먹질이 판을 쳐 정신 차릴 수 없다
>
> <중략>
>
> 고향도 갈 수 없다
> 가을 바람은 서걱이는 소리를 내고 스산하게 부는데
> 땅 위에 뒹구는 낙엽은 흙으로 돌아간다
> 우리들, 우리들은 갈 곳이 없는데……
> ─「가을에도 고향에 갈 수 없다」일부

이 시에서도 드러나듯 초롱초롱 빛나야 할 별이 언제부터인가 흐릿해졌고, 정지용의 「향수」에 나오던 맑은 시냇물은 이미 자취를 감춘 지 오래다. 예전부터 농촌에 내려오던 품앗이도 노인들만 남아 있는 고향에서는 더 이상 볼 수 없다. 오직 보이는 것은 부정적인 상황만이 존재하여 고향이 더 이상 고향이 아님을 화자는 토로하고 있다.

시인의 무의식적 욕망이 담긴 사랑의 시선은 여기에 그치지 않고 한민족인 북한 동포에게까지 미친다. 즉, 사상까지도 화해의 사랑으로 끌어안고자 하는 의식이다.

> '죽어서는 안돼, 살아야지.'
> '언젠가는 한번 잘 살아야지.'
> 그러나 그 언젠가라고 믿었던 나날은 휴전선을 더 넓고 크게 굳
> 혔고
> 남과 북은 장벽으로 갈라놓은 각기 다른 지역
> 갈 수 없는 나라, 올 수 없는 땅
> 40년이 지나 통일을 말하는데
> 일흔 먹은 할아버지가 북쪽 땅 고향을 못 가 시름시름 앓기만 한다
>
> 언제 갈 수 있을까, 일흔 살 할아버지가 고향 갈 날은
> 고향 사람 만나 손잡고 울어 볼 날은 언제일까
> ── 「6월 뻐꾸기」 일부

실향민들의 간절한 소망은 남북한의 만남이다. 분단 이후 애타게 기다리다 지쳐 이제 새까맣게 타버렸을 실향민들의 마음 ── 그들은 이제 이데올로기도 모른다. 화자는 그 인도적 비애를 '6월 뻐꾸기'를 통해 노래하고 있는 것이다.

> 창밖에는 새해가 달려오는 소리, 백두산 영봉에서 금강산 봉우리에
> 서 태백산 정수리에서 한라산 등뼈에서 출발한 새해는 한강을 건너 남
> 산을 끼고 달음질치다 인왕산 능선을 타고 삼각산으로 모여들었다. 하
> 늘이 열리는 소리, 땅이 깨어지는 소리, 구구구 비둘기 소리……
> 가슴을 활짝 열어 오천 년 펼쳐온 인정을 풀어내어 미운 사람도 끌
> 어안고 멀리 간 사람도 손짓해 불러 함께 춤출 통일을 꿈꾼다
> ── 「통일을 기원한다」 일부

분단된 이후 우리 민족의 최대 염원인 통일은 한민족 모두의 소망이다. 화자는 이데올로기의 반목에 의해 그 동안 굳게 걸어두었던 빗장을 풀어 서로 끌어안고 모든 것을 주어야 한다고 노래하고 있다. 한반도가 두 동강 난 지 반세기가 넘었지만 아직도 두 체제는 엄연히 존재하고 있다. 화자는 이러한 분단된 현실의 사이에 비둘기로 하여금 가교 역할을 하도록 하고 있는데 여기에서 그의 통일염원은 클라이맥스를 이룬다.

4.

성기조 시인은 후기 시집 『사는 법』을 통해 철저한 '사랑'의 시적 사유를 보여주고 있다. 인간은 보통 인생 육십을 바라보면서 "젊었을 때는 흰색이 / 평화를 상징했는데 / 지금은 시들어 가는 것들의 한숨소리 / 꽃도 죽고 흰 눈도 죽고 / 내 머리카락도 백발로 죽어간다"(「눈 오는 날」 일부)와 같은 심정, 즉 인생의 허무함과 덧없음을 느낀다. 이러한 인생의 허무함을 달래주는 것은 "잠깨어 어두운 밤바다만 바라보는 나는 / 그리움이 가슴에서 파도가 되어 / 밤 두시가 지난 것도 모른다"(「광안리 앞 바다」 일부)에서처럼 그리움이 아닐까. 이 그리움은 유년시절의 따뜻하고 평온했던 기억에 의해 추출된다. 시인은 이러한 그리움을 '사랑'으로 전치시켜 무의식적 주체의 욕망의 자리에 옮겨 놓는다. 이것이 그가 사는 법이다.

시인은 인간의 현실적 욕망에서 점차 사랑으로 나아가는 심리적 과정을 단계적으로 리얼하게 보여주고 있다. 결국 그는 이 세상을 움직일 수 있는 가장 큰 힘을 무소유의 사랑, 즉 '비움의 사랑'으로 귀결시키는데 그것은 무의식적 욕망으로서의 애정의 눈길이 있어서이다. 그

러나 그의 시정신은 결코 여기에서 멈추지 않을 것이다. 왜냐하면 시
는 새로운 세계를 지향하는 창조물로서 어떠한 경우에도 시인 자신만
이 추구하는 의식세계가 지속적으로 형성되고 변형되기 때문이다.

소박함에 깃든 지혜의 노래

— 한병호론

1.

　시가 무엇인지에 대한 질문과 해명은 옛날부터 다양하게 시도되어 왔지만 오늘날은 말할 것도 없고, 앞으로도 계속될 것이다. 이는 그만큼 시에 대한 정의가 시대와 문화, 그리고 관점에 따라 달라지기 때문이다. 그럼에도 불구하고 가장 범박하게 시를 정의하자면 '영혼의 노래'라고 말할 수 있을 듯하다.

　한병호의 시를 보면 모시대서에 있는 "시란 뜻이 움직이는 것이니 마음에 있으면 뜻이고 말로 나타내면 시가 된다(詩者 志之所之也 在心爲志 發言爲詩)"는 말에 무릎을 치지 않을 수 없다. 즉, 세상을 바라보면서 자신이 생각한 티끌 하나 없는 순수 그대로를 말로 옮겨 놓은 것, 이것이 그의 시인 것이다.

이렇다면 먼저 그는 자신이 현재 살고 있는 세상을 어떻게 바라보는가를 살펴보지 않을 수 없다. 왜냐하면 현재에 대한 판단이 그의 기본 정서와 가치 지향의 밑바탕이 되고 있기 때문이다.

두 눈을 뜨고
마음의 눈까지 뜨고 보아도

도무지
아무 것도 보이지 않는다
가도 가도 안개지역
어디쯤 가면 뚫릴까
몇 시간 후면 걷힐까
고속도로에서
차들이 엉금엉금 긴다
내가 긴다
　　　　　　　　— 「안개지역」 일부

한 마디로 그는 요즘 세상을 '안개지역'에 비유한다. "두 눈을 뜨고 / 마음의 눈까지 뜨고 보아도 // 도무지 / 아무 것도 보이지 않는" 곳이 현재 우리가 살고 있는 세상이라는 것이다. 전통사회는 세상의 변화를 어느 정도 예측하고 가늠할 수 있을 정도로 변화의 속도가 느린 사회였다. 그러나 현대 사회는 바로 내일의 일도 예측할 수 없을 만큼 변화의 속도가 빠르다. "어디쯤 가면 뚫릴까 / 몇 시간 후면 걷힐까" 하면서 아무도 예상하지 못한 채 안개 속에 갇혀서 '엉금엉금' 길 수밖에 없는 삶을 살면서 시인은 자신에게 익숙한 과거의 문화, 과거의 공간을 떠올리지 않을 수 없다.

「내 고향」은 고향의 변화를 통해 그것이 현재적이지 않음을 보여준다.

오솔길이 있어
한적한 새소리를 들을 수 있었다
부르지 않아도
찾아와 함께 걸어주는 바람이 있었다
논 둑 밭 둑으로 이어지는 길이지만
소달구지가 마음대로 비집고 다니는 길이 있었다
눈을 감아도 찾아갈 수 있는
사랑으로 내통하는 골목길이 있었다
— 「내 고향」 일부

　　말하자면 그는 영락없는 촌사람이다. 농경민족의 후예로 한적하고 유유자적한 미의식을 지니고, 이웃집 숟가락이 몇 개인지 훤히 알고 지내던 친밀하고 정겨운 공동체적 고향에 대한 절절한 그리움을 지니고 있는 사람이다. 그런 고향은 '오솔길', '한적한 새소리', '소달구지', '골목길' 등으로 손에 잡힐 듯 그릴 수 있지만 지금은 '있었다'라는 과거시제로 말할 수밖에 없게 되었다. 사람이 지켜야 하는 신성한 공간이며, 반드시 뼈를 묻어야 할 운명의 장소로 각인되어 있는 원형적 공간인 고향은 이제 바쁘고 인정이 사라진 공간으로 변해 버린 것이다. 고향을 그렇게 변화시켜 놓고도 젊은이들은 편리와 속도를 추구해 다 도시로 떠나고, 남아있는 사람은 노인들뿐이다.
　　그러나 노인들이 남아 있는 것은 '떠나지 못함'이 아니라 그 이유가 '고향'이 주는 애정 때문일 것이다.

어머니가 아버지가
고향을 떠나지 못하고 눌러 사는 것은
산자락에 묻힌
할아버지 할머니가
그리워

그리워
놓아주지 않아서다.

— 「눌러 사는 것은」 일부

위 시에서는 노인들이 고향을 떠나지 못하는 이유를 '부모의 그리움' 때문이라고 말한다. 눌러 사는 이유를 단순하게 설명하는 것처럼 보이지만 이 시를 읽으면 우리들의 고향이 사실 산 사람들만이 함께 하는 공간이 아니라, 돌아가신 부모까지 함께 하는 공간임을 느끼게 된다. 집을 투기의 대상으로 삼고 있는 현대인이, '산 사람과 죽은 사람 사이의 유대와 그리움이 어우러진 공간'을 어떻게 이해할 수 있을 것인가. 이런 시들이야말로 우리 사회가 농경 사회와 산업 사회, 그리고 정보 사회적 측면이 결합되어 있으면서도 농경 사회와 산업 사회, 그리고 산업 사회와 정보 사회 사이의 단절이 얼마나 깊은 것인지를 절실하게 알려준다.

2.

거울을 보면서 사람은 자신의 매무새를 바로잡는다. 하지만 시인에게 있어 거울은 거울만이 아니라 모든 사물에 자신의 삶을 비추는 사람, 그가 곧 시인이다. 경험이나 비전이 집중되는 결정적인 순간을 포착하는 시의 장르적 특성을 살려 시인은 사물을 바라보면서 자신이 지향하는 가치를 제시한다.

바람이 분다
비바람이 친다
냇가에 버드나무가 안간힘을 쓰면서

이리 저리 몸을 흔든다
뿌리가 뽑히면 어쩌나
가지가 부러지면 어쩌나
한동안 몸살을 한다
그러다가도
바람이 자면
언제 그랬냐는 듯
조용히 제자리에 돌아와 선다
　　　　　　　　　　― 「버드나무」 일부

　이 시는 버드나무가 비바람에 흔들리다가도 바람이 자면 제자리를
찾는 모습을 자연스러운 언어로 묘사한다. 이 때의 ‘버드나무’는 그냥
‘버드나무’가 아니다. 시인은 자신을 드러내기 위해 ‘나’를 버드나무로
전이시켜 그 이미지를 제시하고 있는 것이다. 비바람이 불면 조금씩
흔들거리고, 몸살을 앓아도 비바람이 자면 의연한 모습을 되찾아야 한
다는 시인의 의지와 염원은 마지막 연에 이르러 모든 인간이 지향해야
할 가치를 획득한다. 시인의 의지와 염원이 구체적으로 사물화 될 때
시의 의미와 정서가 유기적으로 결합하여 시적 아름다움이 더욱 상승
된다는 점을 상기해 본다면 ‘버드나무’를 통한 ‘의지’의 암시는 시적
가치가 큰 것일 수밖에 없다.

산에고
들에고 가보면

냇물이 갈라놓은 땅
강물이 갈라놓은 땅

징검다리

강다리 걸쳐놓고
이웃끼리

인연을 맺으라 하네
사랑을 맺으라 하네

냇물이
강물이 되고
강물이 하나되어 하나이듯이

하나되어 살아가라 하네
—「다리」 전문

   이 시에서 시인은 '다리'를 바라보면서 '다리'라는 사물의 속성에서
순간적으로 인간 삶의 가치를 포착해 표현해 내고 있다. 다리란 서로
떨어져 있는 것을 이어주는 것이며, 새로운 세계로 들어서게 하는 통
로이다. 다리는 이처럼 떨어지고 갈라져 있는 것을 하나로 이어주는데,
인간이 살고 있는 세상을 보면 저마다 개인으로 떨어져 소외되고 단절
된 채 살아가고 있는 것이다. 이럴 때 우연히 보았던 다리는 그저 단
순한 사물이 아니라, 인간의 삶을 비춰 주는 거울이 되면서 동시에 고
립되고 단절된 인간의 병폐를 치유할 수 있는 매개물이 되기도 하는
것이다. 즉 다리는 인간에게 서로서로 "인연을 맺고", "사랑을 맺어"
하나가 되어, 어우러져 살아가야 한다는 삶의 원리를 보여주는 것이다.
삶의 원리라고 해서 거창하게 구호처럼 외치는 것이 아니라 소박하고
순수하게 노래하는 이 소박성이 시인의 심성이며, 그것이 오히려 시의
의미를 증폭시켜 준다.

3.

  시인이 관심을 가진 또 하나의 세계는 생명이다. 시인은 생명이 없는 사물에서조차 생명을 느끼는 능력의 소유자이지만 사실 모든 생명은 하찮아 보이는 것까지 경이의 대상이라고 하지 않을 수 없다. 그러나 젊을 때는 이 생명의 신비가 쉽게 눈에 보이지 않는 법인데, 이 신비가 눈에 보이려면 어느 정도의 연륜이 쌓여야 된다. 그럴 때 생명의 이치가 구체적인 감각으로 오며, 피어나는 생명만이 아니라 지는 생명까지 아름답고 고맙게 여겨지는 것이다.

> 꽃잎이 피었다가
> 한 잎 두 잎
> 떨어지는 것
> 생각해 보면 고마운 일이다
>
> 생명을 위하여
> 새로운 생명의 탄생을 위하여
>
> 사람들이
> 살다가 하나 둘
> 죽어가는 것도 생각해 보면 고마운 일이다
> 하루 해가 지고
> 달이 떠오르는 것
>
> 어둠이 가도 아침이 밝아 오는 것
> 모두가 다 그런 이치
>   — 「생명을 위하여」 전문

이 시는 생명에 대한 외경이 삶의 원숙기에 든 시인의 지혜와 어우러져 아름답게 표현된 작품이다. 생명의 이치를 깨닫는다는 것이 얼마나 어려운가. 인간은 일반적으로 탄생하는 것, 피어나는 것만을 찬양하고 있을 뿐이지 소멸하는 것, 떨어지는 것은 기피하는 것이 보통이다. 그러나 이 시인은 생명의 질서란 탄생하는 것과 소멸하는 것이 어우러져 빚어내는 것임을 깨닫고 그 생명의 질서를 우리들이 흔히 겪는 일상적인 경험을 통해 잘 표현해 내고 있다.

다음 시에서도 깨달음을 형상화하고 있음을 볼 수 있다.

꽃잎이 떨어진다
떨어진 꽃잎은 흙이 된다

흙이 살아난다
떨어진 꽃잎은 흙이 된다

민들레 할미꽃
아카시아 찔레꽃
떨어지면 흙이 된다
살아나면 꽃잎이 된다
　　　　　　　　　　 ―「흙」전문

"떨어진 꽃잎은 흙이 된다", "살아나면 꽃잎이 된다"는 구절을 보면 모든 것을 채우려는 인간의 욕망이 얼마나 헛되고 편협한 것인지를 깨닫게 된다. 생명의 이치에 대해 깊이 성찰하고 있음을 알려주는 이 시는 시인의 정신이 어디에 닿아 있는 것인지를 가늠하게 해준다.

시는 순수의 감정을 쓰지 않고는 삶 그 자체를 지탱할 수 없는 사람의 소박한 소리가 더욱 진지한 것이다. 조금은 허허로울 수 있는 세상살이의 이치를 꾸미지 않고 순수하게 표현하는 것이 오히려 가슴 한

구석에 맺힌 채 응어리져 있던 것들을 서서히 풀리게 하고 악착같이 우리에게 들러붙어 있던 헛되고 추악한 욕망들을 녹여 낼 수 있기 때문이다. 위무 하는 사람, 위무 받는 사람의 경계도 없이 끝없이 들리는 마음의 소리, 이것이 한병호의 시다.

우리가 시를 읽는 이유는 시인과 사물 간의 합일된 정서를 독자에게 환기시켜 주고 있기 때문이다. 독자가 한 편의 시를 읽고 자신의 삶을 되돌아보며 그 정서적 울림에 몸을 맡기게 된다면, 이미 그 시는 시인만의 것이 아니라 독자의 것이다. 그래서 좋은 시는 시인이 쓰는 것만으로 태어나는 것이 아니라, 시를 즐기는 독자와 더불어 태어난다고 하는 것이리라.

현대시의 진실된 모습을 우리는 직접적인 서술 속에서 뿐만이 아니라 시가 요구하고 있는 특유의 언어, 즉 낯설음 속에서 발견해야 하는데 이것이 더욱 시적 진실이라는 점에서 시인은 늘상 새로운 세계에 눈을 돌려야 된다. 그것은 끊임없이 변화하는 언어 속에서 자신 특유의 소리를 찾아야 하기 때문이다.

충청도 산 옹기의 형상

― 박상일론

1.

　박상일(朴商一) 시인은 한 마디로 다정다감한 시인이다. 언제 보아도 따뜻한 심성으로 삶을 영위하고 있는 것을 보면 어떠한 위치에서 무엇을 한다 해도 천상 시인일 수밖에 없다는 생각이다. 그것은 자신을 위해 늘 뒤돌아보며 스스로를 깨달아가고 있기 때문이다.

　인간에게 있어 사유의 출발점은 자기 자신이다. 그런 의미에서 그리스 신화의 나르시소스는 신에게 반기를 든 첫 번째 사람이다. 인간의 눈은 오로지 신을 향해 신을 경모하고 찬양해야 하거늘 자기 자신을 사랑했으니 신의 노여움을 샀던 것이다. 자기 자신을 사랑한다는 점에서 모든 시인은 나르시소스이다. 자기 자신을 들여다보고 자신이 어떤 존재인지 성찰하는 것이 시인이기 때문이다. 먼저 그가 언어로 그린 자신의 모습부터 살펴보기로 하자.

東에 번쩍 西에 번쩍
오라는 이 없어도
갈 곳이 많은
걸음 步字를
안고 사는 선량

화났다 하면
용납이 없고
그러다가도
금세 풀어지는

사람보다는
돌멩이가
그래서 담배 끊는다
끊는다 하면서도
돌밭 뒤지듯
20여 년

열 받을 땐
팍팍 피워대며
스스로를 잠재우고

소주 몇 잔에
개소리 쇠소리
빈소리도 하지만

詩 쓰랴 먹고살랴
세상사는 罪밖에

잔잔한 바람에도
건반처럼 울릴 때가 있다
　　　　—「自畵像」 전문

　　1연에서 자신의 직업적 특성을 드러내고, 2연에서는 성정(性情)을, 3연에서는 취미와 더불어 일상생활의 면모를 보여주면서 그 모든 것을 "세상사는 罪"의 양상으로 풀이한다. 현재 자신의 모습을 솔직 담백하게 드러내며 나 이런 사람이야, 하고 말하는 듯한 이 시의 핵심은 마지막 연에 있다. 어떤 모습으로 살고 있건 간에 현재 그가 시인인 것은 "잔잔한 바람에도 건반처럼 울릴 때가" 있기 때문이다. 남들이 보면 나이 먹어 가는 평범한 생활인으로 보이지만, 잔잔한 바람 한 줄기에도 울리는 그의 마음의 건반이 시를 빚어내고 있는 것이다. 먹고살기도 바쁘고, 시 한 편 쓴다고 먹을 것이 생기는 것도 아니지만 그가 시를 버리지 못하는 이유 역시 그의 천성이 잔잔한 바람에도 울리기 쉽기 때문이다.
　　이 시가 일상적인 생활인의 모습을 지닌 자신이 천상 시인일 수밖에 없음을 그려낸 것이라면 다음 시는 좀더 범위를 넓혀 그가 태어나고 자란 충청도에 대한 애정을 바탕으로 충청도 사람들의 특징을 시로 표현하고 있다.

남들이 조급할 때
지그시 기다리는
어리석은 듯하면서도
느긋한
내 안과 싸워 피멍든
참고 견디는 우직함이
때로는 돌과 같이

때로는 蘭과 같이
바다 같은 너그러움이
바다 같은 아량이
바위 같은 뚝심이
우리의 숲이 있고
우리의 둥지가 있고
이웃집 같은 바다
충청도

                                          —「충청도」 전문

    1행, "남들이 조급할 때"만 비충청도적이고, 나머지 행은 전부 충청도 사람다운 자세나 마음가짐을 표현하고 있는 이 시에서 충청도 사람들의 특성은 기다림, 느긋함, 우직함, 너그러움, 아량, 뚝심이고, 그것을 비유하고 있는 매체는 '돌', '난', '바다', '바위', '이웃집'이다. 재미있는 것은 이 시 자체가 충청도적이라는 점이다. 사실 이 시에서 말하고 있는 것은 대한민국 사람들이 모두 공유하고 있는 것들이면서도 충청도 사람들의 특성이기도 한데 함부로 드러내지 않는 것들로 하여 느껴지는 뚝심 — 그 점이 바로 충청도다운 것이기도 하다.

    이 시집에 있는 시들은 이제까지 살아온 삶과 그것에 대응하여 자신의 삶의 방식을 드러내고 있는 이 두 편의 시를 원형으로 하면서 조금 더 내밀하게 자신의 속마음을 형상화하고 있거나 사회의 제반 양상을 너그럽게 풍유하거나 혹은 여유로운 사랑의 감정을 서정적으로 표현하고 있다.

2.

    먼저 자신의 삶이 지향하는 풍요로운 마음을 객관적 상관물로 포착
하고 있는 시를 읽어보기로 하자.

> 따뜻한 옹기가 되고 싶다
> 그대로 투박한 질그릇이 되어
> 깨진 것은 횟가루 발라
> 철사줄로 동여매고
> 쌀독에 김칫독에
> 장까지 담아
> 모든 것을 다 퍼주고도
> 가득한 기쁨
> 빈 독엔 빗물 가득
> 구름 와 머물고
> 한밤내 초롱초롱
> 별이 빛나고
> 이 투명한 것 말고
> 또 뭐가 있더냐
> 장광에 흰눈 내려
> 소복소복한
> 크고 작은
> 우리들의 꿈
> 행주걸레 하나로도
> 윤이나던
> 늘 가난을
> 사랑하시던 어머니
>
> 마음이 따뜻한 옹기가 되고 싶다
>   —「옹기가 되고 싶다」 전문

앞의 「자화상」이 현재 자신의 모습을 가감 없이 그려낸 것이라면 이 시는 시인이 지향하는 의미와 가치를 '옹기'로 표현하면서 자신을 가꾸어 나가겠다는 다짐을 형상화하고 있다. '옹기'가 암시하는 의미는 여러 가지이다. 흙으로 구워 잿물을 바르지 않은 질그릇과 잿물을 발라 구운 오지그릇을 통칭하는 옹기는 세련되고 아름다운 모습으로 기억되는 것이 아니라 쓰임새로 기억되는 것으로, 생활의 기본적인 음식물을 보관하던 용기이다. 배부른 독만 보아도 마음이 넉넉해질 정도로 생김새조차 둥글고 두둑한 모양에서 너그러움과 여유로움, 따뜻함을 연상하게 된다. 또한 그 집 주부의 손끝이 여문지 알려면 장광을 보라고 했던 옛말처럼 장광이야말로 그 집 식구를 먹여 살리는 원동력이 나오는 곳이며, 주부가 정성스러운 마음으로 온 식구의 안위를 빌던 정결한 장소이기도 했다. 그러기에 정갈한 장광은 어머니의 장소이며, 옹기는 그런 어머니를 떠올리게 한다. 거기에다 이 시에서 옹기는 모든 것을 다 퍼주고 빈 독이 되었을 때조차 가득 차 있다. '빗물', '구름', '별'을 가득 담은 빈 독은 비어 있되 비어 있지 않은 것이다. 시인은 자신의 삶이 가 닿아야 할 지향점으로 그런 옹기를 지목하고 있다.

「옹기가 되고 싶다」가 아름답고 따뜻한 소망 때문에 너그러운 느낌이라면 「산」은 허정(虛靜)을 감지하게 한다.

> 올라가다 보니
> 이제 내려갈 일만 남았다
> 그래 또 내려가다 보면
> 올라갈 일이 남겠지
>
> 오르고 내리다 보면
> 내가 바로 山이 되듯이

파도에 씻기고 씻긴
한 점 돌이 되듯이
　　　　　　　—「산」전문

　'이제 내려가야 할 일만' 남은 삶이라 해도 허망에 빠지지 않을 수 있
는 것은 아직 '올라갈 일'이 남았으리라는 기대 때문이기도 하지만 그보
다 더 큰 이유는 오르고 내리는 사이에 나 자신이 곧 '山'이 되기 때문이
다. '나는 山이다' 혹은 '나는 한 점 돌이다'라고 선언하고 있는 이 시는
오르고 내리는 산 자체가 삶이며, 파도에 씻기고 씻기는 한 점 돌 자체가
삶이라는 인식을 내포하고 있다.

　　3.

　오르다 보면 내려가야 되고, 내려가다 보면 올라가야 하는 것이 삶
이라는 인식은 일상생활에서 빛나는 삶의 지혜로 작용하게 된다. 다음
시는 세상사를 어떻게 인식하고 헤쳐나갈 것인지에 대해 시사해 준다.

그까짓 이름이 없으면 어때
달리는 열차처럼
후딱 지나고 나면 그뿐인 걸

쩌렁쩌렁 소리 지르며
삿대질하고 살기나
안으로 깊은 침묵
새기고 사는 거나

스스로가 상처투성이인 줄

스스로가 구정물투성이인 줄
그리고 어디로 **빠져**나가고 있는 줄을

이 세상 납죽 엎디어 살기나
눈 뒤집고 호령하기나
휘말려 살기는 매 한 가지인데

다 내게로 걸어오는 이 길을
사람들은 키재기 하듯
산을 만들어
빙벽을 넘고 있다
　　　　　　　　　— 「빙벽」 전문

　5연으로 된 이 시는 1연에서 4연까지 같은 주제를 다양하게 보여주는 변주곡이다. 그것은 이름의 유무, 소리지르기와 침묵, 상처투성이와 구정물투성이, 납죽 엎디기와 호령하기는 매한가지라는 인식이다. 이 인식을 확대하면 '색즉시공, 공즉시색'까지 아우르게 되지만 그렇다고 해서 종교적 깨달음이라고 하기보다는 동양적 삶의 지혜라 이름할 만한 것이다. 그러나 이 시의 핵심은 누구나 다 알 수 있음직한 삶의 지혜를 다시 이야기하는 데 있는 것이 아니라 이런 동양적 지혜를 체득하지 못한 세상 사람들이 살아가는 모습을 비유한 5연에 있다. 즉 사람들은 길조차 산이나 빙벽으로 만들고 있다는 것이다. 주어진 상황을 보다 과장되게 받아들여 훨씬 힘겹게 살아가고 있다는 이 부분을 읽으면 사람은 정말 어떻게 살아가야 하는지를 반문해 보게 된다.
　이 시가 사람들의 우매한 모습이 도드라져 보이도록 제시하고 있다면 「빈 그물일 때」는 훨씬 부드럽게 위무하는 어조를 지니고 있다.

　　그건 그래

흐르는 물처럼만은 살수가 없어
더러는 역류도 해야 되고
굽이쳐 흐르기도 하고
막히면 막힌 대로
빙 돌아서 가기도 하고

코스모스 꽃길이 좋다고는 하나
輪禍를 불러일으키지
노래만 한다고 詩가 되는 게 아냐
천리 만리 흘러간다고
江이 되는 게 아냐
때로는 구름이 되고
천둥 번개가 되어
벼락을 치고
소슬한 바람이 되어
아름다운 풀꽃들을 애무도 하지

건져 올리기만 한다고
큰 고기가 잡히는 건 아냐
빈 그물일 때가
오히려 꿈도 많아
아직도 달려갈 먼 바다
　　　　　　　— 「빈 그물일 때」 전문

　인생이란 역류도 하고, 굽이치기도 하고, 돌아가기도 하는 것이라는
인식 아래 우리가 겪는 삶의 모든 국면은 긍정적인 경우와 부정적인
경우가 언제나 함께 내포되어 있다. 이 시를 보면 '새옹지마(塞翁之馬)'
란 고사성어가 떠오른다. 아름다운 "코스모스 꽃길"이 "륜화(輪禍)를 불
러일으키는" 원인이 되기도 하는 삶의 모순적 진실은 과거뿐만 아니라
현재에도 진실이기 때문이다. 3연의 "빈 그물일 때가 / 오히려 꿈도 많

아"는 위기를 기회로 바꾸는 발상의 전환을 아름답게 보여준다.

하지만 이른바 달관의 경지를 보여주는 이런 시는 자칫하면 세인들과는 다른 도인들의 풍모를 동어반복적으로 보여주기 쉽다는 점은 지적해 두기로 하자.

4.

지천명(知天命)을 넘긴 뒤에 내는 시집임에도 불구하고 이 시집에는 사랑 시편이 꽤 된다. 하기야 사랑에 무슨 나이가 있으랴. 사랑 시편 중에서 서로 거리가 멀어 보이는 시 두 편을 택해 충청도 산 옹기가 꿈꾸는 사랑을 맛보기로 하자.

> 바람 부는
> 들녘
> 생명의 꿈을 안고
> 서 있는 달맞이꽃
> 물 오른 가지마다
> 피어나는
> 꽃송이들
> 언 땅 녹아 내리듯
> 이글대는 그리움에
> 눈 먼 사랑아
> 빛과 하늘과 꿈
> 가슴 안에 달을 품고 사는
> 내게 남은 연륜
> 이제 막
> 심지에 불을 당긴
> 그대 입술에

비로소 달빛되어
입맞추리라
— 「달맞이꽃 戀歌」 전문

여기에서 '사랑'은 이성이건 사물이건 또는 관념이건 간에 그 의미
가 아끼고 위하는 따뜻한 마음에 있다고 할 때 대상에 대한 시선은 현
실을 초월하게 된다. 그래서 사랑을 할 때면 누구나 맹목이 된다. "이
제 막 / 심지에 불을 당긴" 사랑은 "이글대는 그리움"에 눈이 멀어 버
린다. 이 시는 나이에 상관없이 사랑이 뜨겁다는 것을 암시하면서도
그 뜨거움이 태양의 상상력에 속해 있는 것이 아니라 달의 상상력에
속해 있음을 분명히 한다. 그것은 '달맞이꽃', '달', '달빛'이 중심 시어
로 자리잡고 있으면서 그 맹목의 사랑을 은유하기 때문이다. 나이를
불문하는 것이 사랑이라 해도 연륜을 속이지 못하는 것 또한 진실인
모양이다.

내가 화나 있을 때
그녀는 푸른 숲을 보라고 했다

남을 헐뜯고 미워할 때
푸른 하늘을 보라고 했다

늘 타이르듯
그녀는 내 곁에서

푸른 숲과 푸른 하늘을
보여 주었다
— 「여유」 전문

이 시는 사랑을 통해 얻게 된 여유를 명징하게 고백하고 있다. 시인에게는 그녀 때문에 보게 되는 '푸른 숲'과 '푸른 하늘'이 여유이면서 동시에 '푸른 숲'과 '푸른 하늘'을 가져다주는 그녀 자체가 여유라고 할 수 있다. 넉넉하고 여유있게 살도록 이끄는 사랑이기에 '눈 먼 사랑'이면서 동시에 '여유'가 될 수 있는 것이리라.

마무리하자면 이 시집의 근간은 충청도 태생의 시인이 자신의 현재 모습을 확인하고, 자신의 지향점을 제시하며, 세상 혹은 그녀에게 따뜻한 사랑을 건네고 싶다는 소망이다. 그 소망을 이루기 위해 자신에게 하는 약속, 혹은 독자에게 건네는 약속, 기실 그것이 가장 푸른 약속이 아닐까 싶다. 이제 그 약속을 우리가 지켜볼 차례이다.

담결한 그리움, 그 서정의 역동성

— 이헌석론

1.

이헌석(李憲錫) 시인은 『갈채의 숲』, 『네가 시인이라 하니』, 『어부슴』, 『미완성 연가』 등 여러 권의 시집을 가지고 있는 시인이다. 또한 그는 문학평론까지 겸하고 있는 정열의 소유자로 『한국 현대서사시의 신지평』, 『우리 詩의 얼개』를 낸 바 있다. 그러면서도 중부지역에 유일한 문학전문잡지 ≪오늘의 문학≫을 발행하여 침체되기 쉬운 지방 문학 풍토에 활력을 불어넣는 등 문학발전에도 크게 기여하고 있다. 이와 같은 열정은 그가 남다른 문학혼을 지녔다는 것, 즉 삶의 모든 것을 문학에 의존하고, 그것만 철저히 실천하고 있는 데에서 증명된다.

이제 그도 지천명(知天命)에 이르고 있다. 흔히 나이 50이면 '지천명'이라고 하여 하늘의 뜻을 깨닫는다고 했다. 이 말은 지난날들을 뒤돌아보며 스스로를 다스리고 하늘의 '명'에 따른다는 '순리'와 '순응'의 정신인 것이다. 따라서 이 시집에 나타난 시정신은 무엇이고, 지향하고자 하는 세계가 무엇인가를 작품을 통해 살펴봄으로써 그의 '지천명'의 면모를 밝혀보고자 한다.

이 시집은 30여 년 전 청소년기에 원거리 통학을 하면서, 아침저녁으로 만났던 디디울나루를 테마로 하여 일관되게 노래한 것이다. '디디울나루'라는 하나의 테마를 가지고 한 권의 시집으로 묶는다는 것은 집념이라기보다도 삶의 총체적 토대를 이루게 해준 시인의 실제적 고향인 동시에 시적 고향이라는 데에 정신적 힘이 더 크게 작용했기 때문이 아닌가 싶다. 그러면 그가 이토록 소중하게 생각하고 있는 '디디울나루'가 그에게 있어 무엇인지, 그 정체를 구체적으로 밝혀내는 일이 그의 시 세계를 이해하는 데 중요한 단초가 될 것이다.

2.

인간에게는 누구나 다 유년시절의 체험이 있다. 그 때의 체험은 그것의 기쁨, 슬픔, 고통, 심지어 외로움까지도 지울 수 없는 흔적을 남긴다. 그것은 그냥 추억으로만 남는 것이 아니라 일생을 살아가면서 언제나 새로운 빛을 부여하는 데에 자양분이 되어주고 있기 때문이다. 기쁘거나 슬프거나 유년의 추억은 삶의 정신적 지주가 되어 존재의 의미를 깨닫게 해주고 다시 시작할 수 있다는 가능성을 부여해 준다는 의미에서 그 가치는 지고한 것이다. 유년의 체험은 우리들에게 늘상 자비롭고 흐뭇한 행복함의 원형으로 나타난다. 그러하기에 그는 유년의 체험을 '그리움'으로 이끌어내어 시를 출발한다.

그래, 걸음이 빠른 사람은 이십리길이라 했다. 걸음이 느린 사람은 삼십리길이라 했다. 그 길을 걸어 중학교 3년, 고등학교 3년을 등·하교하면서 청소년기를 보냈다.

그 통학 길에서 아침저녁으로 만난 디디울나루는 내 첫사랑이었다. 그 나루에서 그리움을 찾았고, 우정을 키웠고, 자연과 인간에 대한 사랑의 눈을 떴다. 곧잘 삶의 진실과 희로애락(喜怒哀樂)을 강물에 띄우곤 했다.

이 글은 서문의 일부로써 시집의 내용을 집약한다. 그는 어린 시절을 디디울나루라는 충남 공주의 금강 하류를 아침저녁으로 도강(渡江)하면서 성장했다. 이 때의 체험은 그가 살아오는 데 있어 어떠한 일에서건 정신적 지주가 되었음은 물론이다. 그러면 이러한 유년의 체험이 그리움으로 나타나는 건 언제일까. 그것은 날이 갈수록 심화되어 가고 있는 현대인들의 기계화와 물신주의로 인해 인간적 정서를 잃거나 생명의 숨결을 찾아보기 힘들 때 솟아난다.

> 푸른 별을 안고
> 그대 앞에
> 부엉이 울음으로 서네
>
> 무심히 일어나는 안개
> 바람결에 쓸려
> 살며시 눈뜨는 그리움
>
> 지워도 선명한 발자국에
> 별빛이 밝히는
> 그대 영혼의 촛불
> ―「디디울나루 연가」일부

여기에서 우리는 이헌석 시인이 견지하고 있는 '그리움'의 실체를 확인할 수 있다. '디디울나루'의 그리움으로 표현되는 이 시는 '부엉이', '안개', '발자국'이라는 객관적 상관물을 통해 과거에 대한 그리움을 감각적으로 그려내고 있다. 때로는 부엉이 울음을 들으며, 때로는 앞이 보이지 않는 안개 속을 헤치며 건너던 나루에 지울 수 없는 그리움의 발자국을 남긴 것이 오늘의 그를 존재케 해준 유년시절의 행복한 정서 때문이라는 데에서 그가 제시한 그리움은 오늘을 살고 미래를 바라보는 우리들에게 그 의미를 끝없이 생각하게 하고 있다.

또한 "고단했던 세월 / 방랑의 물결 위에서 / 봄바람은 / 그리움의 보석을 닦고 있다."(「디디울나루 봄밤」 일부)는 데에서 볼 수 있듯 유년의 그리움이란, 삶에서의 단순성이 아니라 아무리 퍼내도 끝이 없는 강한 힘으로 작용하는데, 시인은 그 실체를 '보석'으로 보여주고 있는 것이다.

> 얼마나 간절한 그리움이던가
> 그 시절 내 가슴에
> 얼마나 맑은 빛이 고였던가
>
> 바람이 밀밭을 스치면
> 일렁이는 물결로 나는 떠밀려
> 강 건너 마을
> 그리움이 멎는 마을까지 밀리면서
> 얼마나 고운 노래를 건졌던가
> ― 「디울나루 초여름」 일부

이 시를 보면 화자의 그리움은 보편적이라기보다 특정적이고 개별적이다. 유년체험의 시에서는 무엇보다도 분위기의 이미지를 드러내야 한다는 점에서 이 시는 그리움을 자아내는 데 필요한 조건, 즉 이미지를 만들어 '고운 노래'를 '그리움'으로 보여주면서 다소 추상적이기는 하나 '맑은 빛'을 이끌어 내고 있다. 그것은 그리움에 대한 열망의 모습인 것이다.

한편 그의 다른 작품 「디디울나루 맹하」에서 보여주고 있는 그리움의 실체는 '사라진 것'에 대한 연민의 시각이다. 특히 산문시가 의미 전달에만 치중하고 있기 때문에 시적 조건을 놓치기 쉽다는 약점에도 불구하고 구체적 이미지의 제시와 2연에서 보여주는 3행 처리는 정서의 발현이라는 측면에서 그 기법이 상당한 성공을 거두고 있는데, 이시에서는 앞서 말한 바와 같이 유년의 체험이 개별적으로 특정화되어 '뚜렷한 잔영으로' 남아 있기 때문에 그리움의 모습이 그만큼 선명하게 솟구치는 것이다.

3.

그렇다면, 이러한 그리움이 어떤 구체적 형태로 나타나고 있는가. 이것이 이 시집의 핵심이요, 가장 중요한 시적 근간이다. 가장 먼저 파악할 수 있는 것이 '사랑'이다. 사랑은 동서양을 막론하고 서정시에서 '고향'과 더불어 가장 많이 채용되고 있는 시의 소재이다. 이는 바로 사랑이 인간 본질의 중심에 놓여 있다는 것에 다름 아니다.

> 버들가지 물올라
> 피리소리로 출렁일 때
> 그대 입술이 열렸지

시퍼런 강물에도
여전히 달아오른 가슴
봄내 여우불로 타올랐지

화라락 타오르는 눈빛이
바람 맞은 산불처럼
입술에 화인(火印)을 찍었지

첫 번째 나눈 입맞춤
그리움은 사랑으로 몸을 풀어
물오른 화석이고 싶었지
　　　　　　—「디디울나루 봄소식」 전문

　'그대'로 의인화된 디디울나루는 물론 시인의 첫사랑이다. 그런데, 이 '디디울나루'가 화자에게 있어서는 단순한 자연물로 그치는 것이 아니라, 어쩌면 디디울나루가 연정의 대상일 수도 있다는 점에서 이중성을 지닌다. 아니면, 디디울나루에서 첫사랑의 대상을 처음 만났다고 유추해 볼 수도 있다. 이처럼 디디울나루는 다의성을 지니고 있는데 그것은 디디울나루의 연가가 디디울나루에 대한 사랑일 뿐만 아니라 디디울나루에서 나누었던 첫사랑이나 우정이나 자연과 인간에 대한 폭넓은 사랑의 노래가 되고 있기 때문이다.
　이 시에서는 첫 번째 나눈 입맞춤을 매우 실감나게 비유하고 있다. 화라락 타오르는 눈빛이 바람맞은 산불처럼 입술에 화인(火印)을 찍었다는 것이다. 불도장을 찍었다는 비유는 첫입맞춤의 강렬함을 잘 드러낸 것이다. 그것은 물오른 화석으로 또다시 치환되는데, 이는 첫입맞춤의 사랑이 영원히 지속되기를 바라는 마음의 투영이다. 첫입맞춤은 첫사랑이고, 그것은 화인이나 화석으로 비유될 만큼 절실하고 영속적이기를 바랐던 것이다. 이같은 일련의 첫입맞춤, 첫사랑의 강렬성, 열정, 그리고 순결함이 표출되는 시편들은 그에 걸맞는 미의식을 절절하게 드러내주고 있다.

> 여명의 고운 날빛을 따라
> 길을 나서면
> 어둠을 걷어내는
> 그대
> 싱싱한 눈빛을 만났지
>
> 바람에 떨리는 미루나무
> 부스스 몸을 터는
> 떡갈나무 사이
> 까치집처럼 앉아 있는 외딴집
> 그대 미소를 만났지
> ― 「디디울나루의 겨울 아침」 일부

그의 사랑은 자연스러운 신선함과 온건한 은유를 지니고 있다. 최초의 삶, 최초의 인간적 경험은 하찮은 것일지라도 순수한 사랑의 원천으로 남게 된다. 그래서 화자는 연정의 대상이거나 혹은 자연물이거나 간에 '그대'를 만나고 생각하는 것을 삶의 보람으로 느끼고 있다. '싱싱한 눈빛'이나 '미소'를 만나게 된다는 것은 추운 겨울까지 녹일 수 있는 따뜻한 정신인 것으로, 그것은 순간의 호기심이 아니라 그대가 존재함으로 '발길은 가볍고 행복'이 지속될 수 있는 것이다.

화자는 사랑의 마음을 30여 년이 지난 뒤에도 그대로 간직하고 있다. 화자에게 있어 디디울나루는 사랑의 대상이기도 하고, 혹은 사랑의 표상이기도 하는 등 다층적이다. 봄, 여름, 가을, 겨울에 따라 다양하게 표현되는 사랑의 색깔은 풍부하다. 봄바람은 그리움의 보석을 닦고, 여름의 깜부기는 그리움의 모서리가 타는 형상으로, 가을은 들녘을 배경으로 추억이 갇힌 칠흑 어둠을 뚫는 그리움으로, 겨울은 그리운 마음이 눈꽃을 피우는 이미지 등으로 각각 계절의 생태에 따라 사랑의 추억이 생생하게 그려지면서, 각 대목마다 독특한 미적 표현이 빛을 발하는 것에서 우리는 그의 아름다운 시정신을 읽을 수 있다.

> 찌 찌르르 찌 찌르 찌르 디디울나루 백사장에 나서세요 담결(淡潔)한 물살 속에 청량(淸凉)한 속삭임이 넘실거려요 피라미떼 은빛 유영, 살금살금 다가와서 발목을 간지럽히는 대화가 아름다워요 찌르 찌 찌르 숨겨둔 모르스 부호로 그리움을 전하는 강변의 술래잡기, 뜨겁게 입맞추지 않아도 빛나는 사랑이 여울져요 찌르 찌 찌르 그대 사랑이여, 떨어지는 노을빛을 배웅하며 강변을 떠날 때까지, 피라미떼 은빛 유영, 남몰래 나누는 사랑의 모르스 부호에 행복할 수 있어요 찌르 찌 찌르 그대 사랑이여, 그대 꿈길에도 은빛 피라미떼 되어 사랑의 모르스 부호를 보내요 찌 찌르르 찌르 찌 찌르르
> ──「디디울나루 사랑 고백」전문

자연이든 사람이든 간에 연정의 대상이 있다는 것은 더없이 행복하다. 그래서 사랑이란 가장 강렬한 인간의 정서다. 디디울나루를 연정의 대상으로 하여 '그대'라고 부른다. 이와 같은 간절한 사랑은 "담결한 물살 속에 청량한 속삭임"이고 "피라미떼 은빛 유영, 살금살금 다가와서 발목을 간지럽히는" 그 음성과 "찌르 찌 찌르"하는 '부호'는 더욱 사랑을 일깨워 화자의 상상력을 흔든 것이다.

어디 이뿐인가. 다음 시를 보자.

우리의 눈짓이
물 속에서
더욱 빛남을 알았지요.

쉼없이 출렁이는 강물
윤슬보다 밝은 우리 마음이
물젖어 아름답던
여름 강변의 오후

자맥질하여 꺼낸
그대의 나신(裸身)
어느새
별빛을 불러오고
노랫소리마저 감도는데
　　　　　　　— 「디디울나루 조약돌」 일부

　이 시를 보면 디디울나루에 흩어져 있는 조약돌의 '빛남'에서, '윤슬'의 마음에서, '나신(裸身)'에서 사랑을 점점 심화시키고 있음을 볼 수 있다. 이처럼 디디울나루에 있는 모든 사물들은 화자에게 있어 순수한 사랑으로 애틋하게 남아있는 실체인 것이다.

4.

　유년의 체험은 움직이지 않으나 고정되지 않고 선명하게 살아 있어 언제나 새로운 세계에 접근을 시도한다.

　야스름 고개 내미는 그믐의 달무리는 운명하며 헤젓는 할아버지의 손짓이다 풍랑에 시달린 닻줄의 울음이다 송화(松花)가루 날리는 두견이의 핏빛 사연이다

　용비늘 치키듯 스리슬슬 나는 소지(燒紙)를 타고 화살로 꽂히는 축수(祝壽)의 주문들 밤하늘이 파랗다 박수무당의 손이 파랗다 모여

든 가슴 가슴이 파랗다

　푸닥거리가 끝나고 공수가 멎을 때 발치에 비치던 어둠의 그림자
는 밝은 후광(後光)이 된다 까만 날밤에 어둔 길 밝히는 관솔불, 그
리움이여, 반가운 만남이여
—「당산굿」 전문

　여기에서 우리는 시인의 '사랑'이 또 다른 세계로 확장되고 있음을
볼 수 있다. 이 작품에서는 '당산굿'이라는 전통적 무속을 그리워하고
있는 것처럼 보이나 사실은 성스럽게 여겼던 할아버지의 순수성과 믿
음직스러움을 그리고 있는 것이다. '그믐의 달무리'로 상징된 「당산굿」
은 '할아버지의 손짓', '닻줄의 울음', '두견이의 핏빛 사연'으로 은유
되면서 가족 전통의 의미를 새롭게 부각시켜주고 있는데 2연에서는
무당굿의 형상을, 3연에서는 '어둔 길을 밝히는 관솔불'에 대한 그리움
으로 이 시를 끌고 간 것은 눈여겨볼 만한 대목이다.
　화자가 그토록 그리워하는 '디디울나루'는 전통적으로 내려오는 공
주 지방의 나루터라는 점에서 아버지의 '디디울나루', 할아버지의 '디디
울나루', 그리고 아득한 선대까지의 '디디울나루'이다. "지게 가득 놋그
릇 지고 가셨다가 / 양은 그릇 서너 개 바꾸어 오신 날은 / 할아버지 가
슴에 / 디디울나루 여울소리가 머물고 있었다"(「할아버지의 세월」 일부)
에서 보듯 풍상의 사연들이지만 화자에게는 잊을 수 없는 '디디울나
루'와 '조상의 정신'인 것이다. 그것은 오늘도 곧게 살아있는 힘의 원
천으로 남는다. 이같은 추억은 화자뿐만이 아니라 바로 우리 모두의
사연으로도 남아있어 공감을 주기에 부족함이 없다.

　버걱 같은 손으로 대어주는
　볏짚의 세월을 자르며

천둥번개에 매맞아 잠든
한숨을 자르며

고생하신 아버지
땀 배인 체온을 자르며

인습의 질긴 오랏줄
체념의 뿌리를 자르며

끊일 듯 이어지는
애절한 가락의 넋두리를 자르며

바람에 혼들리는
불빛을 자르며

꽃불로 일렁이는
인고의 아픔을 자르며
― 「여물을 썰며」 전문

이 시를 길게 인용한 까닭은 두 가지 이유가 있어서이다. 첫째는 앞에서 말한 전통의식에서 기인된 삶의 고달픔을 매연마다 제각각 선명하게 드러내 주고 있다는 점이다. 아버지의 세월, 한숨, 체온, 뿌리, 넋두리, 아픔은 물론이고 심지어 '불빛'까지 자른다는 표현은 '…이고자' 하는 염원의 극단적 패러독스가 마음을 이끌고 있기 때문이다. 둘째는 기법상으로 반복법을 쓰고 있는데 자칫 단조롭다거나 의미를 강화시키기 위해 강한 톤이 나오기 쉬운 데도 불구하고 '자른다'는 의미나 성격을 여러 가지 이미지로 제시하여 시적 정서를 보다 효과적으로 나타낸 데 있다. 추억에 대한 그리움은 이와 같이 모든 것을 자른다는 의미까지도 포용한다는 점에서 그 원형은 패러독스가 되고도 남는다.

> 나루터 강가에 서면
> 이 땅의 마지막 겨울을 싣고
> 목선은 닻을 올린다
>
> 옹이진 상처를 싸매고
> 삐그덕 노를 저으면
> 물살 갈피 따라 역사가 흐른다
>
> 동학 함성이 들리고
> 신동엽 뜨거운 가슴이 숨쉬고
> 내 땅 우리 아픔이 넘실거려서
> 청둥오리 떠난 자리
> 눈물은 여울을 짓는다
> ― 「디디울나루의 봄」 일부

이 시를 보면 이헌석 시인이 갖고 있는 상상의 나래는 또 다른 곳을 향하고 있음을 볼 수 있다. 그의 의식이 스스로의 문제나 가족사에 머문 작품에 비해 이 작품에서 그의 상상력은 현상과 시대를 뛰어넘어 새로운 세계로 확장된다. 그에 있어 나루터와 물살은 지울 수 없는 기호로 나타나는데 이 시에선 그 모습이 역사의식으로 짙게 드러나고 있다. '옹이진 상처'의 민족시인 '신동엽'이 등장하면서 그리움의 정서는 역사성을 획득하게 되고 또 하나의 정신이 암시되고 있는 것이다. "그리움은 물젖은 목선으로 떠있다"고 노래할 때, 그 아름다운 표현 속에 민족적 아픔이 짙게 배어 있다.

사랑의 대상인 디디울나루는 제유적 상상력에 의해서 조국이나 민족으로 확산된 것이 아닌가. 더구나 이 시에서는 공감각적 이미지를 제시하여 시적 효과를 보이고 있다. 1연에 나타난 시각적 이미지, 2연의 청각 이미지, 3연의 촉각과 근육 이미지, 4연의 청각과 시각 이미지 등으로 시적 대상을 제시하여 우리 민족의 머리 속에 지속되고 있는 역사의식에 다시 불을 지피고 있는 것이다.

> 세상을 향한 분노였을라
> 속 터지는 저항이었을라
>
> 맑은 하늘, 푸른 산줄기, 고운 물빛을 지우며 가끔 광란하듯 일어서는 모래바람이 있었다. 모래를 날리며, 풀밭떡잎들을 휘갈기고, 다시 나뭇가지를 꺾으며 휘몰아쳤다가 금세 사라지곤 했다.
>
> 꽃샘바람, 꽃샘바람
> 아아, 물너울로 넘치는 바람
>
> 동학 농병들의 원혼이 꽃불로 살아나서 봄마다 휘도는 바람 속에 혁명도 날아갔고, 개헌도 날아갔다. 욕심에 욕심을 더한 일로 가끔 아름답던 꿈이 부러졌지만, 얼음 같던 세월이 금세 녹아내리곤 했다.
>
> 양심의 관절을 맞추어보지만
> 볼따구니는 아직도 얼얼하다
> ── 「디디울나루 봄바람」 전문

농민운동으로 상징되고 있는 동학란을 원용하여 '혁명'과 '개헌' 그리고 '꿈'도 날아갔다는 현실비판 의식을 보이고 있는 작품이다. 이러한 의식은 '디디울나루'라는 순수성과 현실의 불합리한 상황 사이에서 인식된 치열한 정신적 자세의 결실이라는 데에서, 그 비판정신은 "아직도 얼얼하"게 살아 있음인 것이다. 1백여 년 전 동학이 디디울나루 근처에서 주저앉았다는 사실을 회상할 때, 화자가 그 영혼이 숨쉬는

'디디울나루'에서 오늘을 바라보며 비판하고 있는 것은 '디디울나루'
에 대한 새로운 인식의 표현이다.

이와 같은 역사성은 「디디울나루의 추억」에서도 드러나 있다. 시대
는 변하게 마련이다. 여기에서는 역사의 한 페이지, 즉 백제의 음영을
담담하게 그려, 중단 없는 물소리와 한 시대를 풍미했던 무령왕 그리
고 왕비의 유한성을 잘 드러내주고 있는데, 이 시는 긴 세월이 흘러도
변함없는 '디디울나루'에 대한 애정이 찬연했던 '백제'라는 역사성에
비유되면서 세상 영욕의 덧없음을 일깨워주고 있다.

5.

화자의 정신세계를 지배하여 오늘의 삶을 이룩해 준 원동력은 '디디
울나루'의 체험이다. 사랑이나 순수, 그리고 역사적 사건 등이 바로 그
것이다. 그러나 오늘의 삶에 그것들이 묻혀버릴 때 그것들에 대한 그
리움은 배가된다. 이 때 나타나는 시 의식은 감상(感傷)을 유혹하고 거
기에 흔히 빠진다. 그러나 이 시집에서는 '디디울나루'의 영혼으로 하
여금 '직립(直立)'하고자 하며, 그에 동일화하려는 의식이 강하게 드러
나 있다. 다음 시를 본보기로 든다.

        (1)
        아직은 이마가 시리다
        어둔 계절이 물러나
        꽃샘바람 스산한 하늘가

        버티고 서야 하리
        여린 순을 에이는 바람

고운 꽃눈을 시새는 바람
젖빛 속살을 헤살짓는 바람
바람 바람 바람에 맞서
투명하게 눈뜨고 살아 있음을
가슴 푸르게 보여야 하리
— 「디디울나루 고들빼기」 일부

(2)
우리네 얼얼한 숨결은
허리 잘린 반도에서
으슥한 해안에서
또한 바위틈에서
구겨진 파도 그 안간힘이다

정말 미치도록
바람으로 나부낌을 사랑하며
물결로 출렁이는
눈물의 갈피를 넘기며
씽씽하게 살고 싶었다
— 「디디울나루 눈보라 속에서」 일부

  (1)에서 화자는 "아직도 이마가 시리다"고 토로하면서 "에이는 바람", "시새는 바람", "헤살짓는 바람"에 버티고서 "눈뜨고 살아 있음을" 푸르게 보여야 한다는 것이다. 여기에서 바람은 고운 바람이 아니라, 세상의 억세고 흐릿한 바람이기 때문에 여기에 맞서 푸른 가슴을 보여주어야 한다는 것이다. 이것이야말로 새롭게 시작하려는 화자의 강인한 정신이 아니고 무엇이겠는가. (2)에서도 '얼얼한 숨결'을 출렁이는 '물결'로 다스리려는 자세에서 그 의식을 알 수 있다.

  강둑을 간지럽히며

비가 내렸다

깊은 잠을 깨고
둔한 내 어깨에도
담록(淡綠)의 새순이 돋았다

겨우내 서성이던
매서운 바람을
외몽고 황량한 목초지 건너
시베리아로 몰아냈는가

강둑에 서서
빗방울의 손짓에 취해
빗방울의 화음(和音)에 취해
강둑과 함께
저물녘 몸을 섞었다
　　　　　　　　— 「디디울나루 봄비」 전문

　　여기에서도 화자는 '디디울나루'에 내리는 봄비를 통해 '나'와의 동
일성을 회구하고 있다. 나루에 비가 내리고 '담록(淡綠)의 새순'이 돋고
자연의 화음에 취해 '몸을 섞었다'는 것은 그만큼 '디디울나루'가 지니
고 있는 힘을 신뢰했기 때문인데, 여기에서 동일성의 의미가 발견된다.
시 속에서 동일성이란 스스로를 완성시키고자 하는 염원의 심리적 지
향이다. 시인은 물처럼 사나 거기에서 스스로를 재생하는 눈을 가지고
구체적으로 사랑의 실체를 발견한다는 바슐라르의 지적처럼 '디디울
나루'와 물은 그에게 풍부한 상상력을 제공하여 아름다운 삶을 추구케
하는 데 크게 기여하고 있다.

6.

이 시집에서 다양하게 소재가 되고 있는 '디디울나루'는 단순한 공간이 아니라 거기에는 질경이, 봄비, 소나기, 강바람, 산까치, 보리밭, 백로, 달맞이꽃, 비둘기 등이 새로운 의미체로 거듭나게 하는 공간이다. 예로 「디디울나루 질경이」를 보면, '질경이'의 생태를 노래하여 그리운 이름 부르다 밟히는 고통으로 읽고 있다. 나직하게 땅에 엎드려 피어 있는 꽃, 질경이는 사랑하는 이에게 버림받은 자의 모습, 바로 그것이다. 또한 「디디울나루 한가위 엽신」은 디디울나루에서 한가위 강강수월래로 무리 지워 꿈꾸는 듯한 모습을, 꿈길에 어렸던 치맛자락으로 그려보기도 한다. 「디디울나루 무지개」에서는 새로운 전설을 만들어보기도 하는 등 그의 시적 소재와 상상의 나래는 다양한 속성을 드러내고 있다는 데에 눈길이 간다. 그러나 전체적으로 시심의 원천은 '디디울나루' 하나로 수렴되는 것은 물론이다.

> 넘치는 황톳빛
> 날름거리는 저 혓바닥
>
> 삶도 때로는
> 저렇게 무서운 것이려니
> ― 「디디울나루 범람」 전문

단형의 시에 촌철살인의 깨달음을 담고 있다. 이러한 깨달음은 바로 그의 시적 고향인 디디울나루에서 비롯되었을 것이다. 그래서 그에 있어 '디디울나루'는 나약한 애상의 대상이 아니라 삶의 근원이 되어 준 공간이고 시심의 고향이며 원천이기에 '디디울나루'의 햇살과 바람,

그리고 넘치는 황톳물까지, 모든 자연이 시인의 영혼을 흔들어 깨운 것이 아니겠는가.

자, 이제 마무리를 하자. 시에 눈을 뜨게 되는 것은 일반적인 갖가지 인상의 총체에서가 아니라 시인의 특수한 개인적 일상의 총체라는 점에서 이 시집의 특징을 꼽는다면 특수한 테마로 오늘의 거친 삶에 유년시절의 순수한 정신을 끌어들여 재구성함으로써 새로운 세계를 창출한 것이다.

일상적 정서에 호소하거나 직접 언어로 시적 품격을 떨어뜨려 시집의 존재 의미조차 찾기가 어려운 이 시대에 분명한 의도와 개성적 언어로 현대를 살아가는 모든 이들에게 생명의 숨결을 불어넣을 수 있다는 것은 값진 일이다.

시작이 되기 위한 서정의 힘

— 채재순론

1.

채재순(蔡在順) 시인은 일면식도 없다. 꼭 인연을 찾는다면 몇 년 전 필자가 ≪월간문학≫에 월평을 쓸 때 월간 ≪시문학≫지에 발표되었던 어느 신선한 작품이 눈에 띄어 지면관계로 몇 마디 언급을 했던 것뿐이다. 군이 이를 밝히는 까닭은 이 글을 쓰는 데 있어 너무나 당연한 말이겠지만, 작품에만 시선을 두어 이를 객관적으로 볼 수 있었기때문이다. 흔히 이런 글은 작품에 앞서 시인에 대한 선입감이 글을 지배하여 독자를 오히려 당황하게 만드는 경우가 종종 발견된다는 점에서 이 시집 원고를 접한 필자는 퍽 다행스럽다는 생각까지 든다. 따라서 여기에서는 이 시집에 나타난 시정신은 무엇이고, 시인이 지향하고자 하는 세계가 무엇인가를 객관적으로 살펴보는 데 있어 좋은 기회가 아닌가 싶다.

인간은 누구에게나 다 추억이 있다. 태어나서 이제까지 살아오면서 겪은 기쁨과 슬픔, 고통과 갈등, 절망 등 온갖 경험은 나를 오늘로 데려다주는 데 있어 정신적 지주가 되어 주었기에 사람들은 삶의 고비마다 지나간 삶을 떠올린다. 지나간 삶이라고 눈물이 왜 없었겠는가마는 지나간 것은 고통과 슬픔까지도 정겹고 아름답다. 특히 유년시절, 고향에서의 삶은 잊혀지는 것이 아니라 기억의 저장고에 갇혀 있다가 언제 어느 때고 다시 살아나는 원형적인 파라다이스이다.

채재순의 시집 『그 끝에서 시작되는 길』을 읽으면서 누구나 그리워할 어린 시절, 그리운 사람들을 형상화한 시에 눈길이 머문 것은 필자 또한 그 시절, 그 사람들을 그리워하기 때문일 것이다.

> 진종일 밭일하고도
> 부랴부랴 저녁밥 지으신 후
> 순아, 밥 먹어라 부르시던
> 그 목소리
> 두 아이 엄마가 된 지금
> 어머니는 그렇게 불러주지 않는다
> 이제는 내가 아이를 부를 차례,
> 요즘 아이들은 부를 필요가 없다
> 학원과 집 사이에서
> 시계추가 된 아이들
> 어스름이 깔린 저녁달
> 언덕 위 우리 집 마당가에서
> 불러주던 그 목소리 듣고 싶다
> 그리운 목소리가 되고 싶다
> ─「그리운 목소리」 전문

어린 시절 친구들과 놀기에 정신이 팔려 날이 어두워지는 줄도 모를 때 "순아, 밥 먹어라 부르시던 / 그 목소리"를 그리워하는 화자는 과거와는 현저하게 달라진 오늘날의 삶을 시 속으로 끌어들인다. 단순히 과거를 그리워하고 회상하는 것이 아니라 이젠 '부를 필요가 없는' 아이들의 삶과 아이들에게 그런 삶의 조건을 마련해주는 자신에 대한 비판적 인식이 "그 목소리 듣고 싶다 / 그리운 목소리가 되고 싶다"고 소망하게 한다. 채재순 시의 특징이 바로 이것이다. 사라진 과거를 그리워만 하는 회상이 아니라 그런 삶 자체가 불가능해진 오늘날의 황폐한 삶을 대조적으로 보여줌으로써 비판적인 시선으로 바라보게 하는 것이다.

"무더위에도 한 모금이면 온 몸이 서늘해오던 / 고향의 석간수" (「석간수 한 모금」 일부)를 그리워하는 마음에는 "돌 틈으로 그렇게 샘솟던 / 내면의 솟구쳐 오름. / 일렁이던 물 무늬를 잊은 시간들"에 대한 비판적인 시선이 내포되어 있으며, 「그곳은 한때 아카시아꽃 핀 언덕이었다」에서도 "마음의 돌덩이 부려 놓을 곳. / 따뜻하게 비빌 언덕을 찾아 / 끊임없이 서성대는" 현대인의 삶을 비판적으로 바라보는 것이다.

세 편의 「섬강」, 「반계리 은행나무」, 「굴렁쇠」, 「터진 손등이 그립다」, 「가래떡에 관한 기억」, 「마당 너른 집」 등은 모두 그리운 시절을 섬세하게 펼쳐 보이면서 깊이와 넓이를 상실한 채 점점 더 건조한 삶을 사는 오늘을 우회적으로 비판하고 있다.

> 우리 마을에서 제일로 부지런한 장노인이
> 삽을 들고 간다. 자기 땅이라곤 하나도 없어
> 소작으로만 네 식구 입 풀칠하기 바빴던,
> 새마을운동 바람으로
> 동네 전체가 기와다, 슬레이트다 지붕 개량을 해도
> 초가집에 싸리대문을 고집하던 장노인,

없는 것이 더 많았지만
근방에서 제일로 뜨끈뜨끈했던 아재네 방,

무궁화꽃이 피었습니다.
무-궁-화-꽃-이-피-었-습-니-다
지금은 세상을 떠난 장노인
돈세탁이 판치는 시방,
어디서 눈매 순한 장노인을 만나고 싶다.
　　　　　　　　　　　　　　　― 「장노인」 일부

　존재의 제일 조건이 소유로 바뀐 시대에는 이해될 수 없는 삶을 살았던 장노인. 그는 "자기 땅이라곤 하나도 없어"도 "제일로 부지런한" 사람이며, "없는 것이 더 많았지만" 방만 '뜨끈뜨끈한' 것이 아니라 실은 마음이 뜨끈뜨끈했던 사람이다. 경제 제일주의, 물신숭배가 판치는 세상이 될수록 더욱 만나고 싶은 따뜻한 인정을 지닌 순박한 인간상이 "눈매 순한 장노인"인 것이다. 이 시에서는 장노인 외에도 어렵고 힘들었던 시절이긴 하지만 사람답게 살았던 사람들로, 아버지, 어머니, 점득이 아저씨를 회상하는 시들이 있는데 이 시들은 모두 그 사람들이 보여주었던 넉넉한 모습을 그리워하면서 물질만능으로 치닫는 각박한 현재의 삶을 반성적으로 돌아보고 있다.

2.

　과거의 유년기를 돌아보고 그리워하면서 마음의 평안을 얻는다는 것은 현재의 삶이 힘겹기 때문이기도 하다. 그러나 아무리 현재의 삶이 힘겹다 해도 단순히 과거를 그리워하기만 한다면 그것은 현실도피가 되기 십상이다. 채 시인의 시에 과거에 대한 그리움을 형상화하고 있는 시가 많으면서도 이 함정에서 벗어나 있는 것은 현재의 고통과 절망을 회피하지 않는 치열한 의식 때문이다.

> 신발장을 열면 내가 걸어온 시간들이,
> 진흙으로, 빗물로 얼룩진 길들이 있다
> 생각지 않게 보도블록 틈에 끼어
> 뒤축이 벗겨졌던 구두,
> 뜻하지 않은 곳에 복병은 있었다
> 가고 싶었던 곳은 정작 못 가보고
> 가고 싶지 않았던 곳으로 향했던 적 있었거니
> 많은 것들과 헤어지고 더 많은 것들과 만나기 위해
> 신발들이 날 기다리고 있다
> 신발을 보면 안다,
> 지금껏 내게 발 걸었던 삶의 진창이
> 살아가야 할 날들의 힘이 됨을.
>
> ─ 「신발장 속에」 전문

이 시는 삶을 지탱하게 해주는 힘이 무엇인지를 깨닫는 인식의 전환이 포착되어 있다. 힘들고 고통스러웠던 삶의 진창은 행을 거듭할수록 중첩되면서 깊어진다. "진흙으로, 빗물로 얼룩진 길"로 표현된 1·2행, "복병"으로 표현된 3·4·5행, "가고 싶지 않았던 곳"으로 표현된 6·7·8·9행 등에서 볼 수 있는 것처럼 진창을 드러내는 행이 늘어나는 것은 진창의 깊이가 점점 깊어짐을, 고통의 무게가 점점 늘어남을 암시하려는 기법적 배려이다. 그러나 시의 마지막 부분에 가서 "삶의 진창이 / 살아가야 할 날들의 힘이 됨을" 깨달음으로써 이 깊은 진창은 놀라운 힘으로 전환된다.

「논문 쓰는 여자」도 같은 인식 아래 씌어진다.

행간을 따라 말들이 떼지어 지나간다
그녀의 논문은 복사본이 없다
세상에는 베이는 일이 너무나 많아,
삶은 홈집과 더불어 사는 거라고
중얼거리며
삶의 내력들 기록하고 있다.
한때 상처가 삶의 전부였던 적 있지
하루하루가 퀼트의 한 조각을 이루며,
그 조각들 모아 생의 이불을 꿰맨다
산다는 건 ―
자신의 고단한 행로를 확인하는
작업들이라고
마음에 유리조각 덕지덕지 바르고
웃고 있었지만
용서 없는 나날이었음을,
애증의 빗살무늬를 생각할 즈음
바람이 분다, 흩어진 낱장들을 주워모아
논문을 엮고 있다.
어느 길을 가든지 가파르지 않겠냐고
쓰라림이여, 함께 살자고.

현대는 복사본이 널려 있어 진본의 아우라가 상실된 시대다. 그러나 단 한 번뿐인 "복사본이 없는 삶", 그 삶은 상처투성이다. 그렇긴 해도 화자는 "삶은 홈집과 더불어 사는 거라고", "산다는 건 / 자신의 고단한 행로를 확인하는 / 작업"이라고 스스로를 다독이며 "조각들 모아 생의 이불을 꿰맨다".

"어느 길을 가든지 가파르지 않겠냐"는 다독임은 포기나 체념으로 읽히기 쉽지만 그렇게 읽을 수 없는 까닭은 그 동안의 삶이 "용서 없는 나날이었음을" 반성하는 시선을 가진 주체이기 때문이다. 화자는 고통과 상처가 피할 수 없는 일이라면 "쓰라림이여, 함께 살자"고 고통과 상처를 적극적으로 끌어안는 삶을 택하는 것이다.

끌어안는 것을 삶의 원칙으로 세웠다고 해서 물론, 주체이기를 포기하는 것은 아니다. 「경계」를 보면 '영랑호'를 객관적 상관물로 내세워 주체를 세우면서 타자를 포용하는 일의 어려움을 형상화하고 있다.

> 섞이지 않으려는 호수의 고집일까
> 순례하던 영랑의 혼이 떠도는 걸까
> 민물과 바닷물이 경계를 이룬 영랑호
> 자신을 고스란히 간직하면서도
> 서로를 받아들일 수는 없을까,
> 고집과 포용의 언어가 물결지면 좋겠다
> 겨울 영랑호의 경계를
> 새들이 선회하고 있다.
>
> — 「경계」 일부

"민물과 바닷물이 경계를 이룬 영랑호"를 바라보며 원하는 "고집과 포용의 언어가 물결지"는 삶이 쉽지는 않겠지만 그런 고민과 함께 할 때에만 삶의 주체가 되면서도 타자를 포용하는 것이 가능하지 않겠는가.

3.

그런 삶, 주체로 살면서도 타자를 포용하는 삶은 양방향으로 나타난다. 주체로 사는 삶의 지향점은 '비상'이다.

(1)
인적 그친 야산엔 나무끼리 따스한 등 기대고
제 품에 새들의 둥지를 온전히 허락했네
마음의 터를 찾아 오른
나의 자잘한 근심을 내려 놓아도 좋을 듯하여
고요에 눅진한 마음 풀어 놓았네,
이따금씩 내 안의 새들이 푸드득 날기를 희망하며
이 세상의 길들은 처음엔 모두 낯설고,
차차 낯익은 길이 될 테지만
때론 낯익은 길이
발길 뜸해지면 낯선 길이 되는 것을.

— 「길」 일부

(2)
우회로도, 지름길도 없는 삶
지면에 남아 있는 물로
소금기 빠진 몸을 축이며
묵묵히 나비 길을 내고 있는
호랑나비떼
비에도 젖지 않는 그들의 날개를
생각한다.

— 「나비 길」 일부

(1)에서 화자는 "산정으로 가는 길 아예 끊어져" 버린 산길에서 "이따금씩 내 안의 새들이 푸드득 날기를 희망"한다. '새'야말로 화자가 꿈꾸는 비상의 객관적 상관물인 것이다. '새'로 표상된 비상을 꿈꾸며, 화자는 낯선 길을 낯익은 것이 되도록 하겠다고 다짐하는 것이다. (2)의 '나비'도 비상하는 존재이다. 그러나 이 시에서는 비상 그 자체보다도 "비에도 젖지 않는 그들의 날개"로 "묵묵히 나비 길을" 내는 것에 초점을 맞춘다. 그저 한 번 날아오르는 것이 아니라 평생 다닐 길

을 내는 행위는 인용 시 (1)에서 "처음엔 모두 낯설고 / 차차 낯익은 길이" 되는 것과 비슷하다. 때문에 '호랑나비 떼'는 한 번이 아니라 여러 번, 온 힘을 다해 방심하지 않고(낯익었다고 발길 뜸하면 곧 낯선 길이 된다는 것을 인식하고 있으니) 묵묵히, 자신의 길을 찾고자 하는 화자의 등가물인 것이다.

이처럼 비상이, 주체적 삶의 길이 설정한 지향점이라면 타자를 포용하는 삶이 설정한 지향점은 어려운 이웃을 위해 "시간의 무늬 담긴 / 제 몸 열어 놓고 누군가 앉기를 / 꿈꾸는 의자"(「의자가 된 뿌리」 일부)가 되는 것이다.

생활이 저를 애어른으로 키웠다며
어떻게 하면 동심을 찾겠냐고
만성 두통으로 핼쑥해진 얼굴에
눈시울 붉게 젖은 애선이
더욱 모진 날이 온다 해도
마음 굳게 다짐하고
더 많은 참음과 용서와 기도로
부대끼며 살아가야 할
애선이의 겨울.
— 「애선이의 겨울」 일부

애선이의 고달픈 삶에 "무슨 말부터 꺼내야 할지 몰라 / 네 손만 꼭 쥐고 있는" 선생님의 마음은 기실 소외된 사람들과 손잡는 행위이다. 겨울을 이겨내는, 소외를 극복하는 유일한 방법이 "더 많은 참음과 용서와 기도로 / 부대끼며 살아가야" 하는 것을 인정하는 화자는 애선이의 겨울이 있는 한 우리 사회에는 아직 봄이 오지 않았다고 생각한다. 다함께 손잡고 건너가야 할 겨울이 「청호동 민들레」에서는 곱사등의 어머니, 앉은뱅이 아버지를 둔 재규의 현실로, 「올해도 과꽃이 피었습니다」에서는 정신지체아들의 현실로, 「양계장에서」는 공단 여공의 고단한 삶으로 환치되어 나타난다.

개인적인 처지에서건, 사회적인 상황에서건 절망의 끝까지 밀어 올려진 듯한 상황, 더 이상 길이라곤 없을 것 같은 상황에서도 시인은 비상의 날갯짓을 통해, 혹은 타인을 위한 의자가 되는 행위를 통해 그 상황을 극복할 수 있다고 긍정적으로 전망한다. 그런 전망을 형상화시킨 것으로 「그 끝에서 시작되는 길」을 본보기로 제시할 수 있다.

> 마음은 때로 해변의 작은 새떼에게
> 머문다, 저 새 발자국은
> 가고 싶은 곳을 간
> 흔적일까, 파도가 발자국을 지운다
> 그 끝에서 다시 시작되는
> 새들의 비뚤비뚤한 길이 있다
>
> 팔 뻗고 싶은 쪽으로 못 가고
> 바람 부는 방향으로 휘어진, 삶이 힘겨울 때
> 더 많은 솔방울을 낳는다는 해송,
> 마음의 허기 깊어질 때서야
> 꽃대 밀어 올리는 난초,
> 저 선연한 生의 기미들
>
> 세간 공기가 어수선하다
> 저마다의 성전에 엎드리는 사람들
> 목 메이는 그들의 기도
> 세상의 길들은 투신한
> 시간의 발자국인 것을.

흔적조차 지워진 곳, 거기에서 "다시 시작되는 / 새들의 비뚤비뚤한 길", "삶이 힘겨울 때 / 더 많은 솔방울을 낳는다는 해송", "마음의 허기 깊어질 때서야 / 꽃대 밀어 올리는 난초" 등은 바로 목 메이는 기도 끝에 절망을 극적으로 전환시킨 자연표상이다. "저마다의 성전에 엎드리는 사람들 / 목 메이는 그들의 기도"로 끝을 시작으로 바꾸고자 하는 사람들에 의해 역사는 진보되어 왔으며, 앞으로도 그러하리라는 것을 꿰뚫어보는 시인의 안목이 믿음직스럽다.

4.

과거의 이미지가 가슴속에 남아 있다가 현상의 기복으로 인하여 그것들이 현실에 다시 나타난다는, 즉 그립다는 것은 삶에 활기를 불어넣어 주고 삶의 가치를 되새기게 하는 심리적 기능으로, 우리의 삶에 값있는 정서적 재산인 것이다. 이런 의미에서 채 시인의 과거 회상 내지 그리움은 '행복의 원형'이 될 수밖에 없다.

이러한 의식은 오늘을 성찰하는 자아의 힘(Ego Strength)이 근원이 되었음은 너무 자명하다. 현실에 부딪쳐 상실되었거나, 그렇게 되어 가는 삶에서 의지를 되찾는다는 것은 결국 순수하고 생기 있는 시인의 긍정적 의식에서 비롯된 힘의 작용이다. 오늘을 생각하며 앞을 꿈꾼다는 것은 그것에 통합하고자 하는 우리에게 가장 소중한 의지의 시정신일 것이다. 그래서 이 시집은 과거를 그리워하면서 오늘을 반성하고, 거기에 머무르지 않고 더 나은 미래를 위해 비상을 꿈꾸고 이웃과 손잡는, 진지하면서도 건실한 삶을 신선하게 그리고 있다는 점에서 그 의미는 크지 않을 수 없다. 그의 건강한 시적 생명력을 보게 되어 기쁘다.

시적 주체의 변화 양상과 자극성

— 조현론

1.

시인들의 자연을 닮아 가려는 일련의 노력들은 자연적인 정서의 이미지화를 통해 서정성을 획득하고 시의 내적인 의미망을 형성하기 위해서이다. 그러므로 인간과 자연은 주체와 대상으로서 밀접한 상관관계를 갖는다. 이런 관계에서 인간이 인위적 현상을 거부하고 힘이 가해지지 않은 신화 같은 순수한 것의 존재를 염원하면서 원형을 찾고 있다는 것은 현대 기술의 혁신에 대한 우려와 두려움에서 비롯된 것이라 할 수 있다. 최근에 대두된 자연친화와 생태주의도 그것과의 관계에서 동일성을 회복하고자 하는 일환에서 시도되는 인간탐구의 등가물이다.

조현은 자연에 대한 인격화 혹은 인간의 자연화를 통해서 그 정체성을 회복하고자 하며 그 방법은 대상에 대한 탐색과 변형을 통해 자아의 주체를 확립하고자 한다. 그의 시에서 중심적인 역할을 수행하는 주체와 대상의 지배소는 자연인데, 그 자연을 통해 시니피앙(signifiant)과 시니피에(signifie), 표면적 의미와 내면적 의미 사이에 끊임없이 미끄러지는 삶과 존재에 대한 차연(差然)의 상태에서 자아확인을 지속적으로 시도하고 있음을 볼 수 있다.

1부 자연, 2부 계절, 3부 기행, 4부 일상생활로 나누어진 이 시집의 지배소는 자연과 자아로 집약된다. 따라서 여기에서는 그의 시가 어떠한 변화양상을 보이고 시적 의식은 무엇인가를 살펴보는 데 중점을 두고자 한다.

2.

조현 시인은 타자에 의해 주체가 성숙되어 세계와 마주 서있다. 성숙된 자아를 주체와 타자의 분리에서 비롯되는 것으로 본다면 주체의 분리는 자아의 내부에서 외부로 눈을 돌리는 과정 속에서 일어나고 이 때, 인간은 스스로의 위치를 확보하고 사회에 무리 없이 적응을 하게 된다. 그러므로 타자의식은 사회의식이며 이 타자의식이 존재하지 않는다면 성숙하지 못한 자아가 된다. 이런 점을 생각해 본다면 그의 시는 타자의식에서 비롯된 '성숙된 자아'에 대한 내용을 나루고 있다. 그 자아는 자연을 동일시하고 그것에 닮아가려는 욕망을 나타낸다. 이러한 동일시는 하나의 물체나 생물로써 대상을 닮고자 하는 것이 아니라, 의식의 밑바닥에 끊임없이 생성되고 순화되는 자연의 순환성을 의미한다.

나를 함부로 건드리지 마세요

내 절망의 똬리를 풀려고 하지 마세요
배로 땅을 기며 아무도 몰래 대숲 속에서
바람소리로 울음 울일 외에는
세상에 나는 어떤 고통도 보챈 적이 없습니다
작대기로 내 머리를 툭 툭 건드리는 일은 하지 마세요
평생을 몸바쳐 침묵하려는 내 사랑에
당신은 돌팔매질을 하지 마세요
온몸을 꼿꼿이 세워 하늘을 물어뜯으며
내 속에 고여 있는 이 가공할만한 독을
세상을 향해 퍼붓지 않게
그냥 나를 이대로 놓아두세요
세상을 사모하고
그리고 세상으로부터 버림받은 죄밖에
참말 나는 아무 슬픔도 보챈 일이 없습니다.

— 「뱀」 일부

자연은 상징으로서의 다의성을 지니고 있다. 뱀에 대한 상징은 일반적으로 두려움과 사악함에 있다. 이것은 뱀이 에덴 동산에서 인간을 타락하게 한 악마이며 빛과 생명에 대립되는 개념으로 인식되었기 때문이다. 그러나 이와는 반대로 영원성을 가진 불멸, 성적 활력, 병의 치료와 관련된 의술, 그리스의 우주창조신화와 관련된 뱀이 자신의 꼬리를 물고 있는 것 등은 긍정적 상징성을 지니고 있다.

위의 시에서 '뱀'은 자연의 원초적 대상이며 신비한 존재로 시적 자아와 동일시되고 있다. 시적 자아는 객관적이고 차가운 이성을 소유한 주체로서 타자인 뱀과의 동일시를 통해 자아성찰을 시도하고 있다. 뱀은 "뜨거운 피 무서리 내린 듯 싸늘하게 얼게 한" 냉혈동물이다. 아무리 맑고 깨끗한 "이슬을 먹어도 몸 속에서 독이 되는 기구한 운명"을 타고났다. 그런가 하면 "배로 땅을 기며 아무도 몰래 대숲 속에서 바람소리로 울음"을 우는 슬픔을 간직한 동물이다. 그러나 위 시에서 뱀은 "평생을 몸바쳐 침묵하려는 내 사랑"을 가지고 있으며 '슬픔', '아픔', '외로움', '고통'을 보챈 적이 없다. 그러나 그가 인식한 타자는 성가시게 굴거나 억지를 부리고 심하게 조르는 존재이다. 즉, 타자는 주체인 시적 자아를 "함부로 건드리"고 "똬리를 풀려고" "작대기로 내 머리를 툭 툭 건드리"며 "돌팔매질을" 하고 있다. 이에 대해 주체는 "온몸을 꼿꼿이 세워 하늘을 물어뜯으며" 몸 속에 간직하고 있던 "가공할만한 독을 세상을 향해" 퍼부어 버린다. 이런 의식은 신성의 파괴와 우주의 훼손을 경고하는 것이라 해도 좋고 인간사의 대응의식이라 해도 무방하다.

주체는 타자에 의해 도달할 수 없는 좌절로 인하여 자아가 형성된다. 주체는 그 자신과 타자와의 체험적 거리(차이)를 통해 욕망이 좌절되면서 형성된다. 대상을 추구하다 좌절하는 욕망은 주체와 타자와의 관계를 전제하기보다는 주체와 객체를 창출하는 원인이 된다. 조현의 자아성찰은 대상과 분열되는 과정을 통해 이루어진다.

젊은 날은 내 안에 있는 칼날에
베이는 날들이 참 많았다
날카로운 감성으로 잘 벼려진 칼날에
걸핏하면 찔려 나의 이십대와 삼십대는
하루도 성한 날이 없을 만큼
피투성이가 되곤 했었다
눈물에 담가
감정의 숫돌에 잘 갈아진 칼날에
내 사랑하는 사람은 마음을 다치거나
심장을 깊숙이 베이기도 했는데
세월이 지혜를 만들어
밤도 낮도 없이 살기를 띠고 있는

칼날을 넣을 수 있는 칼집을 만들어 주었다
그 칼집의 이름은 나이(年)다
나이라는 연륜의 칼집에 잘 보관되어 있는
그 비수의 또 다른 이름은
평생 날을 세우고 있는
나의 사랑이다.

— 「칼집」 전문

시적 자아의 주체 성립과 타자에 대한 인식은 "젊은 날"의 "날카로운 감성"을 통해서 욕망의 성찰을 시도한다. 주체는 대상에 욕망을 느끼며 그것이 자신의 결핍을 완전히 채워줄 것이라고 믿는다. 그러나 그것은 '피투성이'가 되었을 뿐이다. 인간의 삶은 유년기, 성숙기, 중년기, 노년기와 자연의 봄, 여름, 가을, 겨울이라는 순환성과 관련을 맺고 있다. 그런데 욕망에 가장 심각하게 반응하는 시기를 성숙기라 할 수 있어 이 시기의 주체와 타자의 관계는 늘 심각하고 부족한 상태에 놓여 있기 마련이다.

조현은 '젊음' 혹은 '나이'를 통해서 시적인 가설을 세우고 앞날에 대한 비전과 욕망을 표현해 내고 있다. 그러나 내 안에서 싹튼 욕망은 내 뜻대로 되지 않고 욕망은 욕망대로 더욱 커져 대상을 더 큰 적으로 인식하게 된다. 따라서 자아의 욕망을 충족시키려 하면 할수록 대상은 "마음을 다치거나 심장을 깊숙이 베이기도" 한다. 그래서 그의 '이십대'와 '삼십대'는 "날카로운 감성으로 잘 벼려진 칼날에" "하루도 성한 날이 없을 만큼 / 피투성이가 되곤 했었다." 이처럼 그의 성숙기는 주체의 욕망이 강하게 지배하는 시기였고 타자에 의한 좌절을 맛본 시기였다.

이러한 대상에 대한 거리에는 통합의 제의가 존재한다. '감성의 칼'은 두 가지로 가정할 수 있다. 자신의 감성의 칼날을 무디게 하여 영영 못 쓰게 하거나 또는 칼집에 잘 보관하는 것이 그것이다. 여기에서 조현 시인은 칼집을 통해 자신의 욕망에서 비롯된 날카로운 감성을 철저히 관리하면서 '비수'를 사랑으로 전이시켜 영원히 보존하려는 성숙된 의식을 보여주고 있다.

3.

조현 시인의 자연관은 자연의 순환론에 깊숙이 개입하면서 상징계로 진입한다. 상징계로의 진입은 자연을 대상으로 모방하는 것이 아니라 주기적 과정의 자연으로 다가서는 것을 의미한다. 시는 자연의 원형적 리듬인 계절과 인간의 주기적 운동에 밀착되어 있다. 이러한 주기성은 새벽과 저녁, 파종과 수확, 춘분과 추분, 탄생과 죽음이라는 자연의 순환론적 상징들과 맞물려 있다. 그의 작품에서 자연의 순환론적 상징들은 계절의 변화에 의한 봄, 여름, 가을, 겨울로 나타나는데, 특히 봄에 대한 상징적 이미지가 대표적이다.

> 3월이 되자
> 벗나무 가지마다
> 젖꼭지가 팽팽히 부풀어오르고 있다
> 검버섯 같은 표피를 뚫고
> 금방 막 연한 살갗의 꽃망울이
> 하얗게 터져 나올 것만 같은 오후
> 산도를 지나 막 세상 밖으로 나오려는
> 신생아들
> 한바탕 산통을 겪은 꽃샘바람도
> 자만치 물러서고
> 탯줄로 연결 된 채

모체에서 떨어져 나오듯이
꽃망울들이 툭 툭 터지고 있다
햇살이 소낙비처럼 쏟아지는
봄날 오후
소리 없는 신음소리가
산실의 비릿한 향기가
봄 뜰에 가득하다.

— 「開化・1」 전문

자연의 모든 사물은 유기체와 자연환경의 리듬, 특히 태양의 리듬과 통시적 동조에 의해서 생성된다. 위 시에서 탄생에 대한 상징적인 언어의 도입은, 시각화를 통해 극적인 상황을 도출하고 있는데 멈춤과 진행의 간극에서 생명의 잉태가 신비롭게 다가온다. 꽃눈의 발아 과정을 "젖꼭지가 팽팽히 부풀어오르고" 있다고 보는 것이나, 모진 추위를 견디느라 단단하게 감싸고 있는 "검버섯 같은 표피를 뚫고" 나오는 생명력은 봄이 지니고 있는 가장 아름다운 광경이다. '개화(開化)'의 구체적 표현을 통해 이 시는 주관에서 객관적 상징으로 압축되어 나타난다.

조현은 식물의 맹아, 세상에 태어나는 신생아, 소낙비처럼 쏟아지는 봄햇살, 봄의 청각적 이미지인 산실의 신음소리, 후각적 이미지인 산실의 비릿한 향기 등을 통해 상징적으로 봄의 의미를 나타낸다. '젖꼭지', '꽃망울', '신음소리', '비릿한 향기'는 식물성과 동물성, 청각적인 것과 후각적인 이미저리의 총화가 그것이다. 「開化・2」에서 "남녘에서 날아온 새 한 마리 / 눈물 젖은 꽃망울에 제 입술을 비비며 / 피어라 피어라 속삭입니다 // 입을 꼬옥 다물고 있던 꽃망울 / 가만히 몸을 열자 꽃향기가 / 선홍빛 양수처럼 터져 나옵니다."에서도 동일한 이미저리의 상태를 확인할 수 있다. 주체는 무의식의 자율성을 통해 기표의 지배를 받는다. 「開化·1」에서 기표인 젖꼭지, 꽃망울, 신음 소리, 향기 등은 기의와 1 : 1의 대응이 이루어지는 것이 아니라 다양한 의미를 형성하면서 은유와 환유로 정립되어 의미의 연쇄 속에 기표의 차연(저항선) 아래로 미끄러진다.

그는 자연을 제재로 선택하여 기표들에 의해서 생성되는 의미화를 지속적으로 시도하고 있다. 특히 그의 '봄'에 대한 집요한 탐구는 무의식적인 경향까지 띠고 있다.

> 천상에서만 사는 하얀 새들이
> 삼월이 되면
> 지상으로 내려올 차비를 한다
> 겨우내 나들이 한번 하지 않고
> 꼼짝도 않고 있다가
> 삼월도 중순만 넘어 서면
> 밤마다 은하를 건너
> 지상으로 지상으로 날아온다
> 잎도 나지 않은 목련 나뭇가지 위에
> 부리를 맞대고 옹기종기 모여 앉아
> 언제쯤 다시 돌아가야 하는 지
> 저희들끼리 지금 한창 의논이 분분하다
> 저 하얀 새들이 며칠이나
> 지상에 머무를 수 있을까
> 날마다 그들이 조금씩 날갯짓하는 걸
> 안타까운 심정이 되어 나는 지켜만 볼 뿐.
>
> — 「목련」 전문

시적 자아는 상징의 놀라운 비약을 통해서 자연의 생명력을 얻고 있다. 대상에 대하여 기표의 부정이나 모순 관계를 설정하여 시적 조화를 이루고 자연의 상태에 대하여 언어의 질서를 부여한다. "천상에서만 사는 하얀 새들이 / 삼월이 되면 / 지상으로 내려올 차비를 한다”에서 모순은 ‘천상’과 ‘하얀 새들’이다. 시적 자아는 주체로서 새와 목련꽃, 계절로서 삼월 중순인 봄으로 그 의미를 확대시킨다. 일차적인 의미에서 새와 목련꽃의 동일시는 봄으로 그 의미가 전치된다. 이러한 전치과정에서 차이 혹은 차연이 생겨나게 되는데, 이것은 조현 시의 신선함을 더해 준다. 이 시에서 지배소는 ‘하얀 새’이나 ‘하얀 새’는 새로서 머물러 있는 것이 아니라 의미화의 연쇄 작용을 통해 ‘목련’으로 의미의 전환을 유도하고 있다. 그러면서도 시적 자아는 새와 목련 사이에 일정한 거리를 유지하여 동일성을 획득한다. 목련꽃 나뭇가지에 앉아 있는 ‘새’라는 기표와 ‘목련꽃’이라는 기표는 별개로 존재하고 두 개의 기표는 차연 관계에 있으나 의미와 감정은 동일성을 확보한다.

봄과 기표들의 거리는 “첫사랑처럼 순결한 포구 / 달도 없는 그믐밤 자정이 다 되어서 / 도착한 설리의 바다는 / 머리채 풀어헤치고 온몸을 뒤틀며 / 산고의 고통에 몸부림치고 있었다”(「봄이 맨 처음 찾아온 마을」 일부)에서 ‘첫사랑’과 ‘포구’, ‘그믐밤’과 ‘설리의 바다’, ‘산고’와 ‘몸부림’처럼 전혀 다른 기표들이지만 의미작용은 행간에 숨은 뜻으로 만들어진다. 위 시에서 두 가지 기표들의 결합은 직유나 은유를 통해 시적인 충격을 주고, 비유를 통해 새로운 의미를 탄생시키고 있다. 은유나 비유의 이러한 창조적 충격은 원관념에 대한 보조관념의 억압으로 인해 원관념의 위치를 보조관념으로 메워 버린 데 있다. 그러나 의미의 연쇄 속에서 원관념은 사라지는 것이 아니라 다른 기표들과의 관계 속에 여전히 남아 있다. 어떤 단어가 다른 단어로 대체되는 것이 은유의 공식이다. 즉, 기표와 기표들에 의한 점거를 통해 또 다른 의미를 상정하게 되는 것이다. 이 시는 바다가 산고의 고통에 몸부림칠 수 있는가 없는가의 문제가 아니라, 시적 자아가 자신의 감정을 개입시키지 않은 채 숨어서 바다가 자신의 역할을 대리 수행하게 하는 데 역점을 두고 있다. 그래서 포구와 바다는 의미화의 연쇄 속에서 시적 자아를 통해 봄의 생명력에 감정을 이입시켜 탄생의 순간을 포착하고 있는 것이다.

조현의 봄에 대한 이러한 열망은 곧 싱싱한 생명력이다. "찡찡 얼어붙은 미나리꽝 / 흙탕물 속에서 자라는 미나리처럼" 살고 싶고 "얼어붙은 미나리꽝 속에서도 / 펄펄 살아나는 / 저 초록의 잉걸불"(「조만포에서·1」 일부) 같이 자신을 키워가고 있다. 이처럼 그는 겨울의 모진 추위 속에서도 "내 詩의 나무"가 푸른 미나리처럼 "저렇게 새파라니 저토록 싱싱하게" 자라기를 열망하고 있는 것이다.

4.

인간은 일상의 생활공간에서 잠시나마 떠남으로써 새로운 인식의 공간을 재편성하고자 하는 강렬한 욕구를 지니고 있다. 시인에게 있어 여행은 세계에 대한 새로운 인식의 확장으로 시를 창작할 수 있는 자양분 역할을 한다. 그래서 시인은 경험과 체험을 통해 사유와 인식의 새로운 지평을 열고 견고한 자아로 성숙하게 된다.

「감은사 탑」을 보자.

> 천년 세월이 지났는데도
> 감은사 탑은 아직도 그 자리에 그렇게 서서
> 옛 절터를 지키고 있다
> 사람도 가고 영화도 가고
> 고색 창연했던 감은사 절도 소실되었는데
> 한 쌍의 탑만 남아 서로 의지하며
> 한 세월을 버티고 있구나

얼마나 많은 사람들이
이 탑 앞에서 소원을 빌었을까
사람들의 소망과 눈물을 받아먹고
천년을 버텨 온
아! 감은사 감은사 탑이여
황혼이 내리는 일몰의 절터에
쓸쓸한 노부부처럼
마주 서 있는 쌍둥이 탑
더 이상 가까이 가지 못하고 바라만 보다
간절히 부르는 소리에 한족 탑의 어깨가
약간 돌려지다 그대로 멈추어 선.

　　　　　　　　　　　　　　　　—「감은사 탑」 전문

　　그는 인용한 시에서처럼 여행의 목적지에 도착하여 새로운 시적 대
상을 발견하고 있다. 그 곳은 시간과 공간이 새롭게 과거와 현재로 연
결되는 곳이다. '감은사 탑'의 의미 부여는 자연의 시간성에 근거한다.
천년의 세월 속에서 '감은사'와 '탑'은 사라진 것과 존재하는 것으로
대조를 이룬다. '감은사'는 사라졌지만 천년의 세월 속에서 '탑'은 존
재한다. 즉, 어떻게 감은사 탑이 현재까지 존재하고 있는가에 대한 궁
극적인 물음에 시적 화자는 답하고 있다. 한 쌍의 탑은 인간과 탑의
관계에서 탑과 탑의 관계로 소망을 전이시킨다. 여기에서 탑의 지속적
인 생명성의 근거는 "사람들의 소망과 눈물을 받아먹고 / 천년을 버텨
온" 데 있다. 사람들의 소망과 눈물을 받아먹는 탑은 이미 사물의 개
념에서 벗어나 생명을 획득한다. 시적 자아의 이러한 비유는 생명을
근거로 해서 '탑'이라는 기표와 '눈물'이라는 기표를 통해 '천년 동안
존재'하게 되는 기의를 드러내는 것이다. 그리고 한 쌍의 탑이 "간절히
부르는 소리"는 소망이라는 기의와 관계를 맺는다. 한 쌍의 탑이 서로
"더 이상 가까이 가지 못하고 바라만 보다 / 간절히 부르는 소리에 한

쪽 탑의 어깨가 / 약간 돌려지다 그대로 멈추어 선" 것이다. 특히 기표를 겹치게 하여 의미를 강화함으로써 시를 절정의 상태로 이끌고 있다. 탑이 현재까지 존재한 것에 대하여 의미를 부여하여 생명성을 창조한 것은 탑이 "사람들의 소망과 눈물"로 "간절히 부르는" 시적 자아의 염원 때문이리라.

이러한 유형으로 「은하사(銀河寺)의 신어(神魚)」는 "뜨락의 석간수"를, 「내게 손 내미는 화왕산」에서는 '산'을 통해 소망과 영원성을 나타내고 있다. "밤이면 가슴에 불을 켜고 온 몸 등대가 되어 / 국토의 최남단 최후의 한계점을 지켜야 하는 / 당신의 그 절대적 고독"의 「마라도」 또한 자연의 생명성을 통해 시간과 공간을 재편하고 있다. 이러한 자연의 심화는 「오래된 사랑 ― 우포 늪」에서 극대화된다.

> 생태계를 파괴하는 황소 개구리까지도
> 차별 없이 품어 안고 있는 모성의 늪 우포
> 거기엔 오랜 사랑이 있고
> 일억 사천 년의 기다림이 있다
> 세상이 무서운 속도로 변하고 있는데도
> 변하지 않는 생명의 푸르던 약속들이 있다
> 우포늪에 오면
> 생이 가래처럼 뿌리째 떠다니는
> 어리석은 우리의 生이 보이고
> 물 속에 하염없이 뿌리내리는
> 줄 마름 같은 일상들이 비로소 시작한다
> 석양이 내리는 우포늪에 서면
> 은빛 갈대 숲 사이로 출혈을 하고 있는
> 신비한 자연의 모태를 볼 수가 있었다
>
> 신이 여태껏 몰래 감추고 있던 비밀 같은 사랑을.
> ― 「오래된 사랑 ― 우포 늪」 일부

위의 시에서 '늪'은 태고의 신비를 담고 있는 살아 있는 박물관이다. '늪'은 생명의 근원이며 원시적 장소로서 자연의 절대적 세계이다. 따라서 그 곳은 모든 것을 포용할 수 있는 영원의 안식처이고 창조의 카오스로서 "태고의 꿈을 꾸는" 장소이며 "모성의 늪"이다. 또한 "일억 사천 년의" 역사를 고스란히 담고 있는 화석이다. 시적 자아는 세상의 모든 부정과 모순까지도 "차별 없이 품어 안"는 "생명의 푸르던 약속"을 '늪'에서 찾고 있다. 자연의 약속과 기다림, 자연의 생명력을 통해 우주 안의 낙원을 지향함으로써 인간의 본성을 회복하고자 한다. 즉, 자연의 영원한 성소인 생명의 '늪'을 통해 인간이 잃어버린 신화적 본성을 찾고자 하는 것이다. 그리하여 이 시에서 시적 자아는 세속적인 시간의 극복과 더불어 자연의 시간을 회복한다. '늪'은 그리스의 호르메스가 찬양하고 있는 대지의 신 '가이아'와 동일한 의미를 지니고 있다고 할 수 있다. 호르메스가 "견고하게 옥좌에 있는 만물의 어머니여, 땅위에 존재하는 모든 것을 먹여 살리는 대지의 신이여! — 대지는 인간에게 생명을 부여하고 생명을 빼앗기도 한다."라고 '가이아'에서 생명성을 찾았다면 조현은 '늪'에서 생명의 근원을 찾고 있다. "석양이 내리는 우포늪에 서면 / 은빛 갈대 숲 사이로 출혈을 하고 있는 / 신비한 자연의 모태를 볼 수가 있었다 // 신이 여태껏 몰래 감추고 있던 비밀 같은 사랑을" '늪'에서 보았던 것이다.

그는 자연을 통해 현실세계의 순수와 진실을 유지시키고자 하며 문명의 피해와 세속화를 자연의 영원성으로 치유하고자 한다. 「소도 마을」에서는 자연과 가까이하고 있는 인간의 진실한 모습이 구체적으로 드러나 있다.

> 온돌방에 장작불을 지펴놓고
> 연기가 매캐한 아랫목에 앉아 군밤을 구우면

세월이 석삼년쯤 뒤로 물러나 앉는다
마당가의 연못에서
잉어가 달을 향해 입질을 하는데
신어산 자락 한 켠에 팔각정 한 채 지어놓고
연못을 만들고 돌탑을 쌓는 이여!
키우던 닭을 잡아 나그네를 대접하는 인심이
아직도 이곳에 남아 있구나
주인도 없는 집에서 저녁을 먹고
산길을 걸어 내려오면서
우리는 비로소
잃어버린 옛 시간들과 해후 할 수가 있었다.
— 「소도 마을」 일부

　‘소도 마을’은 상실한 고향을 회복한다. ‘비석거리 오솔길’, ‘연자맷돌’, ‘너와집’, ‘온돌방에 장작불’, ‘매캐한 아랫목’ 등은 잊혀진 풍경으로 우리의 정서를 되찾아 안정되게 하는 정감 어린 추억의 장소이다. 이러한 장소는 자연과 인간을 조화롭게 하며 의미의 공간성을 획득한다. “우리가 잃어버리고 살아온 고향” “유년시절의 고향집”은 인정과 사랑이 있는 안정된 공간 이미지와 상상력이 교감을 이루어 독자성을 갖는다. 이처럼 원형적 이미지들은 주체와 대상의 기표 속에 추억이 깃들인 내밀한 공간을 획득하게 된다.

5.

　앞에서 잠시 언급했지만 인간의 욕망은 크고 넓어 전부를 이룰 수 없으며 이것을 비우지 않을 때는 화를 자초한다. 그래서 조현은 현실적 공간 속에서 모든 것을 비우고자 하는 의식세계를 넓혀간다. 그것

은 대상을 통해 자신의 내면적인 욕망을 버리고 가볍게 함으로써 자신
의 존재를 확인할 수 있을 뿐 아니라 삶의 방향까지 제시해 주고 있기
때문이다.

> 가슴에 구멍이 뚫린 연은
> 바람이 불어와도 두려워하지 않는다
> 그 비어 버린 것의 힘으로 가볍게 되어
> 그 비어 버린 것의 힘으로 강하게 되어서
> 공중에서도 휘청거리지 않고
> 하늘 높이, 잘도 날아가는구나
> 집착이나 욕망 그대에 대한 미련
> 세상에 대한 기대까지 다 버리고 나면
> 서러움에 내 애간장이 다 녹아
> 속이 텅 비고 나면
> 세상 살아가는데 나도 아무 걸림이 없을까.
> 제 가슴살을 도려낸 연이
> 하늘 높이 날아오를 수 있는 저 이치처럼.
> ── 「비어 버린 것의 힘으로 가볍게 되어」 일부

위 시에서처럼 '연'이 하늘을 날기 위해서는 자신의 몸을 가볍게 해
야만 하듯이 시적 자아는 어떻게 하면 집착과 욕망의 무게를 비워버릴
수 있을까 고뇌한다. 삶은 무한하고 신선한 공간을 희망하는데 그 공
간을 획득하기 위해서는 하늘을 나는 연들이 "하나같이 / 가슴 한복판
에 뻥 구멍이 뚫려 있"는 것처럼 욕망을 비워야만 가능하다. 가슴을
비운다는 것은 쉬운 일이 아니다. 그러나 "제 가슴을 아프게 도려내어
/ 도려낸 살을 곱게 색칠"해야 하는 것이다. 그렇게 함으로써 존재가
소유를 버리고 삶의 여유가 하늘로 비상할 수 있다는 것이 아닌가. 이
시에서 시적 자아는 '연'과 일정한 거리를 두고 있다. 주체는 '연'과 같
이 가슴을 비우려 하지만 "집착이나 욕망 그대에 대한 미련 / 세상에

대한 기대까지도 다 버리고 나면" 스스로의 서러움 때문에 "애간장이 다 녹아 / 속이 텅 비"게 될 것을 두려워하기도 한다. 그러나 연을 날리는 주체는 '연'을 통해 자신의 모습을 돌아보고 스스로의 욕망과 집착에서 벗어나 자유로워지고자 하늘의 비상을 꿈꾼다. 하늘을 향해 나는 '연'은, 버림으로써 가벼워지고 가벼움으로써 더욱 비상하는 '새'와 유사성을 갖는다. 그러므로 하늘을 나는 '연'은 새이기도 하며 신선하게 살고자 하는 시인 자신이기도 한 것이다.

그러나 갈등은 계속되어 '연'을 통해 들여다본 '나'의 모습을 대상과 일정한 거리에 두고 반문을 통해 존재를 확인한다. 주체와 타자의 관계는 "사랑이라는 옷을 입고 나를 구속하는 당신"과 "母性이 가두어버린 내 자신"(「굴레」 일부)으로 분리되어 갈등을 지속시킨다.

> 장소를 옮겨가면서 뼈 마디마디를 쪼아대는
> 이름도 밝혀지지 않은 迷妄의 새 한 마리
> 이 새는 언제부터
> 내 몸 속에다 둥지를 튼 것일까
> 창문도 하나 없는 깜깜한 미로 속에 살고 있는
> 그는 바깥 세상이 얼마나 그리울까
> 저 푸른 창공을 마음껏 날아다닐 수 있다면
> 이렇게 비좁아 터진 몸 안을 헤집고 다니며
> 내 신체 여기 저기를
> 이렇게 사정없이 쪼아대지는 않을 것을.
>   ─「몸 속에 살고 있는 새」 일부

시적 자아는 그래서 초월을 시도하여 또 다른 나를 형성하고 의식의 해방을 만끽하고자 한다. 그러나 내 몸은 그러한 비상과 자유를 허용할 수 있는 여건이 조성되어 있지 않다. 따라서 그는 탈출을 꿈꾸지만 몸은 "내 뒷골을 콕 콕 콕 쪼아먹"고, "뼈마디를 쪼아대"며, "비좁아 터진 내

몸 안을 헤집고 다니는" 견딜 수 없는 아픔을 겪는다. 그래서 "迷妄의 새 한 마리"는 새이면서도 "창문도 하나 없는 깜깜한 미로"이기 때문에 "몸 속에다 둥지를 튼", 날지 못하는 새인 것이다. 여기에서 새는 자아의 내 적인 욕망이 변형된 대상이라고 할 수 있다. 그러므로 자아는 현실과 대 립적 관계에서 벗어나 새로운 질서를, 열린 공간인 하늘에서 찾고자 한 다. 그것은 현실적인 억압에서 벗어나 무한히 열려 있는 세계로 지향함 을 의미한다.

이와 같은 자아의 현실과 이상의 극한적 대립은 「순결한 언어들이 사는 마을」에서 확인할 수 있는 것처럼 "위선"과 "자본주의의 노예가" 된 언어, "성적 도구"와 "이데올로기의 노예가"된 "난행 당한" 언어들 이 존재하는 현실에서 벗어나 "새순처럼 청아하고 눈송이처럼 깨끗한 / 순결한 언어들이 사는 마을"에서 사랑과 여유를 찾기 위한 몸부림인 것이다. 따라서 조현 시인의 시 세계는 타자와의 대립과 극복을 통해 서 티없이 맑은 순수와 사랑, 그리고 가장 밝은 삶을 지향하고자 하는 데에서 그 가치를 찾을 수 있다.

이 시집을 통해 본 조현 시인의 시적 특징은 구체적 자연에 대한 집 요한 탐구, 변형을 통한 자연의 본질 회복, 자연의 시간성을 반영한 순 환의식이라 할 수 있다. 자연과 인간의 관계들 속에서 자신의 모습을 비춰보고 가치관이 상실된 현실에서 인간의 정체성을 확립하고자 나 래를 편 상상은 독자들에게 삶의 신선한 자극제가 되기에 충분하다.

인간다운 삶의 원형 찾기

— 한문석론

1.

한문석(韓文錫) 시인은 『사랑이란 이름으로』(1995), 『눈 오는 날은 네 게로』(1996), 『호수』(1998) 등 시집을 낼 때마다 시적 상상력이 점층적으로 확대되고 인식 또한 심화되고 있음을 볼 수 있다.

시인이 시를 창작하는 데 있어서 가장 중요한 요소는 상상력이다. 상상력은 시적인 이미지를 형성하는 능력이다. 그런데 그것은 수많은 체험을 통하여 이루어진 지식을 모사적으로 재생시키는 것이 아니라, 오히려 지적 작용에 의해 받아들여진 구체적 이미지를 변형시키는 능력이다. 그러한 의미에서 애초에 떠오른 체험적 이미지는 그것을 넘어 서는 시적 변화를 가져오게 되며 독자는 거기에서 나온 새로운 세계를 기대하게 된다.

이런 점에서 볼 때 그의 상상력은 새로운 이미지를 만들어 내고 변화시키며 이미지와 이미지 사이의 예기치 못한 결합으로 '낯설게 하기'를 유발시켜 신선한 충격을 주고 있다. 가스똥 바슐라르는, 현존하는 이미지에서 새로운 이미지를 생각하지 않는다면 상상력은 존재하지 않는다고 말했는데 이는 지각된 과거를 기억해 내거나 일상화된 현상을 그리는 것이 아니라, 이를 통해 다양하고 풍부한 이미지를 창출해 내기 위해서는 시인의 상상의 영역은 늘 열려 있어야 하고 확대되어야 한다는 의미가 아니겠는가. 그러면 한문석 시인이 상상력을 통해서 드러내고 있는 시 의식은 무엇인가 살펴보자.

2.

한문석은 비정적인 세계로부터의 탈출을 '생명의지'로부터 출발하고 있다. 인간은 현실적으로 삶의 모습이 비인간적으로 나타날 때 인간에게 있어 가장 원초적 의미를 지닌 생명력과 존재가치를 생각하게 된다. 모든 생명체에 경이로운 의미를 부여하고 있는 것은 생명의 본성이 지니고 있는 순수성 때문인데, 이는 굴절된 외적 조건을 자연스러운 삶의 원상태로 회복시키는 데 가장 큰 정신운동으로 작용을 하고 있다는 데 그 의미가 있다.

> 무릇 새 생명으로 태어나는 순간은
> 누구나 다 몸을 떨지요
> 매서운 겨울바다 바람을 안고
> 바라보는 눈의 깊이와
> 받아들이는 마음의 넓이가 서로 다른데
> 제 빛깔 스스로 고운 줄 모르고

생각이 뛰어난 줄 모르는 것은 당연하지요
세상 인심이 어찌나 구차하고 어지러운지
빛깔과 생각을 차라리 가슴속에 묻었는데
어느 날 문득 득음의 경지에 이르러
뿌리 뒤틀리며 힘차게 뿜어내는 저 숨결
안간힘 다하여 견디어 낸 세월을
어쩌자고 슬픈 모가지만을 내밀어
다만 피었으므로 올올이 붉어야 하는지요
검푸른 잎새들이 푸드득 울음 한 줄기 터트리니
인간들 비정한 웃음도 여기 와 함께 숨어요
　　　　　　　　　　　　　—「지심도 동백」 전문

　　시인은, 일년 중 가장 먼저 피는 '동백'에서 인간의 감정을 초월하는
생명에 대한 위대성을 발견하고 있다. 겨울을 거친 동백에 대하여 이
미 규정된 이미지에 머물지 않고 인간의 생명과 삶의 총체적 요소를
이미지화함으로써 인간의 모든 지각능력을 인식하고 소통하는 존재로
인식하고 있다. 그래서 동백은 피는 것이 아니라, "무릇 새 생명으로
태어나는 순간" 환희에 떨기도 했으나 곧 "세상 인심이 어찌나 구차하
고 어지러운지"를 "겨울바다 바람"을 통해 깨닫고 "득음의 경지에 이
르"렀다는 진술은, 생명의 외경과 존재가치의 깨달음으로 표상된다.
특히 후반부에서 보여주고 있는 "인간들 비정한 웃음도 여기 와 함께
숨어요"에 이르면 동백이 보여주고자 하는 의도가 온갖 사회성까지 내
포하고 있음을 알 수 있다. 탄생하는 것과 이에 거역하는 삶의 모습들
을 동백을 통해 생명의 숭고성과 존재의 깨달음을 일깨우고 있다는 것
은 사유와 인식을 같이하는 시적 대상에 동화하고자 하는 시인의 의식
으로, 그 사상은 "검푸른 잎새"처럼 건강하다. 이 시의 "떨지요", "당연
하지요", "숨어요" 등에서 볼 수 있는 긍정형 종결어미에서 우리는 이
를 확인할 수 있으며, "올올이 붉어야 하는지요"를 통해 동백의 의미

를 더욱 강화시켜 주고 있다.

다음 시에서도 생명과 존재의식이 선명하게 형상화되고 있음을 볼 수 있다.

은밀함을 알리기 위해 빛나는 네 몸은
그대로 울음이 파도치는 섬이다

홀로 떨고 있는 네 몸은
작은 땅 여기 저기에 살아 숨쉬는 불씨

눈감고 달리는 저 환한 시간의 멈춤

참회하는 자는 아름답다
아름다운 마음으로 문을 두드린다

끝이 보인다
영혼으로 생성하는 발자국처럼
이렇게 오랫동안 기다려온 몸짓

더는 숨을 곳이 없다
유서를 쓰지 않고는 견딜 수 없다

피 흘리고 싶은 순간에 네 몸은
겹겹이 파도를 걷어올리고
알몸 쏙 내민다

— 「네 몸은」 전문

여기에서는 몸으로 인식된 동백이 겨울을 딛고 탄생한 생명의지와 존재가치가 더욱 구체적으로 드러나 있다. 검푸른 잎과 화려한 꽃이 시적 자아에 내면화되어 "빛나는 네 몸"이 "파도치는 섬"으로 전이됨으로써 생명의식과 의지, 즉 비논리적 힘이 증류된 형이상학적 힘을 내보이고 있는 것이 그것이다. 그런가 하면 동백이 "살아 숨쉬는 불씨"로 전이되어 불씨가 삶을 소생시키고, 의지를 통합시켜 안정을 도모한다는 의미까지 암시하고 있다. 이러한 의식은 무엇보다도 삶의 체험과 의식을 통해 얻은 정신적 에너지인 '깨달음'의 소산이다. 깨닫는다는 것은 자신에 대한 화답이요, 삶에 대한 새로운 출발이라는 점에서 착함이고 아름다움이다. 그래서 시인의 눈은 동백에서 그 마음을 읽고, 그것을 매개로 하여 어지러운 세상의 문을 두드리고 있는 것이다. 그러나 현실의 문은 차고 두껍다. 그럼에도 불구하고 '몸'이 "겹겹이 파도를 걷어올리고 / 알몸 쑥 내민다". 이것이 곧 시인의 인간존재를 인식하고 갈구하고 있는 중심사상의 이미지인 것이다.

이렇게 생명의지와 존재가치를 탐구하는 작품은 여러 곳에서 발견되는데 작품의 중심 이미지를 보면 "생명은 어디서나 외로운 존재"(「도토리 나무」), "세상 잠재우다가 화석이 된 그대"(「절벽」), "썩어가는 밑둥치에선 / 아무래도 누군가 싹을 틔울 태세"(「비탈에 선 나무」) 등 다양하다.

한편 생명의지와 존재의식의 시적 전개 과정에서 우는소리와 우는 일인 '울음'이 종종 드러나고 있음을 볼 수 있다. 이 의식이 반영된 구절을 대충 보면 "울음 한 줄기"(「지심도 동백」), "울음이 파도치는 섬"(「네 몸은」), "흐느껴 울진 않을 거요"(「무창포 연가·2」), "붉은 울음을 쏟아낸다"(「진달래꽃 보며」) 등이 그것이다. 흔히 현대시에서 서정성을 강화할 경우, '울음'이 어우러져 있다. 그 '울음'은 대부분 슬픔이나 한(恨) 등에 기인하고 있으나 여기에서는 결코 그것이 아니라는 점이다. 즉 의미를 강조하거나 시적 화자의 심층을 강렬하게 드러내기 위한 의장으로 고통과 시련, 그리고 인간에게 진실에 이르게 하는 값진 촉매제로서의 '울음'인 것이다.

이렇게 볼 때 여기에서의 '울음'은 생명과 존재의식을 나타내는 시적 서정성의 확대만을 위한 것이 아니라, 시련을 극복하는 정신적 에너지의 이미지로 작용함을 알 수 있다.

3.

인간은 살아가면서 외부세계와 관계를 가질 수밖에 없다. 이 체험과정에서의 인식은 곧 외부세계와 갈등을 빚기 마련인데 그것은 자아의식의 향방을 결정짓게 한다. 하물며 시인에게 있어 이러한 지적 체험의식은 그 충격이 누구보다도 크지 않을 수 없다. 그래서 시인의 의식 지향은 그것이 무엇이건 현실의 에너지와 시적 자아의 정신적 에너지와의 관계로 결정된다. 이것은 곧 자아의 정신 요소가 외부 요소에 반영되지 않거나, 외부 요소가 자아의 본성을 억압할 때 작용되는 의식이다. 그래서 "시대정신이 부풀어오르는 눈(芽)을 잉태하는 뜻에 있다."고 리차즈가 말한 것처럼 시인의 의식은 시대 또는 사회정신에도 눈을 돌리지 않을 수가 없다. 그래서 시인은 예민한 감각과 날카로운 지각을 가지고 시대를 바라보면서 인간의 온전성에 관심을 두게 되는 것이다. 그렇다면 한문석 시인의 시대정신이나 사회정신은 어디에서 발원되고 그 정신은 무엇인가.

> 투명한 유리 진열장
> 머리칼 헝클어진 삶을 뒤로하고
> 돌아오지 못하는 새벽을 달려가고 있다
> 세월의 덫에 찢긴 날개
> 순결했던 어제는 처음부터 없었을지 모른다
> 나는 나를 결코 버릴 수 없다

오직 하나의 밤을 부둥켜안고
여자의 몸 여기 저기엔
슬픈 빙하가 녹아 내린 흔적이 있다
어둡고 추운 시대
감당할 수 없는 뜨거운 숨결이 잘못 흘렀을까
옷고름 여민 틈새를 비집고
한 줌 바람이 술렁인다
참으로 견디기 힘든 치욕의 멍으로부터
건들기만 해도 금새 봉긋해질 젖무덤
여기서 바랄 것이
더 탓할 것이 있으랴
불빛이 아랫도리를 벗고
화살을 마구 쏘아댄다
술기운 가시지 않은 사내가 눈을 훔치며 지나가고 있다
— 「어느 골목을 지나며」 전문

　시인의 눈은 이 시대의 어두운 '어느 골목'을 응시하고 있다. "투명한 유리 진열장"에 헝클어진 머리를 날리며 밤을 지새우는 여인들의 삶은 "세월의 덫에 찢긴 날개"가 되어 "밤을 부둥켜안고" "슬픈 빙하"로 흐른다는 인간 비애의 모습을 절실하게 담아내고 있다. 열린 세상인데도 불구하고 단절되어 고립된 삶을 살아가는 그 존재는 우리에게 무엇을 깨닫게 하는가. 그것은 "어둡고 추운 시대"라고 하는 현대사회의 일그러진 병폐와 우리가 희구하고 있는 윤리적 인도주의인 것이다. 시인은, 현실의 구렁창에서 짓밟히고 있는 불행한 사람들의 인간적 삶의 가치를 갈망하며 그들에 대하여 "순결했던 어제"와 인간의 "뜨거운 숨결"을 회복시켜야 한다는 인간본성으로 연민의 눈을 보내고 있다. 그러나 현실은 "옷고름 여민 틈새"로 차디찬 '바람'만이 들어올 뿐 이 시대를 녹일 뜨거운 바람은 없다. 여기에서 시인의 눈은 이들의 소외를 외면하지 못하고 '불빛'을 통해 구원의 정신을 내보인다. 여기에서 불빛은 이중성이다. 그 하나는 이들의 현실을 적나라하게 사회에 인식시켜주는, 즉 각성의 의미이고, 또 하나는 불빛이 사물의 어두움을 소멸시킴으로써 이들에게서 오늘의 현실이 사라지는 밝은 세상으로의 미래성이다. 그래서 시인은 '불빛'을 통해 이들에게 인간적 삶의 원리를 제시하여 시의 의미를 확대시켜 주고 있다.

지옥 내리막길을 굴러
상처투성이로 되돌아온 여자

하나하나 옷가지를 벗는

제 몸 속 피가 벗어지는 것을 따라 벗는

조금씩 피가 더워지는…

성스러운 여자의 문은
오로지 첫울음으로만 열릴 수 있음을 보여준다

하늘이 애써 눈을 감는다
― 「꿈꾸기·10」 전문

이 시에서도 일단의 시대정신을 감지할 수 있다. 물론 연가의 하나로도 볼 수 있겠으나 전체적인 시의 흐름으로 보아 사회정신의 암시가 더 깊숙이 배어 있다. 여성은, 인류학적 관점에 따르면 자연의 순응적 원리로 작용한다. 이 시는 "상처투성이로 되돌아온 여자"를 통해 현대에 있어 삶의 순응을 조명하고 있다. "지옥 내리막길"이라는 구절을 보면 이치에 따른 순응이 아님을 금방 알 수 있다. 하루가 첫 새벽부터 시작되듯 인간의 삶은 자연의 원리처럼 순응된 것이어야 하는데도 불구하고 "상처투성이로" 되돌아왔다는 것은 현대인의 삶이 얼마나 순응에 따르지 않는가를 여실히 보여주면서 인간 삶의 자세와 질서가 얼마나 소중한가를 일깨워주고 있다. 그러나 오늘의 삶이 나날이 순응되지 못하고 타자에 의해 순리가 거역되자 '하늘'조차 애써 눈을 감기에 이른 것이 아니겠는가. 이런 점에서 시인은 현실을 외면하지 않고 그것에 적극적으로 감정을 이입시켜 현대의 정신을 총체적으로 나타내주고 있다. 물론 시가 스스로 이러한 시대 또는 사회정신을 직접 변화시키고 구제하지 못한다는 것을 알면서도 이에 관심을 두는 것은 이 정신과 시인의 지적 상상력이 상호 작용하여 우리의 의식에 한 가닥 등불을 밝혀주기 때문이다.

이 점에서 한문석 시인은 현대에 있어 흔히 볼 수 있는 상황을 그대로 넘기지 않고 예리하고 풍부한 감성으로 접근하여 이러한 정신을 잘 살려내고 있다.

4.

추억은 오늘에 있어 단순한 기억이 아니라, 현실 인식 과정에서 그것을 통해 새로운 삶의 이미지를 창조해 낼 수 있는 재산이라는 점에서 소중한 가치를 지니고 있다. 그래서 추억은 삶의 정서적 재산이 되고 있는데, 오늘을 살고 있는 우리들에게 과거가 되살아난다는 것은 부정적 현실에 대한 대응의식으로 그것이 현실을 극복할 수 있는 힘으로 작용된다는 데 그 의미가 있다. 이런 점에서 추억은 가치 없는 과거가 아니라, 생생하게 살아있는 과거인 셈이다. 한문석 시인은 현대의 모순을 추억을 통해 극복하고자 한다.

예전처럼 맑은 물소리 들려줄 수 있을까

서리 내리던 그 자리
잠시 바라보았을 뿐인데

갈대밭으로 종이학을 날린다
갈대는 흔들릴 때의 모습이 아름답다

세상이 필요로 하는 사람이 되라
회초리 자국 찍어내던
훈장 선생님 그날의 청정한 목소리

자식들 심장에 그대로 심어주고 싶을 뿐인데

예전처럼 맑은 물소리 들려줄 수 있을까
서당골 여울은
　　　　　　　　　　　　　—「서당골 여울은」 전문

이 시는 유년기의 순수가 '오늘'과의 대비로 나타난다. 맑은 세상, 청정한 목소리를 듣기 어려운 현실에서 시인은 그 본래의 소리를 유년기의 추억을 통해 듣고 있다. 유년기의 눈과 귀는 대상을 만들거나 상황을 조작하지 못하는 순수 그 자체이기 때문에 시·공간에 상관없이 항상 '본래적'으로 남아 있다. 그래서 시인은 유년기에 들었던 "맑은 물소리"와 아름답게 흔들리는 '갈대'를 통하여 현재의 그 어떤 의미를 암시해 주고 있다. 그런가 하면 '회초리'를 때리며 "세상이 필요로 하는 사람이 되라"던 "청정한 목소리"를 끌어내어 오늘날의 교사상 등 교육현실을 안타까워하고 있다. 이처럼 오늘까지 살아 있는 '과거'가 "예전처럼 맑은 물소리 들려줄 수 있을까" 하는 데에 이르면 시인이 "서당골 여울"의 '물소리'를 얼마나 열망하고 있는가를 알 수 있다.

저다지도 아름답게 차 오르는 당신의 숨결
둥근 달을 바라본다

두드리면 금방 열릴 것 같아
계수나무 한 가지를 꺾어 심는다

일찍 일어나 새벽마다 물을 주리라

가지마다 움트고 새들이 날아드는 여기
하늘나라가 좋다

내 목소리는 이제
추억의 힘으로 혼자 돈다
— 「어머니 묘소에서 · 2」 전문

　여기에서도 추억에 대한 그리움이 친숙하게 나타나 있다. 인간은 살
아가면서 현실에 부딪칠 때마다 정신적 지주인 어머니에게서 위안과
용기를 얻는다. 그래서 시인은 변함이 없는 '둥근 달'에서 "당신의 숨
결"을 듣고, 그 숨결을 영원히 간직하기 위해 달에 있는 "계수나무 한
가지를 꺾어" 가슴에 심는 것이다. 그리고 그 숨결을 위해 "새벽마다
물을 주리라"고 다짐한다는 것은 오늘의 삶을 좀 더 풍요롭게 하고자
하는 시인의 꿈이라고 할 수 있다. 이 꿈이 이루어질 때 시인에게 있
어 현재는 "가지마다 움트고 새들이 날아드는 여기"가 된다는 의미에
서 이 시는 과거와 현재를 상상력으로 결합하여 새로운 삶의 힘을 부
여하고 있다는 데 그 의미를 찾을 수 있다. 그래서 그는 삶에 있어 정
신적 힘이 되어주고 있는 '추억'에 의존한다. 인간은 '현실'을 크게 의

식하지 않거나, 연륜적으로 젊은 시절에는 이러한 추억이 쉽게 떠오르지 않으나, 현실을 인식하거나 나이가 들면 이러한 추억이 감각적으로 나타나 그리움이 솟구치게 된다. 시인은, 유년의 그리움을 '당신의 숨결', '둥근 달', '계수나무' 등 전통적인 이미지로 그 의미를 부드럽고 평온하게 제시해 주고 있다. 이것이 추억이 지니고 있는 아름다움의 이미지이다.

또한 시인은 꿈을 통하여 새로운 세계, 즉 미래를 지향한다.

> 푸른 뼈마디를 풀고 몰려오는 오월
> 산마루에 기대어
> 하늘을 마시기 시작하면
> 두 팔 벌려 그늘을 만들고
> 한결 푸릇해진 숨결은
> 제 자리를 찾아 분주하게 오르내린다
> 숨겨져 있던 생각들이 서로 다투어
> 생채기 부신 가슴마다 깃발을 꽂는다
> 햇살은 더 새파랗게 쏟아내려
> 누군가 나를 읽고 있는 소리
> 행여나 그대 만날지도 몰라
> 고운 손이 내 강인한 핏줄을 움켜쥘 거야
> 울음 한 줄기 산자락을 적실 거야
> 끝없이 내달리는 꿈결의 강처럼
> 등성이 지나 다시 등성이로 이어가고
> 날개도 없이 날아가는 것은
> 흔들리지도 않고 날아가고 있는 것은
> 바람이 구겨진 바지 날을 도로 세운다
>
> ― 「꿈꾸기 · 1」 전문

시인의 내면 의식은 자연스럽게 무의식적인 요소와 관계를 맺는다.

꿈은, 자유로이 떠오르는 연상적인 작용이며 구체적인 대상에 의해서 연결고리를 갖기 때문에 시적 자아가 의식하지 못했던 본래의 세계에 도달하도록 한다. 자아는 꿈꾸기를 통해 무의식적으로 작용하는 본래의 심연에 존재하는 그 무엇에 도달할 수 있다. 칼 융은 인간의 꿈을 무의식으로 통하는 길로 보았을 뿐만 아니라, 의식적 태도의 표현과 무의식의 한 단면을 나타내고 있는 것으로 보았다. 그래서 시인의 지향성은 꿈의 산물이라고 할 수 있다.

그의 연작시 「꿈꾸기」에서는 다양한 무의식적인 심상이 발견된다. 시인은 위 시에서 과거로부터 이어져 내려온 유형적 요소, 삶의 이미지 등을 잊지 않고 간직하고 있다. 시적 자아의 원초적인 요소로 작용하는 "푸른 뼈마디를 풀고", "하늘을 마시기 시작하면" 등에서 자연의 원형이 발견된다. 특히 이러한 요소는 의식하지 못한 무의식적인 "숨겨져 있던 생각들"이다. 그의, 무의식의 이면적 현상은 "누군가 나를 읽고 있는 소리"로 들려 오는 것인데 여기서 무의식적인 미래성을 엿볼 수 있다. 그것은 어떤 "고운 손이 내 강인한 핏줄을 움켜쥘 거야 / 울음 한 줄기 산자락을 적실 거야 / 끝없이 내달리는 꿈결의 강처럼"에서 확연히 드러난다. 이러한 것은 그의 내면에 잠재된 미래성, 즉 새로운 세계의 지향인 것이다.

어둠 속에서 들리는 숨소리가 더 잘 들려요

목구멍 깊숙이 울대 끝에 자란
자꾸만 안으로 툭툭 찍어내던 발자국

한 그릇의 깨끗한 피로 되살아나기를…

머리채 치렁치렁 흔들면서

고장난 세월을 달래는 달빛들의 언약이었어요
— 「꿈꾸기 · 4」 일부

이 시에서도 "한 그릇의 깨끗한 피"를 통해 순수한 미래의식을 잘 보여주고 있다. "어둠 속에서 들리는 숨소리", "자꾸만 안으로 툭툭 찍어대던 발자국", "머리채 치렁치렁 흔들면서", "세월을 달래는 달빛들의 언약" 등에서 볼 수 있는 정서는 시인의 심연에 존재하는 무의식적 욕망이 꿈을 통해서 드러난 아름답고 건강한 순수의 미래상이다.
다음 작품에서는 이러한 밝은 세계가, 체험되었고 체험될 수 있는 구체적 이미지로 더욱 선명하게 제시되고 있다.

술래잡기 할 때 짚가리 속이나 헛간보다는
부엌 나뭇간에 숨길 좋아했다

마른 솔가지 위로 고개 내밀다가
살강 아래 부러진 숟가락 하나를 보아 두었는데

기어이 종아리에 씽씽 바람소리 배어들고
소리결 따라 아프게 찍어낸 회초리 자국

서러워서 자꾸만 울었는데
한나절 지나도록 고갯마루에서 기다린
엿장수 아저씨가 어쩌면 밤새 서러웠는데

새 천년 아침에
성훈에게 엿을 사주었다
남달리 영리한 녀석은 아무래도 알 것 같다
— 「새 천년 아침에」 일부

시인은, '술래잡기', '헛간', '나뭇간', '솔가지', '회초리', '고갯마루' 등 전통적인 과거의 이미지를 통해 "새 천년 아침"이라는 미래지향적 열망을 나타내고 있다. 여기에서 주목되는 것은 "알 것 같다"에서 감지할 수 있는 희망성이다. "새 천년 아침"과 "알 것 같다"의 긍정적 의미는 바로 시인이 기대하고 있는 '성훈'이와 미래의 '맛'으로 나타난다. 시인은 살아오면서 체험한 삶의 본질을 누구나가 지니고 있는 추억의 꿈을 통해 잘 그려내고 있다.

5.

그의 시의 또 다른 면모는 조국의 분단현실을 반영하는 역사적 현장에서의 상징적인 강물과 여성적 이미지인 숨결의 결합을 통한 민족공동체 회복의 추구이다.

꿈속 황홀한 가슴 안고 단숨에 달려왔네
가까이 바라보이는 산자락
초가 두어 채가 유난히 한가하다
빨래하는 아낙네
두들기는 방망이 소리만이
골짜기 일구어낸 밭이랑 속을 넘나든다
동트는 빛을 향하여
낮게 엎드린 삶의 부리들
참깨밭 오이순이며 녹두꽃
민초 덩굴 어울린 사연이 애틋하다
뒹굴어야 할 텐데
능선 따라 저 꼭대기에 올라
우리가 하나 되어

어서 뒹굴어야 할 텐데
성큼 한 발자국 더 내디딘다
뜨거운 핏줄 당기어
외로운 무지개로 피어나는 숨결
겨레여 이것이 사랑이다
안으로 뒤틀리는 강물
　　　　　　　　　— 「두만강에서」 전문

　　위의 시에서 분단 극복의 상징적 요소는 강물의 흐름에서 찾을 수 있
다. 강이 강으로 존재하기 위해서는 흘러가야 한다. 물은 '장수'와 '창조
적인 힘'을 부여하며 아픔을 치유하는 정화의 원리로 작용한다. 그것은
살아 있는 생명수로서 그 안에서 모든 죄악을 씻어 주는 근원적 순수성
을 동반하고 있기 때문이다. 이런 의미에서 이 시에서 강물은 역사적인
현실을 반영하고, 구체적으로는 비극을 치유할 수 있는 존재론적 차원
에서 생명성을 의미한다. 한민족에게 있어 '두만강'은 늘 새롭고 깨끗한
생명수로 다시 채워지는 재생의 이미지를 갖는다. 분단과 이산의 아픔
이 물처럼 흘러 극복되어야 함에도 "안으로 뒤틀리는 강물"이기 때문에
오늘의 '두만강'은 우리 모두가 바르게 흐르도록 해야 할 대상인 것이
다. 또한 남과 북의 통합적 의식의 틀은 평화로운 시골 풍경에서 드러난
다. "초가 두어 채가 유난히 한가하다 / 빨래하는 아낙네 / 두들기는 방
망이 소리"는 민족성을 유발시켜 미움과 증오의 대상이 아니라, 서로가
얼싸안는 하나로의 희구다. 그러나 현실은 그렇지 못하다는 데 있다. 그
래서 "참깨밭 오이순이며 녹두꽃 / 민초 덩굴 어울린 사연"처럼 남북이
"하나되어" "뒹굴어야 할 텐데"라고 통일을 염원하고 있는 것이다. 시인
은, 오늘의 현실을 "안으로 뒤틀리는 강물"로, 겨레의 사랑을 하나의
"뜨거운 핏줄"과 '숨결'로 인식하면서 민족의 융합을 갈구하고 있다.
　　다음 시에서도 민족 화합의 열망을, 피로 생성되는 원초적 생명의

소리로 하나가 되고자 하는 힘을 강렬하게 드러내고 있다.

> 아무리 귀를 막아도 들립니다
> 깨끗한 몸 안 피가
> 모조리 **빠져** 홀러 들어갈 것 같은
> 처음 생명이 우는소리
> 어디선가 하얀 구름 몰아와
> 잠시 해를 가립니다
> 갈 수 있는 깊은 곳마다
> 이루어내는 생성의 신비
> 지금 어디론가 떠밀려가고 있습니다
> 밤새 큰 세상 꿈꾸고도
> 하늘을 보지 못하는 사람들
> 여기서 곰 우는소리를 들었습니다
> 맨 처음 열리는 소리
> 생명이 우는소리를
> ― 「천지」 전문

시인은, 민족의 영산인 백두산 천지에서 "생명이 우는소리"를 내면으로 듣는다. 그것은 다름 아닌 우리 민족의 탄생 소리이다. 그러나 해가 생명을 가리고, "어디론가 떠밀려가고" 있다는 데에서 서로가 슬픈 민족임을 자각하고 있다. 같은 피를 받아 태어났으나 "하늘을 보지 못하는 사람들"에 대한 분단 슬픔의 소리가 귀를 막아도 들리는 현실의 안타까움을 생명의 소리로 전이시켜 민족화합의 기대를 노래하고 있다. 이 기대는 곧 「남북회담」에서 '등불'로 승화된다.

> 가파른 고갯길을 오른다
> 남과 북에서

하루를 살기 위해
우리 모두는
지옥에서 찌든 창녀들

고개 비죽이 내밀다 고갯마루에 걸린 조각달

핏속 떠돌며 아직은 덜 여문 씨앗 때문일까
상처아문 자국이 욱신거린다

연옥에서 막 돌아온 어머니
동짓달 긴긴 어둠을 밀어내고

등불 하나 내건다

— 「남북회담·3」 전문

    남북이 하나가 되기 위하여 만난다는 게 그렇게도 어려운 일인가. "가파른 고갯길"을 올라 바라본 '조각달'은 전체를 드러내지 않고 고 갯마루에 걸렸다. 분단된 조국의 민족을 '창녀'로 비유하여 아픔을 드러내고 있는 이 시는 매우 충격적이다. 6·25의 상처를 아직도 치유하지 못한 채 살아가고 있는 현실의 어머니는 부정적인 과거를 유폐시키고 조국통일의 열망을 '등불'로 나타내 주고 있다. 이 시에서 주목되는 것은 '창녀'로 비유되는 분단민족의 처지이다. 사실 우리 조국은 우리의 의사와는 상관없이 강대국들의 힘에 의해 분단되고 반세기가 넘도록 서글픈 모습으로 존속되어 오고 있다. 시인은 이러한 상황 아래 놓여 있는 민족을, 아픔을 안고 살아가는 '창녀'로 비유하여 아픔의 충격을 배가시켜 주고 있다. 그러나 '창녀'는 곧 '어머니'의 '등불'이라는 이미지로 반전시켜 통일염원을 증폭시켜 줌으로써 시적 성공을 거두고 있다.

6.

　지금까지 한문석 시인의 시적 의식과 발성법을 살펴보았다. 요약하면, 그는 이미 개념화된 세계의 한정성에서 벗어나 깊고 넓은 상상력으로 대상과의 내면적 대화로 시를 구성하고 있다. 이 시집의 대부분을 차지하고 있는 생명의지는 치열한 내면 의식을 통해 그 존귀함을 제시하였고, 두 번째로 그는 고통의 사회를 눈여겨보고 아픔을 나누면서 윤리적 인도주의를 희구하며 인간 본성의 회복의식을 강하게 드러내 보였다. 세 번째는 현대의 온갖 모순을 '추억'을 통해 극복하고자 했는데, 특히 시 창작에서 중요시되는 꿈꾸기를 통해 무의식으로 작용하는 본래의 욕망을 충족시키고자 하였다. 네 번째로 조국의 분단현실과 민족의식을 '핏줄'과 '어머니'의 '등불'을 통해 극복하고자한 점 등을 들 수 있다.

　결국 이상과 같은 시 의식은 어둠으로부터 벗어나려는 정신운동으로서의 시상으로 삶에 대해 철저한 '자아확인'을 하지 않으면 이루어낼 수 없는 것이다. 이런 의미에서 그의 시 의식은 순수한 삶의 내재적 요구라고 해야 할 것이다. 한편 그의 시적 방법은 고정된 언어가 아니라 상상력에서 나온 이미지와 이미지의 충돌로 온화함을 유발시키고 때로는 긴장과 충격을 주고 있는데 이는 현대시가 요구하는 '낯설게 하기'의 일환이다. 한문석 시인의 시를 한 마디로 표현하기란 쉽지 않으나 세상의 온갖 욕망에서 벗어나 인간 본성의 '순수'를 꿈꾸는 심연의 목소리가 아닌가 싶다. 그래서 이 시집이 갖는 의미는 현대를 살아가고 있는 우리 모두에게 자신을 뒤돌아보게 하는 정서를 유발시키고 있다는 점에 있다.

　현대시는 무엇보다도 생생한 세부 묘사, 급격한 이미지의 전환 등을 요구한다. 따라서 시인의 눈은 개념화된 사물이나 상황제시에 머물 것이 아니라, 그것에서 자기만의 눈으로 구체적 세부를 발견해야 한다. 이는 새로운 세계의 탐구인 동시에 시인 특유의 목소리를 독자에게 들려주기 위해서이다.

존재와 사물의 언어적 결합

― 신정순론

1.

시란 시인의 정서적 경험을 유기적 형태로 조직한 것이다. 즉 자신이 느끼는 정서와 그것에 부합되는 상상적인 정서를 결합해 그 정서적 경험에 적합한 형식을 창조해 낸 것이 시인이다. 따라서 시인은 자신이 기대하는 감정의 표현을 강화하기 위해 운율과 참신한 시적 비유를 동원하기 마련이다.

현대시에서는 특히 정서적 경험을 그대로 진술하는 것을 금기로 여겨, 객관적 상관물을 창조해 낼 때 비로소 시라고 여기고 있다. 말하자면 시인은 사물과 교감을 이루어 사물을 있는 그대로가 아니라 다른 여러 생각과 감정에 의하여 무한한 형상으로 빚어내거나 이질적인 사물을 통합시켜 새로운 의미를 창출해 내야 하는 것이다.

신정순(辛貞順) 시인의 이번 시집에 실린 시는 크게 세 유형으로 구분할 수 있다. 그 첫 번째 부류가 자신의 삶을 존재론적 상상력으로 돌아보고 있는 시편들이다.

인간에게 있어 사유의 출발은 자신이다. "나는 누구인가?", "나는 어떻게 살아왔는가?", "나는 어떻게 살아야 하는가?"와 관련된 질문을 수없이 던지며 그 답을 찾아나가는 과정이 인생이라면 시인은 그 과정을 언어로 형상화함으로써 개인적 체험을 보편적으로 승화시키는 존재라고 할 수 있다. 다음 시는 자기 삶의 객관적 상관물로 '모시치마'를 내세우고 있다.

> 장롱 깊숙이
> 빛 바랜 세월을 이고
> 숨죽인 침묵
>
> 땀 젖은 하늘 아래
> 이제서야
> 맛들인 상큼한 감촉
>
> "행복하게 살려무나"
> 올올이 끼워 넣은 어머니의 염원
> 긴 솔기 뜯어 훌훌 털어 버리고
>
> 적삼도 등거리도
> 한복도 양복도 아닌
> 뒤죽박죽된 웃옷이 되어
>
> 뒤죽박죽된 세상에
> 너와 나
> 슬픈 변신으로 염천 밑을 걷고 있다.
>
> — 「모시치마」 전문

이 시는 이중서술로써 모시치마의 지나간 세월과 변신을 이야기하면서 자신의 삶을 드러내고 있다. "빛 바랜 세월을 이고" 이제서야 되찾은 상큼한 감촉이긴 하지만 옛날의 모습대로는 아니고 "뒤죽박죽된 세상"에 "뒤죽박죽된 웃옷"으로 존재할 수밖에 없는 존재, 그것이 모시치마이며 동시에 자신인 것이다. 그런 변신을 바라보는 눈길을 "슬픈"으로 직접 한정하긴 했지만 이 땅에서 살아온 여성의 삶을 효과적으로 드러내고 있다. 젊었을 때는 내내 숨죽인 채 살다가 이제 겨우 자신의 모습을 되찾자마자 그 사이에 달라져 버린 세상의 풍습과 시속에 따라 뒤죽박죽 변모되어 가는 모습은 60~70대 보통 여성들 삶의 표준적 궤적인 것이다.

다음 시 역시 화자의 자화상만이 아니라 그 시대 보통 여성들의 자화상으로 읽을 수 있다.

나의 학력 난에는
남아도는 여백이 너무 많다.
여물다 만 쭉정이의 아픔이다.

그늘에 밀대 같은 손녀
난리 속에 다칠세라
결혼 서둘며 가슴 조이던 할머니

다 만든 바느질감에
마지막 손질을 못했다고
어머니의 뒤늦은 후회

이력서 여백에 채울 것은 없어도
하늘 우러러 부끄럼 없는
티없는 빈칸으로 남고 싶다.
　　　　　　　　　　— 「이력서」 전문

"남아도는 여백"을 '아픔'으로 단정적으로 서술하면서 시작된 1연은 2, 3연을 거쳐 질적 변이를 일으킨다. 똑똑한 여자는 팔자가 셀 뿐이라는 어른들의 가르침을 그대로 받아들일 수밖에 없지만 그 아픔을 "부끄럼 없는 / 티없는 빈칸"으로 남기고자 하는 것이다. 이 시를 읽으면 지식에의 열망은 채울 수 없었지만 거리낄 것 없는 깨끗한 진정으로 삶에 임하고, 체험으로 깨달은 삶의 지혜를 실천하며 살던 옛 할머니들의 정갈한 모습을 떠올리게 된다.

다음 시를 보면 그런 삶의 지혜가 어디서 오는지 짐작하게 된다.

> 날마다 강의를 듣고 있다
> 머리 위에 푸른 하늘
> 한 점의 구름 조각을 피워놓고
> 순수함과 무상을
> 배우고 있다
>
> 내일은 흑판 가득
> 후두둑 빗방울을 쏟으며
> 타는 땅의 갈증을 해소하는
> 자세를 가르칠지 모른다
> ─「강의」 일부

시에서 화자가 말하는 대로 '하늘'과 '구름'에게 배우는 것이기에 지식이 아니라 지혜이며, 출세를 위해 억지로 배우는 것이 아니라 자의적이고 체험적으로 배움으로써 이는 곧바로 실천으로 연결되며 "타는 땅의 갈증을 해소하는 자세"를 지닌 넉넉한 자연을 닮을 수 있는 것이리라.

「끈·1」은 인연의 끈에 얽매여 몸부림치는 삶을 보여주면서도 넉넉하고 초연한 맛을 풍긴다.

잊어서는 안될 일인데
잊어야한다고 바람은 말합니다

잊고 싶은 일인데
잊어서는 안 된다고 구름은 말합니다

이 어긋난 시점에서
몸부림치다 보면
바람 말대로
구름 뜻대로

잊고 싶으면서도 잊지 못하고
잊어서는 안될 일인데도 잊으며 삽니다
—「끈·1」전문

　잊어야 하는 일과 잊고 싶은 일은 미묘한 변이를 반복하며 삶의 어긋남과 거기에서 연유된 몸부림을 암시하긴 하지만 시는 전체적으로 담담하다. '바람'과 '구름'이 지니고 있는 의미망 자체가 초연하고 초탈해 삶의 묘한 뒤엉킴과 얼크러짐조차 걸러내고 있기 때문이다. 삶의 소용돌이 속에서 나오는 절규나 아우성이 아니라 한 발자국 떨어져서 인생을 관조하게 된 사람이 부릴 수 있는 여유가 어조와 분위기에 배어 있어 안정감을 주고 있다.

2.

　두 번째 유형은 사물을 언어로 그려내고 있는 시이다. 사물 중에서도 자연을 대상으로 한 시가 제일 많다. 이런 유형의 시는 사물을 바라보는 새로운 시각과 독창적인 형상화 기법에서 시의 묘미를 느낄 수 있는 것으로 시인의 이미지 조성능력과 정서의 환기력을 단적으로 보여주는 형식이다.

오랜 세월 사랑받아 온 대나무를 소재로 한 「대」는 '유연함'을 조명하고 있다는 점에서 독특하다.

> 백설 덮인 지표
> 삭풍을 봄바람 삼았네
> 풀잎 같은 잎사귀는 홀로 오뉴월
>
> 찬 하늘 푸른 달빛에
> 시린 사념 잠재운 창가
> 스치는 바람결에
> 휘청이는 유연한 춤사위
>
> 사계절 사슬을 풀어 던진
> 하얗게 비워버린 가슴
> 저무는 엄동 하늘은
> 왜 얼굴을 붉히는가
> ─「대」 전문

그 동안 대나무는 지조와 절개를 상징하는 전통적 서정의 대표적 상관물이었는데 "스치는 바람결에 / 휘청이는 유연한 춤사위"에 집중함으로써 새로운 국면의 이해가 가능해진 것이다. 구조는 2연의 유연함을 중심으로 계절의 속박에서 자유로운 모습을 포착한 1, 3연이 2연을 보완하고 있다. 3연의 결구 "저무는 엄동 하늘은 / 왜 얼굴을 붉히는가"는 그 자체만으로는 매우 효과적이다. '엄동'은 추운 겨울을 의미하는 동시에 시간의 사슬에 꼼짝없이 매인 하늘을 중의적으로 보여주고, "사계절 사슬을 풀어 던진" 대에 부끄러워하는 마음과 노을을 중

첩시켜 하늘조차 부끄러워하는 대나무의 면모를 유감없이 보여주고 있다. 그러나 이 부분의 노을지는 시간과 2연의 "찬 하늘 푸른 달빛에"가 암시하는 한밤중의 시간적 거리를 좁혀주지 못한 것이 아쉽다.

점점 잊혀지는 기물인 '돌절구'를 묘사하고 있는 아래 시는 사물시의 전형을 보여준다.

> 하늘로 열려진
> 커다란 입
> 곡식의 체취는 잊은 지 오래다
>
> 찔레꽃 푸지게 피던 봄
> 아낙들의 끈질긴 절구질에
> 껍질 벗은 보리가 멍석 위에 널려지고
>
> 명절 때마다
> 구수한 내음을 풍기며
> 별미가 만들어지던 돌절구
>
> 뒤뜰 인적 끊긴 처마 밑에 기우뚱 서서
> 머나먼 역사 속으로
> 끌려가고 있었다.
>
> ―「돌절구」 전문

돌절구에 불과한 사물을 감각적 이미저리로 표현함으로써 환기하는 정서적 호응 역시 대단히 감각적이다. 시간의 경과를 "곡식의 체취는 잊은 지 오래다"로 표현한다든지 3연의 '구수한 내음'이 별미를 한정하는 수식어구이지만 그대로 돌절구를 한정하는 수식어절로 만든다든지 하는 부분에서 사용된 후각적 이미저리가 시적 대상을 생생하게 살아 숨쉬게 하는 것이다.

아스팔트 갈라진 틈
한 스푼이 넘지 않을 흙 속에
뿌리내린 숙명

발길 뜸한 별밤에
밟히는 슬픔을 삭혀 안고
구겨진 잎새마다
이슬 축여 매만지는 작은 기도

지독한 인고의 삶
이어짐이 없은들 여한 있으랴만
매연 속에 피워낸 조알 같은 꽃
우주는 이 작은 틈에서도 숨을 쉬고 있었다.
― 「어떤 우주」 전문

　이 시는 시인의 섬세한 촉수는 아스팔트 사이에서 피어나는 작은
식물 하나도 놓치지 않고 있음을 보여준다. "구겨진 잎새마다 / 이슬
축여 매만지는 작은 기도"에는 각박한 조건 속에 뿌리 내린 생명의 존
재론적 양태에 보내는 화자의 외경이 서려 있다. "매연 속에 피워낸
조알 같은 꽃"에서 우주의 숨결을 포착하는 시인의 상상력에는 버려진
작은 생명 하나도 소홀히 여기지 않는 대모신의 넉넉한 마음이 자리하
고 있음을 알 수 있다.

3.

　세 번째 유형의 시는 일종의 기행시로, 시인이 체험한 여행에서의
시상을 표현하고 있다. 기행시의 어려움은 시적 소재로 잡은 풍물이

자신에게는 인상적이고 신기한 것이었다 할지라도 다른 사람에게는 이미 그 신기성이 사라지고만 것일 수 있다는 점이다. 더군다나 여행은 그 자체가 스쳐 지나가면 그만인 일과적 성격을 갖기가 쉬워 기행시 역시 단순한 호기심을 충족시키는 피상적 관찰과 묘사가 될 위험이 상존한다.

연기인지 안개인지
뿌옇게 시야를 흐리는 첩첩산중
아름드리 수목이 빽빽한
틈을 비집고 일구운 조그만 터전에는
보라빛 콩꽃이 피고
조가 기다란 목을 내밀고
움막 옆에 빨간 봉선화가 애처롭다
잔악한 백인을 피해
숨어 살아온 인디언의 슬픈 흔적

돌칼을 갈고
돌 화살촉을 만드는 남정네
오색실로 벨트와
머리띠를 짜는 여인
천신만고 살아남은
둥근 얼굴 낮은 코의 인디언 후손들
이제는
관광상품이 되어
선조를 살육한 백인들의
배를 불리고 있었다
— 「인디안 촌에서」 일부

인디안 촌을 배경으로 그들의 삶을 묘사함으로써 역사의 아이러니를 제시하고 있는 이 시는 객관적 묘상에 감정을 서술하는 형용사가 거듭되다가 2연의 마지막 부분에 오면 직접적으로 설명하고 있어 여운이 줄어든 아쉬움을 느끼지 않을 수 없다.

넝쿨져 올라간
금빛 찬란한 인동꽃 화관
찬란히 달았던 금 귀걸이
머리맡 목침 옆에 널려지고

부식된 관목 위에
은팔찌 금팔찌 청옥이 뒹구네

천년 세월 신으시랴
세공 다한 청동 신발
어느 때 벗어 놓았나 삭아진 뒷굽
모두 다 자리에 남아 있는데

임들만이 어느 영화를 찾아서
저리도 분주히 떠나셨나

— 「무령왕릉」 전문

이 시는 '무령왕릉' 발굴 당시 모습을 재구하여 묘사한 1, 2, 3연과 순장품은 남았어도 무덤의 주인은 사라진 대비적 현상을 그린 4연으로 이루어져 있다. 구조적 발상은 4연이 1, 2, 3연을 감싸안으면서 '무상(無常)'이라는 주제를 심화시켜 주고 있다.

기행시가 단순히 여행 중에 본 풍광을 스케치하듯 그려내는 데 머물지 않고 깊이를 획득하기 위해서는 그 풍광이 대상으로만 머무르지 않고 시인 자신의 삶 속으로 들어와야만 한다. 시인이 여행하면서 만나는 것은 그 지방의 풍광이나 사람들이고 그것을 통해 기껏 그들의 삶을 구경할 뿐이지만 이 모든 것들을 자신의 삶으로 끌어안을 수 있을 때에만 스쳐 지나가는 일과성에서 벗어나 그 대상에 삶에 대한 깊이 있는 안목을 부여할 수 있게 된다.

오랜 연륜 속에서 익힌 시상을 한 가닥씩 뽑아내는 신정순 시인의 언어 구축은 해를 거듭할수록 더욱 진지해 가고 있다. 삶을 쉴새없이 사유하고 그것을 진술한 언어로 구사하는 그의 시적 모습은 '나'라는 존재와 삶의 가치를 다시 생각하게 해 준다.

여정의 시적 생동감

― 조혜식론

우리는 현대에 올수록 모든 여건이 충족됨으로써 여행하는 횟수가 점차 늘어가고 있다. 여행을 한다는 것은 낯선 땅, 낯선 인종, 낯선 행동, 낯선 문화를 만나게 됨으로써 평소의 생각에서 벗어나 새로운 사실을 보고 체험하며 새로운 세계를 추구하고자 한다는 의미에서 지향의 자의식(Self-consciousness)이라고 할 수 있다. 호라티우스의 말처럼 문학이 가르침이나 즐거움을 주든가 아니면 삶에 대한 교훈을 결합하는 데 있다고 할 때 여행시의 그 효용가치는 무엇보다도 중요하지 않을 수 없다.

조혜식(趙憓植) 시인은『그 동안 흘러간 내 그림자』(1989),『갑사댕기』(1990),『여인의 소망』(1991),『생의 한가운데』(1992),『저 하늘 날고파라』(1993) 등 5권의 시집을 매년 1권씩 낸 집념의 여성 시인이다.

이 시집에 수록된 작품은 여행에서 보고 체험한 사실들을 진솔한 이야기 시로 구성하고 날짜까지 기록함으로써 일기 형식을 취하고 있어 사실적·기록적이어서 색다른 맛을 더해 주고 있다는 데 의의가 크다.

그는 책머리에서 다음과 같이 말하고 있다.

> 우리의 생활이 고도의 문명 속을 치닫고 있을 때 해외 여행은 제 가슴에 새로운 바람을 넣기도 하고 보고 듣고 생각한 모든 것이 내 일의 꿈을 가꿀 수 있는 계기가 된 것은 날로 무디어 가는 가슴에 청량제가 되었습니다.

여기에서 보듯 그의 해외 여행은 여행을 위한 여행이 아니라, 새로운 청량제를 넣어 정신을 살찌우게 하고 보편적 삶에서 가치를 추구하고자 함이 분명히 드러난다. 흔히 여행은 피상적인 관광이나 회의 참석 그리고 삶의 활력소를 넣기 위한 것 등이라 할 수 있는데 조 시인의 경우, 후자라는 데서 그 시적 의의를 발견할 수 있다.

그는 여행에서 보고 듣고 체험하며 느낀 것에 대한 일과성이 아니라 각 나라의 이국 풍정을 가슴의 렌즈에 담아 '나' 또는 '우리'와의 거리, 깨달음, 추억, 끈끈한 정, 그리고 인간의 존재 양상까지 새롭게 감지하여 삶에 반영시키고자 한다.

> 북적대는 선창가 뒷골목은
> 가난으로 그늘진 곳
> 맨하탄의 양면이다
> ─「맨하탄」 일부

초현대식 빌딩과 광장, 공원 등이 아름답게 꾸며진 맨하탄 ─ 세계의 눈이 주시하고 이국인들에게 호기심의 대상이 되고 있는 세계적인 도시로 세계인들은 동경한다. 그러나 시인의 눈은 웅장함과 화려함에 머물지 않고 '현대'와 '부'가 상대적으로 낳기 마련인 '어둠'의 뒷모습으로 회전한다. 그것은 자유경제체제하에서는 극히 보편적인 삶의 음양 형태이기는 하나 시인의 의식은 '모두'를 위한 평등 사상의 희구 정신, 즉 안타까움의 표출이다. 「토론토」에서 보듯 복지 국가 건설, 생활비 보조, 의료 정책 등 사회 복지 제도가 훌륭히 시행되고 있는 것에 대하여 '한없이 부럽다'는 언어구사에서, 전자에 대한 시인의 눈이 어떠한가를 짐작할 수 있다.

자유와 평화는 온 인류가 희구하는 현대의 소망이다. 그것은 현대가 발달할수록 자유와 평화는 사실상 위태롭기 마련이며 이를 지키고 쟁취하려는 양극 상태는 오늘날 절정이다. 그래서 인류는 이 거룩한 자유와 평화를 위해 머리를 맞대고 있는 것이 아닌가.

> 미소짓는 자유의 여신상은
> 뉴욕만을 내려다보며
> 전 세계의 자유를
> 따뜻이 지켜보고 있었다
> ─ 「자유의 여신상」 일부

바다 가운데 우뚝 세워진 '자유의 여신상'을 찾은 시인은 그것에서 어떤 사물의 형태를 발견하려는 것이 아니라 그것이 상징하고 있는 거룩한 '의미'를 곱씹고 있는 것이다. 오늘도 여신상을 맴돌고 있는 사람들은 곧 인류의 본질적 모습을 되찾기 위한 염원이며 어제도 오늘도 내일도 그것은 영원한 인류의 선과 미에 대한 바람이다. 여기에서는 자유와 위력이 갖는 이미지의 상반성을 대치시킴으로써 '자유'에 대한 존엄성을 선명하게 부각시키고 있다.

그는 「민족은 달라도 인정은 같은 것」에서 인간의 본성인 '미소'의
흐뭇함을 내보이고 있다.

> 오가다 마주치면
> 서로가 위안인 듯
> 손 흔들며 미소 짓고
> 따스한 마음 전한다

이 시는 지구촌에 살고 있는 온 인류가 지녀야 할 마음이다. 인간의
포근한 사랑이 정겹게 다가오는 풍경이다.

오랜만에 이국에서 혈육을 만난다는 것은 감격일 뿐이다. 그것은 바
로 낯선 이국 땅이기 때문만이 아니다. 혈육이 갖는 의미는 너무나 깊
고 넓기 때문이다. 부모가 보는 자식은 언제나 '어린아이'일 뿐이다.
아무리 의젓하게 성인이 되고 나이가 들어도 '어린아이'로 보이는 부
모의 눈은 한 마디로 '정'이다.

> 낯설고 풍습 다른
> 이국에서
> 얼마나 고생하고 서글펐는가
> 이제는 고된 세월
> 보란 듯이 이겨내고
> 오늘은 어엿하게 자리를 굳혀
> 의젓하게 살고있는 우리 큰딸
> ― 「큰딸」 일부

이국 땅에서의 고생은 눈물겹다. 그러나 온갖 악조건을 견디고 지혜
롭게 이겨내어 이제는 보란 듯이 잘 살고 있는 자식과의 상면은 벅찬
감격이 아닐 수 없다.

그것은 생면 부지의 관계라고 해도 이국에서의 만남은 반가움 그 자체인데 더구나 부모와의 '재회'는 그 어떠한 기쁨과도 바꿀 수 없는 뜨거운 포옹 그것일 뿐이다. '어린아이'가 아닌 의젓한 한 사람의 여인으로 바라보는 시인의 뜨거운 체온, 그것은 개인만의 체온이 아니라 우리 모두의 체온으로 스며온다.

> 미국 온 지 어언 십년
> 사위 뒷바라지 정성 다하며
> 아들 딸 낳아서
> 잘 키운 에미 되고
> 불혹을 바라보는 막내딸은
> 아직도 나를 보고
> 엄마라고 부른다
> — 「막내딸의 눈빛」 일부

여기에서의 딸은 '어머니'로서의 위치가 아니다. 그 먼 과거에서의 '어린아이'다. 즉 회귀 의식에서 나온 어린 시절의 '나'인 것이다. 어린 시절 모든 것에 '구원의 대상'이 되어 주었던 부모, 특히 모성의 사랑은 그 어떤 것보다도 능가한다. 그래서 불혹을 바라보는 딸은 자신이 '엄마'라는 생각도 잊고 자기를 낳아 주고 키워 준 엄마를 부르며 '어머니'를 옛날의 '엄마'로 되돌려 놓고 있다. 이국 땅에서 느껴왔던 허전함이 '만남'이라는 현실을 통해 충족됨으로써 만족해하는 모녀간의 애틋한 사랑이다. '막내'라는 위치가 주는 동양적 감정은 그 어떠한 위치보다도 뜨거운 애정이라는 점에서 공감을 불러일으킨다.

조 시인은 여행지가 바뀔 때마다 그 눈이 다양하게 움직인다. 그리고 거기에서 포착된 삶의 모습은 곧바로 이성으로 수용되어 새로운 꿈을 형성한다.

꿈은 동경을 기저로 한다. 그러나 그 꿈은 궁극적으로 이룰 수 없는 것이며 영원히 도달할 수 없는 상태의 것이다. 그렇다고 그것을 포기한다는 것은 곧 절망을 의미하게 된다. 그래서 인간은 이루거나 도달할 수 없는 그 꿈에 무한히 접근하고자 하는 노력을 계속하고 있는 것이다.

5천년 역사의 보물들을 소장하고 있는 타이베이의 고궁박물관에서 시인은 그 훌륭한 유산들을 눈여겨보면서 역사와 문화의 가치를 다시 깨닫는다. "문화가 없는 역사는 역사가 아니다."라는 역설은 이를 두고 하는 말인지 모르겠다.

홍콩에서의 시인은 '융화'에 의미를 부여하면서 '공존'을 축하한다.

> 동양인과 서양인이
> 융화하여 조화를 이루면서
> 공존하고 있는 항구다
> ― 「조화와 공존의 항구」 일부

그에게 있어 여정은 언제나 인식이 수반된다. 그 인식은 도형적인 것이 아니라 구체적 지각에서 얻어진 것들이다. 국제도시인 홍콩은 인종 박물관이며 문명이 다수화된 소란스런 곳이다. 그러나 동서양의 현지인들은 아무렇지 않게 공존하고 있다. 그것은 서로의 생존을 위한 무언의 약속이 있기 때문이다.

우주촌의 화합이 절실한 오늘날, 그들의 의식이 시인의 '공존의식'에 그대로 반영된다.

> 기관총 소리와 폭음
> 처참한 상황이 벌어지고

여기저기 참상을
사진들로 보여주는
인간들의 전쟁
─「센토사 섬」일부

전쟁기념관에서 들리는 폭음은 시인에게 처음이 아니다. 또한 참상의 사진들도 처음으로 보는 것이 아니다. 6·25의 참상을 겪은 시인에겐 모두가 생소한 느낌이 아니라 바로 우리들의 수난사다. 동족 상잔의 참극을 맛본 우리는 이 글에서 '전쟁의 비극을 되새겨' 주는 데 큰 역할을 해 주고 있다.

전쟁은 모든 것의 파멸이며 꿈의 상실이기에 인류는 평화를 추구하고 있는 것이 아닌가.

이러한 평화를 수호하기 위해서 잔인했던 전쟁을 잊어서는 안 되겠다는 시인의 의지를 읽을 수 있다.

또한 「방콕의 거리」「화교들」에서 보여 주는 '자존심'과 '긍지'는 우리 모두가 가져야 할 중요한 의식이 아닌가 싶다. 자기들의 문화를 어떠한 외세에도 굴함이 없이 꿋꿋하게 지키는 자존은, 현실적 악조건 속에서도 꽃피울 수 있다는 의지, 그것은 삶을 지배하는 정신세계에서 인간이 지켜야 하는 그것이며 비록 낙후된 민족이라도 그 민족의 자존을 스스로 지킬 수 있을 때 그 가치는 더욱 빛을 발할 수밖에 없다.

이국에서 삶을 영위하면서 민족적 긍지를 가지고 자존을 지키고 있는 것을 본 시인이 우리에게 제시하고자 하는 것은 너무 분명하다.

외세의 물결에 편승하여 분별없이 살고자 하는 오늘에 있어 이러한 자각은 무엇보다도 중요하지 않을 수 없다.

문학적 측면보다는 진솔한 삶을 이야기에 초점을 맞추어 살펴본 조

시인의 이번 사화집의 작품은 이국 여행을 바탕으로 한 진솔한 언어의 기록으로 규정지을 수 있으며 '낯선 바람'을 사랑, 정, 희망, 꿈, 이상 등에 융합하려 한 생생한 생명력의 의지라는 데 그 의의가 있다고 하겠다. 더구나 여행시가 가지고 있는 단순성이 여기에서는 구체성으로 이를 커버하고 있음으로써 시의 체취가 바로 자기의 체취라는 상상에서 친숙한 느낌을 주고 있다. 이런 것들은 조 시인이 지니고 있는 덕성과 인자함에서 그 근원을 확인할 수 있다.

인생의 원숙한 시기에 지구촌을 바라보는 눈 — 그것은 진짜 새로움을 갈구하는 몸짓이다. 이제 우리는 그의 풍요로운 시심의 몸짓이 무엇인지 기대해 보자.

현실 인식과 고향 의식

— 김원태의 『마음은 거기 가 있다』

시는 근원적으로 세계에 대하여 자유스러울 수가 없다. 이는 시가 인과적 반응을 통해 조직적인 구조의 세계를 이루고 있기 때문인데, 특히 시인은 스스로 어떠한 일에 능동적으로 대처하여 삶의 가치를 세워야 한다는 당위성에서 더욱 그러할 수밖에 없다. 사르트르가 작가는 현실에 대한 인식을 토대로 사회 문제나 정치적 문제에 참여한다고 말했다. 이러한 현실참여는 사회와의 관계 속에서 자아 존재의 확인인 것이며 그 문학적 기능은 확인 과정에서 빚어진 갈등을 해소하여 자기 동일화 하는 데 있다.

김원태(金元泰) 시인의 시를 보면 먼저 사회에 대한 예리한 눈이 번뜩인다.

지난날들의

허물이 조금씩 드러난다.

건장마 계속되는 이 여름
前代未聞의 사건이 터지고
또 터지고

이렇게 살다가 땅이 공중으로
뒤집히지 않을까.

허물을 떠내려 보낼
오늘의 일기예보
"당분간 장마가 없습니다."
　　　　　　　　　　—「일기예보」 전문

　　시인은, "전대미문(前代未聞)의 사건"이 연이어 터져 나오는 현실을
자연 현상의 하나인 '건장마'로 치환시켜 물기 없는 세상을 바라본다.
물은 생물이 존재할 수 있는 필수적인 요소인데 현실은 비가 내리지
않는 '건장마'가 계속되어 생명성이 상실되기에 이르렀다는 것이다.
여기에서 시인은 현재 일어나고 있는 현상, 즉 사건들뿐만이 아니라,
이러한 문제들을 치유할 수 있는 방안이 없다는 데에 더 큰 의미를 두
고 있다. 그래서 "허물을 떠내려 보낼 / 오늘의 일기예보"는 "당분간
장마가 없습니다."라고 현실의 허구를 은유적으로 표현해 내고 있다.
이 시에서는 '사건'을 구체적으로 제시하지 않았으나 독자는 사건이
계속 터지는 현실에서 그 정서를 공유할 수 있게 된다.
　　다음 시에서는 이러한 현실 문제를 구체적으로 드러낸다.

국민의 이름 앞에
나이 많은 교육자 ═ 무능자

국민의 이름 앞에
수많은 교육자 ＝ 부끄러운 죄인

국민의 이름 앞에
항변의 교육자 ＝ 항소 포기

국민의 이름 앞에
결과보고 ＝ "학교 삐걱이고 있음"
　　　　　　　　　　　―「궤변 앞에서」 전문

　평생을 일선 교육자로 살아오면서 겪은 교육 현장의 문제를 함축적
으로 그려내고 있다. 미래에 대한 보장은 올바른 교육을 통해서만이
이루어 낼 수 있다. 그러나 오늘의 교육 현장은 제도와 환경의 불합리
로 "나이 많은 교육자"는 '무능자'로, "수많은 교육자"는 '죄인'으로 매
도되고 결국 "학교 삐걱이고 있음"이라는 진단과 함께 이제는 미래를
장담할 수 없는 '포기'의 지경에까지 이르렀다는 시인의 현실 인식은
매우 처절하고 날카롭다. 이러한 풍자적 발언은 외형적으로 고발의 형
태를 띠고 있으나 그 내면적 의미는 단순한 고발을 뛰어넘어 교육 현
실에 대한 지극한 염려와 미래에 대한 염원인 것이다.
　이러한 현실의 고뇌와 염원은 시집 제목인 『마음은 거기 가 있다』
가 암시하듯 전통과 향수로 대체된다. 누구나 무의식 속에는 유년시
절의 순수, 즉 원체험이 자리잡고 있다. 이러한 원체험은 인간이 현
실적으로 극한 상황에 처해질 때 그리움으로 나타난다는 점에서 그
의 유년 지향은 현실에 대한 반응의식이다. 그래서 그의 회귀의식은
과거지향이 아니라, 현재성의 유년지향인 것임을 알 수 있다.

하루를 떠올리면서
창을 열면
빗속에서 성큼 풍겨오는
내음
아! 저 내음
고향집 텃밭이 비에 젖고 있었다
                — 「봄비」 일부

　고향은 정겨움의 대상이다. 고향마을과 유년시절에 살았던 집과 이
웃들, 그리고 산, 들, 나무, 풀 등과 조화를 이룬 자연, 심지어 '내음'과
'텃밭'까지도 정겹고 아름다운 고향은 그 실증적 가치를 넘어 꿈의 가치
들이 응집된 곳으로 평화와 안정성을 획득한다. 그래서 유년과 고향에
대한 그리움은 곧 평온을 찾기 위한 의식으로 항상 살아 숨쉬는 순수의
고향이 되고 있는 것이다. 그래서 그는 "흥얼흥얼 콧노래 부르며 / 일해
주던 이서방 // 봄비 내리면 / 그가 더욱 생각난다."(「이서방」 일부), "학
교에서 돌아오면 누룽지 꺼내들고 갯바구니 찾아 메고 앞뒷집 아이들
과 갯바닥 가는 것이 재미였다"(「꽃게」 일부), "정답던 마을 / 언제부턴
가 / 내 허전한 가슴같이 / 빈 집만 늘어가고 있다."(「허전한 가슴같이」
일부)는 고향과 유년시절의 순수를 꺼내들고 오늘을 바라보고 있는 것
이다.

무덥더니
한 줄기 소나기 잘도 내린다.
화단 위로 떨어지는 빗줄기
굵기도 하다
    <중략>

금세 비는 멎고

따가운 햇볕 쏟아진다.
— 「7월」 일부

그러나 시인은 과거와 현재를 번갈아 보고만 있지 않는다. 언제인가는 이 불합리한 현실이 순수에 용해되어 삶의 가치를 되찾을 수 있을 것이라는 미래에 대한 희망을 잃지 않는다. 그래서 무더운 가뭄 속에 내리는 "한 줄기 소나기"가 굵게 보이고, 비가 그치자 "따가운 햇볕"을 느끼고 있는 것이다. 이것은 인간이 추구하여 이루어내야 할 희망이요, 의지인 것이다. 이러한 미래성은 연작시 「연가」에서도 확연히 볼 수 있다. 이처럼 그의 시정신은 매우 현실적이며 건강하다. 결국 이러한 시 의식은 저절로 생겨나는 것이 아니라, 현실과의 내적 갈등을 체험하고 그것에 대한 진지한 성찰에서 얻어질 수 있다는 의미에서 값진 것이다.

자신의 생애를 뒤돌아보고, 또 세상을 눈여겨본다는 것은 삶의 세계를 보다 아름답게 꾸미고자 하는 시인의 꿈의 세계이기도 하다. 이 꿈이 발산한 시적 음성은 '낯설기'보다는 우리가 일상적으로 접할 수 있는 친밀한 언어를 표현해 냄으로써 매우 정서적이다.

일생을 교육자로 살아오면서 체험한 교육현실을 안타까워하면서 인간의 정체성을 회복하고자 한 강인한 시 정신 — 여기에 이 시집의 의미가 있다.

서정 단시의 아름다운 여운

— 주근옥의 『번개와 장미』

주근옥(朱根玉) 시인이 세 번째 시집 『번개와 장미꽃』을 상재했다. 이 시집의 첫 번째 특징은 처음부터 끝까지 3행시로 되어 있다는 점이다. 표지에 "소절집(素節集)"이라고 표기한 것은 바로 이 3행시를 이르는 말이다. 소절은 기본적으로 1) 단2음보 / 장2음보 / 장2음보, 2) 장2음보 / 장2음보 / 장2음보, 3) 장2음보 / 장2음보 / 단2음보의 세 가지 외형적 구조를 가지고 있다. 한 마디로 3행 서정 단시인 것이다.

오랜 전통을 가지고 있는 시조도 3행시로서 단순성의 미학과 완결성의 미학이 어우러진 시의 유형이지만, 소절은 분량이 시조의 반밖에 되지 않는다. 이 사실은 그냥 더 짧다는 의미가 아니라, 시의 성격이 다를 수밖에 없음까지를 의미한다. 즉 시조가 짧은 형식 안에서도 발단, 전개, 결론의 논리적 구성을 전개할 수 있다면 소절은 논리적 인과나 과정을 전개하는 것이 무리한 일이기에 짤막한 줄 속에 느낌과 생각을 요약하므로 직관적일 수밖에 없게 되며, 이 점에서 소절은 시조보다는 하이꾸와 닮아 있다.

사람의 사상과 감정은 복잡하고도 다양해 말을 장황하게 늘어놓기보다는 시의 생명인 함축과 암시, 생략에 충실함으로써 무한한 상상력을 가능하게 할 수 있는 것이다.

> 저수지가 터져
> 휩쓴 마을 염소도
> 보리도 배동 서네
> ──「배동」전문

저수지가 터진 황폐한 마을과 배동 선 염소와 보리를 대조적으로 보여주는 이 시는 모든 폐허 위에 찾아오는 창조적 생산의 풍만함과 아름다움을 선명하게 보여준다. 특히 '배동'이라는 울림도가 큰 음소로 이루어진 이 아름다운 고유어는 배가 불룩해진 염소나 보릿대를 울림으로 전해준다. 이 시가 3행시이지만 두 개의 대조적인 장면을 제시했다면 다음 시는 행과 행의 단절이 오히려 의미의 점층적 심화를 가능하게 한다.

> 하늘은 눈보라
> 이불을 둘러쓰고
> 품속에 밥을 앙궈
> ──「밥을 앙구며」전문

'앙구다'는, 음식을 식지 않도록 불에 놓거나 따뜻하게 묻어두는 것을 이르는 낱말이다. 1행은 눈보라치는 하늘을 제시함으로써 자연과 계절의 추위를 알리고 2행은 그 추위와 대조적으로 따뜻함을 추구하는 인간의 행위를 제시한다. "이불"과 "둘러쓰고"는 엄동설한임을 느끼게 하는 가장 경제적인 언어이다. 그리고 3행에서는 따뜻함을 추구하는 인간의 행위가 추위를 견디는 인간 사이의 온정으로 전환된다. 불과 이십 년 전만 해도 우리는 따뜻한 아랫목에 묻어놓은 밥주발을 보며 '식구'라는 말을 실감하고, 가족간의 사랑과 정성을 느낄 수 있었다. 아랫목에 묻어 놓은 것에서 더 나아가 "품속에 밥을 앙귀"는 사람과 사람 사이에서 느끼고 나눌 수 있는 온정을 효과적으로 사물화·행위화시키고 있다.

이 시집의 두 번째 특징은 인용한 시만 보아도 알 수 있듯이 순우리말에 대한 관심과 사랑이다. 시인이란 모국어를 아름답게 갈고 닦는 사람임을 상기한다면 이 작업의 소중함은 두말할 나위가 없다. '찌러기', '부루기', '옥화란', '도꼬마리', '소댕', '고샅' 등의 거의 잊혀진 명사를 우리의 생활 속에 살려낸 것도 돋보이지만 '배동 서다', '투그리다', '앙구다', '비룻다' 등의 고유어 동사를 적확하게 사용하여 삶에 대한 새로운 발견을 새로운 언어로 전달하고 있는 것은 이 시집이 지닌 아름다움 중의 하나이다. 말라르메의 말처럼 시는 사상과 감정으로 이루어진 것이 아니라 낱말로 이루어져 있다. 낱말 하나 하나가 가진 고유한 리듬과 울림, 독특한 분위기와 연상, 소리와 상징 등이 미적으로 어울려 있을 때에만 시가 되는 것이다.

> 검정찌러기가
> 길을 막고 투구리자
> 등에 쌓이는 살구꽃
> ─「찌러기」 전문

1행은 단음보라서 독자의 주위를 모으는 데 효과적이다. '찌러기'는 황소를 성질 사나움으로 특징지어 가리킬 때 사용하는 말이다. 안 그래도 검정이라는 색깔 자체가 불퉁거리며 사납다는 느낌을 환기시키는 데다가 황소를 찌러기라 부르니 그 등등한 사나움이 가득하다. 2행에 오면 길을 막는 행위와 짐승들이 서로 싸우려고 소리지르며 잔뜩 벼른다는 의미의 고유어 동사 '투구리다'가 결합해 이제 한판 선혈이 낭자하게 벌어질 듯한 분위기를 고조시킨다. 이런 분위기의 고조에 '검정찌러기'와 '투구리자'의 음가가 한몫 하는 것은 말할 것도 없다. 그러나 3행은 이제까지 전개된 사나움과 싸움, 공격성을 감싸안는 포근하고 화사한 이미지가 펼쳐져 시상의 전환을 완벽하게 마무리한다. 이 시의 효과는 적확한 우리말 사용 능력에서 비롯된다.

3행시라는 형식적 조건 자체가 이미지들을 조화롭게 구축한다기보다는 시적 암시성을 위해 긴장과 함축을 지향해 단편적이기 쉬운데다 시집 전체가 동일한 형식으로 되어 있어 메마르거나 단조로워지기 쉬운데도 불구하고 편편마다 일정한 시적 수준을 보여준 점은 이 시인의 역량으로 평가할 만하다. 단시는 형식적 조건을 감안한다고 해도 시적 암시와 긴장감이 조화를 이룰 때 그 효능이 더욱 확충된다.

새 천년의 희망
― 최상고의 『조국통일』

80년대 말부터 시작된 '북한 바로 알기'의 성과에 힘입어, 얼마 전에는 분단 반세기 만에 처음으로 남북정상회담이 개최되었다. 같은 민족이면서도 반세기 동안 이질감을 느꼈던 우리에게 통일에 대한 희망을 가져다주는 계기가 마련된 것이다.

분단의 장벽을 넘어서려는 이러한 화해분위기에서 나온 천강 최상고(崔相固)의 시집 『조국통일』은 한민족의 통일에 대한 염원을 반영이라도 하듯 간곡하면서도 힘이 있다. 그는 시집 서문에 해당하는 「통일 아리랑」에서 우리의 전통적인 민요 '아리랑'을 차용하여 노래한다. 이 노래의 1절을 보면 "아리랑 아리랑 조국통일 아리랑 / 아리랑 아리랑 금수강산 삼천리 / 백두산 천지수 하늘강에 모이듯 / 한민족 한겨레 하루빨리 뭉치자"고 통일에 대한 의지를 리드미컬하게 형상화함으로써 이 시집이 갖는 의미를 확인할 수 있다.

시집 『조국통일』은 모두 4장으로 구성되어 있다. 1장에서는 시집 전체의 맥락과 어울린 조국통일에 대한 염원을 노래하고 있고, 2장에서는 민족의 '한(恨)'을 읊고 있으며, 3장에서는 중국에서 느낀 단상과 조선족에 대한 사랑이 그려져 있고, 그리고 4장에서는 북녘 고향에 대한 회한과 그리움이 투영되어 있다.

먼저 시인의 조국통일에 대한 염원과 의지가 절절하게 묻어나는 시 한 편을 보자.

갈라선 땅
지금 統一은 오고 있는가
피 흘려 분단된 祖國
同族相殘의 쓰라린
기억은 있다만
우리들 너무 오래
우리들 너무 멀리
헤어져 있었다.
그 모진 인고의 세월
오직 祖國統一
염원 하나로 지새온 우리
이제 기억의 저편에서
사상과 이념
그리고 눈물까지 묻어두자.
이제는 화합으로 뭉쳐
함께 가자.
團結된 民族
祖國은 하나
빛나게 눈부신 太陽 앞에 서자.
하여 태극기 손잡고
가슴마다 뜨겁게
열어 젖히고

大韓民國 만세
우리나라 만세
만세 만세 만세
우리 함께 옛날처럼
목놓아 부르자.

　　　　　　　　　　—「祖國統一」전문

　지금까지 반목과 질시로 일관해 오던 적대감정을 버리고 뜨거운 가
슴으로 모든 것을 끌어안아야 함을 시인은 역설한다. 이러한 움직임은
아직도 동포의 가슴속에 잔재해 있는 분단의 상처를 더 이상 덧내지
않고 치유하려는 태도로부터 가능하다. 여기에서 그는 조국통일을 이
루기 위한 매개물로 '태극기'를 등장시킨다. 기미년 "만세열창"을 할
때도, "다시 찾은 祖國 光復" 때에도 이 '태극기'는 민족의 손에 쥐어
져 있었다. 이처럼 태극기는 상실된 조국을 되찾기 위한 커다란 힘의
상징이요 남북분단의 끈을 잇는 '오작교'와 같은 매개물인 것이다.

　시인은 조국통일을 이루기 위해 그 기반을 마련한 호국 선열들에
대한 노고를 결코 잊지 않는다. 그래서 그는 "조국과 민족을 사랑한 /
조국과 역사를 죽음으로 사수한 님"(「祖國의 님」 일부)들의 넋과 뜻을
잊지 않겠다는 의지를 표명한다. 여기에서 시인은 그들을 '님'이라고
호칭하여 존경과 그리움을 동시에 보여준다. 함께 싸우다가 숨져 간
"피(血) 끓던 전우(戰友)" 또한 그리움의 대상으로 삼는다.

　같은 조국에 태어났으면서도 낯선 이국 땅에 살고 있는 조선족에
대한 사랑 또한 지극하다. 그는 "참아 서럽디 서러운 이국만리"(「大韓
동포여」 일부)에 살아온 조선족의 삶들을 '눈물'로 기억하고 있다고 전
제한 뒤 "통일의 그날"까지 기다려 달라고 '죄인'처럼 호소한다. 이 때
의 '죄인'은 "우리의 조국을 사수하지 못하여 / 아직도 갈라선 채로"
(「신 고려인에게 바치는 노래」) 남아 있는 부끄러운 조국의 현실 속에

살고 있는 우리들 자신이다. 하지만 지금 이 '죄인'의 심경은 과거 어느 때보다도 희망적이다. 그렇기에 "조금만" 기다려 달라고 자신 있는 어조로 일관한다.

　이제 조국통일은 꿈이 아닌 현실성을 지닌 가능태로 다가온 것이다. 그래서 시인의 상상은 꿈속에 보이는 "낯익은 동리", 즉 북녘 하늘을 설레는 마음으로 머물다 돌아오기도 한다. 이를 실현시키기 위해 그는 "2000년 새 천년/ 새 백년 아침에"(「새 천년의 소원」 일부) 천지신명께 정성을 다해 희구하고 있다. 그래서 이 시집은 우리 모두에게 더욱 의미 있게 다가오는 것이다.

존재 확인의 시적 형상

— 이형자의 『숨쉬는 닥나무』

인생은 존재에서 비롯되며 그 의미는 자아에 대한 진정한 성찰에서
부터 온다. 특히 이형자(李炯子) 시인에게 그것은 새로운 가치이며 창작
을 하게 하는 구체적인 현상이다. 그의 시 세계를 보면 존재에 대한
탐색은 시간성과 깊은 관련을 맺고 있는데, 이는 유한성인 생명이 시
간에 의해 지배되는 한 현상이기 때문이다. 자신의 존재를 되돌아본다
는 것은 거울을 들여다보는 것과 같이 시간적인 측면과 존재론적인 측
면에서 그 반영의 의미는 다양성을 갖는다. 거울은 세계를 들여다보는
도구이면서 동시에 자기 자신을 성찰할 수 있는 도구로 인식된다. 자
신을 비추는 거울은 세계에 펼쳐진 구체적인 대상에 대하여 반영하거
나 자기 자신의 투사된 모습을 읽어 가는 것이 일반적인 현상인데, 그
는 거울을 통하여 변형된 자신의 모습을 되찾으려고 한다. 이러한 점
은 자신에 대한 애정이요, 삶에 대한 애정의 표현이다.

거울 속에 비친
내 모습이
언니였다가
동생이었다가
아련한 기억 속에서
밤새워 읽던 한편의 시
한편의 소설
흐려졌다가
되살아났다가
아무래도 좋다
생활에 묻혀
거울 밖에 있던
얼굴, 얼굴들
언뜻 언뜻
주름진 초상 위에
겹쳐 나타난다는 것만으로도
내가 나를 확인하는
거울이어서 좋다
—「거울」 전문

   거울은 시인의 의도에 따라 존재와 부재를 인식하게 하는 특징을
가지고 있다. 위 시에서 보듯 그는 거울을 통해 자신의 모습을 발견하
고 있는데 이는 자아성찰의 반영인 동시에 현실에 조화하고 순응하려
는 몸짓이다. 그래서 시인은 "내 모습이 언니였다가 / 동생이었다가 /
아련한 기억"을 되살려 성찰하고 이제는 "주름진 초상 위에 / 겹쳐 나
타난다는 것만으로도" 자신의 존재를 확인할 수 있는 경지에 이른 것
이다.

   가마솥에 삶겨

옷 벗어 내어준다
양잿물에 몸 절이고
짓이김을 당해
말갛게 딱지 털고
물 속에서 흔들리다가
쌍발 위에 가지런히 누웠다
— 「숨쉬는 닥나무」 일부

　　그는 삶의 과정을, '닥나무'의 생애를 통해 자아존재를 확인한다.
'닥나무'는, 뜨거운 "가마솥에 삼겨" 온 전신을 벗고, "양잿물에 몸 절
이고 / 짓이김을 당"함으로써 비로소 "살아 있는" '지조'가 된다. 이러
한 '닥나무'의 고통스러운 생애는 결국 "죽은 것이 아니라", 새로 태어
나 긍정적으로 살고자 하는 존재의미인 것이다. '닥나무'와 자아를 동
일시한 이 시는 결국 시인이 삶의 체험을 통해 얻은 값진 존재의 확인
인 셈이다. 성찰을 통해 자아를 확인하고, 진정한 자아를 구현하려는
모습은 곳곳에서 드러난다. "색바란 옷 / 입고 사는 / 내 몸에서는 / 무
슨 색깔의 먼지가 / 얼마나 떨어질까"(「산다는 것은」 일부), "몸을 숙이
면서 / 하늘을 향하는 / 곧은 심지 / 이 계절에 배운다"(「겨울 미루나무
」 일부), "그렇게 자란 콩나물 / 양념으로 옷을 입히면 / 상큼한 맛으로
/ 다시 태어나는 / 그 콩나물을 보면서 / 나는 나를 끝없이 담근질해
본다"(「콩나물」 일부), "밤마다 / 포근히 잠에 빠진 / 딸아이의 얼굴을
보면 / 스무 살 적 내 얼굴이 / 그 위에 포개지고"(「산다는 것의 이름」
일부) 등이 그것이다.
　　이러한 존재확인은 혈연적인 가족들과의 관계를 통해서도 심도 있
게 이루어지고 있다.

　　그 사람

첫 새벽에
해맞이 행사 나간 후
얼마 지나지 않아
여섯시를 알리는
자명종 소리
유난히 맑게 들리고
동녘을 환하게 밝혀오는
저 보드라운 빛
꿈틀거리는 소리로
태어나고 있었다
　　　　　　　　— 「새벽」 전문

　여기에서 우리는 시적 자아의 존재가 단독자가 아니라, 대상이 존재
함으로써 자아도 존재하고 있음을 알 수 있다. "그 사람"은 '해맞이'라
는 새벽을 만들고, "보드라운 빛"을 가지고 있는 시적 자아의 소중한
대상의 존재이다. 따라서 이 '새벽'은 "그 사람"과 함께 다시 "태어나"
는 상호 존재 확인의 시간으로 그 의미를 더욱 깊게 제시해 주고 있다.
이렇게 혈연을 통한 존재의식은 "희미하게 떠오르는 얼굴 // 지금쯤 /
보초를 서고 있을 그 녀석 / 벌써 내 앞에 와 우뚝 선다"(「상념」 일부),
"꼼지락거린다 / 숨소리가 봄날처럼 곱다 / 고사리 손이 / 애비를 알아
본다"(「혈연」 일부)에서 보듯 전 가족에서 발현된다. 이 같은 인식방법
은 인간에게 있어 원초적인 감정이 혈연을 통해 가장 진솔하게 나타나
기 때문으로 해석된다.

　　입동 뒷날
　　은행잎이
　　보도 위에서 춤을 춘다
　　<중략>

오로지
한 해의 은행알을
만들기 위해
푸르렀던 숨결
두터웠던 잎새

　　　　　　　　—「호화로운 종말」 일부

　위 시에서 보듯 존재 확인으로 자아를 실현하려는 그는, 가을날 물기가 내려 떨어지는 '은행잎'에도 존재 의식을 내보이는 경지에 다다른다. 은행잎이 나뒹구는 모습을 보고 "춤을 춘다"는 것은 호화로운 색깔 때문이 아니라, 단단한 '은행알'을 존재케 하고 마지막까지 아름답게 사라지는 은행잎의 존재에 대한 경외의식인 것이다.

　존재 의식이란 결국 삶의 대상인 세계와의 관계 속에서 성실하게 살아가려는 긍정적 성찰에서 비롯된다. 성숙된 사람에게 있어서는 감정과 욕구가 '존재 확인'이라는 변형의 모습으로 나타나기 때문에 그 의식은 매우 깊은 총화력을 지니고 있다. 그래서 밀은 "인간이 인간 생활을 완수하고 아름답게 하기 위한 가장 중요한 과업은 인간 자체로 존재하는 일이다."라고 말한 것이 아닌가.

　이런 점에서 이 시집이 갖는 의미는 인간의 존재 가치는 무엇이며, 진정한 삶이란 무엇인가를 깊이 깨닫게 해주는 데 있다.

제3장 문학과 현실

현대시에 나타난 전통윤리의식
― 가정윤리를 중심으로

1. 머리말

오늘날 우리는 전통 사회로부터 벗어나 현대 산업 사회에 살고 있다. 이 산업 사회에서 가장 심각하게 나타난 현상 중의 하나가 가치관의 혼돈이다. 가치관이란 사물의 값어치를 평가하는 주관적 태도라고 말할 수 있는데, 이러한 가치관이 사회의 급격한 변화에 따라 크게 변색됨으로써 현대 사회는 인간 관계에서 이기주의로 변모했다. 특히 전통적 사회의 가치관은 윤리를 최우선으로 했으나 파행적 사회변화로 인한 도덕적 타락과 마비현상은 현대인들의 정신적 지표를 근본적으로 뒤흔들어 놓았다.

전통윤리가 오랜 시간에 걸쳐 하나의 공통사회에서 실천되고 계승됨으로써 사회의 발전에 공헌하는 것이라면 그 기반은 모든 분야에 스며 있는 정신문화의 실체라고 할 수 있다. 이러한 관점에서 우리 민족의 윤리는 그 동안 외래 사상의 수용도 있었지만 오랫동안 축적된 가치로서, 그 실천에 따라 정신적으로 삶의 양태가 방향지어져 왔다. 일제하에서는 물론이고 해방 이후 물밀듯이 들어온 서구문화의 혼돈된 가치관 속에서도 우리 민족의 정신 속에는 전통윤리라는 규범이 자리하여 삶의 지표가 되어왔음을 볼 때 그 의식은 숭고한 것이라고 아니할 수 없다.

그러나 산업사회에 들어서면서 도덕과 인정, 상호존중, 화합 등을 본질로 하는 전통윤리의식은 사회구조의 변화로 날로 퇴색하여, 오늘날 삶의 가치는 물질에 기반을 둔 물신주의, 이기주의, 기회주의 등이 범람함으로써 각 분야에서는 모순과 갈등은 물론 인간성 상실이 가장 큰 문제로 부각되고 있다. 이러한 상황 속에서 살고 있는 우리는 인간성 회복에 관심을 두지 않을 수 없다.

윤리의 문제는 사회, 정치, 경제 등에 다양하게 적용할 수 있으나 가정윤리는 윤리의 최소 단위이면서 사회윤리의 기본이요, 국민윤리의 원천이 되고 있다. 가정윤리는 어느 시대를 막론하고 인간이 삶을 아름답게 꾸려나가는 데 절실히 요청되고 있는 것으로서, 인간이 지켜야 할 기본 행위의 규범이다. 가족의 구성원은 누구나가 자기완성과 가치 있는 삶을 위한 개별적 존재이면서 또 한편으로는 공동체로서의 본질을 지니고 있다. 이 말은 단독자로서 삶을 영위하는 것이 아니라, 한 가정의 구성원으로 존재하고 있다는 뜻인데, 이는 단순한 개인들의 집합체 이상의 깊은 의미를 가지고 있다. 그러나 현대사회에서는 삶의 양태가 변질됨으로써 가정에서도 가족간에 개별적인 존재가 되어 단절, 소외, 갈등으로 개인과 가정이 파괴되고 있다. 가정의 가치를 구성원간의 화해, 존엄성 등에서 찾을 수 있다면 이것들을 생성시키는 데에는 윤리적인 것들이 동질성으로 통합될 때 가능한 것이다. '가정'은 가장 작은 집단이나 그 집단이 가진 성격은 크다고 할 수 있는데 이것은 가정윤리가 사회에 반영되어 사회윤리의 기본이 되기 때문이다. 이런 의미에서 가정윤리의 중요성이 더욱 강조되고 있는 것이다.

그러면 가정윤리의 실천 덕목은 어디에서 찾을 것인가. 우리 민족은 그 동안 유교의 삼강오륜, 불교의 세속오계, 그리스도의 십계명 등 많은 규범들에 의해 삶을 영위해 왔다. 그러나 오랜 기간에 걸쳐 생활질서를 뒷받침하는 데 크게 기여한 윤리규범이 유교사상이었다는 것은 주지의 사실이다. 유교는 초인간적, 초합리적 계시나 기복과 해탈, 그리고 부활과 구제의 종교가 아니라 현실적 삶을 위한 자아완성의 행동, 즉 도덕이라는 점에서 종교와 그 궤를 달리한다. 다시 말해 유교의 오륜(五倫)은 모든 질서의 현실적 의미를 지니는 동시에 인간생활의 보람을 척도하는 가치로서의 의미를 지니고 있음으로써 종교로서의 의미보다 더 큰 보편적 경험문화라고 볼 수 있다. 따라서 유학은 우리 문화의 과거이긴 하나 동시에 문화적 경험의 기반이 되어 오늘날의 공통의식을 이루는데 크게 공헌했다.

그러면 가정에서 유교사상이 강조한 윤리의 구체적 내용은 무엇인가. 이것은 부모의 사랑, 자녀의 부모에 대한 효성, 부부간의 애정, 형제간의 우애가 그것이라 할 수 있다. 여기에 군신유의(君臣有義)와 붕우유신(朋友有信)을 합칠 경우, 오륜이 형성됨으로써 전통가정윤리는 유교사상에 근거하고 있음을 확인할 수 있다. 따라서 여기에서는 전통사상의 의의와 현대산업사회에서의 가치관을, 문학을 통해 살펴봄으로써 실종되어 가고 있는 윤리관과 그 회복의 문제를 논의해 보고자 한다.

문학과 전통윤리의식과의 관계를 논의한다는 것은 그리 쉬운 일이 아니다. 다양한 전통윤리를 문학적으로 체계화하기가 어렵기 때문이다. 그러나 문학 탐구가 삶의 공통 문제를 문학적으로 어떻게 다루어 왔고, 또 어떻게 반영되었는가를 중요한 과제로 파악한다면 상실되고 있는 윤리의 문제도 이 범주에 넣어 고찰해 보는 것도 윤리회복 역량을 기르는 데 의의가 있다고 생각한다.

현대가 1) 현대사회의 분화와 전문화 현상, 2) 기계의 부속품과 같은 존재로의 인간화, 3) 단절의 시대[1]라고 한다면 현대시가 이런 시대에 직면한 인간의 감각을 예리하게 만들고 상상력을 활동하게 만들며 소중한 경험들을 기억 속에 간직하게 한다거나, 시가 친근한 측면에서 미지의 세계로 들어가도록 세워 놓은 일종의 다리[2]라는 측면에서 윤리의 문제 역시 문학적으로 탐구되어야 한다고 믿는다. 나아가 유학에서도 시를 유학사상을 지배하는 원천으로 보고 있다는 데에서도 그 타당성을 찾을 수 있다.

유학적 문학관을 공자의 시관에서 찾아보면 유교사상과 시와의 관계는 별개의 것이 아니라 하나의 틀 속에 넣을 수 있다. 공자의 시관은 한 마디로 '시삼백 사무사(詩三百 思無邪)'인데 시를 선심, 성의, 인격도야, 중화(中和)의 꽃, 통달과 대화, 도덕적·정서적·의지적 목적, 화합, 교화 등으로 풀이하고 있음을 볼 때[3] 기능면에서 윤리는 문학의 공리와 쾌락을 다같이 포괄하고 있다.

본고에서는 이 문제를 논의함에 있어 앞서 밝힌 바와 같이 윤리의 다양성, 기능, 특성 등에 따라 논의의 대상이 광범위하여 윤리의 최소 단위이면서 사회와 국민윤리의 원천이 되고 있는 가정윤리에 국한하고, 이 중에서도 네 분야로 나누어 그 의의와 함께 그것들이 현대시에서 어떻게 다루어져 왔고 앞으로는 어떤 양태로 반영될 것인가를 가늠해보는 데 역점을 두었다. 아울러 현역 시인들이 윤리의식세계에 대하여 설문조사를 실시, 전통윤리에 대한 현대적 조명과 함께 앞으로의 시 흐름을 전망해 보았다.

2. 윤리미학의 양상

1) 자애로운 보살핌

대부분의 부모들은 자녀를 낳아 훌륭히 키우고자 하는 것을 부모의 도리로 알고 있다. 그러나 급격한 사회의 변천과 가치관의 혼돈으로 그 도리를 망각하고 외면하는 경우가 현대에 있어 두드러짐을 볼 수 있다. 가부장제도 아래에서의 부모는 권리만을 주장하고 자녀에게 의무만을 강요하고 자녀를 낳아주었다는 조건 하나만으로 예속시키려 하였다. 그리고 오늘날에 있어서는 물질만능주의에 기인하여 윤리적·정신적 보살핌을 도외시하고 자녀와의 관계를 물질로 해결하려는 태도가 현대인들에게 있음을 부인할 수 없다. 부모가 자녀를 사랑으로 키운다는 것은 물질보다 정신적인 면에서 숭고한 뜻이 있다. 유학에서는 "어버이와 자식은 타고난 성품이 아주 친하다. 어버이는 낳아서 기르고 사랑으로 가르치며……"[4]라고 '부자유친(父子有親)'에서 부자(父子)를 해석하고 있듯 '부모의 사랑'은 부모가 자녀에게 베푸는, 이해를 초월한 원초적 감정과 관계된다. 나아가 "어버이는 옳은 방법으로 가르쳐 나쁜 데 들어가지 않도록 한다"[5]고 말하고 있다. 이는 아버지가 자녀를 사랑으로 가르친다는 것뿐만 아니라 부모의 도리까지 말하고 있는 것으로 해석할 수 있다.

결국 부모가 자녀를 낳는 것만으로써 책임을 다한다거나, 자녀에 대한 사랑을 물질로 대신한다는 것은 자녀의 미래에 결코 바람직한 일이 되지 못한다는 점에서 '사랑'은 그 의미를 뛰어넘는 당위성을 갖는다. 그래서 스펜서가 "아이는 부모의 거동을 비추는 거울이다."라고 말한 것은 부자(父慈)의 의미를 함축한 것이라 할 수 있을 것이다. 자녀의 미래는 자신의 성품과 노력에 달려 있다고 할 수 있으나 인격 완성과 인간 성장의 힘이 결코 그것만이 아닌 부모의 따뜻한 사랑이라는 점에 주목한다면, 부모의 자식에 대한 사랑은 인류의 논리를 뛰어넘는 것이다.

그러면 이러한 부모의 사랑이 현대시에서는 어떻게 반영되고 있는가를 살펴보자. 먼저 김수영의 시를 보자.

> 아들아 너에게 狂信을 가르치기 위한 것이 아니다
> 사랑을 알 때까지 자라라
> 人類의 종언의 날에
> 너의 술을 다 마시고 난 날에
> 美大陸에서 石油가 고갈되는 날에
> 그렇게 먼 날까지 가기 전에 너의 가슴에
> 새겨둘 말을 너는 都市의 疲勞에서
> 배울 거다
> 이 단단한 고요함을 배울 거다
> 복사씨가 사랑으로 만들어진 것이 아닌가 하고
> 의심할 거다!
> 복사씨와 살구씨가
> 한 번은 이렇게
> 사랑에 미쳐 날뛸 날이 올 거다!
> 그리고 그것은 아버지 같은 잘못된 시간의
> 그릇된 瞑想이 아닐 거다
> ― 「사랑의 變奏曲」 일부

이 시는 인간의 가치가 사랑과 행복에 있음을 상기시키면서, 삶을 영위하고자 하는 화자가 '아들'을 향해 그 의미를 강렬하게 나타내고 있다. 물론 '인류 종언의 날'이 암시하는 아득한 거리― '미대륙'에 의해서 환기되는 공간적 거리의 광대한 규모나 어휘 표현으로 보아 부모와 자녀 간에 아무런 관계가 없는 것으로 보이지만 인간이 살아가면서 찾고 배워야 할 것은 '인간의 가치'라는 점에서 부모가 자녀에게 주는 사랑의 지침이다. 사랑은 어디까지나 현세의 과업이기 때문에, 죽기 전과 종말이 오기 전에 얻고 지녀야 할 삶의 핵심이다.

이 작품은 복숭아씨의 알맹이를 도인(桃仁)이라 하고 살구씨의 알맹이를 행인(杏仁)이라 하는 동양사상과 통하는 점이 있다.[6] 그래서 이 시는 모두가 종말을 맞기 전에 인간은 어떠한 세상 속에서도 사랑을 익히고 배워 실천해야 한다는 인간의 가치관을 표현한 것이다. 특히 여기에서 주목되는 것은 사랑의 행위가 단단하고 고요한 행동이라는 데에서 우리는 부모가 자녀에게 주는 간곡한 사랑의 가르침이라는 것을 읽을 수 있다.

또한 자녀에게 진실과 바른 길을 염원하는 부모의 애틋한 심정의 시를 보자.

> 아들아
> 엄마의 참얼굴은 너도 모른다
> 마음은 韓紙라
> 수시로 문풍지 소리를 내고
> 실은 사랑도 모른단다
> 가슴 닳아 뭉개져서
> 핏물 질펀히 풀리는 외는
>
> 신앙도 기실 엉망인 게야
> 불칼로 몸에 글씨 새기던
> 조선왕조의 순교자들.
> 그렇듯 골수의 진실들은
> 아득히 못 익히고
> 겁나는 세상
> 겁먹는 일로 고작인 것을

상처 준 이 없어도
비명을 지르고
하마터면 죽을 뻔,
이리도 한심한 엄마의 처지로서
너에게 축복을 주노니
아들아 엄마를 닮지 말고
엄마에게 배우지도 말아라
— 「아들에게」 일부

　위 시는 김남조의 작품으로, '아들에게' 쉼 없는 삶 속에서 배고픈
날도 어떠한 고난의 날도 있음을 상기시키면서 "내일이면 큰 바다를
건널" 자식에 대한 '바른 길'로의 염원을 담고 있다. '큰 바다'는 취직
이나 군입대 등 자녀의 새로운 삶의 행로로 볼 수 있는데 부모의 입장
에서는 자녀가 "큰 바다를 건널" 시점에서 기대와 걱정을 하지 않을
수 없는 것이다. 시인은 아들에게 "엄마의 참얼굴"과 "실은 사랑"도
"모른다"고 말하고 있다. 우리는 여기에서 부모의 깊은 사랑을 볼 수
있다. 부모가 자식에게 베푸는 사랑이 표면적인 것도 있으나 말하지
않는 진실의 사랑이 부모들에게는 더 많이 간직되고 있다는 점에서 우
리는 이 작품의 의미를 이해할 수 있다. 특히 이 작품에서 화자가 '한
심한 엄마'라고 자탄하고 "엄마를 닮지 말고 / 엄마에게 배우지도 말아
라"고 아들에게 토로하고 있는 것은 실질적인 '한심한 엄마'가 아니라
화자보다 더 훌륭한 아들이 될 것을 바라는 어머니의 역설적 당부인
셈이다. 공자는 "아는 것을 안다고 하고 모르는 것을 모른다고 하는
것이 아는 것"이라고 말하고 있는데 이런 역설은 지식이나 인식의 문
제로, 이 작품과 그 맥을 같이한다. 시의 언어가 가지는 역설은 논리의
문제만이 아니라 이미지나 비유의 형태를 지니고 있음으로써 그 역설

의 구조를 분석하고 의미를 추구해 나가면 결국 그 속에는 논리의 맥락이 내포되어 있다는 점에서 '한심한 엄마'의 진실은 '아들에게' 성의를 다하고 있는 '훌륭한 엄마'의 역설인 불일치의 일치를 보여준 것이라 할 수 있다.

부모들은 자녀를 키움에 있어서 어떠한 고난과 역경이 있어도 이를 극복하는 초인간적인 힘을 지니고 있다. 그 어려운 난관을 뚫고 훌륭히 성장시켰을 때의 부모의 심정은 대견스럽다. 김시철의 시를 보자.

> 외아들 된 놈
> 부러 그곳으로 보내려 했던
> 내 설득의 까닭만큼을
> 녀석은 알고 떠난 것일까.
>
> 입고 떠난 눈 익은 옷가지들이
> 한 움큼 小包가 되어 돌아오던 날은
> 돌아서며 눈물 감추었던 아내와
> 애써 체모를 세우려 했던 나.
>
> 주는 밥 고이 받아 먹고
> 주는 입성 고이 주워 입으며
> 훌러덩 책가방 하나 옆구리에 끼고
> 흥얼흥얼,
> 콧노래나 부르며 자라왔던
> 이 溫室 속의 아이가
> 어느새 軍人이 되다니
> 制服의 軍人이 되다니.
>
> 이제서야 제 몫의 무게를 가늠하는
> 방패인 양 우뚝 서는
> 그 모습이 되다니.
>
> — 「아이의 入隊」 일부

이 작품은 어려웠던 시절에 셋방에서 셋방으로 전전하면서 낳았던 외아들이 헌신적인 부모의 사랑으로 성장하고 국민의 의무를 다하도록 군에 입대를 설득했던 심경과 어엿한 제복의 아들을 보고 흐뭇해하는 부모의 기쁨을 표현한 것이다. 특히 여기에서 돋보이는 대목은 "이제서야 제 몫의 무게를 가늠하는 / 방패인 양 우뚝 서는 / 그 모습"에서 대견함을 발견하고 있는 점이다. 부모가 자녀를 사랑 없이 키울 때 올바른 인간 성장이 가능한가라는 점을 생각해 본다면 부모의 자녀에 대한 사랑은 필연적일 수밖에 없다. 물론 자녀에 대한 사랑이 지나쳐 본래의 뜻과는 달리 자녀의 미래에 저해요인이 초래될 수도 있다. 그래서 부모는 인류의 쌍무적 관계로 자녀를 대하고 심미적 의미를 깨달아 상호 행복이나 기대에 대한 충족이 이루어지도록 해야 한다. 심미적 발생은 유학에서 상하질서 바탕 위에서의 '자녀에 대한 엄한 교육'이 아니라, '하나의 전체', '하나의 완전한 단위'로 볼 수 있는 평형의 위치에서만이 가능하다. 이러한 바탕 위에서 부모가 자녀를 사랑할 때 개인은 물론 인간의 본성은 유지된다.

사랑은 부모, 형제, 친구, 이웃, 이성 등에 다양하게 이루어질 수 있는 것인데, 어디에서나 '사랑'이 서정시에서 가장 큰 주체가 되고 있는 이유는 바로 그 성격이 순수하고 온화하며 수정처럼 맑기 때문이다. 이런 관점에서 보면 부모의 자녀에 대한 사랑은 가정윤리의 '첫걸음'이며 인간성을 완성시키는 데 기초가 된다. 그래서 부모의 지혜로운 마음과 책임감 등은 물질보다 상위의 당위성을 갖는다.

2) 효성스러운 받듦

사람은 누구를 막론하고 부모에게 효도하고 어른을 공경하는 것이 인간의 당연한 도리로 알고 있다. 그러함에도 불구하고 가치관의 변화와 함께 첫째, 개인주의를 잘못 받아들인 개인주의화, 둘째, 물질문명의 발달로 인한 물질과 금전에 대한 중시[7] 등으로 사람으로서의 도리가 지켜지지 않고 있는 것이 현실이다. 가정에서나 사회에서나 부모와 어른을 공경하지 않는 현상은 인간적인 사회가 정상적으로 발전하는 데 저해요인이 된다는 점에서 현대사회에서 윤리문제가 크게 부각되고 있는 것이다.

효(孝)는 한국문화의 특징이다. 한국전통사회에서는 많은 도덕규범이 생활을 지배해 왔다. 그 중에서 효만큼 기본적이고 가장 영향력 있는 규범은 없었다. 물론 효사상은 한국뿐만이 아니라 어느 나라, 어느 민족이나 공통적으로 지니고 있는 윤리의 감정인 것이며 모든 사람이 태어나면서 죽을 때까지 버릴 수 없는 '원초적 감정'[8]이다. 그래서 자효(子孝)란 인간사회에서 가장 중요한 덕목이 되고 있는 것이다.

그러면 현대시에서 부모에 대한 효의 모습이 어떻게 언어로 표현되었는가를 살펴보자. 먼저 효의 출발을 '믿음'에서 시작한 신동집의 작품을 보자.

> 나무 잎을 흔드는 바람이
> 나를 흔든다
> 돌아가는 가을의 日暮 길.
> 떨고 있는 언저리의 그늘 무늬가
> 까닭없이 마음을 불안케 한다.
>
> 어스름도 한결 짙게 까리면
> ― 아버지 길이 멉니다
> 돌아갈 데가 어딥니까 ―
> 어린 날 물어본
> 가을의 밤길을 나는 생각는다.

<중략>

사람은 저마다의 밤을 찾아 떠난다.
비탈이 눈부신 돌의 斷面도
지금은 어둠 속에 날을 감추고……
머리 깜박이는 마음의 등불들.

— 「아버지」 일부

　이 작품은 앞날에 대한 불확실성과 불안이 엄습해 올 때마다 평소 '믿음'의 표상이었던 '아버지'를 떠올리며 미래에 대한 희망을 다짐하는 마음이 간절히 배어 있다. 우리는 목적지를 향해 길을 갈 때면 그곳에 닿을 때까지 불확실한 감정을 쉽게 버리지 못한다. 나뭇잎이 스산히 흔들리는 가을날 해질녘의 노을 속을 가노라면 마음이 불안하다는 것인데, 이것은 결국 미래에 대한 불안이요, 불확실성이 있기 때문이다. 이 때 나타나는 '아버지'는 인간으로서의 인연과 혈육이 아니라 믿음의 표상이며 어둔 밤길을 밝혀주는 '마음의 등불'인 것이다. 그러면 이러한 '등불'이 효와 어떠한 관계에 있는가 하는 점은 아버지를 '등불'로 인식하기까지의 믿음, 즉 아버지에 대한 효의 실천에서 드러난다. 평소 아버지에 대한 효가 없으면 아버지가 믿음의 표상이나 미지의 등불로 인식되지 못하기 때문이다.
　또한 정한모의 어머니에 대한 효성의 목소리를 들어보자.

신작로 먼짓길 一百餘哩 걸어 와서
재 넘어 샛길 山길에 들어서니
人家도 行人도 우는 새도 하나 없이
우거진 들국화만이 가을 하늘 아래
아름다왔다
여기는 忠淸道 땅

이제 다 왔다

금나간 양은냄비며
불 속에서 끌어낸 몇 가지 옷이며
어린 것들 기저귀 등을 꾸려 넣은
보통이를 내려놓고 앉아서
아픈 다리 지친 마음을 쉬고 있는
고개머리

점심 새때 기울어지는 햇살이 따스한 속에
앞서서 걸어가는 쌍둥이 업은 어머니랑 진희랑
그 뒤를 칭얼대며 따라가는 진경이를 바라보면서

불쌍한 어머니는 우리가 생전 모시고 살자고
진희는 끝까지 우리가 가르치자고
철 모르는 진경일랑 조금도 꾸짖지 말자고
기막히게 살려 온 쌍둥이들이
나란히 걸을 때는 얼마나 예쁘겠느냐고

풀잎 뜯으며 조용조용히 이야기하는
먼지와 햇빛에 끄스르고
먹지 못해 야윈 당신의 얼굴을 바라보면서
앞으로 다시는 당신에게
꾸지람도 조고마한 슬픔도 주지 말고
그저 모든 기쁨만을 나눠 가면서
꺼질 듯 사랑하며 살기로 했습니다.

— 「고개머리에서」 일부

이 시에서 시적 자아는 서울이건 어디건 식솔을 거느리고 고향에 찾아들면서 현재의 삶에 대한 불평이나 어머니에 대한 불만의 뜻을 표현하기보다는 현재의 어려운 상황을 이겨내고 어머니와 함께 온 가족이 살겠다는 시적 자아의 성숙된 면모가 드러나 있다. 여기에서 우리가 유의해야 할 것은 어머니에 대한 모습이다.

어떠한 고난의 길에서도 "불쌍한 어머니는 우리가 생전 모시고" 살겠다는 다짐은 현실에 비추어 볼 때 효사상의 발로라고 할 수 있다. 현실에 닥친 어려움의 책임을 '어머니'에게 돌리거나, 어머니를 자기의 삶 속에 용해시켜 개인적 삶만을 찾으려는 비윤리나 비원리가 난무하는 세태에도 불구하고 시적 자아는 어머니에 대한 효성과 가족에 대한 사랑을 인륜적인 통찰로써 담백하게 표현해 내고 있다.

또한 "먼지와 햇빛에 끄스르고 / 먹지 못해 야윈 당신의 얼굴을 바라보면서"에 이르면 단순한 감정이 아니라, 부모에 대한 자녀의 애틋한 마음을 엿볼 수 있다. 우리는 이 대목을 어머니에 대하여 안쓰럽다거나 애처로움의 감상적 연민으로 인식하기 쉬우나 그 보다는 부모와 자식이라는 인륜적 가치 인식으로 해석하는 것이 더욱 타당성을 갖는다고 하겠다.

마지막 "꾸지람도 조그마한 슬픔도 주지 말고 / 그저 모든 기쁨만을 나눠가면서 / 꺼질 듯 사랑하며 살기로 했습니다"에 이르면 부모에 대한 봉양의 의미가 뚜렷하게 드러남을 볼 수 있다. 자신의 행복을 밖에서 찾기보다는 어머니를 향한 내적 성찰에서 찾는 그 감정은 효친의 윤리인 것이며 덕(德)의 근본이 된다.

정한모의 시 한 편을 또 보자.

> 어머니
> 지금은 피골만이신
> 당신의 젖가슴
> 그러나 내가 물고 자란 젖꼭지만은
> 지금도 생명의 생꼭지처럼
> 소담하고 눈부십니다

어머니
내 한 뼘 손바닥 안에도 모자라는
당신의 앞가슴
그러나 나와 손자들의 가슴 모두 합쳐도
넓고 깊으신 당신의 가슴을
따를 수 없습니다

어머니 새다리 같은 뼈만이신
당신의 두 다리
그러나 八十年 긴 歷程
강철의 다리로 걸어오시고
아직도 우리집 기둥으로 튼튼히 서 계십니다
어머니!

　　　　　　　　　　　　　 ―「어머니 · 1」 전문

이 시에는 시적 화자의 진실한 윤리관이 순수하게 나타나 있다. 「어머니」는 자기를 낳아준 생명탄생의 연원과 키워준 은덕의 내용을 주축으로 하고 있는데, 특히 이 시에서는 설명이 필요하지 않을 정도로 어머니에 대한 보편적 개념을 표현해 내고 있다. 이럼에도 불구하고 생명 창조와 사랑의 모성상이 개인의 폭을 뛰어넘어 대중적 호응으로 확대되는 설득력을 갖는다. 이것은 평소 어머니를 근원으로 하는 생명과 희생을 전제로 하는 "새다리 같은 뼈만이신 / 당신의 두 다리"에서 보듯 효성의 본질이 자리잡고 있기 때문이다.

　한편, 부모가 작고한 후 참회의 시도 결국은 생존시 부모에 대한 효의 연속이라 할 수 있다.

온라인 창구를 통해 하는
집관리 소홀했음을 뉘우치며
어제는 사모곡 한 편

비석에 새기어 당신 계신
先山에 묻고 왔지요
어머니 당신 가신 후
                        ─「思母曲·9」 일부

　이 시는 김연식의 작품으로, 생존시에 어머니에 대한 '다하지 못했
음'을 후회하는 시심을 표출하고 있다. 물론 생존시에 효성을 하지 못
했다가 세상을 떠난 후 후회하는 경우가 허다하다. 그러나 생존시에
효성을 다했던 경우도 현실적으로 부모가 세상을 떠났을 때는 '더욱'
효성을 하지 못했음을 뉘우치는 예가 많다는 점을 본다면 위 시에서
보듯 사소한 '일'에도 후회를 하게 된다. 이러한 시의 모습은 부모에
대한 효성의 근원적 감성의 역할 때문으로 볼 수 있다. 과거의 효성이
비극적 현실에 놓여질 때 그 반응은 더욱 커지고 '효성'에 대한 의미
는 확산된다.
　이러한 효의 윤리는 고대의 성인들도 중시하고 강조함으로써 부모
에 대한 효가 얼마나 값진 것인지를 알 수 있다. 그래서 맹자는 "섬기
는 일 가운데 무엇이 큰가 하면 어버이를 섬기는 일이 크다.……어버
이를 섬김은 일의 근원이다."[9]라 하였고 "효자의 지극함은 어버이를
높임보다 큰 것이 없다."[10]고 했다. 특히 시조에서 효를 주제로 쓴 것
도 70여 수에 달하고 있다. 그 내용을 보면 1) 부모의 은덕 28%, 2) 부
모의 봉양 25%, 3) 부모의 공경 17%, 4) 부모에 대한 사모 14%, 5) 기
타 16%[11] 등으로 나타났는데, 대부분 시경(詩經)의 내용을 담고 있다.
그래서 부모와 자녀는 시대의 변화에도 불구하고 '부자(父慈)'와 '자효
(子孝)'를 유지해야 할 인륜의 당위성이 있는 것이다.

3) 우애로운 정의(情誼)

서구에서의 사상은 가정이나 사회에서의 의무, 권리 등에 의존하지만 우리 사회에서는 존경과 사랑으로 조화를 이루어 살아가는 것을 이상으로 삼는다. 그래서 형은 아우에게 우애로써 대하여야 하고 아우는 공손과 공경으로 형을 대하여야 하는데 이런 점에서 형제는 사랑과 존경의 조화가 인화의 토대가 되고 있는 것이다. 평등과 권리에 대한 잘못된 인식으로 각자가 이해만을 논하는 태도는 가정윤리에서 '질서의 준칙'을 파괴하고 나아가 사회와 인류발전에 도움이 되지 않는다는 점에서 상호 우애 관계가 절실히 요구되고 있는 것이다. 이것이 곧 유학에서 말하고 있는 '장유유서(長幼有序)'인데 가정에서는 형제이지만, 사회에서는 연장자와 연하자의 관계로 형성되기 때문이다.

그러면 시에서 형제간의 윤리가 어떻게 다루어지고 있는가를 살펴볼 차례이다. 먼저 형제간의 애틋한 정의를 형상화한 박목월의 그 유명한 「下棺」을 보자.

> 棺이 내렸다.
> 깊은 가슴 안이 밧줄로 달아내리듯
> 주여.
>
> 容納하옵소서.
> 머리맡에 聖經을 얹어주고
> 나는 옷자락에 흙을 받아
> 좌르르 下棺했다.
>
> 그후로
> 그를 꿈에서 만났다.
> 턱이 긴 얼굴이 나를 돌아보고
> 兄님!

불렀다.
오오냐, 나는 全身으로 대답했다.
그래도 그는 못 들었으리라.
이제
네 音聲을
나만 듣는 여기는 눈과 비가 오는 세상.

너는 어디로 갔느냐.
그 어질고 안쓰럽고 다정한 눈짓을 하고
兄님!
부르는 목소리는 들리는데
내 목소리는 미치지 못하는
다만 여기는
열매가 떨어지면
툭하는 소리가 들리는 세상
　　　　　　　　　─「下棺」전문

　　죽음이란 누구에게나 가장 큰 관심의 대상이다. 이 시는 세상을 떠
난 동생에 대한 비애와 함께 안쓰러운 사랑이 우수적 정조를 띠고 있
다. 형보다 아우가 먼저 세상을 떠난 데 대한 슬픔도 있겠지만, 여기에
서는 생존시 형제간의 우애가 남다르게 두터웠음을 느끼게 한다. "그
를 꿈에서"조차 만나게 되는 아우에 대한 사랑은, 아우의 부름에 "전
신으로 대답"할 정도로 큰 것이다. 아우에 대한 죽음이 단순한 인간사
로서의 숙명이 아니라 '죽음'이라는 인간본질의 문제에까지 접근함으
로써 아우에 대한 연민을 드러내 보이고 있다. 오세영이 "이 「하관」은
자연과 인생, 혹은 존재와 생활의 궁극적 일치를 보여주고 있다."고 말
한 것은 바로 아우의 존재와 아우와의 관계를 매우 긍정적으로 보고
있기 때문이다. 이런 점에서 본다면 이 작품은 아우의 죽음을 통한 사
랑과 비애가 동시에 극치를 이루면서 나아가 '죽음'이라는 인간 본질

의 문제에까지 탐닉한 것으로 볼 수 있다.

다음은 고향에 있는 누이에 대한 사랑의 목소리를 들어보자.

> 누이 前
> 나의 술이 過하여 간다.
> 누이야.
> 너는 콜드크림이라도 한 통 샀느냐?
> 나의 술은 過하여 가도
> 너의 콜드크림은 없는
> 이 恨많은 세상.
> 나는 술이 더욱 과하여 간다.
> 長醉 끝에 어렴풋이,
> 밭고랑 너의 괭이질 소릴 듣다간
> 나는 운다.
> 북받쳐 不眠의 밤을 운다.
> ── 「누이 前」 전문

이 시는 김광협의 작품으로 세파에 시달리면서 고향에 있는 '누이'를 노래한 것이다. 물론 이 작품의 주제는 험난한 삶의 고뇌에 있지만 순박하고 사랑스러운 누이를 떠올린다는 것은 그만큼 누이에 대한 사랑과 때묻지 않은 순수와 깊은 사랑이 있기 때문이다. 술을 과하게 먹어야 하는 험난한 세상과 밭고랑은 삶의 의미를 새롭게 성찰하거나 반성하게 하는 이중의 공간 구실을 하고 있다. 아무리 현실의 삶이 풍요롭다고 하나 온갖 비정상이 난무하는 세태 속에서 시적 화자가 "밭고랑 너의 괭이질 소리"에서 위안받고자 하는 것은 결국 누이에 대한 사랑과 믿음이 있기 때문에 가능하다는 의미에서 주제에 상관없이 아름다운 미덕이 되고 있다. 더욱 친밀감을 느끼게 하는 것은 '콜드크림', '밭고랑', '괭이질'이 거리를 좁혀주어 혈육 이상의 정을 느끼게 해준다. 이런 점에서 이 작품 역시 형제간 우애의 범주에 넣어도 무방할 것 같다.

또한 이와 유사한 '누이'의 아름다움과 '누님'에 대한 찬사의 시를 서정주의 작품을 통해 보자.

(1)
보라, 옥빛, 꼭두선이,
보라, 옥빛, 꼭두선이,
누이의 수틀을 보듯
세상을 보자

누이의 어깨 넘어
누이의 繡틀 속의 꽃밭을 보듯
세상을 보자
          ──「鶴」일부

(2)
그립고 아쉬움에 가슴 조이던
머언 먼 젊음의 뒤안길에서
인제는 돌아와 거울 앞에 선
내 누님 같이 생긴 꽃이여
          ──「국화 옆에서」일부

(1)은 학이 하늘을 날면서 세상을 "누이의 수틀을 보듯" 보자는 것으로, 학의 고운 영혼을 부각시킨 것이다. 학이 정의와 선량함, 근면한 영혼을 상징한다고 할 때 학이 세상을 "누이의 수틀을 보듯" 한다는 것은 무엇이건 오늘의 올바르지 못한 세태를 정화 내지는 아름답고 사랑스러운 세상으로 바꾸자는 의미로 해석할 수 있다. 그렇다면 '누이의 수틀'은 무엇인가. 그것은 때묻지 않은 순수와 사랑인 것이다. 누이

에 대한 사랑은 곧 아랫사람에 대한 사랑이요, 윗사람에 대한 공경과 존경심은 남매간의 참다운 우애라고 할 수 있다. 특히 이 시에서 '누이의 어깨' '수틀' '꽃밭'의 이미지는 다정다감한 관계를 유지시키면서 친화력을 갖게 해주기에 충분하다.

(2)는 한국 현대시의 걸작으로 꼽히는 「국화 옆에서」의 일부인데 여기에 나오는 '누님'이 혈연의 관계이건, 한국 여성의 안정미를 상징한 것이건 그 원숙성을 포착했다는 데에서 누님과 아우와의 관계를 알 수 있다. 온갖 시련 속에서 몹시 마음을 태우던 날들을 보내고서야 마음의 안정을 얻어 자기의 참모습을 성찰하는 정신적 자세를 중년기 누님과 상응시킴으로써 인간의 가치관을 승화시키고 있다. 이 경우, 누님에 대한 이미지는 고통을 극복하고 아름답게 핀 국화이기 때문에 결국 존경과 경외심을 갖게 된다.

이러한 형제간의 우애와 사랑 그리고 믿음에 대하여 공자는 선비의 길을 형제들의 화목에서 찾았고, 퇴계는 "형님 섬기기를 아버지처럼 하라."[12]고 말했다. 또한 율곡은 "형제가 만인에 불선(不善)한 행실이 있으면 마땅히 정성을 쌓아 충고하여 이치로서 점점 알아듣게 하여 감오(感悟)하도록 할 것이요, 문득 노한 기색과 거슬리는 말로 화기를 잃어서는 안 된다."고 말하고 있는 것은 형제간에 인격적 실체로서의 정신과 언행, 즉 윤리를 강조하고 있는 것이다.

나아가 연장자와 연하자의 관계를 『소학(小學)』에서는 "나이가 자기보다 두 배가 더 많은 사람에게는 아버지를 섬기듯 하고 10년이 더 많은 사람에게는 형을 섬기듯 하고 5년이 더 많은 사람에게는 어깨를 나란히 하고 걷되 조금 뒤떨어져 간다."[13]고 구체적으로 명시하고 있는데, 이는 현대사회에서 말하는 '평등'의 개념이 아니라 윤리적 의미에서의 인격의 원형이다.

그래서 형제의 관계나 연장자·연하자의 관계는 어느 가정, 어느 사회에서나 인간으로서의 고귀한 정신과 행동을 표현하는 구체적 내용이라는 점에서 실용주의 윤리와 그 맥을 같이한다. 오늘날 현대시에서도 이와 같이 전통윤리 정신이 '인간성 회복'이란 이름으로 많이 쓰여지고 있음을 볼 때 이 윤리의식은 인간의 삶과는 유리될 수 없는 관계에 놓여 있음을 확인할 수 있다.

4) 다정한 배려

현대사회에 있어 가족의 안정성과 지속성은 주로 부부관계에 의존하는 경향이 있다. 결혼은 부부관계의 애정적 유대관계에 기반을 두며 가족 전체보다는 부부중심으로 가족관계가 지속된다. 그러나 부부관계의 형성과 발전 과정에서 적응과 순응을 위한 노력보다는 부부상호간의 기대 차이와 가치관 차이 등으로 인한 갈등[14]의 심화가 현대 가정에서는 점차 증가되고 있다는 사실은 부인할 수 없는 사실이다. 이것은 현대문명의 발달로 의식구조가 바뀌자 부부간의 가치관이 상호 충돌됨으로써 빚어지는 현상이다. 부부관계란 생리적·심리적·사회적 욕구를 충족시키기 위한 상호 보충적인 인간관계[15]라고 할 수 있다. 이러한 의미에서 부부는 인간 성장과 인격 성장을 위해 영속성이 있는 절대적 관계인 것이다. 그러나 앞서 언급한 바와 같이 사회상의 급변으로 인하여 부부관계가 갈등을 빚고 급기야는 별거나 이혼이라는 막다른 길로 치닫는 경우가 있다. 현대는 과거처럼 여성이 무조건 남편에 의존하거나 복종함으로써 예속화되는 '일심동체', '부부일체', '여필종부'의 시대는 아니다. 그래서 부부는 공동의 목표달성을 위해 각자의 이상을 존중하며 상호 협력하고 이해하는 부부상이 요구되고 있는 것이다.

그러면 현대시에서 부부간의 따뜻한 심성이 어떻게 표현되고 있는

가를 보자.

어린것을 업고 아내는
門前에서 나와 손을 흔든다.
등뒤에서 어린것도 자꾸만
손을 흔든다.
골목길을 돌아설 때까지 여전히
그들은 그대로 그 자리에 서 있다.
이런 妻子의 모습이
電車 안에까지 따라와서 지워지지 않는다.
빙그레 웃음이 떠오른다.

주위를 둘러본다.
모두들 행복스런 얼굴들이다.
제각기 妻子의 모습들을 그리며 있는……

으시대고 달려본다.
나는 꽃電車의 운전수.
―「출발」전문

김윤성의 이 시는 한 마디로 '꽃전차'만큼이나 아름답고 화사하다. 이 작품은 '아내'와 '어린것'의 정겨운 전송을 받으면서 아침 출근길로 나서는 상황을 그리고 있다. 그것은 "전차 안에까지 따라와서 지워지지 않는다 / 빙그레 웃음이 떠오른다"에서 예감되듯 신혼시절이 되었건, 어느 때가 되었건 그 시간은 별 의미가 없다. 오직 다정한 '아내'와 '어린것'에 대한 진지한 사랑이라 할 수 있는데 비혈연적인 관계에서 만나 이처럼 되기까지는 무엇보다도 부부 상호간에 이해와 사랑이 토대가 되었을 것이다. 이러한 삶은 순간이 아니라, 전차 안에까지 따라오는 '아내'와 '어린것'의 손을 만들기에 충분하다. 나아가 전차에 탄

사람들도 제각기 처자의 모습을 그리고 있다는 데에서 은밀하게 행복을 교감하고 있으며 결국 시적 화자는 "꽃전차의 운전수"로까지 전이되어 행복을 느끼고 있다. 이 시에는 출발, 중간, 끝이 한결같이 행복에 젖어 있는 한 가정의 모습이 정겹게 나타나 있다.

다음은 '아내'를 '그대'라는 사랑의 말로 대체한 청마 유치환의 시를 보자.

> 아아 그대는 일찍이
> 나의 靑春을 情熟한 한떨기 아담한 꽃
> 나의 가난한 人生에
> 다만 한포기 쉬일 愛憎의 푸른 나무러니
> 아아 가을이런가
> 秋風은 蕭條히 그대 위를 스쳐 부는가.
>
> 그대 萬若 죽으면 ─
> 이 생각만으로 가슴은 슬픔에 즘생 같다.
> 그러나 이는 오직 철없는 愛憎의 짜증이러나
> 眞實로 嚴肅한 事實 앞에는
> 그대는 바람같이 사라지고
> 내 또한 바람처럼 외로이 남으리니
> 아아 이 至極히 가까웁고도 먼 者여
>
> ─「病妻」일부

이 시는 아내의 아픔을 지극히 안타까워하는 내용인데 '아내' 대신 사랑의 대칭어인 '그대'로 바꾸어 부부간의 사랑을 두텁게 하고 있으며 '그대'의 죽음을 예상만 해도 "슬픔에 즘생같다"고 안쓰러운 심정을 표출해 내고 있다. 젊었을 때에 정열을 만들어 준 '그대'가 '가난한 인생'을 살다가 죽음에 이르게 되는가라는 한탄의 목소리가 '가을'과 '추풍(秋風)'으로 비유되고 있는데, 여기에는 무엇보다도 병이 나기 이

전에 아내에 대한 '미진함'을 뼈저리게 드러냄과 동시에 "만약 죽으면" 나는 "바람처럼 외로이" 혼자 남으리라는 상실의식이 짙게 배어있다. 특히 "아아 至極히 가까웁고도 먼 자여"에 이르면, '그대'가 죽으면 '먼 자'가 될 수밖에 없는 존재의 허무감이 절정을 이룬다.

김시철도 아내의 주검 앞에서 어찌할 수 없는 처지를 애절하게 표현해 내고 있다.

> 몹쓸 병에 걸려서
> 肉身을 아주 못 쓰며 살고 있는
> 내 마누라는
> 요 몇 달 새
> 죽음을 맞이하는 연습을 한다.
>
> 모자라는 제 人生
> 주섬주섬
> 꿰매기나 할 듯이
> 요래라 저래라 자주
> 며느릴 불러 세워 이르기도 하고
> 아이들을 대하는 위세가
> 전에 없이
> 힘에 부쳤다.
>
> 남편의 歸家를 日課로 삼던
> 그녀의 눈빛도
> 처분만을 바라는 그것만 같아서
> 나 또한 수없이
> 숨어서 운다.
> ― 「아내의 病室에서」 일부

화자는 죽음을 기다리는 아내의 병실에서 "남편의 歸家를 日課로 삼던" '그녀'의 눈빛도 제대로 보지 못하고 "숨어서 운다". 여기에서 눈여겨볼 대목은 '아내의 일과(日課)'에 있다. 이는 그만큼 부부관계가 행복했음을 드러내주고 있는 증거이다. 이것은 살아가면서 발생되는 온갖 불만족이나 갈등을 상호 이해하면서 사랑과 믿음을 키워왔기 때문이 아닌가. 이런 부부관계를 유지했던 화자는 아내의 눈이 "처분만을 바라는 그것만 같아서" 수없이 숨어서 울고만 있다는 데에서 참다운 부부애를 느낄 수 있다. 사랑이란, 우리들이 각자의 마음에 채워지지 않는 공허가 커지는 것을 느끼며 온갖 존재물의 내부에 우리들의 내적인 체험과 교감하는 것을 추구할 때 아득히 동경하는 마음이 강하게 쏠리는 것[16]이기에 '사랑'은 인간사회에서 가장 가치 있는 의미를 지니고 있는 것이다. 또 김시철은 시 「오늘 같은 날」에서 아내에 대한 정을 평소에 찾았던 '철산집'에서 끌어낸다. 아내가 세상을 떠난 초겨울 "당신의 그 넉넉한 마음씨를 안주 삼아서 / 오늘은 정말 / 철산집 왕순대가 먹고 싶다"고 이 세상에 없는 '당신'을 떠올리고 있다. 여기에서 "넉넉한 마음씨"는 넓은 아량과 이해로 해석되기 때문에 부부관계에서 상호이해를 중히 여기게 되는 까닭이 바로 여기에 있다.

다음은 남성에 대한 지순한 사랑을 노래한 허영자의 시를 보자.

당신의 손짓 하나로
이 몸은
천지에 가득 웃음을 풍기는
꽃일 수 있습니다만

당신의 눈짓 하나로
이 몸은
형체없이 스러지는
한 오리 김일 수도 있습니다.

해와 달은
저어리 밀어두고
이 몸은 항상
낭랑히 낭랑히 울림하고 지우니

바람하
푸른 잎새로 걸어둔
이 마음 흔들어
풍경소리 나게 합소서 당신은.
　　　　　　　　　　　— 「바람」 전문

　이 시는 지순한 사랑을 갈망하는 내용이다. '당신'을 '바람'으로 환치하고 '나비'와 '꽃'을 대비하면서 '당신'의 사랑을 바라고 있다. 즉 "당신의 손짓"과 "당신의 눈짓"이 시적 자아의 '꽃'도 될 수 있고 '김'도 될 수 있기 때문에 '당신'의 사랑이 절실히 필요하다는 것이다. 나아가 '풍경소리'는 헌신의 의미와 영원한 사랑의 울림을 뜻함으로써 '당신'과 시적 자아의 상호 융합을 나타내고 있다. 또한 김남조는 「고백」에서 남녀간의 '용서'를 말하고 있다. "그녀의 사랑 / 그가 용서하고 / 사랑 없는 그를 / 그녀도 용서하며 / 혹여는 이와 반대일 때도 / 그들 서로 용서하며 / 살아있는 한 / 이렇게들 외로와 보아라"고 하는 것은 엄격한 질서나 자존심의 대립이 아닌, 상호 '용서'의 의식을 반영한 것인데 이것은 부부관계에서 발현시킬 수 있는 최상의 아름다움이다.
　결국 부부란 화합과 질서의 기반 위에서 조화롭게 살아가야 하는 상보적인 존재이다. 그래서 『주역』에서도 "한 쌍의 남녀가 결합해서 부부가 되었다는 것은 바로 천지가 배판에서 운행되어 나가는 의미와 같은 것이다."라고 했다. 가치관의 차이로 자기의 주장만을 내세우는 부부관계가 아니라, 인격체로서의 상호 인정과 따뜻한 사랑이 삶의 중심 사상이 될 때 그 관계는 가장 이상적인 부부상이 된다.

3. 윤리와 문학의 미래

윤리와 문학을 논하기 전에 먼저 문학의 가능성에 대하여 살펴보는 것이 순서일 것 같다. 문학의 기능이란 작품을 구성하는 요소들의 총체적 작용을 의미한다. 즉 작용의 실체는 무엇인가 하는 문제와 그 작용이 미치는 대상의 범위 등이 포함되는데 일반적으로 쾌락(pleasure)과 공리(utility)로 양분한다. 그러나 쾌락과 공리는 다같이 문학의 작용이 독자에게 미치는 영향이므로 양분한다는 것은 문학의 다양성 면에서 볼 때 불합리하다. 따라서 현대시가 윤리의식 문제를 다루었다고 해서 '공리'만으로 취급할 수는 없다. 하나의 문학작품이 성공적으로 기능을 수행할 때 문학과 효용성이라는 두 가지 '특징들'은 존재한다. 문학은 비소유의 명성이기 때문에 '더욱 고상한 쾌감'이고 문학의 효용성 ― 그 진지함과 그 교훈성 ― 은 쾌감을 주는 진지함이다.[17]라는 점에서 문학의 기능은 통합적으로 이해해야 할 것이다.

따라서 전통윤리 의식이 담긴 작품도 이런 관점에서 파악될 때 문학의 가치를 찾을 수 있게 된다. 윤리의 문제 역시 이러한 범주 내에서 이루어진다면 윤리에 대한 문학의 가능성은 충분하다는 생각이다. 이런 전제 아래 전통윤리의 문제에 대하여 현역 시인들의 의식 세계를 설문 방법을 통해 살펴보았다.

설문 내용은 대항목 9개 문항과 소항목 6개 문항으로 나누어 작성하고 설문지는 현재 국내에서 활동하고 있는 시인 110명을 문인 주소록에서 무작위로 추출하여 발송, 의뢰했다. 1개월 동안에 이에 응답해 온 시인은 87명(79%)으로 30대 2명, 40대 9명, 50대 43명, 60대 31명, 70

대 2명 등이었고, 시력(詩歷)은 20년 이상이 70명에 달했다. 본론에 관계된 응답을 통해 시인들의 응답 구조를 분석해보면 다음과 같다.

(1) '현대시가 전통윤리의식을 회복시키는 데 도움이 된다고 생각하느냐' 하는 물음에 69명(79.3%)이 '그렇다'고 응답했고, 11명(12.6%)이 '아니다', 무응답 7명 등으로 나타나 현대시가 윤리의식(인간성 회복)을 향상시키는 데 긍정적 평가를 내리고 있다. 이런 것은 앞서 말한 바와 같이 문학의 기능을 공리에서 찾은 결과로 보인다. 공리성은 루크레티우스(Titus Carus Lucretius)의 '문학당위설'과 귀요(J. M. Guyau)의 '인생을 위한 시'로 해석할 수 있다. 한편 '아니다'라는 응답은 구체적 질문은 없었지만 심미주의 예술의 철학적 기초를 마련한 칸트(Immanuel Kant)의 '무목적의 목적성(purposeless purposiveness)'과 '무관심의 기쁨(disinterested delight)'으로 말하고 있는 쾌락의 기능에 관심을 두었기 때문이 아닌가 싶다. (2) '전통윤리의식의 문제를 작품(시)으로 다룬 적이 있느냐' 하는 질문에 대해서는 75명(68%)이 '있다'고 응답함으로써 문인들은 현대산업사회에서 빚어지는 윤리상실에 많은 관심을 가지고 있음이 밝혀졌다. (3) 시를 쓴 '동기'에 대해서는 55명이 '사회'에서, 17명이 '가정', 3명이 기타에서 찾았다. 이 같은 통계를 보면 윤리의식이 상실되어 가고 있는 사회상의 한 단면을 알 수 있다. (4) 앞으로 시 창작에 윤리의식 문제를 반영시키겠다는 75명 중 그 이유를 묻는 질문에 31명이 '전통윤리가 중요하기 때문에', 39명이 '민족정신 문화를 바로 전하기 위해', 5명이 기타 이유를 들었다. (5) 윤리문제를 작품으로 다룬 적이 없다는 11명은 그 이유를 '무효과' 8명, '진부하기 때문에' 3명 등으로 나타났다. (6) 그러나 11명 중 4명은 윤리의식이 점차 떨어지고 있기 때문에 앞으로는 시 창작에 반영시켜야 한다고 응답했다. (7) '우리 나라의 전통윤리의식이 미래문학을 창조하는 데 필요하냐' 하는 질문에는 78명(89.6%)이 '그렇다'고 응답했다. 이 점은 민족

정신문화를 소중히 여기고 이를 미래문학에 디딤돌로 삼고자 하는 의식의 발로로 해석된다. (8) 전통이나 현대의 윤리의식을 가장 많이 반영한 시인들로는 조지훈, 서정주, 박종화, 김남조, 김후란, 허영자, 유치환, 정한모, 김시철, 신동집, 김춘수 등을 꼽았는데 이 중 서정주를 지목한 시인이 가장 많았다. (9) 현대시와 전통윤리의식에 대한 의견을 보면, 먼저 한국인의 전통정서가 윤리의식에 뿌리박고 있으므로 불가분의 관계라는 점에서 이를 바탕으로 새로운 현대시의 전통을 세우고, 미래사회에 지표가 될 만한 윤리의식을 작품으로 형상화해야 한다는 주장과, 전통윤리의식을 극복하는 데에서 현대시는 출발해야 한다는 주장으로 양분되었다. 이는 문학이 전통윤리이건, 현대의식이건 수용하되 시로 형상화해야 한다는 것과, 또 하나는 윤리의식의 문제와 시는 별개 문제라는 두 관점의 결과로 보여진다. 특히 시인들이 강조하고 있는 것은 시의 총체적 요소를 갖춘, 즉 시의 형상화이다. 이 말은 문학의 본질과 시의 실체를 구성하는 제요소가 구조를 이룰 때 문학적으로 승화되고 제 기능을 다하게 된다는 당위성을 말한 것으로 판단된다.

분석에서 보듯 대부분의 시인들은 퇴색되어 가고 있는 윤리의식 문제에 관심을 가지고 인간성 회복이란 차원에서, 현대시가 이를 수용해야 함은 물론 미래문학 창조에도 필요하다고 판단하고 있음이 규명되었다.

4. 맺음말

지금까지 살펴본 바와 같이 우리의 전통윤리의식은 현대산업사회에 들어 가치관에 변화를 가져옴으로써 그 형태를 잃어가고, 인간성 상실이라는 극단적 상황에까지 이르렀다. 이 같은 문제에 대하여 현대시가 이에 어떻게 대응해 왔고 앞으로는 어떻게 반영시킬 것인가를 살펴, 과연 현대시가 윤리회복에 도움이 될 것인가를 고찰해 보았다. 윤리를 근거로 한 행위는 모든 주관적 활동이 자아를 초월한 것으로서 순수한 인간적 가치를 실현하려는 욕망이다. 시의 창조의식 역시 자유로운 정신활동의 소산으로서 인간의 순수한 윤리적 심층을 담고 있다는 데에서 윤리와 문학은 본질적으로 별개가 될 수 없다. 이것은 두 영역이 모두 순수를 기반으로 하고 있기 때문이다. 이런 점에서 윤리의식의 문제를 작품으로 형상화한다는 것은 그 기능이 쾌락이건 공리이건 당연한 논리로 생각된다.

현대시가 윤리의식이나 이에 관련시켜 작품화한 것을 종합해 보면, 1) 자녀에 대한 부모의 사랑은 대체적으로 성장 과정에서의 모습보다도 성장 후의 만족감에서 찾고 있었고, 2) 부모에 대한 효성의 작품은, 효보다는 난관에 봉착했을 때 '믿음'의 정신적 지주로 형상화한 것들이 많았다. 3) 형제간의 우애는 가정 구성의 특성상 작품화한 것이 많지 않았고, 4) 부부간의 관계는 어느 항목보다도 시로 승화시킨 것이 많았음이 특징이었다. 이러한 결과는 전통윤리가 현대적 상황에 맞지 않는 부분이 있기 때문이라고 할 수 있다. 결국 가정윤리는 사회윤리의 기본이요, 국민윤리의 원천이 된다는 의미에서, 작품의 주제가 사랑과 믿음에서 출발하여 인정, 상호 존중, 화합 등이 주류를 이룬 것으로 판단된다.

이러한 전통윤리의식은 현역 시인들의 79.3%가 윤리회복에 관심을 가지고 현대시의 역할을 강조했으며, 86.2%가 앞으로 계속 윤리의식의 문제를 작품으로 다루겠다고 응답함으로써 윤리에 대한 시인들의 의식은 매우 강했다. 또한 많은 시인들이 창작에 있어 시적 요소를 갖춘 형상화로 감동과 유용성의 미(美)가 얼마나 구축되었느냐에 따라 윤리와 문학과의 관계가 정립된다고 지적했는데, 이는 시가 독자의 정서를 자극해야 한다는 의미와 함께 문학의 본질을 훼손시키지 않아야 된다는 의견으로 풀이되고 있다.

　가정윤리는 본성의 유지이며 휴머니즘의 발휘이기 때문에 어느 윤리보다도 우위를 점하고 있으나 유학에서 말하고 있는 윤리사상이 현대에 그대로 적용될 수는 없다. 그래서 문학은 동양의 윤리사상과 서구의 합리적 정신을 변증법적으로 승화시켜 현대적 윤리관을 확립하는 데 정신적 기조를 두어야 된다고 믿는다.

◆ 註

1) 문덕수,『오늘의 詩作法』, 시문학사, 1987, pp. 26~28.
2) C. 데리 루이스, 강대건 역,『詩란 무엇인가』, 탐구당, 1980, p. 22.
3) 유교적 관점에서 시를 인류·도덕적으로 해석한다는 것은 순수한 문학적 가치를 왜곡한다는 견해도 있지만 쾌락적 기능도 중시하고 있다. 고려조의 최자는 "기운을 돋구어 말을 멋대로 함으로써 듣는 사람들을 감동시키려고 하여 때로는 험악하고 괴이한 것도 말하게 된다."고 말하고 "그 말이 뚜렷하여 사람의 마음을 감동시켜 깨닫게 하고 깊고 미묘한 뜻을 드러내어 마침내는 올바른 데로 돌아가게 할 수 있다."고 시의 감동적 기능, 즉 문학의 쾌락적 기능을 강조하고 있다.
4) 父子 天性之親 生而育之 愛而敬之.
5) 敬之以義的 不納於邪.
6) 金仁煥,「한 정직한 인간의 성숙과정」,『金洙暎의 문학』, 민음사, 1983, p. 220.
7) 백승기,『인간과 윤리』, 학문사, 1986, p. 60.
8) 지교헌,「경로효친사상의 역사적 전개와 그 현대적 의의」,『전통윤리의 현대적 조명』, 정신문화연구원, 1989, p. 214.
9) 事孰爲大 事親爲大…事親事之本也.
10) 孝子之至 莫大乎尊親.
11) 김원경,『한국 시가 문학상의 유가사상 연구』, 학문사, 1981, p. 56.
12) 事其兄如嚴父.
13) 年長以倍 則父事之 十年以長 則兄事之 五年以長 則肩隨之.

14) 송성자, 「노인을 위한 가족중심적 서비스에 관한 연구」, 『전통윤리의 현대적 조명』, 한국정신문화연구원, 1989, p. 214.
15) 김익수, 『한국충효사상과 국민정신교육』, 성균관,
16) P. B. Shelly, 윤종혁 역, 『시의 擁護』, 새문사, 1986, pp. 21~22.
17) R. Wellek 외, 이경수 역, 『文學의 理論』, 문예출판사, 1987, p. 47.

21세기 한국시의 전망

1. 머리말

요즘 우리는 '21세기'라는 단어를 공공연히 사용하는 것을 볼 수 있다. 이는 어느 한 분야에 국한되어 쓰이는 것이 아니라 거의 전 분야에 걸쳐 쓰여지고 있는데, 이것은 나름대로 21세기에 거는 기대가 적지 않음을 의미한다. 그러나 여기에서 짚고 넘어가야 할 것은 우리가 21세기에 대해 연대기(chronology)적 관점, 단지 20세기에서 21세기로 바뀌어지니까 달라져야 한다는 — 을 너무 집요하게 물고 늘어지는 것은 아닌지 고민해 볼 필요가 있다. 사실 우리가 일컫는 20세기 또는 21세기라는 묘사는 그것 자체로 아무런 의미를 가지지 않는다. 연대기는 시간의 흐름을 측정하는 단위이고, 어떤 사건을 명료화하기 위한 수단이지 그것 자체가 어떤 의미를 부여해 주는 것은 아니기 때문이다. 연대기가 어떤 사건을 일으키는 것이 아니라 사건을 명확하게 드러내기 위해 연대기를 필요로 하는 것이다.

따라서 우리가 21세기의 시를 논의하는 것은 단순히 연대기나 미래를 이야기하는 것이 아니라 현재를 탈출하려는, 다시 말해서 미래를 위한 담론인 '새로운 상상력', '상상력의 힘'을 논의하기 위해서이다. 이는 현실이 있게 하는 발언이 아니라 현실을 새롭게 만드는 발언이며 새로운 우주가 시에서 태어나는 시적 반응을 의미한다.

이런 문제의식을 가지고 21세기 한국시의 방향과 전망을 조심스럽게 접근해 보고자 한다. 지난 반세기 동안 한국인의 삶에 막대한 영향을 끼친 요인은 다양하나 그 중에서 근대 과학문명의 발달과 국토의 분단, 그리고 자연환경 등의 문제로 압축시켜 볼 수 있다. 이러한 문명, 분단, 환경의 문제는 그 동안에도 시인의 문학적 상상력의 발흥에 전적으로 커다란 영향을 주어 왔다.

그러나 문명의 이기로 인한 인간 소외, 과학화에 따른 환경 문제는 사회의 발전과 더불어 더욱 증대될 것이고 남북분단이라는 우리 민족의 역사적 과제 등도 현재의 상황으로 보아 21세기에도 크게 부각될 것이 예상된다. 따라서 본고에서는 그 동안 문명, 분단, 환경에 대하여 현대시가 어떻게 대응했으며 21세기에는 어떻게 전개될 것인지, 한국시의 향방을 전망해 보고자 한다.

2. 문명, 아름다운 세계를 보는 힘

6·25 동란 이후 시작된 근대화 및 산업화는 이농현상과 도시로의 인구집중을 초래하였고, 전통적인 삶과 도시생활의 격차를 점진적으로 벌려놓기에 이르렀다. 이러한 도시의 우울하고 삭막한 현상은 다음 시

에 구체적으로 드러난다.

> 도시는 빌딩의 숲이다. 빌딩의 계곡이다. 치솟는 빌딩은 탑이 아니
> 라, 차곡차곡 쌓아 올린 콘크리트의 서랍이다. 차곡차곡 포개 올린 서
> 랍이다. 사람들은 표본상자 속의 벌레, 그 서랍 속에서 눈을 뜬다. 날
> 이 새면 서랍 속을 빠져나오나, 이내 다른 서랍에 갇힌다. 지붕도 땅도
> 없이 대낮은 더욱 어둡고, 천장은 그 위층의 영원한 어둠의 밑바닥이
> 다. 지옥으로 가는 골목처럼 복도는 빠끔히 트이나 만나는 눈초리는
> 언제나 낯이 설다. 엘리베이터는 쬐그만 죽음의 곳간, 분주히 오르내
> 리면서 순간마다 계단의 꿈을 죽이고 있다. 빌딩과 빌딩은 깎아 내린
> 아득한 절벽이다. 어린 나비들이 떨어져 죽는다.
> 그 절벽의 틈새로 굴 속 같은 길은 뚫려 거미줄처럼 얽혀 있으나
> 나의 길은 없다. 로터리를 몇 바퀴 돌아도 나의 길은 없다. 나는 어
> 디로 가야 하나. 봄비는 저녁 버스의 出口에서 하루의 문이 닫힌다.
> 낯선 강을 건너듯 어제와 오늘이 이어진다. 하늘은 구름과 별의 무
> 덤이다. 도시는 언제나 잿빛 천막으로 덮여 있다. 그것은 죽음의 포
> 장이다.
>
> — 문덕수,「素描」전문

이 시는 도시 생활의 메커니즘을 형상화했다. 전통적인 농촌생활의
풍경에 낯익은 화자는 도시 생활의 낯선 환경에 적응하지 못하고, 도
시 자체를 죽음의 공간으로 보고 있다. 화자는 자연 이미지들을 활용
함으로써 도시생활의 딱딱하고 건조한 이미지를 강조한다. 이 시는 기
계적인 일상, 군중 속의 고독, 밀폐된 공간의 불편함 등을 강력히 환기
하고 있다. 도시생활의 메커니즘과 소외를 완화시킬 해결책이나 대안
보다는 비유와 상상력으로 그 공포를 이야기함으로써 품위를 떨어뜨
리는 환경에 대한 인간성의 우위를 주장한다. 당시 농촌에 거주하던
젊은이들의 무계획적이고 막연한 동경심에서의 상경은 유행병처럼 퍼
져 있었다. 그러한 동경심이나 기대감이 깨어지는 데는 오랜 시간이

걸리지 않았다. 여기에 등장하는 서정적 자아도 마찬가지이다. 화자는 자신의 생리에 맞지 않는 죽음의 공간인 도시에서 새로운 삶의 탈출구를 찾지 못하고 다람쥐 쳇바퀴 돌 듯 그 곳에서 어쩔 수 없는 생활을 하고 있는 것이다.

다음 시에서는 아파트에서 생활하고 있는 사람들의 고독과 소외감이 철저하게 암시로 드러나 있다.

> 고도성장시대의 이 살기 좋은 아파트 단지에서는 겨울은 살찐 부자가 되어 여유가 만만하다. 매일같이 사우나탕에 가서 땀을 빼고 오는 주름살 하나 없는 팽팽한 얼굴에는 언제나 부드러운 미소가 감돌고 있다. 이제 그는 추위를 모른다. 추위란 여자들의 밍크코트를 돋보이게 만드는 조명장치의 불빛일 뿐이다. 개구리도 올챙이를 모르거늘 하물며 이 아파트 단지의 주민들이 옛날 겨울, 배고픈 그 말라깽이를 알까보냐. 초가집 처마 끝에 진종일 꽁꽁 언 고드름으로 꺼꾸로 매달려 있기 일쑤였던 그 녀석, 때로는 동사사고를 일으켰지만 절대로 썩지는 않는 몸이 시퍼런 뼈였던 그 녀석은 죽어 버린 것이다. 중앙 집중식 난방에 전기난로까지 곁들인 이 따뜻함 속에서야 제 놈이 죽지 않고 배길 수 있겠는가. 추위를 모르는 살찐 겨울, 짠맛을 잃은 소금이 설탕으로 둔갑해서 집집마다 단맛을 가득 채우고 있다. 그래서 이 아파트 단지는 나무로 치면 뿌리에 해당하는 지하의 쓰레기장이 이 겨울에도 푹푹 썩고 있는 것이다.
>
> — 이형기, 「겨울의 죽음」 전문

이 시는 우의(allegory)적인 톤으로 도시의 아파트 주민들의 내면을 속속들이 보여준다. 산업화와 근대화의 산물인 아파트는 철저하게 윗집과 옆집에 살고 있는 주민들과 경계를 정확하게 지어 사생활의 침해를 전혀 받지 않으려는 사람들이 살고 있는 곳이다. 이 아파트엔 농촌초가의 처마 끝에 매달린 고드름은 존재하지 않는다. 근대문명이 가져다 준 편리하고 실용성 있는 기계와 가재도구가 있기에 굳이 농촌생활의 향수를 떠올릴 필요가 없는 것이다. 시인은 제목을 '겨울의 죽음'이라고 했는데 여기에서 죽음의 대상은 시골 풍경에서 느낄 수 있었던, 인간미가 물씬 풍기는 그런 겨울의 죽음을 의미하는 것으로 볼 수 있다. 시인은 "추위를 모르는 살찐 겨울"과 "짠맛을 잃은 소금"을 병치함으로써 '추위'에 대한 모럴 의식을 독자에게 제시해 준다. 경제생활이 윤택하고 풍요해지면서 인간미, 옛것의 소중함이 점점 사라져 가는 풍경과 경제적으로 어렵고 힘들었어도 인내와 염치를 알았고 사람 사는 재미를 느꼈던 풍경을 대비시킴으로써 좀더 독자에게 편안하게 다가선다. '추위'와 '짠맛'은 자기 자신의 정체성을 찾게 해주는 표현이다.

앞의 시들에서 볼 수 있듯이 지금까지 나온 문명을 주제로 한 시들은 거의 근대문명이 가져다 준 경제생활의 윤택함이나 물질적 풍요로움을 비판하면서 인간성 상실을 노래하고 있다. 지금까지의 시가 물질적 풍요로움과 근대 문명의 발달로 인한 전통의식의 쇠퇴, 그리고 인간성(인간 본연의 정신)의 상실을 비판하는 것이 주조를 이루었다면, 다가올 21세기에는 이를 극복하여 감소하고 쇠퇴했던 전통의식이나 인간 본연의 아름다운 정신세계와 삶과 세계를 다루는 시가 크게 대두되리라고 생각한다.

3. 분단, 화합을 통한 평화의지

우리 나라가 남북으로 분단된 이후에 이를 주제로 한 작품이 꽤 많이 나왔다. 반세기 가깝게 허물어지지 않는 남북을 가로막은 장벽은 우리 민족의 한을 안은 채 그대로 존속하고 있다. 따라서 민족의 응어리를 풀 통일이 이루어지기까지는 앞으로도 계속 문학 속에서 작품으로 형상화될 것이다. 그 동안 남북의 고통과 슬픔을 노래한 시는 오래 전부터 많이 쓰여져 왔다.

　그 중 전봉건의 시는 국토분단의 비극적 현실을 집중적으로 다루었다는 점과 한국 동란을 전후해 북에서 남하한 이들을 포함한 이산가족이 천만 명으로 추산된다는 점에서 큰 의의와 호소력을 지닌다. 특히 시집 『北의 고향』에 실린 시들은 국토분단의 역사적, 이념적 문제를 직접 다루기보다는 주로 실향민의 고통과 고향의 정을 절실히 그렸다. 열강의 의지에 의해 국토분단과 동족상잔의 전쟁을 겪은 시인의 심경은 사적이면서도 극히 보편성을 지녀 공감을 획득했다.

　시 「여섯시」는 고향을 그리다가 또 하루를 맞이한 심경을 다룬 것으로, 고향의 정을 명암의 상징과 극적인 상황, 그리고 역설적 표현 속에 형상화했다.

　　　열시　　흐릿하다
　　　열한시 가물가물 보인다
　　　열두시 하루가 다하고
　　　하루가 시작되는 어둠은
　　　더욱 짙은 어둠이다
　　　그러나 그때 성큼 한 발자국
　　　내게로 다가서는 너를 본다
　　　한시　　마침내 너는 어둠을 밀어낸다
　　　　　　　산이여 강이여 하늘이여
　　　두시　　밭이여 언덕이여 샘이여
　　　　　　　홰나무여 대문이여 안뜰이여
　　　　　　　큰 부엌의 큰 솥이여 작은 솥이여
　　　　　　　마른 나무 활활 불타는 눈부신 아궁이여
　　　세시　　할아버님 할머님
　　　　　　　아버님 어머님이시여

네시   (네 번 치는 패종소리)
다섯시 머리 위에 떠오르는 희끄무레한 창
여섯시 다시 네가 밝음이다
                              — 전봉건, 「여섯시」 전문

이 작품에는 '어둠'의 사실과 상징을 통해서 나온 미묘한 심경과 돈
호법을 통한 서정성, 그리고 고향의 사물과 일가를 향한 점층과 "네가
없는 밝음"이라는 통렬한 역설이 있다. 고향의 집중된 시간을 일상의
흐름 속에 놓음으로써 명암의 상징성을 보여준다. 어둠이 밝음이고,
밝음이 어둠인 셈이다. 이러한 기법이 전봉건 시의 특징이라 할 수 있
다. 그의 갈 수 없는 고향에 대한 그리움은 「꽃」이라는 작품에서 절실
하게 나타난다.

철마다
한 송이
꽃을
볼 때면
나는 늘
살점 하나를 생각합니다.
고향집 뒷산자락에 모신 채
삼십여 년을 뵙지 못하는
할아버지와 할머님이
철마다 무덤 가르고 나오시어
번갈아 장도칼로 도려내시어
바람결에 띄우시는
당신의 가슴살 한 점.
그 살 점
하나가 뿜어내는
핏보래로

보내는 것입니다.
— 전봉건, 「꽃」 전문

철이 바뀔 때마다 얼굴을 내미는 꽃을 보며 삼십여 년 찾아 뵙지 못한 할아버지와 할머니에 대한 죄스러움과 그리움을 내포하고 있다. 한 해 두 해도 아니고 자그마치 30여 년을 가슴속에 파묻은 채 살아온 것이다. "철마다 무덤을 가르고 나오시어 / 번갈아 장도칼로 도려내시어 / 바람결에 띄우시는 / 당신의 가슴살 한 점"이라는 구절에서는 시적 화자와 할아버지·할머니가 한 해 한 철도 거르지 않고 지속적으로 교감하고 있다는 것을 보여주고 있다. 또한 여기에는 하루빨리 고향 땅에 묻힌 할아버지와 할머니를 뵈었으면 하는 바람을 싣고 있다.

분단으로 인해 생긴 이산가족들의 애환과 그리움, 그리고 전쟁의 참상을 노래한 시들은 지금까지 많이 토해졌는데, 최근에는 한 걸음 나아가 남북을 가른 휴전선 155마일을 왕복 2㎞ 폭으로 감싸고 있는 비무장지대(DMZ)를 소재로 한 시운동까지 벌어지고 있다. 문학이 민족의 삶과 연결될 때 민족의 역사와도 끊을 수 없는 관계를 갖게 됨은 불가피한 일이다. 더욱이 21세기로 넘어가는 과도기의 민족문학이 어디에서 자리를 잡고, 어디로 나아가야 하는가를 생각할 때, 오늘날 한국 민족이 처해 있는 역사적 상황을 외면해서는 그 답안이 나올 수 없다. 오늘의 한국 민족이 처한 상황을 상징적으로 집약하고, 그 방향을 내포하고 있는 장소가 바로 비무장지대이다. 민족의 분단, 비극, 갈등, 통일, 평화, 꿈, 다시 말하면 한국 민족의 과거와 현재, 그리고 미래를 총체적으로 안고 있는 곳이 바로 비무장지대이다. 희귀동식물의 지상낙원으로까지 불리는 비무장지대는 분단국가만이 지닐 수 있는 불모지요, 완충지대로서 아직도 전쟁의 상흔이 고스란히 잔존해 있다. 그러나 남북이 각기 다른 이데올로기로 무장하고 적의 가슴에 총을 겨누고 있는 상황과는 달리 이 곳의 풍경은 평화롭고 아름답기 그지없다. 시인들은 그 곳을 노래함으로써 평화통일 의지를 담아내려고 노력하고 있다. 심상운의 시가 좋은 예이다.

> 아아, 그곳에는 모두 살아 있겠지 / 오소리 노루 산꿩과 함께 / 산돼지나 여우 사슴과 함께 모두 살아 있겠지 / 하얗게 하얗게 눈 내리는 겨울밤에는 / 남정네들은 짚신을 삼고 / 아낙들은 길쌈하며 / 옛날처럼 그렇게 살고 있겠지 <중략> 그곳은 산과 골짜기와 골짜기들이 / 서로 껴안고 한 이불 속에서 / 뜨거운 꿈을 꾸는 마을 <중략> 우리들 마음 속 묻고 살아온 / 싱그러운 풀언덕 / 금잔디 동산이 거기서 살고 있다.
>
> ― 심상운, 「비무장지대」 일부

화자는 무공해의 전원 속에서 온갖 짐승과 후덕한 사람들, 그리고 산들과 함께 동고동락하며 살아가는 지상낙원을 그리고 있다. 이 곳은 어떠한 갈등이나 싸움이 없고 지난 날의 죄과를 서로 용서하는, 예부터 전해 내려오던 공동체 마을의 평화롭고 다정다감한 모습이다. 서정적 자아는 공해에 물들지 않고 전혀 개발되지 않은 비무장지대를 통해 가식과 허위가 없는 평화통일을 갈구하고 있는 것이다.

이와 같은 모습들은, '분단의 실상 폭로하기 → 분단의 아픔 → 분단의 생채기 감싸기' 등으로 요약할 수 있는데, 21세기에는 이러한 것들을 극복하고 화합을 통한 평화통일 이루어내기의 과정이 될 것이다. 다시 말해 21세기에는 분단의 참상, 슬픔 등을 담아내기보다는 이를 극복하려는 ― 평화통일을 욕망하는 대화와 화해 차원의 시가 나오리라 전망된다.

4. 환경, 자연을 그리워하는 마음

후기산업화의 발달과 무절제한 국토의 개발은 놀라운 경제성장을 이룩하는 데 지대한 업적을 이룬 것이 사실이나 그에 못지 않게 아름답고 깨끗한 우리의 산하를 크게 훼손시켰다. 그리하여 우리 자연환경은 이제 점점 자정능력을 상실해 가고 있는 실정이다.

사실 우리 나라는 60년대 중반까지만 해도 '환경오염'이란 말은 관심의 대상이 되지 못하였으며 최근에 이르러서야 비로소 환경오염이 인류의 행복을 파괴할 수 있는 가장 큰 요인 중 하나라는 것을 인식하게 되었다. 이러한 인식은 범세계적으로 산성비, 오존층 파괴, 온실효과, 해양오염, 열대우림의 감소와 사막화 등이 서구의 건강을 위협하고 있다는 사실과 국내에서도 수질오염, 대기오염, 토양오염, 쓰레기 배출 등 환경오염 문제가 심각한 지경에 이르렀다는 것을 통해 쉽게 얻을 수 있었다.

바야흐로 환경오염에 의해 전 인류가 생존의 기로에 놓여 있으며 이의 해결이 무엇보다 시급한 것이 오늘의 현상이다. 환경오염 문제는 이러한 환경위기의 시대를 살아가는 모든 사람들이 절실하게 생각하고 깊이 있게 거론해야 할 것임은 자명한 일이다. 그 동안 문학에 나타난 환경문제에 대한 대응 방법은 거의 파괴된 자연을 사실적으로 묘사하거나 고발하는 일차원적 현실비판, 문명비판의 차원에서 이루어졌다. 공해로 인한 인간의 피해상황을 리얼하게 묘사하고 고발함으로써 산업문명의 악영향에서 벗어나려는 작품들이 주조를 이루었다.

　　무뇌아를 낳고 보니 산모는
　　몸 안에 공장지대가 들어선 느낌이다.

젖을 짜면 흘러내리는 허연 폐수
아이 배꼽에 매달린 비닐끈들.
저 굴뚝들과 나는 간통한 게 분명해!
자궁 속에 고무인형 키워온 듯
무뇌아를 낳고 산모는
머릿속에 뇌가 있는지 의심스러워
정수리 털들을 하루종일 뽑아낸다.
　　　　　　　　　 ─ 최승호, 「공장지대」 전문

　이는 공장지대의 환경오염이 신생아에게 미친 악영향을 고발한 시이다. 후기산업사회가 가져다 준 공해가 지구 전체를 기형적인 죽음의 세계로 몰고 가고 있음을 매우 실감나게 묘사하고 있다. 산업발전의 부정적인 모습을 적나라하게 파헤치고 있다. 환경오염과 무분별한 생태파괴가 가져올 무시무시하고 엄청난 일들을 경고하고 있다. 우리 나라 여기저기에서 환경오염으로 인한 기형아가 나오고 있는 현실을 감안해 볼 때 단순한 경고 차원을 넘어선다. 그리고 젖을 짜면 허연 폐수가 흘러내리고, 아이 배꼽에 비닐끈이 매달려 나오는 광경은 생태계를 파괴하고 환경을 오염시킨 대가로 여겨진다.
　다음은 공해로 인한 자연환경의 피해상황을 노래함으로써 생태계파괴에 대한 문제의식을 부각시킨 시를 살펴보자.

봄이 되어도 꽃이 붉지 않고
비를 맞고도 풀이 싱싱하지를 않다.
햇빛에 빛나던 바위는 누런 때로 덮이고
우리들 어린 꿈으로 아롱졌던 길은
힘겹고 고개에 걸쳐져 있다.
썩은 실개천에서 그래도 아이들은
등굽은 물고기를 건져 올리고

늙은이들은 소주집에 모여 기침과 함께
　　농약으로 얼룩진 상추에 병든 고기를 싸고 있다.
　　한낮인데도 사방은 저녁 어스름처럼 어둡고
　　골목에는 고추잠자리 한 마리 없다
　　바람 속에서도 화약냄새가 난다
　　종소리에도 가스냄새가 난다
　　— 신경림, 「이제 이 땅은 썩어가고만 있는 것이 아니다」 일부

　환경오염으로 인한 피해상황은 도시나 공장지대에 국한된 것이 아니다. 이젠 생태계의 파괴가 농촌지역에 이르기까지 공간의 확대를 꾀하고 있다.

　시인은 이 시에서 환경오염으로 생긴 기형적인 농촌 풍경을 봄이 되도 꽃이 붉지 않고, 실개천에 등 굽은 물고기가 노닐고, 가을이 되도 고추잠자리가 보이지 않는 곳으로 그리고 있다. 정지용의 「향수」에 나오는 풍경이 우리의 고향 풍경이었는데, 이제 그런 모습이 점점 자취를 감추고 반도시화된 불구된 고향으로 전락한 것이다. 이런 결과는 환경문제를 소홀히 한 데서 나온 것들이다. 다음의 시도 같은 맥락에서 이해할 수 있다.

　　한 잔의 뜨거운 폐수를 / 위 속으로 쏟아붓고 / 뽀얀 죽음의 붕기
　　등을 태우며 / 조간신문을 펼치면 / 한강의 기형 등 굽은 물고기 /
　　페놀로 오염된 낙동강 / <중략> / 대한민국의 수도 서울에 살면서 /
　　나는 밤마다 / 대머리 홀렁 벗겨지고 / 한강의 물고기처럼 등이 굽
　　어가는 / 무서운 꿈에 시달린다."
　　　　　　　　　　　　— 이영철, 「나의 살던 고향은」 일부

　지금까지 환경오염으로 발생한 인간의 피해상황과 도시나 농촌의 상황을 살펴보았다. 이러한 현실고발문학이 환경에 대한 문제의식을

부각시킨다는 점에서는 상당한 효과가 있다고 생각한다. 그러나 21세기에는 '환경'이라는 단어 자체가 식상해져 버린 지금의 현실에서는 '환경'이라고 했을 때 '등 굽은 기형 물고기'나 '썩어버린 물'을 떠올리며 고개 젓는 것보다는 오염된 환경을 질 좋은 환경으로 되돌릴 수 있도록 하거나 '자연을 그리워하는 마음'을 가질 수 있도록 하는 것이 오히려 바람직하다고 본다.

따라서 21세기 시의 근원적 입장은 산업문명이나 경제성장에 의한 문제점을 인식하고 이에 대한 대응책으로 피해상황이나 고발수준에서 벗어나 자연을 그리워하는 마음을 가질 수 있도록 하는 한편 사회적 입장으로는 인간과 자연의 윤리적 가치관을 재정립하는 방향으로 시인의 눈이 전환되지 않을까 생각된다.

5. 맺음말

21세기 한국시는 예측되는 미래 사회의 정황과 불가분의 관계를 지니고 있다. 개인의 상상력에 의존한 시라 하더라도 그 시 속엔 당대 사회와 문화적인 요소가 개입될 수밖에 없고 독자와의 의사소통이라는 부분을 간과할 수 없다. 그렇기에 하나의 시는 그 시대 담론으로서 가치를 지니고 있는 것이다. 그래서 21세기의 한국시를 전망해 보는 것은 뜻깊은 일이 아닐 수 없다. 20세기의 한국 현대시가 이러한 문제점들을 인식하고 이에 대한 대응책의 기초를 다졌다면 21세기에는 어떠한 시를 전망해 볼 수 있을 것인가.

지금까지 논의를 정리해 보면, 다가오는 21세기에는 다음과 같은 한국 현대시의 흐름을 전망해 볼 수 있다.

(1) 문명 주제의 시는 도시의 우울하고 삭막한 모습과 이농현상, 그

리고 도시인구 급증의 문제점, 산업화에 따른 인간성 상실 등을 폭로
했으나 이를 극복하여 전통의식과 아름다운 인간성, 건강한 세계를 드
러내는 시적 태도

(2) 분단의 시는 비극적 현실의 아픔과 북녘 땅에 대한 그리움의 지
향에서 용서와 화합이 주조를 이루는 시

(3) 환경을 주제로 한 시는 환경오염으로 인한 기형아 출산, 생태계
파괴, 농촌과 도시의 피해 상황의 고발 차원에서 과감히 탈피하여 '자
연을 그리워하는 마음'을 생성시킬 수 있는 시의 방향이 전망된다.

◈ 참고문헌

이영걸, 「변화하는 사회 속의 한국시」, 한국펜클럽 제4회 국제심포지엄 자료
　　집, 1995.
신　진, 「21세기 우리시의 전개양상」, 한국시문학회 학술발표자료집, 1992.
기　타, 월간 ≪시문학≫ 등.

비무장지대(DMZ)문학을 통한 평화 의지

평화는 인류 전체의 희망이다. 그러나 우리의 현실은 아직까지 남북분단이라는 극한상황 아래에서 그 기미를 찾아볼 수 없다. 그 동안 우리의 분단문학은 대부분 갈등이나 분노, 슬픔 등에 초점이 맞추어져 있었을 뿐 새로운 현실인식에 의한 문학의 표명은 본격적으로 이루어지지 않았다. 이러한 현실상황에 맞추어 '비무장지대문학운동'은 정부의 정책이나 힘을 초월한 평화운동이라는 점에서 매우 획기적인 일이 아닐 수 없다.

본고에서는 이에 발맞추어 남북분단에 따른 갈등과 통합의지를 비무장지대라는 특수지역으로 눈을 돌린 작품을 중심으로 평화의지를 살펴 이 운동의 활성화를 꾀하고 민족 전체의 목적이요, 염원인 통일과 평화를 지향하는 문학운동의 당위성을 찾아보고자 한다.

155마일 휴전선을 가운데 둔 비무장지대는 긴장과 침묵의 공간으로 존재하고 있다. 반세기 가까이 존속되어 온, 분단체제의 상징인 이 공간은 우리 민족의 염원에도 아랑곳없이 그대로 남아 있다. 그러나 이 곳에는 어떤 이데올로기와도 관계없는 또 다른 세계가 형성되었는데, 그것은 누구도 손대지 않은 동식물의 지상낙원인 평화의 공간으로 탈바꿈되었다는 점이다. 긴장과 평화가 공존하고 있는 이 곳은 이제 분단체제의 상징이라는 획일적이고 선입견적인 사고방식에서 탈피하여 평화통일의 토대가 될 수 있는 공간으로 새롭게 인식해야만 될 것 같다.

비무장지대에 대한 문인들의 관심은 미약하나마 오래 전부터 문학에 표출되기 시작하여 오늘날까지 이어지고 있다. 우리 문학은 분단 이후 비무장지대를 비극의 현장으로 인식하여 분단현실의 참상과 고통, 그리고 좌절의 대상으로만 삼아 이를 표출시켜 왔다.

> 그곳에는 소리가 없다
> 그곳에는 만남이 없다
> 그곳에는 어제만 있고
> 태양도 절반만 떴다가 스쳐지나간다
> ― 김후란, 「살아 있는 망각의 땅, 비무장지대」 일부

이 시는 절망감의 표출이다. "태양도 절반만 떴다가 스쳐지나간다"라는 구절은 분단현실에 대한 안타까움을 강렬하면서도 은은하게 드러내 준다. 동족이면서도 이데올로기의 대립으로 인해 왕래하고 있지 못함을 시인은 절반만 뜨는 '태양'에 비유하여 시적 긴장미를 더해주고 있다. '태양'은 강렬함을 내포한 밝은 이미지로 희망을 의미하지만 이 시에 등장하는 태양은 온전함을 갖추지 못한 불구의 모습으로 솟아올라 보는 이에게 불안함과 절망감을 느끼게 해준다. 그러한 공간에는

밝은 미래가 보이지 않고 삭막하고 우울한 어제만 있을 뿐이라고 화자
는 노래한다.

비무장지대의 모습을 한층 더 승화시킨 것은 박봉우의 「나비와 철
조망」이다. 이 시에 등장하는 '나비'는 자유롭게 허공을 날 수 있는 매
개체이지만 인간이 만들어낸 전쟁으로 인해 구속과 제한을 받게 된다.
전쟁의 커다란 부산물인 철조망을 사이에 두고 처음으로 나비는 '벽'
을 느끼게 된다. "아직도 싸늘한 적지"와 "아방의 따시하고 슬픈 철조
망"이 서로 다름을 안 것이다.

이러한 절망적 분위기는 다음 시에서도 선명하게 드러난다.

> 恐怖와 不安이 뿌리를 내리고
> 惡夢이 成長하는 地帶……
>
> 하얀 休戰의 <베일>을 둘러쓴
> 傲慢하고 심술궂은 幽靈의 그림자들이
> 閑暇한 호흡을 내쉬며
> 어울려 거닐고 조을며
> 한때의 산란한 피곤을 풀고 있다
>
> 초초한 貪慾을 달래며
> 葛藤을 蓄殖하는 戰爭은
> 쓰러져 누운 공작마다 傲然히
> 남아있고
> 一五五哩 鐵條網에 에워 갇히어
> 풀리지 않는 不安한 季節을
> 음산한 구름이 넘나든다
> 다시 피를 强要하며
> 誘惑과 모략을 퍼뜨리며
> 물러가지 않는 悽絶한 悲劇이

어지러히 서성거리고 있다
— 문덕수, 「緩衝地帶에서」 전문

시적 화자는 6·25 전쟁을 직접 체험한 세대로 처절하고 비참한 격
전지였던 오늘의 비무장지대를 절망의 공간으로 인식하고 있다. 이 시
를 볼 때 먼저 눈에 띠는 것은 어두운 이미저리의 나열이다. 1연에 '공
포', '불안', '악몽'이 등장하고, 2연에 '하얀 휴전', '유령'이, 3연에는
'전쟁', '불안한 계절', '음산한 구름', '피', '처절한 비극' 등이 그것이
다. 특히 "155리 철조망에 에워 갇히어 / 풀리지 않는 불안한 계절을 /
음산한 구름이 넘나든다"에는 전쟁이 언제 다시 일어날지 모를 불안한
감정이 응축되어 있다. 그러나 「6·25~7」은 불안과 절망감이 앞의 시
보다 다소 억제된 느낌을 준다. 이 시는 전쟁이 가져다 준 상흔을 객
관적으로 묘사하고 있는데 이러한 분위기는 "달빛이 스며든다"라는
구절에서 절정을 이룬다.

김계덕의 「비에 젖은 우리 모두」는 비무장지대의 멜랑꼬리한 분위
기를 발산한다. "발갛게 녹슨 철모"와 "발가벗은 기관차의 잔해"같은
구절은 전쟁이 남긴 쓸쓸한 자취이며 이는 허무감까지도 불러일으키
게 한다. 그리고 "총부리를 서로 겨누다가 / 형제 모두 얼싸안고 / 쓰
러진 자리에 / 백골이 허옇게 드러나"에서는 '화해 — 절망'이 공존하
는 풍경을 보여준다. 서로 총부리를 겨누는 전쟁터에서도 형제를 알아
보고 서로 껴안고 있는 인간중심의 휴머니즘 양상과 그 곳에 백골이
적나라하게 드러나는 잔인함을 동시에 볼 수 있다. 이 두 의미망을 합
쳐 감싸안아 주는 것이 2연 마지막 행에 나오는 '비'이다. '비'는 건조
한 것을 촉촉한 것으로 바꾸어 주는 속성을 지닌 매개물로, 이 시에서
인간의 메마른 정서를 순화시켜주고 있다.

비무장지대를 심미적인 태도로 접근하는 경우도 있다.

9월 하늘에 뭉게구름이
무심히 北으로 흘러간다.

내 視界에 들어오는 것은
그저 푸른 들과 숲과 산이 잇닿아 있고
油畵처럼 丹裝한 마을들과
亭子처럼 오똑한 哨所들이
태평스럽기만 한 風情인데
　　　　　　　　　　— 구상, 「訟獄 OP에서」

　　화자는 비무장지대에 있는 모든 것들을 따뜻한 시선으로 바라본다.
"푸른 들과 숲과 산", "유화처럼 단장한 마을들", "정자처럼 오똑한 초
소들"을 묘사한 것에서 엿볼 수 있다. 시인의 이와 같은 긍정적인 프
리즘은 비무장지대에 그려진 전쟁의 얼룩을 말끔히 씻고자 하는 의지
에서 출발한 것이리라. 시적 화자의 섬세하고 온화한 시선은, 그러나
"蒸氣車의 火筒 하나가 / 우리의 녹슨 思念의 堆積인 듯 / 南北의 <레
일>이 끊긴 그날 / 그 모습, 그 채로 멈춰 있었다"에서 보듯 숙연해진
다. 여기에서 우리는 분단의 아픔을 심미적인 시각으로 밀도 있게 조
망하고 있음을 알 수 있다.
　　분단현실에서 분단극복으로 나아가는 길목에는 분단 갈등이라는 각질
을 깨뜨릴 수 있는 움직임이 필요하다. 언제까지 분단현실을 아파하면서
실의와 절망감에 빠져 있을 수는 없다. 중요한 것은 분단현실이라는 공
간에서 어떻게 탈출구를 마련할 수 있을 것인가 하는 태도이다. 이러한
움직임을 보여준 시인으로 박봉우가 있다.

　　　　은하수에도
　　　　철조망

이름없는 별들처럼
흐르고 싶네.

오늘도 아니 자고
내일도 아니 자고

은하수에
돛단배되어
흘러가고 싶네

그러나
병실.

철조망이 녹슬은
철조망이 깔렸네.
　　　　　　　　　　— 박봉우, 「은하수에 있는 철조망」

　이 시는 분단된 현실에서 벗어나 서로 자유롭게 왕래할 수 있는 그런 날의 희망을 보여준다. '은하수'는 현실세계와는 다른 아름답고 신비스러운 곳으로 인식되는데 여기에서는 이 공간에 행여나 철조망이 놓이지 않을까 하는 시적 화자의 우려도 보인다. 그러나 화자는 '별'이나 '돛단배'처럼 유동성 있는 매개물을 등장시켜 구속되지 않고 자유롭게 흐르고 싶은 욕망을 담아내고 있다. 그는 별 중에서도 화려하게 밝게 빛나는 별보다도 "이름 없는 별"을 끌어오고 있는데 이는 개인뿐만 아니라 우리 민족 모두와 기쁨을 누리려는 소망을 함축하고 있음을 보여준다. 그러나 「窓은」에서는 한층 구체적이다.

　열리지 않아요 窓은 열리지 않아요
　그러면 하얀 커텐을 걷우어 버리어요 격전지의 하늘밑 살벌한 벌판에 눈이 부시게 피는 전쟁에 이긴 꽃송이들의 추억과 砲火속에 살아온 이야기와 어쩌면 슬픈 음악을 듣지 않으시렵니까.

<중략>

　열리지 않아요 窓은 열리지 않아요
　그러면 하얀 커텐을 걷우워 버리어요 이젠 이 孤獨에 당신과의
壁과 鐵條網을 헐고 부수워서, 나비와 꽃과 新綠의 정오를 의미할
그런 환한 날과 바다. 통일과 자유란 바다여. 이 형벌장에서 피투성
이가 되어도 웨치고 찾고 싶은 우리들의 領土. 1950년의 기막힌 이
야기를 듣지 않으시렵니까.

　여기에서는 '창'을 통한 화자의 소망이 선명하다. '벽'과 '철조망'은 안
과 밖을 완전히 차단하는 매개물이지만 '창'은 안과 밖을 차단하여 절망
을 나타내는 동시에 희망의 협화음을 가능케 해주는 속성을 지닌 매
개물이다. 그래서 시인은 '창'의 이미지를 끌어들여 자신의 좌절된 모
습과 희망에 가득 찬 의지를 동시에 담아내고 있다. 또한 신진은 「비
무장지대」를 통해 비무장지대에도 사람은 없지만 '나무', '풀', '바람',
'산'과 '물' 등이 평화롭게 자리 지키고 있음을 보여준다. "여기 나무가
있네 / 풀이 있네 / 흙이 있네 // 여기 / 새가 노래하네 / 나뭇잎이 노래하
네 / 바람이 노래하네 // 물은 물로서 / 산은 산으로서 // 여기 / 사람이 없
네"에서 보듯 비무장지대에는 모든 생물과 무생물이 공존하고 있는데도
정작 있어야 할 사람이 없음을 안타깝게 여기면서 자연을 통한 분단현실
극복의 탈출구를 마련하고 있다.

　　아아, 그곳에는 모두 살아 있겠지
　　오소리 노루 산꿩과 함께
　　산돼지나 여우 사슴과 함께

모두 살아 있겠지
하얗게 하얗게 눈내리는 겨울밤에는
남정네들은 짚신을 삼고
아낙들은 길쌈을 하며
옛날처럼 그렇게 살고 있겠지

<중략>

그곳은 산과 산 골짜기와 골짜기들이
서로 껴안고 한 이불 속에서
뜨거운 꿈을 꾸는 마을
피라미 메기 장어 중태기 물방개 오줌싸개
똘풀 각시붓꽃 쇠별꽃 맨드라미 미타리
칡덩굴 머루덩굴 노루 토끼 멧돼지 고슴도치
때까치 굴둑새들이 옛날 그대로 살고 있는 마을
— 심상운, 「비무장지대」 일부

　이 시는 비무장지대에 평화롭게 살고 있는 동식물의 풍경을 세세하게 그려내고 있다. 이 곳은 서로 총부리를 겨누고 있는 전방이 아니라 "겨울밤에는 / 남정네들은 짚신을 삼고 / 아낙들은 길쌈"하는 정겨운 곳이며 또한 "산과 산 골짜기와 골짜기들이 / 서로 껴안고 한 이불 속에서 / 뜨거운 꿈을 꾸는 마을"이다. 이 '마을'은 우리가 50여 년 소망했던 과거와 같은 미래의 모습으로 통일에 대한 그리움이 흠뻑 묻어나고 있는 공간이다. 이 시에 등장하는 '오소리', '노루', '산돼지', '여우', '사슴' 등과 같은 동물들, '피라미', '메기', '장어', '중태기', '뭉방개', '오줌싸개' 등과 같은 민물고기, '똘풀', '각시붓꽃', '쇠별꽃', '마타리' 등과 같은 식물들은 휴전되기 이전의 풍경이다. 그것들이 지금도 그대로 남아 있을 것으로 확신하고 있다는 것은 통일에의 확고한 믿음이기도 하다.

이러한 화해국면으로 나아갈 수 있는 또 하나의 교두보는 비무장지대의 '바람'이다. 임병권은 「비무장지대 나무들은 향남성이다」에서 "한반도 / 비무장지대의 바람은 / 혈연적이다 // 남북을 오고 가며 / 무궁화꽃 진달래꽃 / 얼싸안는 / 비무장지대 / 바람은 자유적이다"라고 바람을 혈연적으로 인식하고 남북이 서로 오갈 수 있고 서로 얼싸안을 수 있는 날을 확신하고 있다. 또한 전우용는 「반달 속 과수원」에서 "불타도 회오리쳐도 불타지 않는 과수원 / 고통의 반달 속에 떠 자라고 있다 / 영원한 생명 솟구치는 낙원 / 보름달이 부활하기 위하여"라고 비무장지대의 현실을 "반달 속 과수원"(분단)에, 그리고 통일된 모습을 "보름달 속 과수원"에 비유하면서 통일을 염원하고 있다.

이렇게 통일과 평화를 갈구하는 많은 작품 속에 비무장지대는 이제 절망과 고통, 슬픔의 공간이 아닌 평화를 상징하는 토포스로서 우리 문학의 세계화와 민족통일에 대한 인식의 변화를 가져오게 하는 데 큰 몫을 하게 되리라 생각한다.

현대시에 나타난 IMF 극복 의식

1. 머리말

우리는 IMF라는 최대의 불행한 현실에 직면해 있다. 이와 같은 경제 불황은 그 동안 겪어보지 못했던 심각한 사회현상을 가져 왔는데, 대량실업사태가 빚은 갖가지 부작용이 그것이다. 이러한 사회현상들은 인간의 황폐화를 야기시키는 악재로 작용하고 있다.

경제 불황은 자본주의 경제의 관점에서만 문제가 되는 것이 아니라, 인간의 가장 숭고한 정신적 산물 중의 하나인 문학 부문에까지 영향을 미친다. 그것은 문인도 사회의 일원이며 문학도 경제와 밀접한 관계에 놓여 있다는 점에서 그러할 수밖에 없다. 이런 맥락에서 IMF 이후에 씌어진 많은 작품들 역시 IMF를 반영하고 있다는 것은 자명한 일이다.

이 글에서는 IMF에 대한 현실인식이 시에 어떻게 투영되었는가를 구체적으로 살펴 이를 극복하고자 하는 시적 의식이 무엇인가를 밝혀 내 보고자 한다.

2. IMF 이후 시의 현실인식 양상

IMF 이후 한국 현대시에 나타난 주된 흐름은 문학과 경제와의 밀접한 관계를 드러내는 작품들이 많아졌다는 사실이다. 그것은 IMF로 인한 현실적 변화와 정신적 충격이 컸다는 것을 의미한다. 이는 구조조정과 기업파산 등으로 인한 실업자 발생, 가정파탄 등이 현실적으로 드러났고, 이에 다른 정신적 충격으로 가치관은 크게 혼란을 가져온데 기인한다. 시인들은 이러한 현실을 어떻게 인식하고 있는가를 작품을 통해 살펴보자.

1) 자기 확인과 자아 반성

IMF 발생 이후 많은 시인들은 과거를 뒤돌아보고 자아를 성찰할 계기를 마련하기에 분주하다. 이는 자신의 입지와 앞으로의 방향설정을 위해 반드시 거쳐야 할 작업으로 매우 중요한 것이다. 한국문학사를 돌이켜 보면 이와 같은 자아 반성을 하게 된 경우가 적지 않았다. 가령, 카프 해산 이후 많은 시인들이 노래한 '자화상'에서 발견할 수 있고, 6·25 전쟁, 가까이 80년대 민중문학을 지양했던 시인들의 시를 통해서도 엿볼 수 있다. 그러면 왜 많은 시인들이 이번 기회를 통해 자아 반성의 계기를 갖는가. 그것은 오늘의 현실을 극복하기 위한 토대를 마련하려는 작업의 일환이다.

실제로 인근 부락에서는 해마다 음력 3·4월 춘궁기를 당하여 추곡(쌀)은 바닥나고 춘곡(보리)은 여물지 않아 초근목피를 연명하다가 이를 견디지 못하고 굶어죽는 사례가 속출했다. 이를 일러 우리는 "고개 고개 제일 넘기 힘든 고개 보릿고개"라고 했다. 듣건대는 작금 북한실정이 당시 우리와 같지 않았을까. 딱하다. 보릿고개를 잊은 지 얼마나 되었다고 낭비와 과소비로 IMF한파를 자초했단 말인가.

— 정대구, 「IMF와 보릿고개」 일부

여기에서 시인은 우리 국민들의 무분별한 사치와 낭비가 IMF를 초래했다고 하면서 비판적인 모습을 보여주고 있다. 60년대 전후의 '보릿고개'는 우리 이전 세대들의 경제적 궁핍상을 대변해 주던 매개물이다. 시적 화자가 기억하고 싶지 않은 '보릿고개'를 다시 반추하는 것은, '보릿고개'를 과거에 대한 인식뿐만 아니라 현재성까지 포함한 동시적 질서 차원에서 파악한 것이다. 다시 말해 IMF 현실 속에서 '보릿고개'가 주는 의미를 현재적 관점에서 재해석해 내고 있는 것이다.

<생략>
눈이 많이 내린 것은
하도 세상이 오물 천지니까
하느님께서 玉塵을 뿌려 덮으시려 하였음이거나
눈을 굴리며 굴린 만큼 커진다는 진리를
깨우치게 하시려는 뜻이었을 듯 싶다.

그도 그럴 것이
혀 굴리고 굴리면 굴린 만큼
달러 빚이
눈덩이 불어나듯 불어나는 판이니
IMF시대의 진리가 아니던가.

옛분의 말씀이 허사였음을 알고
굴린 혀를 깨물어
아픔으로 삼켜본다.

— 박진환, 「積雪」 일부

이 시는 "겨울에 눈이 많이 오면 그 해에 풍년이 든다"는 옛 선인들의 말씀이 잘못된 것이 아니나, IMF 현실에서는 그러한 의미보다 오히려 많은 눈으로 인간 세상의 오물을 덮으려는 하나님의 의지와, 눈을 굴리면 굴린 만큼 부채도 늘어난다는 진리를 시사하고 있다. 시인은 '눈'에 과거의 의미와 현재적 의미를 동시에 부여함으로써 눈의 새로운 의미를 창출해 낸다. 기존의 격언을 패러디화하여 시적 효과를 증폭시키고 있다. 이 시는 "굴린 혀를 깨물어 / 아픔으로 삼켜본다"에서 극적 효과를 보이는데 여기에서 '굴린 혀'는 IMF를 가져온 장본인이며 우리 나라를 경제식민지로 전락시킨 총체적인 매개물이다. 이 매개물이 우리 신체의 일부인 것처럼 IMF를 맞이하게 된 것도 결국 외부적인 문제가 아닌, 우리 자신들의 내부적인 문제에서 비롯된 것이라는 의식을 내포하고 있다. 이러한 경제적인 어려움을 가중시킨 "굴린 혀를 깨물어" 자아 반성을 하고 있으며 이는 곧 "아픔으로 삼켜본다"에서처럼 모진 고통을 참아내려는 성숙한 의지로 나타난다.

2) 현실 고발과 비판

자아 반성의 의미는 앞서 언급한 것처럼 새로운 의미를 가져다준다. 이 의미는 온갖 고통을 참아내고 참회하는 과정을 통해서 마련되는 것이지만 또 하나의 방법은 IMF 시대의 암울한 현실을 적나라하게 고발하고 비판하는 과정을 통해서도 가능할 것이다. 대개 이러한 작품을 노래하는 방식은 80년대 한국문학의 주류를 이루었던 비판적 리얼리

즘의 형태이다. IMF 시대가 도래한 이후 가장 심각한 것은 실업자의
문제이다. 구조조정으로 인한 실업자의 숫자가 기하급수적으로 늘어남
에 따라 파생되는 문제는 한두 가지가 아니다. 즉, 실업으로 인한 생계
문제의 불안으로 이혼율이 급증했고, 노숙자가 많아졌으며 또한 자기
자신을 비관하여 스스로 생명을 끊는 경우도 많았다. 이렇게 경제적인
궁핍으로 인해 생겨나는 각종 사회문제를 시인은 예리한 눈으로 포착
하고 있다.

　다음 시는 경제환란으로 회사가 부도가 나고 그에 따른 많은 실직
자들의 비참한 현실이 적나라하게 반영된 작품이다.

> 빛바랜 중절모를 쓴 할아버지들
> 중년의 퇴직자들과 엄마 잃은 아이들
> 취직을 해보지도 못한 젊은이들과
> 실직한 외국인 노동자들도 가끔 뒤섞여
> 길고 긴 하루를 매일 보내는 곳
> 간이 녹지대와 종로 3가 보도 사이에
> 리어카 주방을 차려놓고
> 엘피 가스로 오뎅을 끓이거나
> 떡볶이를 굽는 조리대 앞에서
> 옹기종기 선 채로 허기를 때우는 상인들
> 틈바구니에서 용케도 밟히지 않고
> 요리조리 옮겨다니며 라면 부스러기를 줍는 참새들
> 다리가 빨간 보라색 비둘기들
> 월남 선생의 동상 어깨와
> 포장마차 바퀴 밑을 오르내리며
> 온종일 쓰레기를 주워 먹고 산다
> 조선 왕조 잠든 종묘 앞 지붕 없는
> 광장에서 찌꺼기처럼 살아가는 우리 식구들
> 　　　　　　　　　　— 김광규, 「종묘 앞에서」 전문

경건하고 엄숙해야 될 종묘 앞이 IMF 이후 많은 실직자와 엄마 잃은 아이들의 불안한 쉼터로 탈바꿈했다. '쉼터'라고 했지만 그들에게 있어 그 곳은 인생의 재도약을 위한 공간이라기보다는 갈 곳이 없어 머무르고 있는 공간에 지나지 않는다. 그러므로 자신의 의지와는 상관없이 머무는 공간에 삶의 생기가 있을 리 만무하다. 또한 시인은 이 시에 '참새'와 '비둘기'를 등장시켜 실직자들의 모습과 등치시킨다. 즉, 참새나 비둘기도 예전과는 달리 지금은 '온종일 쓰레기'를 먹어야 되는 입장이고, 그 곳을 찾은 이들도 이전과는 달리 갈 데가 없어 온 사람들이기에 겨우 끼니를 때우는 처지이기 때문이다. "종묘 앞 지붕 없는 / 광장에서 찌꺼기처럼 살아가는 우리 식구들"이라고 묘사함으로써 IMF가 가져온 어둡고 비참한 현실의 참상을 리얼하게 그려내고 있다. 여기에서 종묘 앞은 비판적 거리가 퇴화되고 새로운 사고가 봉쇄된, 따분함(권태)만이 존재하는 공간이다.

처음 우리는 거뭇한 그것이
누군가 내다버린
트렁크인 줄만 알았다

가까이 다가간 우리는
그 우스꽝스러운 모습을
보고 웃음을 참을 수 없었다.

<중략>

얇은 외투 하나가
부랑자인 어느 사내를
꼬옥 감싸고 누워 있었다
턱까지 단추를 채우고

팔과 다리를 오므려 넣고
트렁크처럼 등을 부풀린 채

이른 아침
추운 날씨 때문에
우리는 곧 그 자리를 뜨지 않을 수 없었다
　　　　　　　　　　　　　　— 송찬호, 「외투」 일부

　　IMF 시대가 낳은 노숙자의 전형적인 모습을 형상화한 작품이다. 한
겨울인데도 얇은 외투를 걸쳐야만 되는 현실이 안타깝기만 하다. 그런
데 많은 사람들이 "트렁크처럼 등을 부풀린 채" 누워 있는 부랑자에게
따뜻한 시선을 보내기보다는 "그 우스꽝스러운 모습을/ 보고 웃음을
참을 수 없었다"에서처럼 비웃거나 괄시하는 모습에서 더욱 처연한 느
낌이 든다. 이러한 모습은 암울한 현실을 더욱 어둡게 만드는 요인이
된다.
　　어찌 보면 실직자나 부랑자보다 날품팔이하는 사람들은 행복할지
모른다. 그러나 꼭 그런 것만도 아니다. 공사판에서 하루종일 힘을 쏟
아 부은 노동자의 몸은 물먹은 솜처럼 무겁기만 하다. "해지도록 철근
메고 지친 어깨 / 기울이고 / 시양판 놀 쪽으로 한 사람 / 긴 그림자
끌고 간다"(김해화, 「사람」 일부)에서 묘사된 노동자의 형상은 암울
한 현실 속에서 그들의 삶이 얼마나 고되고 고통스러운가를 여실히
반영해주고 있다. 시적 화자의 고통은 여기에 그치는 것이 아니라
"어둠이 기다리고 있는 마을"에 있는 가정으로 돌아가 아버지로서,
가장으로서 역할을 해야 되는 이중적 고통에 시달리고 있다.

점심 때 함바 옆 공구리 바닥
안전모 베개 삼아 한숨 잠을 청하는데

현장소장 자판기 커피 한 잔 마시고
획 내던진 종이컵
머리맡에 또르르
이 일이 끝나면 내던져져
추운 세상 또르르 굴러다녀야 할
나도 일회용

　　　　　　　　　— 김해화, 「일당쟁이」 일부

　이 작품에서도 일일 노동자의 고통과 힘겨움이 생생하게 그려지고 있다. 그래도 지금은 일을 할 수 있는 현실이 그나마 위안이 되고 그것이 생계를 유지해 나갈 수 있는 유일한 방편인데, 이 일도 언제나 보장된 것은 아니다. 그래서 시인은 필요 유무에 따라 쓰고 버려지는 일일 노동자들을 "현장소장 자판기 커피 한 잔 마시고 / 획 내던진 종이컵"이라는 등가물로 비유하고 있다. 이러한 파리 목숨과 같은 처지에 있는 그들은 오늘도 무사히 끝냈다라는 것을 위안이라도 하듯 "해질녘 철근더미 옆에 바람 한 평 펼쳐놓고 점선으로 둘러앉아" 독한 소주를 마신다. '소주'는 힘들고 어려운 현실을 잠시나마 잊게 해주는 위안의 매개물이다.
　이처럼 소주를 마실 수 있는 날품팔이의 현실은 그나마 다행이다. 일을 찾지 못한 날의 날품팔이 인생은 비참하기 그지없다.

나는 열심히 살고 있어요,
되는대로 날품을 팔면서
팔 것이 없어서 슬픔을 팔면서,
하얀 적십자병원 뜨락에
힘없이 서서
자기 피를 팔려고
서성이는 사람들.

어서어서 피를 팔아
국밥 한 그릇 사먹기가 소원인 사람들,
그것조차 아슬아슬 차례가 안 오는
사람들,

— 김승희, 「슬픔의 날품팔이」 일부

얼마나 경제적 궁핍에 시달렸으면 자기의 피까지 팔아야 하겠는가.
"피를 팔아 국밥 한 그릇" 사먹으려고 애쓰는 날품팔이의 모습은 우리
를 슬프게 한다. 더 처절한 것은 "그것조차 아슬아슬 차례가" 오지 않
을까봐 노심초사하는 절박한 심정이다. 옛 선인들은 아무리 힘든 보릿
고개라도 종자는 먹지 않았다고 했는데 그것은 재생산구조를 깨뜨리
지 않으려는 마지막 몸부림이었다. 그러나 이 시에서는 몸부림을 치면
서도 이 위기를 버텨낼 수 없어 헌혈로 허기를 달래려 하는 행위 —
충격적일 수밖에 없다. 이런 사실을 알면서도 그렇게 할 수밖에 없는
가혹한 현실을 시인은 안타까운 시선으로 적나라하게 고발하고 있다.

3) 극복 의지와 전망

IMF 시대 이후 나온 시가 암울하고 비참한 현실만을 노래한 것은
아니다. 경제적 궁핍의 극한 상황을 읊으면서도 말미에 가서는 희망적
인 미래를 기대하고 가꾸어 가려는 의지가 돋보이는 시도 상당수 존재
한다. 낙관적 전망을 내포한 이와 같은 시는 지금의 고통받는 현실을
타개하기 위한 힘있는 몸짓으로 이어진다.

우리는 보통 어두운 현실에서 밝은 미래로 나아가는 추동의 매개물
로 봄을 등장시킨다. N. 프라이가 언급했듯이 겨울은 소멸의 단계를
의미한다면 봄은 생성의 단계를 의미한다. 즉, 희망의 메시지를 담고

있는 것이다. 그래서 "봄, 봄은 말이야 / 어쨌든 간에 다시 시작하라가 / 희망의 아지랑이를 흩날리는 거야"(신현림, 「봄, 봄은 말야」 일부)라고 희망을 노래하고 있는 것이다.

> 고개 숙인 불쾌한
> 名退 아버지들
> 다시 창문을 열까
> 해오름처럼 일어나라
> 끼익 끼익 ─ ─
>
> ── 홍희표, 「새봄이 오면」 일부

IMF는 권위 있고 능력 있는 아버지상을 무능력한 아버지상으로 바꾸어놓기에 충분했다. 이 작품에서는 이러한 힘없고 고개 숙인 아버지들의 실상을 긍정적으로 노래하면서 "다시 창문을 열까"라고 인생의 재도약을 연상한다. 나아가 "끼익 끼익 ─"은 해오름과 연결되어 새가 비상하는 모습의 연상인데 이는 암담한 현실을 극복하려는 미래지향적 소리이다.

> 갑자기 기온이 ─9℃로 떨어지면서
> 앙상한 裸木들은 더욱 떨고 섰고
> 체감 기온 ─20℃ 칼바람이
> 허공에서 市民을 공격해 오고 있다
>
> IMF 시대의 코리아
> 서울의 오늘 하루가 지나가는 시간
>
> <중략>
>
> 이 생각 저 생각 하면서

20세기 종말의 輓章을 만들어 들고
詩人은 문간을 나서는데 갑자기
깍깍!
가지 끝 까치가 침묵을 깬다

어엇, 춥다!
대한이 가면 입춘이 오는 것이다
　　　　　　　　　　— 이정기, 「떼강도의 領上」 일부

　이 시를 보면 체감 기온 −20℃ 칼바람이 불고 혹독하게 추운 '대
한'도 결국 '입춘'이라는 절기 앞에서는 굴복하고 만다는 것인데 이는
아무리 혹독한 고통과 역경도 훈풍 앞에서는 어쩔 수 없다라는 것을
암시한다. 특히 마지막에서는 예전부터 길조를 상징하는 까치의 울음
소리인 '깍깍'을 도입하여 희망적인 메시지의 중량을 배가시키고 있다.
이 시는 IMF가 가져다 준 찬바람 속의 현실이지만 언젠가는 봄이 올
것이라는 긍정적이고 낙관적인 시대를 노래한 것인데 이는 시의 기능
이 살벌함에 있는 것이 아니라 '봄'에 있다는 것을 확인시켜 주고 있
는 것이다.
　다음 시도 같은 맥락이다.

　　　<생략>
　　　오천 년을 살아 버틴
　　　우리 민족에게
　　　한 번 더 긍휼을 베푸시어
　　　돌아오는 새 봄에는
　　　잔가지마다 새순이 돋게 하시고
　　　실핏줄 가지마다 양분을 빨아올려
　　　실한 나무 되어 숲을 이룰 때
　　　하늘을 굽어 보시고

"내 자식아……"
이 산에서 저 산으로 올라가는
환상을 보겠네
꿈을 꾸겠네

혼자서도 눈꽃을 피우는
겨울나무는

— 김소엽, 「겨울나무」 일부

   시인은 작년 겨울에 밀어닥친 경제 한파의 파고가 너무 높고 강해
모두 견디기 어렵다는 것을 노래하고 있다. 참으로 부끄러운 그릇된
삶의 방식과 잘못된 의식, 도덕성의 실종 속에서 아무런 양심의 가책
없이 살아 온 민족에 대한 하나님의 심판인지도 모른다고 화술을 구
사한다. 그 다음 화자는 비통하고 암울한 현실 속에서 희망의 새봄을
꿈꾸는 겨울나무를 본다. 이것은 현실상황이 화자의 심층에 깊이 흐
르고 있음을 반영한 서정의 목소리인 것이다.

   못자리가 한창인 저번 주일은 마을 법석이더니 언제 그랬냐는 듯
조용하다. 정신이 사나워도 조금 시끄러운 것이 살맛나드니만 요즘
은 휑하니 못쓰겠다
   이저 남은 집이 꼭 열 여섯 집. 작년 시한에 덕배네가 광주로 이
사가고 오늘은 그 집 마당에 가서 물 좀 뿌리고 토방에 걸레질 좀
하고 왔다

   미친년 속고쟁이같이 널브러진 수팔양이 남들 보기에 민망한 걸 어
쩌겠냐 어제 마을회관에서 얘기들이 분분하였다. 제철이 있잖냐 그놈
하나 우리 마을에선 쓸 만하게 똑 부러졌다고 했드니만 갸도 이번에
신문사에서 짤렸다 하드라 풀죽은 영광댁 영 짠하드라

   그논뿐이겄냐 범중이네도 분쇄기계 대리점이 부도가 나고 순남이

네도 쫄딱 망했다는디 애비야 워째 세상이 이러는지 모르겠다. 전화
를 해도 니 목소리는 통 듣기 힘드니 너도 을매나 힘드냐
　　그래도 이것 쪼간 봐바라 동네 초입에 이팝나무에는 하얀 눈꽃이
확 퍼브렀다 올 농사도 풍년이 겄제. 저 눈꽃맨큼 꼭 저맨큼만 밝게
살아가그라 마음 오지게 묵거라
— 이지엽, 「1998, 봄」 전문

이 시는 어머니가 객지에 나간 자식에게 보내는 편지글 형식을 띤
것인데 중심을 잃고 제자리를 찾아가지 못한 자식에게 따뜻한 어머니
의 말은 큰 힘을 얻게 된다라는 메시지를 담고 있다.

IMF 시대 이후 부도에 의한 실업자가 많아지고 실직에 의한 귀농인구
가 점차 많아진다는 현실 앞에 어머니는 마음이 무겁다. 그러나 어머니
는 겉으로는 내색하지 않고 자식에게 동네 입구에 활짝 핀 이팝나무의
눈꽃을 상기시켜 밝은 미래를 제시해 주고 있다.

희망의 미래를 노래한 시는 이 밖에도 많이 볼 수 있다. 가령, "햇
살들이 안경처럼 끼워져 있는 길목 / 냉수 한 사발을 찾고 있었다."(명
문재, 「갈등」 일부)에서도 밝은 미래를 엿볼 수 있는데, 여기에서 '냉
수'는 갈증을 해결해 주는 동시에 분위기를 전환시키는 매개물로 작
용한다.

　　<생략>
　　누군가 '삶에 찌든 얼굴'이라고 표현했던가.
　　삶은 그 누구도 찌들게 하지는 않는가 보다.
　　생기와 유혹과 식도락의 성찬을 마련하는 당당한 아주머니!
　　그녀는 거대한 호텔식당의 지배인보다도 더 詩的인 순간 순간을
창조하고 있었다.
— 박현령, 「노점상인 — 생명강의·13」 일부

이 시는 지금까지의 시가 소극적인 현실대응양상을 드러낸 것과는

달리 IMF의 비참하고 참담한 현실을 슬기롭게 역동적으로 극복해 나가는 서민상을 그려내고 있다. 당당하고 멋있게 노점상을 하는 아주머니는 호텔식당의 지배인보다도 더 자부심을 가지고 "시적인 순간 순간"을 살아가고 있다. 노점상인들의 비탄과 우울함을 그린 나약한 모습이 아닌, 힘있는 모습을 보여주고 있다. 여기에서 우리는 서민들이 IMF를 극복할 수 있는 명확한 주체임을 확인할 수 있다.

3. 맺음말

IMF 이후 시에 나타난 현실인식의 층위는 대체로 세 가지로 말할 수 있다.

첫째, IMF 이전 상황에 대한 자기 확인과 자아 성찰이다. 여기에서는 지난 날 무분별한 사치와 낭비풍조에 대한 반성이고, 둘째로 IMF가 가져다 준 암울한 현실을 고발하고 비판한 시이다. 비참한 실업자의 모습을 그린 시라든지 권위 있는 아버지상에서 무능력한 아버지상으로 변화함에 따라 나타나는 심리적 불안의식을 묘사한 시 등이 여기에 해당한다. 셋째는 힘들고 어려운 현실을 극복하고자 하는 희망적인 몸짓을 담아냈다. 춥고 긴 겨울을 봄을 잉태하기 위한 하나의 지난한 과정으로 본다든지, 길조인 까치를 등장시켜 희망적인 분위기를 이끌어 내고 있는 것 등이 그것이다.

결국 시는 세계를 진솔하게 표현, 인간이 주체적 삶을 추구하여 상실과 소멸을 구원하고자 하는 아름다운 정신이며 의지인 것이다. 따라서 시는 개인이 아니라 사회적 기능에 적극 참여하는 존재로서의 역할에 충실하기 위해 항시 깨어 있는 의식의 발산으로 세계를 다양하게 바라보면서 미래를 창조하는 데 기여해야 한다.

경제 불황과 문학

1.

　IMF로 상징되는 우리 나라의 경제 불황은 자본주의적 경제의 관점에서만 문제되고 있는 것이 아니라 인간에게 가장 숭고한 정신의 산물인 문학 부문에까지 커다란 영향을 미쳐 이제 문학 그 자체도 새로운 문학적 향방을 모색해야 할 때가 아닌가 싶다.

　워렌이 말한 것처럼 문학이 '하나의 사회제도(a social institution)'라면 그것은 당연히 현실 사회와의 연계에 의해서 형성된 것인데 이는 세계 (사회), 작가, 작품 및 독자 등 각종 요소가 사회적 기능과 그 상호관계를 총체적으로 제도화하고 있음을 지적한 것으로 볼 수 있다. 그것은 시인이나 작가가 개인적인 삶의 존재이면서 동시에 사회적 존재이기 때문에 환경의 지배를 받고, 작품은 생산과 공급에 있어서 경제적 규제를 벗어날 수 없기 때문이다. 문학은 작품이 완성된 후 출판사의 생산 과정을 거쳐 독자의 손에 들어가게 되고 그 과정에서 평론가의 비평이 수반되는 등 사회의 경제 구조에 따름으로써 문학과 경제는 필연적으로 연관성을 지닌다.

이런 상관 관계는 지난해부터 밀어닥친 경제 한파에 문학이 크게 상처를 입고 있는 데에서도 증명되고 있다. 문학 잡지의 휴폐간, 지면 축소, 원고료 인하 및 지급중단, 판매부진, 제작원가 상승 등 문학계에서 벌어지고 있는 현실은 그 동안의 호황(?)에 반발이라도 하듯 불황 속으로 빠져들고 있다. 그래서 문학에 대한 오늘의 현실 감각은 위태로운 지경에까지 이르렀다고 하는 견해가 지배적임을 본다면 이제 문학에 대한 인식의 변화가 무엇보다도 시급함을 깨닫게 된다. 따라서 우리는 오늘날 문학의 위기는 어디에서 왔으며 문제점은 무엇인가 하는 문제와 이를 극복할 수 있는 방안은 있는가 하는 점에 관심을 갖지 않을 수 없다. 문학과 경제는 사회적 제도 아래에서 상호 관계의 유대를 지니고 있으나 그 실제적 방법에 있어서는 가시적인 실물 경제와, 불가시적인 정신 활동이 뚜렷이 두 축을 이루고 있어 논의가 그리 쉽지는 않다. 따라서 여기에서는 문제점을 총체적으로 살피고 그 대처 방안을 어디까지나 시론적(試論的) 차원에서 논의해 보고자 한다.

2.

70년대 이후 우리의 경제는 그것이 거품이 되었건, 일시적 환상이 되었건 외형적으로 풍요로움을 가져다주게 되자 일부 국민들은 모든 삶의 가치를 전적으로 물질에서 찾게 되었다. 이런 현상은 자기의 이익이나 집단만을 위한 이기주의와 함께 인간성 상실을 낳았고 결국 국가 부도라는 위급한 처지에까지 이르게 되었다. 이러한 사회적·경제적 풍조는 문학에도 예외 없이 적용되어 그 동안 상업주의적 의식이 문학 그 자체보다 우위를 점해 왔다. 그래서 지난해부터 불어닥친 경제 한파에 그 동안 거품이긴 했지만, 문학의 물적 풍요가 붕괴되어 오늘에는 그 값을 톡톡히 치르고 있는 것이 우리 문학의 현주소인 것이다.

그러면, 문학이 위기를 맞게 된 원인은 무엇인가. 이 문제가 규명될 때 그 대처 방안을 찾을 수 있다는 의미에서 문제점을, 1) 외형적 실체, 2) 내적 실체로 대별하고, 외형적 실체로는 (1) 문학지의 증가, (2) 문인 양산(量産), (3) 자비 출판으로, 내적 실체로는 (1) 질의 저하, (2) 비평의 상업화 등으로 나누어 살펴보고 이에 대한 극복 방안을 제시해 보고자 한다.

첫째, 각종 문학지의 창간이다. 현재 국내에서 발행되고 있는 문학지는 월간과 계간이 80종에 달한다. 이는 10년 전에 비해 150%가 늘어난 것인데 이와 같이 문학지가 늘어난 원인은 진정한 독자의 증가에도 있겠지만, 대체적으로 상업성에 기인된 것으로 보아야 할 것이다. 그러나 더 큰 문제는 상업성에 있는 것이 아니라, 제작과 공급만을 위해 비정상적인 수단으로 창간되고 발행된다는 데 있다. '문학지'라는 미명 아래 원고 수집부터 공급에 이르기까지 비정상적인 방법이 다양하게 동원되고 있다는 것은 결국 문학 밖의 이질적인 것에 목적이 있다는 데에서 근거를 찾을 수밖에 없다. 그러나 경제 악화로 인하여 이러한 비정상적인 체제가 하루아침에 무너지자 일부 문학지에선 마치 정상적인 문학 체제가 혼란을 겪는 것처럼 말하고 있다. 문화산업이라는 미명 아래 비정상적으로 유지되던 것이 이번에 그 실체가 '거품 문학'으로 드러나자 이를 호도하고 있는 것이다. 따라서, 우리에겐 상업주의 등 이질적인 실체에 대한 경계의 필요성이 절실히 요구된다고 하겠다.

둘째, 기하급수적으로 늘어나는 문인의 증가이다. 현재 한국문협에 가입된 문인은 4천1백여 명인 데 반해 미가입자는 대충 5천여 명에 달하고 있다는 추측이고 보면 문단은 수적으로 가히 풍요롭기만 하다. 이와 같이 소위 문인을 대량 탄생시킨 데는 앞서 말한 문학지의 순전한 공헌(?)이 크다. 종종 불거져 나오고 있는 등단 과정과 공급 과정에서의 불미스러운 이야기는 어제오늘의 문제가 아니다. 상업주의 방편에 의해서 탄생된 사람들은 그것을 기반으로 삼아 문학과 문단을 기웃거리며, 철저한 상업성의 관계를 유지해 왔지 않은가. 문학적 취향을 가진 사람들이 소년·소녀적 향수에 젖어 마구 써대는 것들을 '신인상'이라는 그럴듯한 이름으로 상을 주어 문인으로 호칭받게 하고, 어느 지역을 막론하고 유행병처럼 번지고 있는 문학강좌가 또한 '문인'이라는 이름을 양산하고 있다. 이러한 부류들에 대한 뜻있는 문학인들의 회의적 전망은 이미 오래 전에 나왔지만 이제야 그 실체가 드러남으로써 그것이 증명되었다.

셋째, 문학이 어디에 기능하고 있는가 하는 점은 차치하고, 문학에 근접하지도 않은 글들을 금력의 힘을 빌어 작품집이라는 이름을 붙여 자비 출판하는 현상은, 경제적 사정이 고려되지 않으면 불가능한 일이다. 하루에도 수없이 쏟아져 나오는 신간들 중 상당량이 자비 출판이라는 사실은 특히 80년대 이후 산업사회의 유산물로, 공해물일 수밖에 없다.

지금까지 대충 살펴본 상황은 한 마디로 거품 경제가 낳은 기형적 문학의 몇 가지 단면들일 뿐이다. 이러한 것들은 경제 파탄과 더불어 어느 분야보다도 가장 먼저 타격을 입게 된다. 이러함에도 불구하고 이에 직·간접적으로 연계된 사람들은 경제적으로 막대한 영향을 받게 되자 이구동성으로 '문학의 위기'를 말하고 있는 것이다.

우리는 이쯤에서 이호철의 이야기를 들어보자. "IMF 한파다, 뭐다,

출판부터가 돈 갖고도 종이 구하기가 힘들다, 인쇄비가 왕창 오른다, 비명을 지르는 속에서, 그럼 글 써먹고 살던 우리 글쟁이들은 이제 어쩔거나 하고 아우성을 치는 것 자체부터가, 필자가 보기에는 바로 '거품'의 일환으로 보인다. 문인 숫자가 천정부지로 이렇게 늘어났던 것부터가 '거품'이었던 것이다."(『문예중앙』, 1998, 봄호)

다음은 문학의 내적 문제에 눈을 돌려보자.

첫째로 문학의 질을 간과할 수가 없다. 먼저 문단권의 이야기를 들어보면 이 문제는 저절로 해명된다. "IMF를 계기로 한국문학의 질이 세계 수준에 얼마나 접근했는가를 되돌아보아야 한다."거나, "90년대 거품 경제의 소비풍조에 부응해 지나치게 경박해졌던 문학이 모처럼 자기 성찰을 할 수 있는 기회를 맞이했다."는 것 등이 그것이다. 이는 감각의 자극제로서의 '얄팍한' 문학이 아니라 삶의 지혜가 주는 '두터운' 문학들"을 말하고 있는 데서 우리는 70년대 이후의 문학을 알 수 있다. 문학 역시 자본주의의 원리 속에서 상품으로 생산되고, 유통되는 이 상품은 상품으로서의 가치가 있을 때 비로소 소비자들에게 영원한 호응을 받게 된다. 다시 말해 상품이 영상매체인 텔레비전의 대중적 인기물처럼 공허한 사랑 타령이나 코미디처럼 말장난으로 위장되었다면 그것은 일시적 유행의 상품일 뿐 진정한 의미에서의 영원한 상품으로 소비자들에게 남지 않는다는 뜻이다. 그래서 근래에 들어서는 문학의 대중화보다는 질의 향상에 더 큰 의미를 부여하고 있는 것이 아닌가. 천박하고 감수성을 자극하는 그 많은 시집과 지극히 진지하지 못하고 미시적인 소설의 범람은 그 동안 거품 경제 속에서 안주해 오면서 질의 높낮이를 양적으로 호도해 왔다 해도 과언이 아니다. 그래서 오늘날의 경제 난국 속에서 문학이 살아남기 위해서는 '재미'나 '흥미'가 아니라, 인류의 보편적 문제를 진지하게 다루어야만 한다. 문학이 아무리 재미가 있다고 해도 현대 사회에 있어서 대중문화를 따라갈 수 없다는 데 그 이유가 있다.

둘째는 비평가들의 역할을 보자.

비평가란 경제논리에서 본다면 상품의 품질을 보장하는 기능을 하면서 한편으로는 상품 향상을 위해 조언, 지도하는 역할을 한다. 그러나 일부 비평가들은 책임 있는 평가보다 외적인 것에 의해 부실한 부분은 은폐시키고 외형의 한 부분만을 과대 포장하여 소비자들을 현혹시켰던 것이다. 문학의 본질을 덮어두고 상업적 전략에 따라 마치 몇 사람의 비평가의 의견이 전 학계나 많은 저명 문인들의 의견인 것처럼 작품을 왜곡시켜 각종 지면을 통해 베스트셀러를 양산시킨 것 등이 문학을 상업성 위주로 만드는 데 기여했다는 사실에 대해서 그 책임을 면하기란 어렵다. 이러한 현상에 대해 윤병로는 이미 15년 전 어느 세미나에서, 문학의 상업성에 대한 우려를 표명하면서 "매스컴과 정실 비평의 비호로 행운의 베스트셀러 작가들의 전성기를 보게 되어 잘 팔리는 소설이 빛을 보게 됨에 따라서 한국 문단에 반갑지 않을 상업주의 풍토를 조성하기에 이르렀다."고 지적한 바 있다. 오늘의 시점에서 보면 그 예상은 정곡을 찌른 발언인데 이 역시 일부 비평가들의 '거품'을 말한 것이다. 그래서 어느 젊은 비평가가 거품 경제 시절의 일부 비평가들에 대해서 "문학을 시장 논리, 자율화의 논리로 상업적 메커니즘에만 맡겨 놓으면, 예술의 질적 저락이란 뻔한 것이다."라고 말하고 "판촉 전략에 다분히 지배된 감이 있으며 여기에 비평가들의 역할이 가세했다."고 질타한 것을 우리는 심각하게 음미해 볼 필요가 있다.

결국 현재 맞고 있는 문학의 불황도 IMF 시대의 경제 문제와 그 구조가 유사하다는 데 이르면 우리의 문학도 이 난국을, 과감히 거품을 빼고 진정한 문학으로 재탄생시키는 계기로 삼아야 된다는 생각이다.

3.

　이상에서 살펴본 바와 같이, 문학이 경제 한파에 흔들리고 있다는 것은 그 동안 문학 내부에 이질적인 것들이 이입되어 거품 경제의 소비 풍조를 조장했기 때문인데 이런 것들이 경제 한파에 의해 하나하나 벗겨지자 문학이 몸살을 앓고 있는 것이 아닌가.

　그래서 우리는 이 기회를 '자성의 기회'로 삼아 문학이 문학으로서의 제자리를 찾도록 해야 할 때라고 믿는다. 이런 의미에서 우리 문학이 가장 먼저 반성해야 할 것은, 70년대 이후 오늘날까지 경제 파탄의 도래와 이에 따른 문학적 영향을 예상 또는 예견하고 그 대응 자세를 진지하게 논의라도 했었는가 하는 점이다. 문학이 적어도 삶의 표현이고 미래에 대한 삶의 지표를 제시하는 것이라면, 당연히 이에 대한 문학적 태도는 있었어야 했다. 우리는 그 동안 일견 외형적 풍성함 속에서 막연히 인간성 회복이다, 세계화다라는 데에만 초점을 맞추어 왔음 또한 사실이다. 이런 반성적 토대 위에서 다음과 같이 결론을 도출하고자 한다.

　첫째, 문학은 정상이건 비정상이건 철저한 상업성에 의존해서는 안 된다는 점이다. 사회제도 아래에서의 문학은 경제와 밀접한 관련을 맺고 있으나 문학의 본질을 떠나 상업성, 즉 시장원리에만 맡길 때 문학은 상업에 종속되고 질은 저하될 수밖에 없다.

　둘째, 문학 작품의 질적 향상이다. 얄팍한 감수성을 자극하는 흥미 위주의 가벼운 작품 양산은 비정상적 상업성만 키울 뿐, 작품 자체로서의 가치를 지닌 '영원한 작품'은 되지 못하기 때문에 질의 향상이 급선무이다.

　셋째, 문학인의 자존 수호이다. 문인들의 올바른 자세는 문학 정신을 향상시키고 실제적으로는 지도성을 지니고 있다는 점에서, 문학인으로서의 긍지가 요구된다. 이는 그 동안 우리의 문학이 독자들에게 필요 이상으로 머리를 숙여왔기 때문이다.

이와 같은 자정 노력으로 내실이 다져질 때 문학은 제자리를 찾게 된다는 의미에서 문인은 이 난국을 진지한 자성의 계기로 삼아야 된다는 생각이다. 퓰리처상을 수상한 존 스타인벡의 대작 「분노의 포도(The Grapes of Wrath)」역시 1930년대 미국 대공황기의 절망이 빚어낸 작품이었다는 사실에서 더욱 그러하다.

일본 문학의 개방에 대하여

일본 문학의 전면적인 개방을 계기로 한국문학은 냉철하게 반성하여 이에 대응해야 할 것이다.

현재 우리 나라에서 일본 문학을 원서대로 읽을 수 있는 독자는 60세 중반 이상의 연령층이나, 일본어를 전공한 층이라 할 수 있다. 그래서 일본 문학에 대한 이해의 폭과 독자층의 확대라는 의미에서는 번역물이 나오지 않을 수 없다. 문제는 여기에서 출발한다. 먼저 번역물의 선정이다. 그 동안 일본 문학은 대부분 소설에 국한된 번역물이 있었을 뿐 시, 산문, 아동문학, 비평 등은 거의 없었다. 따라서 번역물을 문학 전 장르를 대상으로 하여, 인간의 보편적 가치를 예술적으로 다룬 우수한 작품이나 이러한 정신을 기반으로 한 작품을 접하여 문학이 추구하는 인간 존재의 문제와 보편성의 가치를 추구해야 할 것이다. 여기에서 중요한 것은 흥미위주나 선정적 작품은 경계해야 한다는 점이다.

둘째로, 번역의 문제다. 오늘날 번역된 작품을 보면 직역이나 비문(非文) 등으로 인하여 전혀 의미가 통하지 않거나, 지나친 역설 등으로 작품의 핵심이 애매모호한 경우가 많다. 그래서 같은 작품이라도 번역자에 따라, 출판사에 따라 그 내용은 판이하여 독자를 어리둥절하게 만들고 있다. 이와 같은 오류를 방지하기 위해서는 문학, 학술, 교양 등 번역 대상물에 따라 전문번역자가 선정되어야 한다. 즉 문학작품에 있어서는 일본어에 대한 지식뿐만이 아니라, 무엇보다도 문학적 소양을 갖춘 번역자가 필요하다. 그리고 한국어의 문법체계, 표기법, 맞춤법 등에도 능통한 사람이어야 한다. 애매모호하고 기괴하며 지루하게 번역된 문학작품은 세계문학에 대한 이해의 폭을 넓히기는커녕 오히려 문학정신을 흐리게 하는 요인이 된다.

다음은 독자의 수용자세다. 그동안 우리 나라에는 수많은 일본작품이 번역되어 읽혔지만, 솔직히 그 작품의 내용을 무조건 우리 나라 식으로 이해하려고 하였고, 이에 따른 비판적 태도, 그리고 역사적 배타성에 기인된 정신적 거리감 — 등으로 옳게 보고 이해하려는 폭이 좁았던 것이 사실이다. 일본은 동양권으로 우리의 전통의식과 유사하거나 같다고 할 수 있으나 그 문학적 정신과 기법은 같다고 할 수 없다. 이렇게 본다면 일본 문학은 틀림없는 일본 문학, 나아가 세계문학 중의 하나라는 점에서 역사적 배타성으로 거리를 두고자 하는 자세는 지양되어야 한다. 하물며 한국 문학의 위상과 관련되는 노벨 문학상의 경우, 일본은 2번이나 받았으나 우리는 아직도 그 언저리에도 가지 못하고 있는 실정이 아닌가. 따라서 우리가 세계정신으로 향하기 위해서는 전 장르의 일본 문학을 폭넓게 수용하여 그 문학사상이 무엇을 지향하고 있는가를 이해하고, 세계문학이 어떻게 흐르고 있는가를 눈여겨보는 태도가 곧 인류의 보편적 가치를 한 단계 끌어올리고 그 속에서 새로운 의미를 창출하는, 성숙된 우리의 자세가 될 것이다.

그래서 우리는 일본 문학의 전반적인 개방에 두려워하거나 위축될 것이 아니라, 의연하게 대처하여 버릴 것은 과감히 외면하고, 읽을 것은 철저히 읽어 한국 문학을 육성하고 키워나가는 데 밑거름이 되도록 해야 한다.

나아가 우리가 일본 문학을 접함에 있어 그 나라의 의식을 한국식으로 이해하려는 무조건적인 선입관, 그리고 문학 외적인 원인에서 뿌리 박힌 거부감 등은 지양되어져야 한다. 이러한 문제들을 새롭게 인식할 때 외국문학의 개방은 우리 문학에 있어 경계가 아니라, 촉진제가 될 것이다. 2000년 봄 노벨 문학상 위원회 사무국장 라르스 길레스텐 교수는 "노벨 문학상 선정 작업의 목적은 세계 최고의 작가를 선정하는 데 있지 않고 저개발국가들의 작가가 여러 가지 목적과 환경 아래에서 써낸 작품에 대해 공정한 대우를 해주는 데 있다."고 말한 데에서 보듯, 우리는 외국문학을 수용하되 철저히 '우리만의 문학'에 힘써야 되리라고 믿는다.

물론 레오 톨스토이, 제임스 조이스, 프란츠 카프카 등 세계적 문호들에게도 노벨 문학상을 주지 않아 화제(?)가 된 바 있는 노벨 문학상 위원회지만 — 어쨌든 일본 문학이 전면 개방되어 수용됨을 계기로 우리는 새로운 시각에서 그 작품세계를 눈여겨보아야 할 것이다.

제4장 언어의 다양성과 서정

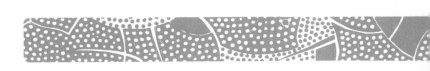

언어의 형상과 서정성
─ 대전의 시문학

1. 머리말

대전의 시문학은 1937년 정훈의 「머들령」 이후 60여 년의 시사(詩史)를 가지고 있다.

그 동안 대전의 시문학은 많은 굴곡을 거치면서 지역적 한계에도 불구하고 한국 시문학 발전에 한몫을 담당했고 현재에도 많은 시인들이 시 창작에 열정을 쏟고 있다. 그래서 대전 시문학의 발판을 마련했던 작고 시인과 현재 활동 중에 있는 시인들의 시 의식과 시적 특성을 살펴 대전 시문학의 정체성을 규명해 보는 것도 그 나름의 의의가 있다고 생각한다.

따라서 본고에서는 시인의 몇몇 특정 작품에 국한하지 않고 그 동안 보여 주었던 큰 흐름의 시 성향을 1) 자연과 순수서정, 2) 영원성과 전통성, 3) 존재의식과 현실인식, 4) 역사의식과 민중성 등으로 나누어 그 시적 특성을 살펴보고자 한다. 이는 도식적인 측면도 없지 않으나 이러한 유형화는 대전 시인들의 시 의식과 특성을 밝히는 데 무엇보다도 용이하기 때문이며, 특히 많은 시인들의 시 세계를 살펴보는 과정에서 도출될 수밖에 없는 현상이라는 점에서 시 성향을 분류한 것이다. 한편 여기에서는 90년대 이후의 등단 시인 일부에 대해서는 문학적 평가를 내리기가 시기상조라는 판단 아래 유보하였다.

2. 자연과 순수서정

대전지역 시인들의 시 세계는 대체적으로 자연에 대한 시적 탐구를 보여주고 있다. 그들은 자신들의 고향이자 성장 배경이 되는 대전 주변의 풍광과 자신의 체험 공간을, 상상력을 토대로 하여 향토적 서정과 자연의 생명력을 형상화해 내고 있다. 이 점에서 대전지역 시인들의 시적 공간은 사계절의 변화 속에서 다채롭게 펼쳐지는 자연에 깊은 뿌리를 두고 있다고 할 수 있다. 그래서 시인들은 거기에 자아를 투영하여 그 속에서 빚어지는 서정의 아름다움을 효과적으로 표현해 내고 있다.

서정시는 일반적으로 자아와 세계 사이의 동질성을 추구함으로써 대상과 화자가 일체가 되는 과정을 그려내는데, 자연을 대상으로 하여 서정을 읊은 대표적 시인으로는 정훈(1911~1992)을 필두로 한성기(1923~1984), 박용래(1925~1980), 임강빈 등을 꼽을 수 있다.

한성기의 시는 자연으로 몰입하여 새로움을 발견하는 능력이 뛰어나며, 참신성·경이감을 불러일으키는 시를 썼다.

새벽은 말이 없다.

미루나무가 걸어오고 있다.
미루나무 옆에 가서 섰다.

江은 불을 켜댄 한 자루
초끝
불을 머금은 瞬間

느닷없이
새벽을 찢고
방울을 흔드는 물새

그 물새의 울음소리 때문에
서서히 밝아오는
빛

外燈이
하나
당황하며 어쩔 줄을 모른다.
　　　　　　　—「둑길·2」전문

　그의 시에 자주 등장하는 자연, 여인, 동물, 식물 또는 그 무엇이든
오랜 통찰과 관조로 그 자신과 친밀해진 외부 세계를 통해서 숨겨진
자아를 표현한다. 그의 시의 중심에 자리하고 있는 산, 바람, 나무, 달,
둑길, 새 등과 같은 대상은 언어의 실재적 생명감을 조성하는 데 크게
기여한다. 많은 시인들에게서 드러나는 자연친화적 경향이 한성기에게
있어서는 단순한 현실도피이거나 또는 동양적 은둔사상과는 거리가
있다. 말하자면 자연은 그에게 있어 신앙이다. 그래서 그는 자연에 자

신을 몰입시켜 순수의 세계를 신선하게 창조해 냈다.

박용래는 절제된 언어로, 지적이고 오만한 현대시의 풍토에서 개가를 이룬 시인이다. 향토의 정감 어린 모습들을 담담하게 원초적인 상태로 환원하고자 했던 그의 시 세계는 도시문화가 아니라, 순수한 향토의식이다.

> 어머니 어머니 하고
> 외워 본다.
> 이 가을
> 아버지 아버지 하고
> 외워 본다.
> 이 가을
> 가을은
> 오십먹은 소년
> 먹감에 비치는 산천
> 구비치는 물머리
> 잔 들고
> 어스름에 스러지누나
> ─ 「먹감」 전문

그의 토착애 혹은 향토애, 자연에 대한 외경심은 메마른 현대 문명 사회에서 소멸되어 가고 버려져 가는 토착적이고 전통적인 유산들에 있다. 기법은 단순하기 짝이 없는 행간의 반복을 통하여 평이하고 소박한 시형을 유지하고 있는 듯하지만 실제에 있어서는 그 특유의 시정을 탄생시켜 주는 매우 독특한 시적 스타일에 의해 시를 완성시키고 있다. 박용래의 시적 특징은 향토색 짙은 서정으로 삶의 순수한 모습을 그려내고 있다는 점인데, 주로 고향과 어린 시절의 기억의 공간에서 그것을 찾고 있다.

임강빈은 단단하고도 산뜻한 서정시의 규범을 한 치의 빗나감도 없이 철저하게 보여주고 있다.

　　나무들의 편안한 자세
　　풀들의 편안한 자세

　　바람이
　　그 앞을 지나고 있다.

　　풀잎이 바람 속에 움직인다.
　　나뭇잎이 바람 속에 움직인다.

　　이내 균형 잡히는 나뭇잎
　　이내 균형 잡히는 풀잎

　　여기 와 소리쳐 본다
　　불끈 주먹도 쥐어 본다

　　아무도 흐트러 버릴 수 없는
　　저 편안한 자세

　　들녘을 걸으며
　　연습을 한다

　　하나 둘 욕심을
　　버리는 연습을 한다
　　　　　　　　　　　— 「들녘에서」 전문

　순수한 한국적 서정을 바탕으로 자연과 인간의 친화를 통해 사상보다는 감성을, 의미보다는 전달을 중히 여긴다. 절제된 언어로 함축과 여백을 강조하면서 삶의 정서를 그려내고 있는 그는 단순한 시형을 통해 효과 확대에 실효를 거두고 있다. 그의 시에서는 욕심보다 무욕의 시심이 맑은 순수서정으로 살아나고 있다.

이장희는 뛰어난 직관력과 놀라운 상상력으로 이미지를 형상화하여 시를 한 폭의 그림처럼 그려내는 시인이다.

> 단풍잎을 몇 장 주워
> 책갈피에 끼우면
> 책 속은 온통 가을이 된다
> 빨간 나뭇잎 갈피에는
> 바람이 갈풀을 빗질하는
> 마을이 있다
> 홍시가 벌거벗은 채
> 햇살을 쪼이고
> 그 속에서 까치가 날고 있다
> 새가 물고 있는 노을
> 팽팽한 가지 끝에서
> 은행잎이 떨어진다
> 잘려나가는 시간과
> 공간 밖으로
> 탈출하는
> 그림
>
> ─「가을에 잃은 그림」 전문

그의 시는 언제나 감촉이 풍부한 서정과 결부되어 조용한 감동을 준다. 조용한 듯한 내면세계에서도 침입자에 대해서는 강렬한 대결의 자세를 보이기도 하는데, 이 대결 정신은 그대로 표출되는 것이 아니라 상상의 터전 위에서 은은하게 번지게 하고 있다. 자연친화적인 순수서정 속에서 이루어낸 언어의 조율은 그의 시의 특징이다.

강신용의 시는 여백의 미가 강조된 한 편의 수묵화처럼 화려하지 않게 투명한 순수의 시 세계를 보여주고 있다. "저문 날 / 설핏 설핏 / 눈이 내린다. 이맘때면 / 고향 집 사립문을 밀치고 / 들어서던 어둠 / 찬바람이 개울 건너 잠들면 / 눈이 내린다. / 떠난 모든 것들이 / 돌아와 내린다."(「첫 눈」 전문)에서처럼 아름다운 자연을 배경으로 평화스럽던 추억으로의 여행을 정겹게 그려내고 있다.

　튼튼한 시적 상상력과 서정의 힘을 지닌 시인으로 전민을 들 수 있다.

　　　　샛바람 불면
　　　　젖꼭지 간지러워
　　　　길가언덕
　　　　맴도는
　　　　연달래.

　　　　꽃불 난
　　　　앞뒷산
　　　　두견새도
　　　　밤잠 잊었나
　　　　　　　　　　　　— 「진달래꽃」 일부

　섬세한 직관으로 향토성, 순수성을 지향하는 전민의 시정신은 '사랑' 그 자체이다. 그의 시에 있어서 서정성은 그의 시편을 관류하는 중심된 정조일 뿐만 아니라, 다양한 소재를 하나로 묶는 통제력을 지닌 근원적인 힘으로 작용하면서 언제나 맑은 언어로 나타난다.

　세계를 따뜻한 감성으로 인식하고 있는 시인으로 주용일이 있다.

　　　　지금 세례받는 목숨들은 샘의 내력을 더듬으며

통통거리는 종아리걸음으로 성급히 내닫는다
보았는가, 푸른 물 혈관 타고 기어오르던 시간 이래로
우리 몸 속 피를 덥히는 태양과 바람의 쉼없는 노동,
빛과 어둠이 굴리는 수레바퀴 틈에 끼어
달아나도 털어낼 수 없는 꽃 피고 싶은 마음
그 죄의 일곱 빛깔 무지개를 기다리며 봄비를 맞는다
실눈 뜨면 눈에 드는 아련한 꽃대의 흔들림,
겨울잠 털며 털며 가슴 깊이 묻어넣은 씨앗 하나
어둠 안에서 올올 푸른빛으로 돋아날 대지 위로
맞으면 저절로 봄이 되는 약비가 온다
— 「입춘 그 이후 1」 일부

　그는 각박한 세태를 봄날의 따뜻한 감성으로 바라보면서 희망의 불씨를 지피고 있다. 위 시에서 보듯 생명의 끈이 되고 있는 '비'를 '약비'로 인식하면서 '어둠'과 '죄'의 정화의식을 정서적으로 표현해 내고 있다. 그의 시에서 서정성은 구체적 언어의 조율로 더욱 빛을 발하고 있는데 구조 역시 빈틈없이 짜여져 있다.
　이면우의 서정성은 자연을 기반으로 하여 잔잔한 울림을 주고 있다.

가을비 소소한 수면 위로 쪽배 밀고 나가며
산중턱 단풍을 보네 거기 굽은 길 따라
자동차 단풍에 취해 숨었다 나왔다 하네
여기서 차 보이니 거기서도 쪽배 보일 터
물길과 차 길로 나뉜 삶이 단풍과 가을비에 함께 젖네
저 자동차, 단풍길 차마 못 빠져나가겠는가 가다 서다
나는 노 놓고 물살에 배 맡긴 채, 붉은 빛 번진
호수에서 십년이 눈 깜짝 새 지나갔다고
섬뜩 무언가 베고 지나가는 아픔을

가슴 위로 만져보네
— 「십년 뒤에도 호수에 가을비」 전문

그는 사물을 인식하여 그것을 밖으로 드러내지 않고 내적으로 철저
히 정화시켜 그 의미를 형상화한다. 그의 이 같은 시적 발상과 방법은
거의가 자연을 통찰하고 그것을 정서는 끈으로 삶에 연결하여 유별한
정감을 드러내 주는 특징을 지니고 있다.

이 밖에도 순수서정을 지향하고 있는 시인을 꼽는다면 박동규·엄
기창·신협·박재서·이돈주·박귀자·안현심·유진택·조혜식·이
현옥·오순덕·이춘희·손중숙·백경화·이영순 등이 아닐까 싶다.

3. 영원성과 전통성

1) 영원성

인간은 죽음이라는 운명적 굴레에서 벗어나거나 자유로울 수 없다.
시를 쓴다는 것은 인생의 궁극적인 문제이며, 정신세계의 지향점을
향한 경험의 행로이자 끊임없는 정신의 여정을 따라 나아가는 것이다.
그렇기 때문에 시인은 길을 찾는 자, 영원성을 탐구하는 자가 되고 있
는지도 모른다. 우리의 삶은 언어에 의해 확장된 존재의 세계이다. 그
렇다면 시는 무엇일까? 시란, 언어를 통한 세계의 확장이라고 할 수 있
다. 이 세계에 대한 정신적인 목적지향성이 없다면 인생은 여로가 아
니라, 미로일 것이다.

박희선은 '영원'의 바다를 끊임없이 항해했다.

북을 두들기면, 달아나던 모든 것

뜻없음이라는 그 반 턱의 門

빗장을 벗기려던 자들의 손끝에 와서
닿던 그것은, 멎음일지라도

떠나면서
더욱 푸르던 자취,

느낌이라는 울림을, 넋없이 입고
두둥실 뒷걸음 재듯

길 잃은 자 멀리 보듯,
더듬적거리면서 돌아온다.

두리번 두리번 탈쓰고 두리번
앞뒤없이 두리번거리며 돌아온다.

그래서 그것은, 춤도 되고
가락이 되던 절반의 동그라미!

— 「동그라미 散策·1」 전문

　　그에게 있어 '영원'이란 무한히 뻗어나감이 아니라, 처음의 자리로 되돌아옴으로써 가능하다는 것으로 판단된다. 그래서 그는 자신의 모습과 앞으로 다가올 자기 종말까지 모두를 하나의 '원(圓)'으로 보았다. '원'은 자기에서 비롯하여 자기에게로 되돌아오기를 반복하는 영원한 진행사인 것이다. 그의 시에는 종교의식이 표면에 드러나지 않으나 분명히 불심의 '영원'이 담겨 있다. 우리는 그의 많은 시에서 '영원'을 찾기 위한 정신적 방황을 읽게 되고, 그 '모든 것'이 '뜻 없음'에 절망할지라도 결국에는 "길 잃은 자 멀리 보듯, 더듬거리면서 돌아온다"는 '동그라미'의 시 세계를 볼 수 있다.

김대현 역시 불교적 사유로 감성의 시 세계를 이루고 있다.

그는 향기로운 바람을
느끼는 돛대
그것은 목청 끝에
허공의 불씨처럼 빛나던
새의 길,
싯다르타의 야윈 어깨 위에
얹히던 보리수 그늘
그늘들의 어룽
그늘은 마침내
달빛의 그늘
그는 또한 새로운
달.
                     ― 「보리수」 일부

박희선이 주로 선적 직관에 의존하여 순간의 미적 체험을 큰 목소리로 형상화했다면, 김대현은 여성적일 만치 섬세한 언어 감각을 보여 준다. 그는 철저한 불교시인이다. 그의 시 속에서는 불교와 삶이 완벽한 혼연일체를 이루고 있다. 또한 시의 정서와 이미지, 그리고 언어는 불교적 깨달음 속에서 언제나 새로운 빛을 찾고 있다.

최원규도 종교적 깨달음을 통해 영원을 추구하는 시인이다.

내가 한 알의 이슬인 듯
어머니 뱃속에서 숨쉬고 있을 때
달은 어머니의 인자한 눈을 통하여
노란빛을 내 살 속에 뼈 속에
넣어 주고 있었다

그때 달은
조용히 수미산을 넘고
개울의 魚群을 지키고 있었다

내가 이승 나와
처음 바라보았던
달은 잠에서 깨어난
그런 눈빛으로 몰려와
꿈의 날개로 나를 감싸고 있었다

그때 달은
헐벗은 공동묘지를 한 바퀴 돌고
바다의 성난 숨결을 삼키고 있었다
— 「불타는 달」 일부

　안정된 형상력과 불교적 은은함으로 시의 탄력을 살리고 있는 그
는, 본질적 삶에 집중하면서 이승의 목마른 해갈을 갈구하는 구도적
집념을 보인다. 그는 끊임없는 사유를 통해 불심을 깨닫고 인간의 한
계를 극복하고자 하는 강인한 시정신을 지니고 있다. 또한 삶과 죽
음, 애욕과 허무라는 존재론적 문제에 끊임없이 천착하면서 이 양면
이 곧 인생의 양면성임을 탐구하는 데 중점을 두고 있다. 그의 시에
자주 등장하는 '달'의 내포적 의미는 기움과 차오름에 의해 뜨고 지
는 해와 함께 인간의 윤회적 삶인데, 이러한 원형적인 의미 외에 '빛'
과 '어둠', 이 두 세계를 왕래하는 존재로도 인식된다. 결국 삶과 죽
음의 양 측면을 지닌 인간의 윤회적인 삶을 '달'이 암시하고 있듯 그
의 시의 특징은 존재와 영원성의 탐구에 있다.
　도한호에 있어 시는 '구도'와 '일깨움'이다.

나는 내 지혜로 해결할 수 없는 온갖
무거운 짐들을 기도의 날개에 실어
멀리멀리 떠나 보냅니다
그러면 내 모든 근심은 씻은 듯 사라지고
내 마음에는 처음 기쁨이 다시 살아납니다
나는 내일을 위한 새 힘을 얻고
삶의 수많은 장애를 이겨낼
용기와 자신을 가집니다
— 「기도의 門」 일부

그는 절대자에 대한 구도의 성찰에서 얻은 평화로움을 담담한 어조로 노래한다. 자신의 "지혜로 해결할 수 없는" 현실의 "온갖 고뇌와 슬픔을 고백"하는 '기도'를 절대자에게 드리고 있다. 그의 시 세계는 대체적으로 신앙에 근거한다.

조미나는 성실한 삶의 자세와 자아 성찰로 인간의 문제를 종교적 사랑과 믿음으로 포옹하는 시 세계를 보여주고 있다.

당신에게로 나아가는 길은
두려움도 계산 속도 없는
투명한 유리빛 세계
안개 속을 거니는 내 휘청이는 발길에
안식처되는 유일한 통로.

멈춤 없는 방랑에
기약 없던 율리시즈의 항해의 끝.
— 「생명나무를 찾아서·3」 일부

자연을 통하여 보이지 않는 절대자에 대한 사랑을 갈구하고 있는 그의 시는 '사랑'이라는 인류적 문제에 접맥되어 있다. 이것은 인간의 속된 삶을 영혼으로 연결지어 빛의 영원성을 추구하려는 의식인 것이다.

임기원은 자아 발견으로 영원성을 추구하고 있다.

> 꽃으로 수놓은 돌 병풍
> 눈을 감고서야
> 세상을 본다.
>
> 나를 버리는 곳에서
> 나를 찾는
> 이승의 안팎
>
> 나를 보내고
> 나로 돌아온다
>
> ― 「산사 일기」 일부

무신론자가 신을 통해 자아를 발견한다는 것은 정신적 개안이 없으면 불가능하다. 그는 자연이나 인간의 삶을 통해 자신의 영혼을 찾고 정신적 삶을 향유하면서 영원성을 추구하는 시 세계를 보여 주고 있다.

이 밖에 불교적 사유로 영원성을 추구했던 시인으로 이재복(1918~ 1981)을 들 수 있다.

2) 전통성

홍희표는 대체적으로 향토적 성향의 시 세계를 가지고 있다. 그러면서도 구김살 없이 밝고 산뜻한 이미지를 조탁해 내는 특징이 있다.

물소리도 구름따라
묵어가고

더덕뿌리 같은 동네.

'심봤다' 외마디에
까마귀도 웃고

다래순 같은 동네.

잠자리도 구름따라
묵어가고.
— 「臥雲里」 전문

　그는 '흘러간 것'에 대하여 무궁한 상상력으로 그것들을 현재에 접
목시킨다. 위의 시를 보면 '와운리'의 존재 여부는 모르겠으나 어쩌면
시인이 찾은 선계 중의 하나일지도 모른다. 그 곳은 명칭 그대로 구름
이 눕고, 쉬고, 자는 동네이다. 또한 그 곳에서는 인간이 주인공이 아
니다. '물'과 '구름', '까마귀'와 '잠자리'가 주체가 된다. 인간은 그저
'심봤다' 하는 '외마디'로 자연물 속에 녹아든다. 이것은 결국 세속과
신성이 함께 하고자 하는 새로움의 상징이라 할 수 있다. 그는 이처럼
전통을 통해 현재를 바라보고 있다.
　또한, 안명호도 향토적 시 세계에 골몰하고 있는 시인 중의 한사람
이다.

귀를 가진 당신은 뭇바람을 재우다가 숨소리를 들으시고,
눈을 가진 당신은 하늘빛을 담다가 눈(芽)을 티우시고,
입을 가진 당신은 비눗물을 삼키다가 초목을 키우시고,
코를 가진 당신은 꽃내음을 맡다가 열매를 익히시고,

얼굴 없는 당신은 제모습을 그리다가 땅(土)을 가꾸시고.
　　　　　　　　　　　　　　　　　　— 「흙」 전문

　그는 꾸밈없이 진솔한 언어로 시를 구축하고 있는 특징이 있는데, 위 시에서 보면 흙이 지니고 있는 속성을 '당신'으로 의인화하여 간결하게 표현해 내고 있다. 생명체에 대한 존귀성을 '당신'에 의탁한다는 것은 곧 자연에 대한 외경심인데 이러한 의식은 연작시 「시골 길」 등을 비롯하여 많은 작품에서 볼 수 있다.
　김원태 역시 시 의식은 매우 향토적이다.

　　　고향집·논·밭·산 다 팔고
　　　타향에 산 지 반평생

　　　다시 돌아간다는 생각
　　　떠나 본 적이 없는데

　　　땅값 턱없이 무거우니
　　　고개도 못 돌리는
　　　고향 마을
　　　　　　　　　　　　— 「멀어지는 고향」 전문

　그의 시 세계는 매우 향토적이며 시적 언어는 상당히 정직하다. 위 시에서도 그를 낳아주고 키워준 고향 땅에 대한 애착이 간절하게 배어 있다. 객지에 살고 있으나 언젠가는 돌아가야 할 고향 땅에 대한 그리움을 잊어본 적이 없다. 그러나 땅값이 치솟을수록 그 꿈은 멀어지게 되고 향토에 대한 정서는 더욱 깊어져 간다. '땅값'에서 현실의식을 볼 수 있다.
　전원적 시풍을 간직한 시인으로 변재열이 있다. 그의 시에는 무엇보다도 풍부한 인정과 애정이 두드러지게 나타난다.

> 파르르 떨며
> 초승달이 떨어져내리고
> 꽃잎마다 꽃잎마다
> 갈증(渴症)
> 어머니는 가시고
> 우리들만 남아
> 일제히 울먹이는 상(床)
> 향 지피던 눈망울이
> 가셔지지 않는다.
> 분꽃이 피면
> 분꽃이 피면.
>
> — 「분꽃이 피면」 일부

그의 시 세계는 삶과 죽음의 의식이 서정의 본향으로 나아가는 모습을 보여주고 있는데, 향토적 리리시즘이라는 한국시의 전통성을 근간으로 하고 있다.

또한 이헌석도 전통의 의미를 포용하는 시 세계를 지니고 있다

> 야스름 고개 내미는 그믐의 달무리는 운명하며 헤젓는
> 할아버지의 손짓이다 풍랑에 시달린 닻줄의 울음이다 송
> 화(松花)가루 날리는 두견이의 핏빛 사연이다
>
> 용비늘 치키듯 스리슬슬 나는 소지(燒紙)를 타고 화살
> 로 꽂히는 축수(祝壽)의 주문들 밤하늘이 파랗다 박수무
> 당의 손이 파랗다 모여든 가슴이 파랗다
>
> 푸닥거리는 끝나고 공수가 멎을 때 발치에 비치던 어둠
> 의 그림자는 밝은 후광(後光)이 된다 까만 날밤에 어둔

길 밝히는 관솔불, 그리움이여, 반가운 만남이여
— 「당산굿」 전문

  그의 시 세계는 과거는 물론이고 현재와 미래까지도 한국시의 근
간이 되고 있는 전통성에서 찾고 있다. 우리에게 있어 전통은 순수와
신뢰의 대상이라는 점에서 그의 시는 한국적이며 포근함을 수반하고
있다.
  주근옥 역시 전통에서 소재를 찾아 그것들에 어떠한 의미를 부여함
으로써 시적 성취를 이루어내고 있다.

사립문 살며시 밀자
너와지붕 짓밟고 서서
살구꽃은 포효하느니
— 「살구꽃」 전문

  그는 놀라운 상상력으로 사사롭고 무의미해 보이는 전통적인 것들
에서 참모습을 찾는다. 전통에서 인간의 진실을 일구어내는 그의 시는,
대체적으로 이미지의 조형이 높게 평가되어지고 있는데 압축과 생략
이 특징이다. 특히 그는 삶의 이면에 숨겨져 있는 진실을 포착해내기
위해 사물의 세계에 집중한다.
  최자영은 꿈을 잃지 않기 위해 옛 정이 남아 있는 고향이나 전통적
인 사물을 이미지화하여 정서를 유발시킨다.

등덜미 잡아다니며
일어서는 지난 날
젖은 신발 벗어 들고
금강변을 걷는다

맨발로 함께 따르는 비
아물지 않은 상처 덧내며
강심에 내려꽂힌다
모두를 떠나 보낸 강줄기
달래며 어르며
깊어진 어둠까지
함께 가자는 달빛
갈대꽃과 어울리고 있다
— 「중학동 일기·13」 전문

끊어진 듯 하면서도 살아 숨쉬는 전통의 기억과 회상은 인간에게
부여된 조화의 원리 중 가장 중요한 것인 동시에 그 어떤 세계에 대한
절대적 회구의 전제인 것이다. 이러한 측면에서 그의 시는 과거의 순
수함을 미래의 새로움으로 접맥시키고자 하는 한국적 서정이 중심을
이루고 있다.
박순길도 시적 모티프는 토속적이면서 지극히 평범한 인간의 정서
를 끈끈하게 그려내고 있다.

버리지 못한 향수가
별이 되어 쏟아진 냇가에
달빛으로 전해지는 소리

버린 선산에 키워진 라일락
밤이면 피어나고
향기로 묻어온다
— 「돌·76, 고향 냄새」 일부

그의 시에는 '고향'에 대한 의식이 상당히 강하다. 그것은 '잃어버
림'에 대한 허망함과 동시에 그것들에 대한 회복의식이다. 위의 시에

서 보듯 고향에 대한 애틋함이 연마다 애잔하게 묘사되어 있다. 화자
는 고향을 떠나 살고 있지만 "버리지 못한 향수"는 "달빛으로 전해"
지고 "향기로 묻어"오기 일쑤다. 눈으로 확인할 수는 없지만 "지맥으
로 통하는 바위"와의 '교신'으로 말없이 "눈빛으로 전해주는" 고향
소식을 화자는 '밤'마다 간절히 듣는다. 이 경우 역시 그 뿌리는 전통
에 있다.

전통성과 회귀의식을 주로 다루는 시인으로는 구상회, 송영숙, 정진
석, 윤월로, 송계헌, 박성범, 신정순 등이 이 범주에 들어갈 것 같다.

4. 존재의식과 현실인식

시인은 황폐하고 남루한 일상 속에서 시 쓰기를 통해 자아를 발견
하고자 하는데, 이것은 곧 정체성의 확인과도 연결된다. 현대 물질문
명사회에서 인간에게 닥친 여러 문제를 고민하는 시인들은 그것의 해
답을 철저한 내면적 사유를 통해 찾으려는 쪽과 현실적 삶에 눈을 돌
려 구하려는 쪽으로 나뉜다. 일반적으로 현대인은 현대 물질문명 속에
서 방황하고 고뇌한다. 이것은 상실되어 가는 인간의 가치를 회복하려
는 의식 상태라는 점에서 시인들에 있어 존재인식과 현실인식은 필수
적이다.

1) 존재의식

인간존재의 문제는 오래 전부터 논쟁의 대상이 되어왔다. 어쩌면
인간은 태어날 때부터 불안과 고독, 허무를 잉태하였는지도 모른
다. 인간존재의 어두운 심연, 절대적 용기, 숙명적으로 희구하는 자

유, 그리고 초월적인 의지는 시인들의 공통의식이다. 이러한 인간의 존재적인 의미에 가치를 둔 시인으로 이덕영(1942~1983)과 김용재, 박명용, 손종호, 김완하, 한문석, 이형자 등을 들 수 있다.

이덕영은 일상의 사물에 많은 관심을 보이며 기본적으로 현실에 대한 애정을 잃지 않았지만 궁극적으로 그것을 초월하여 '자아' 확인에 탐닉했다.

> 한 대낮에
> 나는 길고 깊은 암흑을 파내며
> 동사무소 의자에 앉아 있었다.
> 겨울 아침 안개처럼 모호한
> 인생의 눈덩이를 굴리다가
> 천천히 혹은 돌연히 내게 밀리는
> 생애의 질문을 받고
> 이름모를 산꽃이 피다 진
> 그 쓸쓸한 몸짓으로
> 내 전신에 쌓인 암흑을 파내며
> 나는 자꾸 불을 켰다.
>
> 푸른 얼굴이여,
> 하늘에 박아둔 내 얼굴이여
> ─「자화상」 전문

이덕영의 시 세계는 기본적으로 순수의 자연과 생명의 지향이다. 자연과 친하고, 자연과 교감하고, 그 소박하고 아름다운 시심을 인생의 가슴에 꽃피우려고 부단히 노력했던 그는 삶에 고민했고 결국은 존재 탐구의 시 세계를 보였다. 그는 자기의 위치가 현실과 유리될 때 나타나는 충격을 때로는 침묵으로 새기며 존재의 속성을 밝히고자 깊은 사유의 시를 썼다.

손기섭은 병고와 죽음의 존재인 인간에 대한 안타까움과 절망, 비탄과 한계의식을 예리하게 형상화해 내고 있다.

한 손에 싹을
한 손에 흙을
한꺼번에 쥐고 나온 핏덩이

반딧불 같은 힘인데도
어른도 잘 펼 수 없는
불끈 쥔 두 주먹

사람이나 주위의 사물들
멀리 그늘처럼 물러앉아
바라보고만 있는데
그 주먹들을 번갈아 입으로 가져간다

누가 시키는 듯
이 없는 잇몸으로
한 주먹은 빨고 깨물면서 때론
한 주먹은 신호등처럼 내두른다
　　　　　　　　　　　　─「인큐베이터」전문

그의 시에는 유한한 생명의 어쩔 수 없는 한계적 존재와 숙명적 존재인 인간에 대한 따뜻한 사랑의 시선이 있는데, 그에 있어 시적 역정은 진정한 나를 찾기 위한 순례의 과정이자 나를 올바로 실현하기 위한 자기극복과 구원의 과정으로서의 의미를 갖는다. 인간의 죽음을 수없이 목격하면서도 위의 시에서처럼 아기의 탄생은 언제나 생명의 신비로움이다. 이것은 곧 인간존재의 탐구로 귀결된다.

김용재는 일상적 삶과 사물에서 존재의식을 규명하려는 시 세계를
보여주고 있다.

> 그대는 외롭게 서 있었다
> 그대는 외로움과 같이 있었다
> 외로움을 지탱할
> 그러나, 그 힘이 모자란가
> 그대는 아프게 서 있었다
> 그대는 아픔과 같이 있었다
> 마침내, 가슴을 휘벼파는
> 아우성의 각혈을 하며
> 그대는 어둠을 휘젓고 있었다
> 휘청거리는 숨결 날리고 있었다
>
> ― 「가로등」 전문

그의 시는 인간존재의 근원적인 문제를 일상적 삶과 사물에서 규명
하고자 한다. 위의 시에서 볼 수 있는 것처럼 '그대'로 의인화된 '가로
등'은 혼자이면서도 어쩔 수 없이 "각혈을 하며" 서 있을 수밖에 없는
존재로 인식되면서 자아를 확인한다. 그의 체험 정서는 누구보다도 강
하며 언어의 상호 작용을 통해 시적 대상을 철저히 탐색한다.

박명용은 감성과 이성으로 '존재'에 접근한다.

> 왼 쪽 길을 가면서
> 오른 쪽으로 걸어오는
> 사람들을 보면
> 언제나 나는 혼자입니다.
> 오른 쪽으로 가는 나를
> 왼 쪽에서 걸어오며 바라보는
> 사람들의 눈에도

언제나 그들은 혼자입니다.
이런 길을 가고 있는
무심한 우리들은
그래서 언제나 혼자입니다.
　　　　　　　　—「위치에 대하여」전문

　박명용은 "감성과 이성의 적절한 상호 삼투를 통해서 인간 삶의 공
간을 따스하게 감싸안고 있고, 그것이 크게는 애정과 사랑이라는 측면
으로 분출되지만, 그의 시에는 언제나 예리한 비판정신과 존재의식이
양면에 살아 숨쉬고 있다. 많은 시집을 낸 그는 시에 뛰어난 상징성을
도입하여 자신의 사상을 암시적으로 표현하는 기법을 즐겨 쓴다."는
평을 듣는다.
　손종호는 넉넉한 감성과 함께 예각적인 눈길로 인간의 존재를 바라
본다.

　　　만나고 흩어지는 무심한 반복의 물살이여.

　　　심장을 돌아나오는 것들은 모두가
　　　시초에 닿아 있듯이
　　　내 아비의 그 아비의 아비의
　　　먼 핏줄을 접어 올라가면
　　　홀연 목메이듯
　　　막막한 눈발이 되는 사랑
　　　그리고 그리움.

　　　누가 기다리고 있는가
　　　세상의 길들은 향락에 기울어
　　　상류는 캄캄한 안개
　　　시린 하늘에

별 하나 걸어두고
밤새워 누가 나를 부르고 있는가.
— 「공기의 꿈·3」 일부

그는 깊은 사유를 통하여 간절하고도 강한 목소리로 현존재의 유한성을 초극하고자 하는 시정신을 지니고 있다. 위의 시에서 보듯 "향락에 기울어" 있는 '세상'에 '그리움'이 존재한다. 그 '그리움'은 유한성인 '아버지'로 전이되고 '창 하나'와 '별 하나'에서 진실된 세상을 바라본다. 존재에 대한 그리움과 그 실체를 찾기 위한 고뇌의 시를 여러 곳에서 찾아볼 수 있다.

김완하의 시 세계는 생명력으로 가득 차 있다.

갑자기 겨울비 몰려와
무우를 뽑아 묻는다
얼리지 않기 위해
알무우를 포개 흙을 덮는다
산다는 것은 버리는 것,
잔 뿌리 끊어내고
뽑히는 청무우
어머니는 무우를 뽑으시며
굵은 무우 시퍼런 허리 쓰다듬다가
깊게 내린 뿌리가 잘리면
안쓰러워 하시기도 한다
미물들이 때는 먼저 안다고
뿌리 깊이 박힌 겨울은 유난히 춥다시며
어머니 주름살은 더욱 깊어진다
— 「입동」 일부

그의 시에는 존재에 대한 존귀함이 서정의 힘을 통해 생생하게 그려져 있는 등 강한 생명력이 표출되고 있다. 대체적으로 그의 시는 '살아 있음'에 대한 세계와 사물에 시선이 집중되고 있다.

한문석 역시 생명의지와 존재가치를 사랑의 눈으로 승화시키고 있다.

> 은밀함을 알리기 위해 빛나는 네 몸은
> 그대로 울음이 파도치는 섬이다
>
> 홀로 떨고 있는 네 몸은
> 작은 땅 여기 저기에 살아 숨쉬는 불씨
>
> 눈감고 달리는 저 환한 시간의 멈춤
>
> 참회하는 자는 아름답다
> 아름다운 마음으로 문을 두드린다
>
> ― 「네 몸은」 일부

그는 생명의지와 존재가치를 생명력이 있는 사물을 통해 인식하고 그것을 숭고한 사랑으로 꽃피운다. 위 시에서도 검푸른 잎과 동백꽃을 내면화하여 "빛나는 네 몸"을 "파도치는 섬"으로 전이시킴으로써 강한 생명의지와 존재의식을 드러낸다.

> 그 사람
> 첫 새벽에
> 해맞이 행사 나간 후
> 얼마 지나지 않아
> 여섯시를 알리는
> 자명종 소리
> 유난히 맑게 들리고

동녘을 환하게 밝혀오는
저 보드라운 빛
꿈틀거리는 소리로
태어나고 있었다.
                    ―「새벽」 전문

　이형자의 존재의식은 자아만에 뿌리를 박고 있는 것이 아니라, 대상
을 통해 자아 존재를 인식하고 거기에서 가치를 찾으려는 시 의식을
보여주고 있다. 위 시에서 보듯 '그 사람'이 존재함으로써 '나'의 존재
를 인식하고 그 가치를 '빛'과 "꿈틀거리는 소리"로 드러낸다. 현실에
서 존재를 확인하려는 시적 방법이 놀랍다.
　이러한 시 세계를 지니고 있는 시인으로 김백겸, 안초근, 육종관, 김
진성, 장덕천 등을 들 수 있겠다.

2) 현실인식

　문학은 인간의 삶을 떠나서 창조될 수 없고, 또한 우리의 생활과 절
연된 상태에서 설명될 수 없다. 이런 점에서 문학의 한 장르인 시(詩)
도 인간 사회와 주된 관계를 맺음으로써 완성되는 인간성의 표현이라
할 수 있다. 그러기에 시인은 우리가 살고 있는 현실을 외면하기보다
는 현실에 대응하여 인간 본연의 자세를 증언하고 삶의 본질을 찾고
있는 것이 아닌가.
　김정수는 현대의 비인간적인 상황을 집요하고 예리하게 투영한다.
그는 "새롭게 살과 살이 부딪고 쇠와 쇠가 부딪어 / 일어나는 불꽃, 라
이터의 美學 / 一瞬에 피고지는 마른 번개꽃 / 오, 푸르디 푸른 꽃잎
들"(「中洞골목에서」 일부)에서처럼 척박한 현장성에 눈을 돌린다. 현실
을 중시하고 있는 그의 시 세계는 언어를 희롱한다거나 수사하지 않고

구체성으로 현장을 덮쳐 주로 소시민들의 어둠과 아픔을 다루고 있다.
 지광현 역시 불합리한 세계를 바라보고 있다.

> 고양이가 쥐를 덮칠 때 고양이는
> 一絲不亂의 눈초리로
> 혼을 빼 버린다
> 오금을 못 펴는 쥐는 산 주검이 되어
> 숨죽이며
> 시퍼렇게 굳어 있었다
> 번개처럼 一瞬이 지난 다음
> 고양이 발톱에는
> 쥐의 마지막 悲鳴과
> 파르르 떨던 臨終이 묻어 있었다
> 아무렇지도 않은 고양이는
> 따스한 햇볕에 퍼질러 누워서 이제
> 곤한 귀잠에 빠져 있다
> — 「HAPPENING」 전문

 그는 순수서정에 뿌리를 두고 있으나 삶에 대한 현실인식이 누구보
다도 뚜렷하다. 따라서 그의 시는 고민과 갈등, 그리고 저항성이 강하
게 드러난다. 그러나 시적 방법은 매우 회화적이며 때로는 충동적이다.
약육강식의 세태를 바라보는, 이러한 경향의 시가 여러 곳에서 발견된
다.
 다음은 송한범을 들 수 있다.

> 그날, 아침 부두는 황홀하였다.
> 彈雨의 썰렁한 숲을 지나 回想의 빙판을 미끄러지며 달리던
> 無邊의 바람
> 나목의 가지에 매달려

破紙에 버려진 부활을 이야기할 때
異邦의, 울음나는 술잔에 몸을 숨기며
쓸쓸히 死地에 오르던,
뜨겁고 진하게 빛나던
마지막 傳語.

　　　　　　　　　　　　　　—「歸船」 일부

　그의 시도 현실인식이 투철하다. 위 시에서 볼 수 있는 것처럼 현실
을 구체적으로 인식하되 그것을 상징이나 은유 기법으로 형상화함으
로써 시적 가치를 돋보이게 하고 있다. 이러한 인식과 시적 방법은 삶
과 철학을 동시적으로 파악하고 있기 때문으로 보인다.
　양애경은 현실을 구체적으로 바라보면서 자기 성찰의 시를 즐겨 다
루고 있다. "시간당 만오천 원짜리 야간 강의를 마치고 / 거리에 내려
서면 / 갑자기 붙들 게 하나도 없어진다 / 밤 열시 사십분 / 오분 이쪽
저쪽이면 버스가 끊어지는데 / 생각할 수조차 없다 빈 머리로/ 지척지
척 걷는다 / 가로등 속 골목은 노랗게 떠 있고 / 담장마다 버려진 듯
웅크리고 있는 자동차들"(「길 잃기」 일부)에서 볼 수 있는 것처럼 그는
대체적으로 삶에서 나오는 감정을 투명하게 드러내고 있다. 꿈과 현실
이 분리된 불구적 현실에 대한 탐색으로부터 시작되고 있는 그의 시는
현실을 인식함으로써 의미있는 성찰의 결과를 내놓는다. 거기에는 자
신의 삶을 바라보는 정직함과 엄격함이 부드러운 조화를 이룬다. 현실
풍속에 값싸게 편승하지 않으면서도 중심을 잃지 않는다는 평을 듣고
있다.
　곽우희의 시 세계 역시 현실적이다. "잘 견디고 버티더니 / 모처럼의
만남에 / 몇 마디 / 의례적인 대화가 오고 가던 중 / '사는 게 왜 이리도
힘드니? 야! 이젠 지겹다, 지겨워……' 일자리를 잃은 / 우리의 남자들이
/ 지친 듯 누워있는 / 그 길을 건너면서도"(「IMF」 일부)에서처럼 경제난

에 허덕이는 세태를 그리는 등 현실감각에 충실하다.

　　최송석의 작품도 각박한 세대에 초점을 둔 시가 상당하다.

> 憂愁에 깃들인 눈
> 무수한 背理를 입안으로
> 되새기며
> 그저 그런 걸음걸이로
> 세상을 지나가고 있는
> 소
>
> 忍從은 天賦의 멍에를 짊어진 채
> 요사스런 것들의 계산 속에서
>
> 때로는 혼자 웃기도 하고
> 때로는 혼자 울기도 하며
> 그래도 밖으로는 눈물을 비치지 않으며
> 걸어가는 소
>
> 　　　　　　　　　　　　　　― 「소」 일부

　　매사가 계산된 현실을 바라보는 그의 눈은 냉철하나 그 시적 방법은 직접 드러내는 것이 아니라 상징기법을 써 매우 암시적이다. 위의 시에서 볼 수 있는 것처럼 우직한 '소'를 통하여 현실의 각박한 인심을 암시해 주고 있는 그의 시는 감상적이지 않고 현실을 극복할 수 있는 우직하고 정직한 언어로 짜여져 있다. 사물의 속성이나 동작 등을 제시, 현실을 인식시키고자 하는 그의 시정신은 매우 우직하고 다정하다.

　　박상일의 시는 현실적인 삶 속에서의 단절과 소외에 대하여 시적 대응을 보인다.

지축이 흔들리고 있다.

이 땅의 가운데가 흔들리고
사람들이 흔들리고
집이 흔들리고
벽에 매단 시계가 흔들리고
교량이 흔들리고
풀을 씹던 송아지가 흔들리고
흔들리던 사람들이 그만
이 세상 끝 살별처럼 떨어져 내리며
살려달라고 비명 지른다.

깨어보니
네 시를 알리는 새벽 종소리
점점 세상 밖으로 밀리는 나

흔들리고 있다.
— 「악몽」 전문

　　그의 시는 성실하다. 비인간적인 풍조가 범람하는 시대에 인간답게
살고자 하는 믿음을 가지고 때로는 침묵하고, 때로는 현실에 정면 대
응하는 시 의식을 가지고 있다. 그래서 그의 시적 의미나 인식은 언제
나 비합리한 현실적 삶에 있으며 그것을 뛰어넘어 인간답게 살고자 하
는 소망과 인간적인 꿈의 세계에 있다.
　　김명수도 현실인식이 예리하다. 그러나 그 시적 발성은 매우 정서적
이다.

어머니, 들으셨나요. 요즘은
농촌에서는 아기 울음이 그쳤습니다

빨랫줄에 간간이 나부끼던
그 하얀 기저귀들이
요즘엔 통 보이지를 않습니다
이런 시골에선 태어나는 것조차 싫다는군요
　　　　　　　　　— 「어느 농부의 일기」 일부

　그의 눈은 현실의 구석구석을 냉철하게 바라보고 그 시적 대상에 인간본성으로 접근한다. 이 경우, 그 발성은 대상을 직접적으로 나타내기 쉬우나 그는 상징을 주무기로 하여 암시성을 띠고 있는데 그 음성은 다정다감하다.
　강희안은 인간 삶의 모순 속에 존재하는 진리를 찾아내는 데 힘을 쓴다. "버스에 올라 창을 열어 젖히면 / 가까운 세상을 열어 젖히면 / 지하도에서 백화점에서 터미널에서 / 세대의 에스컬레이터 사이에서 / 사람들은 불쑥 빗나간 어깨를 들이댄다"(「암암리에 그들은」 일부)에서처럼 그는 현대문명의 이기에 매여 사는 무료한 심경을 그려내어 현대의 삶이 무언가를 깨닫게 해준다.
　윤종영은 현실인식이 강하나 시적 방법은 매우 따뜻하다.

세상에 의술이 그렇게 발달했담서유
글씨 암도 고치구 그리고
뭐여, 얼굴도 뜯어 고쳐서
뺑덕에밀 춘향아씨 마냥 맨든다네유
근디 그런 의술 갖고도
이렇게 쉬운 병은 못 고치네벼유
쪽발이들 코쟁이들 온통
쑤시고 때리고 할키고
야단 법석 떨은 이눔의 허리병
40년씩이나 곪고 골아 이제는

파리똥처럼 썩은 피 뚝뚝 떨어지는
이 망할놈의 허리병 말여유
　　　　　　　　　—「의사 선생님전 상서」 일부

그는 위 시에서 보듯 세상의 험난한 삶을 응시하면서 그것들에 대
한 대응을 정색하지 않고 부드러운 심성으로 접근하여 시에 용해시킨
다. 시적 구조가 단단하다.
　김남규도 현실인식이 뚜렷하다.

도로는 아직 한적함
2월 바람은 차가움
현관 앞, 출근차는 출발을 서두르고 있음
하루 일정을 정리함
커서를 누르고 좌판을 끌어옴
연애편지도, 나의 일기도, 시도 아닌, 정책과 신념을 생각함
오전이 다 가도록 컴퓨터 화면 흰 공간은 채워지지 않음
쌓여가는 담배꽁초, 내 간은 굳고 변색되고 있을 것임
　　　　　　　　　—「어느 하루의 일과표」 일부

그의 의식은 항상 깨어 있다. 삶의 과정을 예리하게 바라보면서 현
대인의 삶을 병치 은유를 통해 새롭게 제시하여 휴머니티의 세계를 유
발시키는 것이 그의 시적 특징이다.
　박문성은 현실공간을 수용하면서 삶의 본질에 다가선다.

자연이 꾸물대어
도시의 빌딩이 만들어 놓은 밝은 저녁
아내와 다투고 난 뒤
찾아간 술집 '티파니'
그가 좋아하는 후라이드치킨과 오뎅 한 사발 시킨다

아! 앙상하지만 우리 싸움처럼 질긴
살 한 점
질긴 건 고기만이 아니다
내 삶이 그렇고
내 고집이 그렇고
우리 사랑이 질기다

— 「부부싸움」 일부

그의 삶의 공간에는 대체적으로 외부와 내부가 공존한다. 외부의 허
상과 자신의 소시민적 의식을 충돌시켜 외부의 허상을 초극하려는 의
지를 내보인다. 그의 현실인식은 대체로 소시민을 대상으로 하고 있어
인간적이다.

이 밖에도 김홍식·배인환·윤형근·김진성·황희순 등이 이 유형
에 들어갈 것 같다.

5. 역사의식과 민중성

1) 역사의식

과거의 역사관은 사실이나 사건을 그대로 보고 이해했으나 오늘날
에는 그것들의 실체를 어떤 시각에서 바라보고 재해석하느냐에 중점
을 둔다. 이와 같은 역사의 기반 위에서 시인들이 새로운 안목으로 현
재와 미래를 응시한다는 것은 삶에 대한 각성이다.

조남익은 향토적 서정으로 출발했으나 점차 역사의식을 현실에 융
합시켜 나가고 있다.

후줄근히 비바람 두드리고

터진 틈 사이
무각(無覺)의 입김을 뿜으며
방싯 태어났어요, 朕은,

그래요, 태어난
朕은 혼이었어요,
宇宙보다 더 큰
民族魂이었어요.
　　　　　　　　　—「朕의 戀歌·5」 전문

　그는 많은 시에서 역사적 사실의 심층구조를 파헤쳐 그것을 현실의
식에 접맥시킴으로써 참된 민족정신을 되살려내고 있다. 이러한 역사
의식이 담긴 작품에는 슬픔, 한, 기쁨 등이 민족혼으로 이어져 현재를
살고 있는 우리 모두에게 역사의 의미를 되새기게 한다. 순수하면서도
질긴 언어의 고전적 형상화는 그의 시법의 특징이다.
　또한, 이관묵은 우리 민족사에 대한 냉철한 통찰력으로 역사의 양면
성을 해부하고 있다.

　　임금님, 당신을 뵈러 무덤 앞에 많은 사람들이 줄을 섰군요 雜夫
　의 곡괭이에 당신의 至尊이 찍혀 나오고 그 뒤로 당신의 至尊을 팔
　기 위해 사람들은 가시철망을 둘렀습니다. 지금 막 玄室에 들어서는
　平民들 앞에 툭툭 몸을 털고 일어서는 어금니 하나, 죽어서도 千年
　동안 흙이 되지 못하는 어금니 하나, 아직도 더 썩어야 할 무엇이
　남아 있는지요, 모릅니다 아무도 모릅니다. 鐵柵에 갇혀 당신의 호
　령은 지금 虛空 어디쯤 꽂히는지요.
　　　　　　　　　—「王陵入口」 전문

　그의 시는 부끄러운 역사적 사실에 초점을 맞추면서 오늘의 상황을
점검한다. 위의 시에서 볼 수 있듯 세월의 무심함에 대한 한탄과 봉건

왕조의 허위의식를 바라보면서 힘의 원리에 경고한다. 한때는 천하를 호령하던 '임금님'이 세월의 흐름 속에서 이제는 "잡부의 곡괭이에" 무덤이 파헤쳐지는 존재가 되어버린다. 그 때의 권위가 이제는 한갓 유물에 불과해 "많은 사람들이 줄을" 서서 그를 구경하기 위해 기다리고 있다는 것은 권력의 '덧없음'이며 현대를 각성시키는 역사의식인 것이다.

김학응은 전통적 서정성을 바탕에 깔고 역사적 소재와 토속어로 역사의식을 내보이고 있다.

> 재작호지(再作胡地)
> 차라리 오랑캐나 닮아질 것을
> 열 띤 호궁(胡弓)타는 공녀(供女)
> 혼백은 서러워
> 몸으로 울던 고려
> 말굽 밟아 맺혀 오거든
> 꿈길에나 피고지고
> 눈에 밟히는 차운 불빛 으스려 속맘 잊을까
> ―「오랑캐 꽃」 일부

그는 주로 시적 대상을 역사 또는 체험적 과거에 두고 우리 민족의 비극적 사건에 과감하게 생명력을 부여하여 그 때의 사실들을 우리에게 현실적으로 재체험시킨다. 그 시적 방법은 상당히 구체적이며 서정적이다. 위 시에서도 겨레의 넋과 역사의 아픔을 일깨워주고 있다.

오완영은 「阿斯達의 노래」에서 그 역사성을 찾을 수 있다. 그는 역사의 혼을 일깨워 현재의 삶에 이입시키는 주지적 경향의 시 세계를 가지고 있는데, 상당히 교훈적이다.

北間島에
凶年이 들고
한반도에서 쫓겨난 不逞鮮人은
갈곳이 없었다.
그
救荒의 탈
처용의 얼굴
감자 두어개로 요기를 하고

— 「處容舞·19」 일부

그의 시에는 사상과 이념의 역신에게 시달려온 우리의 역사를 부끄
러워하면서 '우리 민족은 어떤 존재인가'를 되묻게 한다. 역사의 뒤쪽
을 다시 꺼내어 그것들을 새롭고도 인간적인 측면에서 재조명한다는
것은 역사를 바로 알기 위한 시인의 고뇌의 산물이라 해도 좋을 것이
다.

이 밖에 이대영도 역사의식의 시 세계를 가지고 있다.

2) 민중성

이은봉은 힘겨운 이웃에게로 향하는 따뜻한 시선을 잃지 않는 시인
이다. 그는 어떠한 곤궁에 처했을지라도 주변의 이웃들과 사물들에게
서 애정과 신뢰의 시선을 거두지 않는 힘을 가지고 있다.

날쌘 몸짓으로 비행기가 뜬다
전투기다 아니다 폭격기다
무엇이면 어떤가 남의 나라
비행기가 떠오르고 순식간에 사라진다

잠시 나는 생각한다 생각다 보면

기관단총 핵폭탄이 쏟아지고
흙먼지가 일어난다 버섯구름이
일어나고 아무것도
보이지 않는다 들리지
않는다 아니다 아비규환의
환청이 들리고 한반도의
찢어진 몸뚱아리
으스러진 살점이 보인다

"김씨네는 지붕 위로 불발탄이 떨어졌지요 안방까지 뚫고 나와 얼
마나 놀랐는지 몰라요 위뜸 황골댁은 휴일날 갯가에 나가 바지락을 캐
다가 유탄에 맞아 절명했지요 임신 6개월의 햇새댁인데요……"

순식간에 바다를 가로질러오는 놈
까맣게 먹빛 날개를 퍼덕이는 놈
음흉한 목소리로 으르렁으르렁
한바탕 검거 투옥의 비바람을 몰고 오는 놈

잠시 나는 생각한다 생각다 보면
비행기가 뜨고 조종간이 보인다
조종간의 욕망도 욕망의 배후도
보인다 그렇다 이젠 나도 폭탄을 퍼붓는다
사랑의 핵폭탄이다 새벽의 언어다
하지만 이내 나는 다시
해방은 어떻게 오는가 역사는
정말 거북이 걸음으로 엉금엉금
기어오는가 묻고 묻는다 따져 묻는다
　　　　　　　　　　　　　　　——「매향리에서」 전문

　여론화되었던 '매향리'는 주한미군의 기지가 들어서 공군폭격을 연

습하는 곳이다. 그 곳은 폭격장으로 이용되어 이미 납 오염 수치가 우려할 수준으로 나타났으며, 또 폭탄으로 인한 직접 피해는 물론 가축들의 피해도 말할 수 없이 많다. 그러나 피해는 우리 민중들의 것일 뿐 그들은 아랑곳하지 않는다. 그들에게 있어 '매향리'는 '남의 나라'에 불과한 것이다. 시의 현실대응성과 예술성은 상호 배타적인 것이 아니라, 오히려 민족적임을 우리는 이은봉의 시를 통해 알게 된다. 아무도 관심두지 않고 노래하지 않았던 '매향리'에서 그 곳 민중들의 이야기를 듣고 시인은 시인으로서의 자신의 도리를 생각하고 결의한다.

백남천의 시에는 사회와 역사인식에 대한 투철한 결의, 소시민적인 고통과 일상적 삶의 현장, 민족사적 비원과 전통적 정신을 통한 분단 극복과 통일에의 염원이 절절하게 배어 있다.

> 흰옷 입은 사람들이 갑니다.
> 노을에 취한 황톳길 따라 갑니다.
>
> 흰옷 입은 사람들이 갑니다.
> 하루 해 저문 들꽃길 따라 갑니다.
>
> 흰옷 입은 사람들이 갑니다.
> 어두워진 밤길 반딧불 쫓아갑니다.
>
> 흰옷 입은 사람들이 갑니다.
> 설운 별 머리에 이고 진 길로 갑니다.
>
> 이리로 이렇게 가다가 가다가 보면
> 휴전선 철조망 끝에 새벽이 오리라는 꿈을 꾸며
> 흰옷 입은 사람들은 가는 겁니다.
> ― 「한민족」 전문

그는 민족의 동질성과 통일에의 염원을 정서적으로 그려내고 있다. 위의 시에서 "흰옷 입은 사람들"은 우리 민족이며 "새벽이 오리라는 꿈"은 민족통일을 뜻하는 것임을 쉽게 알 수 있다. 이렇게 민족의 한을 노래하면서 우리의 염원인 '통일'을 바라보는 그의 눈은 여러 작품에서 빛을 내뿜고 있다.

이러한 유형으로 한수, 김홍식 등을 들 수 있을 것 같다.

6. 맺음말

지금까지 대전 시인들의 시 성향을 총체적으로 살펴보았다.

대전의 시문학은 8·15 해방 직후인 1945년 10월 창간된 종합지 성격의 ≪향토≫와 1946년 7월에 순수 시지로 창간된 ≪동백≫이 초석이 되었고, 1951년 11월 창간된 ≪호서문학≫에서 그 터전이 마련되었다. 그리고 1952년부터 '추천' 시인이 탄생되어 대전시문학을 한국시단으로 끌어올렸고 60년대와 70년대에 이르러 크게 활성화되어 빛을 발하기 시작했다. 2000년 8월을 기준으로 등단 연대를 대략 살펴보면 작고 문인과 문인록에 수록된 시인 109명을 포함, 121명 중 50년대 8명, 60년대 9명, 70년대 21명, 80년대 43명, 90년대 50명 등으로 크게 증가 추세를 보였다.

대전 시인들의 시 성향은 대체적으로 1) 자연·전통의 미, 2) 존재의식 탐구 등으로 크게 나눌 수 있겠다. 많은 시인들이 현실과 자아 사이에서 삶을 고민하고 갈등하면서 그 해법으로 전통의 미를 추구하고 있으며, 또 한편으로는 세계나 사물의 존재 속에 깊이 들어가 성찰하고 사유하면서 존재가치를 탐구하고 있다.

연령층으로 보면 '문인록'을 기준으로 하여 총 109명 중 30대 20명, 40

대 33명, 50대 27명, 60대 23명, 70대 6명, 80대 1명 등으로 50대 이하가 7
3%를 차지하고 있다. 따라서 대전시문학의 전망은 매우 밝다고 할 수 있
다.

결국 문학은 추천 과정이나 문단 행위가 중요한 것이 될 수 없다.
아무리 전통있는 문학지를 통하여 등단을 하였다 해도 시를 쓰지 않거
나 함량 미달의 시를 쓸 경우, 진정한 의미의 시인은 아닌 것이며, 또
한 아무리 시원찮은 잡지를 통하여 등단했다 해도 시의 질이 높으면
좋은 시인이기 때문이다. "좋은 시가 훌륭한 시인을 만든다."는 말과
같이 우리는 보다 철저하고 강인한 시 의식으로 '좋은 시' 쓰기에 힘
을 쏟아야 되지 않을까 싶다. 이렇게 될 때 대전의 시문학은 현재의
한계를 뛰어넘어 새로운 시의 세계를 보여주게 되리라 믿는다.

끝으로, 여기에 언급하지 못한 부분이나 시인에 대해서는 다음 기회
로 미룰 수밖에 없음을 밝힌다.

◆ 참고문헌

김용재, 「충남시단의 현장」, ≪충남문학≫, 1983. 11. 20.
리헌석, 「대전시단의 현주소」, ≪대전시단≫, 1989. 12. 18.
박명용, 「충청문단 반세기」, <중도일보>, 1994. 6~8.
_____, 『꽃잎파리는 떨어져 어디로 가나』, 글벗사, 1995. 7. 10.
손종호, 「대전시문학의 흐름과 특성」, 『대전문학선집 1』, 1984. 11. 25.
송백헌, 「대전문단사」, 『대전의 시·수필선』, 1996. 6. 30.
조남익, 「대전시단 40년사」, 『시여 바람이여』, 1971. 5. 25.
기 타, 개인시집·동인지.

대전 · 충북 · 충남 문단을 말한다

대전문학은 광복과 더불어 그 빛을 발하기 시작했다.

1945년 10월 잡지 형태의 ≪향토≫가 창간되고, 1946년 시동인지인 ≪동백≫이 차례로 창간됨으로써 대전문학의 토대가 마련되었다. 또한 최초의 시집으로 1947년 여류시인 한덕희의 시집 『북소리』, 1949년 정훈의 『머들령』이 발행됨으로써 문학의 꽃이 피기 시작했다.

동인지로는 1952년 ≪호서문학≫의 창간을 시작으로 60년대부터 현재까지 ≪가람문학회≫, ≪수필문학≫, ≪백지≫, ≪시도≫, ≪수필예술≫, ≪여성문학≫, ≪차령≫, ≪신인문학≫, ≪동시대≫, ≪대전 · 충남소설≫, ≪문학시대≫, ≪오늘의 문학≫, ≪머들령≫, ≪무천≫, ≪허리와 어깨≫, ≪대전문학≫ 등 많은 동인지들이 출간되어 전 장르의 문학이 활발하게 전개되기에 이르렀다.

특히 대전문단은 시 장르가 큰 비중을 차지하고 있는데, 이는 대전문학의 태동이 시에서 발아되었고 70년대 들어 한성기, 박용래 등이 문예지의 추천위원이 되었기 때문이다. 현재 활동하고 있는 시인은 김대현·임강빈·최원규·조남익·구상회·홍희표·손기섭·김용재·박명용·손종호·양애경·박상일·안명호·오완영·최송석·이장희·안초근·김원태·주근옥·조미나·김완하·최자영 등 150여 명에 달하고 있는데, 대부분이 순수 서정시를 추구하고 있다. 특히, 임강빈은 세속에 물들지 않고 섬세한 가락으로 인생과 사물을 관조하고 있으며 최원규는 안정된 시적 자세로 삶의 근원적 문제를 탐구하면서 종교적 사유를 바탕으로 구도적 입장을 내보이는 등 대전문단의 중심추가 되고 있다. 시조에는 유동삼·이도현·박현오·이방남·조근호·조일남 등 20명이 전통의 뿌리를 이어가면서 현대시조운동에 앞장서고 한글순화운동에도 노력하고 있다.

소설에는 김수남·이진우·최학·연용흠·이창훈·안일상 등 16명이 삶의 진실과 허구를 찾아 이야기를 펼치고 있는데 김수남은 삐뚤어진 세상을 의문에 찬 시선으로 바라보면서 비판의식적인 작품을 보여주고 있으며, 이진우는 사회상을 희화적으로 다루어 삶의 근본적인 문제를 휴머니틱하게 이끌어가고 있다. 또한 최학은 향토색이 짙은 작품이나 모순된 현실 속에서 삶의 진실성을 탐구하는 작품세계를 보여주고 있다.

수필에는 김영배·홍재헌·이행수·이윤희·최중호·최일순 등 20여 명이 진솔한 삶의 향내를 내기에 힘쓰고 있다. 특히, 김영배는 삶의 애환을 진솔하게 담고 있으며 이행수는 일상을 지적 형태로 이끌어내어 색다른 맛을 보여주고 있어 주목받고 있다.

아동문학으로는 한상수·김영수·유인걸·전영관·정만영 등 16명이 동심을 우려내고 있는데 한상수는 종교적 정신을 바탕으로 인간사랑의 본질을 동화로 제시하고 있으며 전영관은 아동심리를 예리하게 파악하여 맑고 깨끗한 동시로 주목을 받고 있다.

희곡에는 최문휘·오청원 등이, 번역에는 한진석·안무승·이규식 등이 활동하고 있다. 평론은 송재영·송백헌·송하섭·안영진·정순진·신익호·이헌석·이형권·송기섭·김택중·송경빈 등이 각 부문에 걸쳐 비평의 폭을 넓히고 있다. 특히 송백헌과 정순진은 예리한 비평으로 대전문단의 길잡이를 담당하고 있다.

대전문단은 무려 250여 명의 거대한 문인들로 이루어져 문학의 르네상스를 맞고 있는데 최근 젊은 층들이 대거 문단에 등단, 더욱 활기를 띠고 있다. 그러나 대전문단이 형성된 지 반세기가 훨씬 넘은 긴 역사 속에서 괄목할 만한 성과를 이룬 것은 사실이지만 질적으로의 심화가 절실히 요구되고 있음도 부인하기 어렵다. 다시 말해, 대전문단이 좀더 성장하기 위해서는 현실의 삶을 넓고 깊은 관찰력으로 꿰뚫어보는 치열한 문학의식이 요구된다는 의미이다.

충북문단은 1930년대 초 충주의 박재륜과 청주의 정기환이 문학의 씨앗을 뿌린 후 현재 300여 명의 문인으로 형성되어 있다.

1957년 이성우, 신동문 등에 의해 충북문화인협회가 창립되고, 60년대 초 청주의 ≪소상≫, 충주의 ≪남한강≫, 영동의 ≪피노래≫, 진천의 ≪박꽃≫ 등 여러 동인지들이 출간되어 충북문단의 토대를 이루었는데 현재는 1972년 창간된 ≪내륙문학≫을 비롯하여 ≪뒷목문학≫(청주), ≪중원문학≫(충주), ≪여백≫, ≪문향≫, ≪충북수필문학≫, ≪충북숲속아동문학≫, ≪향우문학≫, ≪충북문단≫ 등 동인지가 있으며 ≪충북문학≫, ≪충주문학≫, ≪영동문학≫, ≪제천문학≫, ≪진천문학≫ 등 도내 9개 문협 시·군 지부에서 각기 기관지와 동인지를 발행, 문학의 활성화를 꾀하고 있다.

충북문단은 박재륜·양채영·한병호·신인찬·김효동·박용삼·조철호·임승빈·박희팔·백운복·임찬순·강준희 등이 중심이 되어 문학기행, 작품전, 백일장, 문학의 밤, 초청강연회 등 각종 문학행사를 활기차게 전개하여 문학정신을 드높이면서 문학의 저변확대에 힘쓰고 있다.

시단은 청주의 강준형·김효동·한병호·신인찬·조철호·박용삼·임승빈·성낙수, 충주의 양채영·안병찬, 제천의 홍석하, 영동의 박희선·박운식·양문규, 김정기, 진천의 김진영 등이 활동하고 있는데, 특히 한병호·조철호·임승빈·양채영·홍석하 등은 향토적 아름다움과 일상의 깨달음을 잘 표현해내고 있어 주목을 받고 있으며 박희선과 박운식은 농사꾼으로서 '살아있는 작품'을 써 감동을 주고 있다. 시조에는 청주의 윤상희·전태익, 영동의 장지성·최정란, 진천의 송재섭 등이 전통의 맥을 잇기 위해 노력하고 있는데 신춘문예 출신의 장지성은 질감 좋은 한국의 천을 생산하듯 읽히는 작품을 계속 써내고 있다.

소설에는 청주의 박희팔·안수길·지용옥과 충주의 강준희, 영동의 한만수 등이 현 세태를 눈여겨보면서 그 변화과정을 이야기 속으로 끌어들여 깊이 있는 삶의 세계를 보여주고 있는데, 특히 강준희의 비판적인 눈은 동시대를 살아가는 독자들에게 진실과 허구가 무엇인가를 깊이 깨닫게 해주고 있다. 또한 한만수는 고통스러운 삶의 모습들을 사랑으로 보듬으려는 친밀성을 보여주고 있다. 수필에는 청주의 최병준·조성호·이현숙·오무영, 음성의 반숙자 등이 감칠맛 나는 글을 쓰고 있는데, 특히 반숙자와 이현숙은 독자로 하여금 호기심과 신비감을 느낄 수 있게 하는 작품으로 호평을 받고 있다.

아동문학에는 박길순·유영선·김옥배·김태하·오병익·한상남·오하영 등이 순수한 이미지로 미적 감각을 살리면서 아름답고 재미있는 이야기를 엮어내고 있다.

희곡에는 현재 한국문협 충북도지회장을 맡고 있는 임찬순이 있다.

그는 인간의 부정적인 삶의 모습들을 긍정적으로 바라보는, 인간성 회복의 문제를 주로 다루고 있는데, 불모지나 다름없는 충북에 희곡의 세계를 넓히는 데 중추역할을 하고 있다.

평론은 70년대에 김상억·김영수가 토대를 이루어 놓은 가운데 현재 백운복·이석우 등이 향토문단에 자극제 역할을 하고 있다. 백운복은 각 장르에 걸쳐 예리한 시각으로 문학비평의 장을 펼치고 있다.

충북문단에 특히 주목되는 것은 신문과 방송 등 대중매체가 문학의 활성화와 문단의 발전을 위해 앞장서고 각급 기관, 학교, 단체 등에서의 아낌없는 뒷받침으로 문학이 활성화되고 있다는 점이다. 이제, 충북문학은 보다 새로운 시각, 새로운 의식으로 삶을 탐구하여 질적 향상을 이끌어 낼 때 더욱 알찬 문학이 될 것이다.

충남문학은 대전문학을 빼놓고는 거명할 수 없다. 그것은 1988년까지 대전문학과 충남문학이 한 지역권으로 형성되어 있었기 때문이다.

충남문학의 뿌리는 1945년 10월 대전에서 창간된 잡지 형태의 《향토》와 그 뒤를 이어 《백상》, 《동백》이 차례로 창간되고 1952년 《호서문학》과 1954년 공주의 《과수원》, 그리고 1956년 조치원 《백수문학》의 창간에 그 뿌리를 두고 있다.

충남문단은 1988년 대전과 문인협회가 분리되면서 형성되었다. 현재 200여 명이 공주, 천안, 서산, 논산, 홍성, 조치원을 중심으로 활동하고 있는 충남문단은 특성 있는 문학의 장을 확장시켜 나가고 있다. 동인지를 보면 《백수문학》이 현재까지 발간되어 그 관록을 자랑하고 있고 《공주문학》(공주), 《천안문학》(천안), 《흙빛문학》(태안), 《터》(공주), 《시림문학》(금산), 《놀뫼문학》(논산), 《서안시》(서산·홍성), 《천안시단》(천안) 등이 각 지역을 중심으로 활동하고 있다.

시 부문에서는 천안의 안수환·안홍렬·김명배·김윤완, 공주의 조재훈·나태주·이극래, 홍성의 구재기, 논산의 권선옥, 서산의 김순일·박만진, 당진의 문무겸·홍윤표, 조치원의 장시종, 금산의 안용산, 아산의 이내무 등이 주축이 되어 개성 있는 작품을 내놓고 있다. 시의식은 순수와 전통, 그리고 현실인식 등으로 크게 나눌 수 있는데, 나태주·안수환·김윤완·구재기·김순일·이극래·권선옥·이내무 등이 주목받는 작품을 쓰고 있다. 또한 시조에는 임헌도·김동직·김환식 등이 전통적 가락을 현대시조로 발전시키는 데 앞장서고 있다.

소설에는 백용운·지요하·정안길 등이 좋은 작품을 지속적으로 발표하고 있다. 특히 백용운은 60년대 초에 등단한 이후「학의 날개는 무지개」등 수많은 작품을 내놓는 등 노익장을 과시하고 있는데 주로 역사를 소재로 하고 있다. 지요하는 1982년 동아일보 신춘문예에 당선한 이후 전업 작가로「회색 정글」등 수많은 작품을 발표하는 등 왕성한 활동을 하고 있다. 그는 주로 현대물질문명으로 인한 인간소외 또는 사회현실을 비판적 시각에서 바라보며 인간 삶의 본질을 찾는다. 또한 정안길은 전통에서 소재를 찾아 이를 현대에 접목시키는 데 힘쓰고 있다.

수필에는 김양수·윤병화·임명희·임좌순·박종덕 등이 일상적인 삶을 구수하게 써 주목을 받고 있다. 아동문학은 김동훈·소중애·최정심 등이 활약하고 있는데, 특히 소중애는 아동의 티없이 순수하고 깨끗한 마음을 꿰뚫어 그 세계를 소박한 필치로 그려 충남아동문학에 중심적 역할을 하고 있다. 그리고 희곡에는 신현보, 평론에는 구수경·윤성희·이명언 등이 활동하고 있는데 희곡과 평론 분야는 지역 특성상 미약한 편이다.

충남문학은 그 동안 많은 성과를 이루었다. 그러나 질의 향상이라는 측면에서 문학이 지향할 바가 무엇인가를 깨닫는 문학적 시야의 확장이 요구되고 있는 것 또한 사실이다. 문학이 오늘을 진단하고 미래를 창조한다는 의미에서 더욱 그러하다.

저자의 약력

박명용(朴明用)

· 충북 영동 출생(1940)
· 건국대 및 홍익대대학원 졸업(문학박사)
· ≪현대문학≫ 시 부문 천료 (1976)
· 저서 : 『한국 프롤레타리아 문학 연구』, 『한국 현대시 해석과 감상』, 『충청의 詩香』, 『언어의 표정』(편), 『한밭의 文魂』, 『한국시의 구도와 비평』, 『창작의 실제』(편), 『현대시 창작방법』, 『예술과 인생』(편), 『한국현대시인연구』(편) 등
· 시집 : 『알몸序曲』, 『강물은 말하지 않아도』, 『안개밭 속의 말들』, 『꿈꾸는 바다』, 『날마다 눈을 닦으며』, 『나는 마침표를 찍고 싶지 않다』, 『바람과 날개』, 『뒤돌아보기 · 강』, 시선집 『존재의 끈』 등
· 수상 : 충청남도문화상, 동포문학상, 홍익문학상, 한성기문학상, 한국비평문학상, 한국문학상 수상
· 현재 : 대전대학교 문예창작학과 교수

상상의 언어와 질서

인쇄 2001년 6월 30일
발행 2001년 7월 10일

지은이 • 박 명 용
펴낸이 • 한 봉 숙
편집인 • 김 현 정
펴낸곳 • 푸른사상사

등록 제2-2876호
서울시 중구 을지로2가 148-37 삼오B/D 302호
대표전화 02) 2268-8706－8707 팩시밀리 02) 2268-8708
메일 prun21c@yahoo.co.kr / prun21c@hanmail.net
홈페이지 //www.prun21c.com

ⓒ 2001, 박명용

값 18,000원

*저자와의 합의에 의해 인지를 생략함.